潘大明文集系列丛书

海上四书

小说卷

潘大明 著

上海三联书店

字码成的空间堆陈过往（代序）

1. 说实在的，《海上四书》并非是什么刻意设计的产儿。事实上，任何的设计往往比较脆弱，经不起时间击打，容易崩溃。而且，四十年前撰稿写文时，没有此般愿景，预设一个写作计划完成这样一套书，应该说彼时缺乏这般的智慧、能力和意志。即便将来，都无法奢望自己，写成这些作品和文章。

这不是什么谦辞，一切纯粹始于无意识的自觉行为，由兴趣而发轫，喜欢写什么便写什么，写成的样式也非设定，而是根据不同的材料做成不同的文章，犹如厨师视采撷的食材，做成怎样的菜蔬，须符合食材特点，是一种自觉的拿捏。与之相适应的便是要求语言风格的不同，这恐怕与写作前的思维方法有关。于是，便有了编辑时以文体分类的小说、纪实文学、文论、散文随笔特写四卷。在我看来，这四种文体差别化的表达，综合起来可以比较完整地反映思想感情，对人与事情的认知、理解和看法，在广度和深度上具有某种价值。其实，这样的归类有些牵强，某些作品和文章难以用文体归纳，小说不像小说，似散文；纪实不像纪实，似小说；文论不像文论，似散文；散文不像散文，似小说、文论、纪实。这并不奇怪，泾渭分明的分类，过于简单机械。何况，我喜欢混搭着写，笔下的作品和文章时常有些不伦不类——文体难辨。

作者近影

我是一个不喜迁徙的人，漫长的日子里并未久离或者移居他地，长年的生活圈半径没有超过10公里，而20岁以前几乎没有走出5公里之外，出生的妇产医院在家对面，就读的学校在这范围里，即使后来换了好几样工作，也在家的附近。这样，导致我耳闻目睹的人与事大都集中在这一狭小的空间里，这里有洋房、弄堂、棚户；有街宇、河流、铁路、公交、渡轮；有工厂、商店、医院、学校，生活着各色人等，熟悉他们的过往和喜怒哀乐，笔下反映的人与事，自然而然有了聚焦，大部分写的是这一区域的现实与历史，成了一种巧合。于是，书名顺理成章用了“海上”两字。

文字通常需要以某一种视角来反映自然与社会，局限成了必然，而由文字形成的文体，容量始终有限，无法包容全部，即便是瀚浩文字构成的鸿篇巨制，也无法如愿。人无法超越文字、文体的桎梏，进行无限制地码字，实施创作与写作。这样的局限和无奈，反映出人认识外部事物和表达的软肋。这样，就需要克服，进行多视角、多层面、多种文体方式、多种语言风格的表达，用不同文体对同一人物、事件行文，以不同视角、层面加以认识反映，表现的方法技巧也不尽同。这样的探索，我称为“交互式表达”，彼此交错可以使读者，获得一种立体的感受，对人物、事件的认识，可谓客观、多面、生动起来。交互式的表达，在书中得以体现。在文论卷里，有对于现代七君子思想形成的特点及人格现实意义的理论探索，同时在纪实文学卷中以形象生动的方法写就他们人生的轨迹和最后的命运；二十世纪八九十年代的赴日留学潮，不仅通过小说，还有报告文学、人物特写不同的文体加以反映，构成一种的立体感。这样的文字在书中还有不少，比如，在散文随笔中，可以找到形成小说、论文、纪实文学作品的思路和认识问题的方式方法；为普通人撰写的特写，人物可以在小说中找到影子。这种交互式的表达，反映同一时空中出现的纷繁的人与事，依靠文字建立一个形象生动、透彻、明晰，逻辑可循的曾经世界，以告诉未来，使读者对人与事的认识生出立体感。

然而，即便这样有意无意的力争，最终仅能解决某一时空内发生的故事，揭示其中的必然联系，根本上挣不脱文字文体的束缚，四十年的无意识的探索结果可想而知。尽管有朋友认为，这样的“一种无意识的探索和形成的作品，经过四十余年的积累，有其独特的文化和历史价值”我想它的价值，恐怕还是历史价值大些，不管是感性还是理性的文字，都留下一段历史，渗透着自身的喜怒哀乐和理性的思考，无疑是对那些渐行渐远的大历史的细节诠释，哪怕是小说塑造的一系列人物，他们的所思所感所为，也多多少少能折射出时代的影子。

以现实主义写作方法而形成的小说，呈现读者面前的是人物形象，底色必须符合生活逻辑和社会常识，小说中的人物、故事如此，连塑造人物形象的细节也不能逃脱，可以虚构，不能违背逻辑、常识、小说营造的氛围和人物自身的发展规律。那么，纪实文学所形成的人物、事件，依托于史料和研究，本身是在某一个特定时空中发生过的真实存在，不能违背历史事实进行虚构。它的思维活动和创作过程以理性思考为主，非以感性为主体的创作。而文论纯粹是建筑在大量资料及前人的研究成果基础上，形成的具有作者自身独特见解的抽象思维的产物，它可以直接反映作者的主体思想意识。散文特写，似乎是作者在某一种特定时空中产生的思想感情火花式的流露。基于上述的思考，四十年的创作和写作似乎没有白费，自觉构成了一个内部循环的体系，不仅表达了自己的认知、感情等，同时，又形成了自身的一种循环体系，有助于读者认识作者的孜孜以求所付出的心血，而这些心血与文字融合在一起，传达给读者的是一种怎样的情状和心态？这只能由读者阅读之后萌发的感受而定。

2. 大概与早年的兴趣、偏好和文化积累相关，形成观察社会、认识社会、反映社会的方法，自然选择小说。本想以此为谋生手段，而梦想往往被现实打破，发表几篇小说后，再难以变成铅字，生存变成首屈一指的事情。在小说创作的途中，我没有像同辈的作家一样坚持不懈地努力耕耘，中途打断了很长时间，这种间断性的努力，使我有得有失，失去的是我没有一鼓作气地成就自己，而间断性的努力使我变得成熟，对小说这种艺术形态的文字要求也顺理成章地达到心里想要的预期。人可以一鼓作气成就自己，而间断性的努力也是一种磨炼，我想未来也许不会轻易放弃这门手艺，会在长时间里间断或趁热打铁完成一些作品，可能会得到读者的青睐，也可能得不到读者的喜欢，一切只能随缘。

应该说，我尝试过不同的小说创作方法，浪漫主义、意识流、象征主义、荒诞主义的手法，终究逃不脱自己的个性和擅长，用一种现实主义的方法来从事。现实主义的方法，贴近生活，反映生活实际，强调作品的真实性和客观性，通过艺术的典型化，真实地再现生活，忠实于生活的本来面貌，注重细节的真实描写。

确立以现实主义的方法进行小说创作，笔下大都为生活在周边的小人物，题材大概可以分为三类，文化知识界、产业工人和工厂、弄堂与棚户居民，反映了他们在历史转型时期的生活情状、心理变化；人物细节源自生活，合乎生活逻辑，又丰富了人物形象，构成二十世纪中叶至本世纪初的上海众相谱。早期的小说写工厂工人生活的不少，原因是我熟悉。这类作品可以说是二十世纪五十至七十年代工厂文学的延续，与其不同的是，如何站在人性和时代变革的基点上，塑造他们的形象，留下那个时代他们的细节，为未来提供有价值的材料，这是非小说之外其他样式的文体难以做到的。我喜欢把人物置于事件、特定环境中加以塑造，如发还资本家定息、发行国债、第一次股票发行、第一批个体户出现、赴日留学潮、企业改制、城市改造等，都是上海人经历过的事情，由此人们产生的心态和应对。这些大都自己碰到过，涉及的人与事至今活动在我心里。

这些四十年间留下的小说，保留下当时的社会风情和人物的细节，令我感到欣喜，因为它为那个时期留下一份真实。但是，小说的价值不仅单纯于此，还必须具有独特的艺术表现的形态，抹去这一点，单纯肯定它留下的历史痕迹，不足以肯定全部，这也是我试图把这些作品整理成篇，进行加工和完善的一个原因。

小说除去人物形象的塑造，情节的设置，为人物活动和情节发展提供典型环境，语言占据重要的地位，语言是否有特色，一定程度上决定了作品成功与否。小说卷中不少作品用沪语写成，而沪语的应用恰恰是我擅长的事情。我是比较早使用沪语写作的，几乎与写作同步。记得，用沪语写过一篇小说，发表在上海一家文学杂志上，北方的某个评论机构，说是混沌难懂，意义不大，就不知他们读懂与否。沪语具有一定的复杂性，一方面它是发展的、多变的，在同一的时期表达相同的意思，可以用不同的词汇；比较多地吸纳外来词汇，有英文、日语、俄罗斯语，更多的是国内其他地方的词汇。另一方面，使用沪语时需要过滤，一些低俗、晦涩、过时久远的词汇须去掉，保持叙述语言的气韵，免于庸俗。

现代小说是新文化运动向西方学来的，它的手法技巧，如人物塑造、故事结构、环境创设，自成一体，值得借鉴。晚清传统意义上的小说以故事为主体，叙述如行云流水自然流畅，细节信手拈来，人物含蓄耐读，可惜到了二十世纪二十年代，逐步衰而微，淡出人们视野，现代小说让人爱不释手。大概到了八十年代末，晚清传统意义上的小说一度让我着迷，大量阅读这一时期的小说，一定程度上，影响了我的创作。

如今写成的小说，不似早期写的小说那样具有冲突的场景和戏剧性的效果，渐渐地趋于平静和散淡，塑造更接近于真实的人物。同时，赋予小说某种散文化，符合生活的实际，可能也是自己对生活的认识、生活实际发生了某种变化，平静的叙说成了后期创作的特点。

3. 写的小说难以付梓，拿什么抵敌表达的欲望，加上谋生手段发生变化，我去了一家文化单位上班，开始了历史研究，写成历史纪实文学一路的作品。这样的作品，由历史人物研究着手，这似乎与小说创作有着某种关联，内在的都离不开人，只不过来源不同，一个直接源于生活，一个源自史料、采访、考察等，强调真人真事为依据，人物、事件都需要依据，而小说可以虚构人物、情节和环境。二者都可以反映社会现象，纪实的直接通过真实事例反映，小说则通过虚构的故事隐喻或象征社会现实。它们都需要叙事技巧，纪实文学为了使故事吸引人，叙事方法可以借鉴小说的倒叙、插叙等。

这一类型的写作，自觉比小说创作容易，在占有一定的史料后，把握史实、事件、人物，进行文学加工，便可以写出纪实文学形态的文字。它不同于小说创作云里雾里的虚构，以形象说话，又避免论文之类的枯燥，只有抽象的逻辑思维，干巴巴的立论与论证过程。应该说，纪实文学在文学与论文之间，占据一种中间的位置，既有思辨的考量又有形象的表述，它可以把描写、抒情、说理熔于一炉，洒脱地运用。它的许多的手法在小说创作时已经得到历练。这样，开辟了一条写作的新途径，成了一种新的门类。后来，事实也证明了这一点，小说难以发表后，接二连三地刊出的是纪实类作品，直至长篇历史纪实文学的出版。

历史纪实文学作品以研究为基础，在掌握史料的同时，我喜欢采访、实地考察，走访相关地区和人员，寻找体验感和鲜活的材料。读书行路并举，这应该是古人倡导的一种状态，其实，外国的一些先贤也这般提倡，只不过不被人说起。在行的过程中，发现一个有趣的现象，虽然过去几百年甚至上千年，坟茔依然是丘墓，只不过有兴衰之变；兵营依然是驻军，有的变成了公安、巡捕房；学校依旧是学校，样子变了，名字变了，根本却没有变；还有官府，那里出没的人变了，所办事务大同小异；村舍依然是人的聚居地，基本格局没变，历史的信息依然存在。所以，实地察看，成了我写纪实文学的一个必要条件。挖掘史料，也成了一桩有趣的活计，记得某年去上海档案馆，工作人员告诉我，要查的史料，别人已查过无数遍，不会有新发现。我执意，她无奈拿出卷宗，在乏味之际，突然发现一张当年公安局发放津贴的单子，上面写明分兵几路、几时、几人，每次多少钱，还有人员签名。我欣喜，直接把它写到书里。挖史料，还有一种，对当事人有过交往的人的采访，以及后人（包括研究者）。没有新的史料、感受、想法，千万别动笔开写。这样，提供不了新的东西给读者。

概括地说，纪实历史文学以历史研究为基础，实地考察为支撑，纪实文学的笔法，反映的人和事，以上海为主，涉及江南和淮河流域。呈现一种以研究为主，另一种以行走为主，二者兼用，仅有主次之分。以研究为主，比如，《1936’腥风血雨的中国》以上海为原点，俯瞰处于全面抗战爆发前夕中国各种政治势力的角逐，各式人物的运作，各种事件的爆发，与上海的关系，尤其写了一批中产阶级知识分子，他们在历史裂变时的所作所为，涉及的人物有鲁迅、沈钧儒、章乃器、邹韬奋、李公朴、陶行知、王造时、史良、沙千里、胡愈之等，在掌握大量史料的基础上，进行实地寻访和采访，进行研究，他们的思想成因、为什么会出现在彼时，他们的共性和差异，彼此关系，命运结局为什么不同。通过文学加工，把史实与文学性糅合在一起。

另一种以行走为主，形成的关于淮河流域的纪实作品大体属于这一类型，以考察、走访调查为基本方法，行走为线索，串联起沿途的古物遗址、人文历史、风土人情、民俗习惯、美食饮酒等，同时，加上自身思考、研究，比如《“淮夷”的星穹》《湖畔对话以及帝王的诞生》《昆明，明朝的那些故事》等等。这些作品，不需要借助特定的环境、人物、故事塑造的形象让人感知，无需婉转隐晦表达，可以直抒胸怀，这可能与我的性格有关系，直白的表述也是一种表现的手法。

以真实为基础，实地考察为支撑，纪实的笔法表达，形成一种含有研究、思考、形象、感人、走访等多种元素在内的作品，我把它归纳为纪实文学，若是说大散文也无妨，界别难以厘清。

4. 历史上，小说长期被视为不入流的文字，纪实类的作品既不被小说家看好，又不被专家认可，它的地位有点尴尬。而小说与纪实作品，在专家眼睛中都得不到垂青。我不得不做些论文，比如毕业、评定职称、参加一些学术会议，论文不可或缺。我没有经过学院派写论文的严格训练，总以为模式化的东西，写起来束手束脚，而常人稍许认真照着模式套用，大致可以达到目的。有时候，故意不按套路，自顾自写，一次应邀参加一个学术活动，由一家著名大学召集组织，结果论文没被发表在论文集中，大概是编辑者认为不合规制。

这次在编辑论文卷时，我回顾收入集子的文章，总觉得有些别扭，有的按照学院派的路数来做，关键词、索引、注释一应俱全；有的洋洋洒洒，一路说论，虽有悖学院派的规制，却有一些古风气韵。改哪种都于心不忍，用在论文卷中，恐怕读者生出误解。苦恼之际，打电话请教友人，他说不用论文卷，改用文论卷便可。两字掉个儿，好像服帖了许多。于是，把原来合乎规矩的论文要素全部删去。

论文是可以通过课堂教育训练出来的，治学态度严谨、严密的理性思维、具有独特性、论点新颖独到、材料具有独特性。我的视野依然囿于上海，聚焦近现代史出现的人物、思潮事件、团体、出版物等对象，例如《救国会：一个消失的政党》一文，探讨仅存现代史上十四年的中国人民救国会，它在上海诞生的原因、社会属性、纲领的形成和对全民抗战的促成作用，以及在力求民族独立、民主自由解放运动中的贡献。在《现代七君子精神之探》一文中，首次在史学界对七君子的精神作了归纳总结，并指出了它的现实意义。《现代七君子：一个专门名词》一文，初次提出了用现代七君子命名七君子事件的当事人。《以邹韬奋为例：论二十世纪初知识分子对中西文化的兼收并蓄和自我更新》，详细分析了邹韬奋在新文化运动期间，思想转换过程，由原先接受传统的儒家思想，如何转向接受西方文化，继而形成自己的人格。应该说，此文史料充足且丰富，分析细致且丝丝紧扣。我想它对今天的知识分子依然具有某种借鉴作用和参考价值。

这些文字更似学院派的论文，或者写作时，就是按套路来的，后来删去摘要、关键词、部分注释和引文出处。而下列的文章，起写时就是论述文，带着一些率性。陶行知与上海有千丝万缕的关系，他的教育方法特色鲜明，我在《解读陶行知的方法论》一文中，没有长篇大论地论述，而是就他的一句话，进行了解读，读来轻松。《抗战胜利：是中国近现代社会民主进程的必然》没有做具体的论证，而是提出了一个观点：二十世纪三十年代至四十年代中期，中国战胜外来民族的入侵，赢得了胜利。原因何在？帝王专制的统治模式已成过去，而处在民主进程中的中国现代社会，在维护民族利益的旗帜下必然战胜外来入侵。这是抗战胜利的内在因素，过去被人忽略。有限的论证也是粗线条的，比如说到晚清后期至二十世纪二三十年代，中国社会开始发育，结构中出现了中产阶级群体，他们向海外学习政治制度、思想流派、教育方式、文化艺术、科学技术、市场经济，自觉或不自觉地运用于中国社会实际，重新架构起社会价值体系。这一时期，民主思想的宣传和普及持续不断，高潮迭起。1912 年后，国家进入立宪、总统、国会、多党、舆论出版自由的民主实验期，经济运行以市场自由经济为模式。虽然有政治强人闹复辟、玩贿选、搞暗杀、图割据、欲独裁，都没能挡住中国社会的民主要求和对共和的渴求，民主共和成了多数人的共识，国家权力归人民已深入到小学课本。民主共和的国家观念植入国人心中，客观上为抗日胜利作了精神、物质、人才上的准备。由于，证明这一观点的史料丰富且为人熟知，无需太多的举例，也省略了。

在文论卷中，《回眸，1995 年世界经济》《外资流入邻近国家》两篇，比较另类，涉及世界经济，超出我的研究范围。其实，那时我兼任着电视台财经栏目的特约撰稿人。对于经济的关注，一向长久，我的小说不少题材与经济有关，而作为财经类栏目的撰稿人，自然需要大量研读相关资料、与行业专家为伍，请教、访问，不断学习，研究的方法为同一个原理。收录的这两篇非学院派模式的论文，是一种说论，恐怕是当年观众所需要的，而学院派的论文模式恰恰是学院需要的，另有一功。

5. 散文随笔特写专访之类，写起来比较自由，可以是对生活感悟、自然景色的描写，或写真人真事，或基于想象的情感表露，手法灵活多样，描写、叙述、象征、托物言志、借景抒情等十八般武艺都可派上用场；文采斐然追求语言的优美和意境的营造，朴实无华反映人与事的本原，道理通俗易懂亦可。一般而言此类文字，是作者对外界、内心的短兵快的反映，需要敏感的触点，一气呵成。特写是一种新闻文体，写这一类的文章，无疑是我由研究近现代史，转身去了新闻工作的第一线，做起了编辑和记者。我一直以为，特写是新闻文体中，文学含量高的一种，通常可以围绕一个特定的事件、人物、场景等进行深入细致的描绘，生动的细节描写增强表现和感染力。大概是写过小说的缘故，写起来也就没有碰到太多的障碍。应该说，不管散文随笔，还是特写专访，以短文居多，长文为鲜，但不拘泥于此，有话则长，无话则短。

为方便阅读，此卷分为散文随笔篇和特写篇，否则就会生出乱蓬蓬堆放的感觉。散文随笔篇反映对生活、文史的思考和感受以及书评，林林总总的短文，写出我的所思所感，从中可以看到自己成长的经历和追求。特写篇主要对上海出现的潮流、风尚和人物的剖析、怀念、记述等。

散文随笔篇中生活感悟类的有《难说观旭楼》《放歌的代价》《如歌的叫卖》《文学改变人生》《等待新生儿》等，有的感悟现在拿出，恐怕有些不合时宜；文史思考类的有《王充也知道》《青云谱的眼睛》《大师的力量》《辜鸿铭：百年轮回有好运？》《郑板桥与金农（外一篇）》等；书评类的有《书缘·书争》《豪门尽碎》《中国商人阶层为何如此缺乏力量》《在上海的哭与不哭》等，我写过不少书评，加上拙著出版时写的前言、后记、心得之类，能够收录此卷的毕竟少数。

这部分中，也有篇幅较长的《江南烟雨曾经的泪》《看云起·乡村有故事》《醉纸——那些并没走远的往事》。末篇，有点像自传，从童年时如何醉心于读书、看画，到青少年时痴迷纸上写文画画习字的一些事情。写得有些散乱，并不完整，以待后续。

特写篇不少是关于人物的，写的多半是普通人，笔下的书画家、摄影家、拍卖师、京剧票友、纹样设计师，不是业内高大上的人物，普通且平凡的上海人，他们的故事具有地方特点。

另类的是《一个美国人的创业历程》，写的是一个来自犹他州普洛沃市（Provo）的美国人，带领他的团队到上海创业的事情，之后在江苏、浙江、福建、广东、上海四省一市开设108家专卖店，以网络、规模化的经销形式，开始了他们在中国大陆超常规的发展。有趣的是，在散文随笔篇中收录了《看云起·乡村有故事》，写的是来自安徽一个叫古庵村的三兄弟，几乎赤手空拳，靠着帮人推销茶叶开车拉货，逐步走入他们以前闻所未闻的国际货代、港口物流领域，最后办成集团公司的历程。一中一西、一土一洋，在上海这片土地上神奇地成就了各自的事业。他们之间的同与不同，可以看出一些名堂。

特写中包含着一些小型的报告文学，如《一份来自赴日淘金归来者的报告》《旗袍——中国女性的霓裳》《绚丽多彩装点居室》《渗向人才市场的浊流》等，对于曾经出现的潮流、风尚进行剖析。这些文章，让人读到具体且真实的包括作者自身在内的上海人的思想感情和社会更变的情态、崇尚，不能反映全部也能窥一斑而见全豹。

6. 从开始写作算起的许多日子里，我换过不少工作，写过许多简报、讲话稿、总结、调查报告、论文、新闻稿、电视专题片脚本、舞台剧剧本，这些与谋生有关的文字，回头再看，大部分意义不大，难以收进这套文集。

小说的创作，凌驾于我的职业之上，原因出自对于它的热爱，而纪实文学、散文随笔之类，是小说创作搁置后，无奈之下的举措。小说创作在我心目中具有崇高的位置，始终认为它在其他以文字构建的文艺作品中地位独特。为什么这么说？小说往往是作者个体劳动的智慧结晶，以纯文字创造形象和艺术氛围，追求自身的完美，成为一部完整的文学艺术作品，戏剧、电视剧、电影通过文字的架构，需要导演、演员的演绎才能完成。优秀的小说，内含创造力和丰富的想象能力，宝贵的是创造力。尊重小说是我所提倡的，所以在编辑文集时把它列为第一位，为的是彰显创造力的价值。

以小说、纪实文学、文论、散文不同样式的文体表现、纪录、研究过往，文体不同，语言风格自然不同，而内在的关联无疑相一致，即使笔下的小说，坚持社会生活的逻辑和符合实际规律的构想，恪守着现实主义的创作原则，而这种创作的本身不可能超越认知，违背实际以及对人物、故事、环境做逻辑混乱、细节错误的刻画和描写。留下这些细节和故事、人物与环境，可以弥补历史的细节，让人读到更丰富的过往。无论创作还是写作的码字活动，伴随着人的思辨、情感活动而存在，不管它形成的样式如何，就作者而言总是期盼自身塑造的人物符合人性，以人为本探寻本质、反映事物的本来面貌。

同一种题材，以不同的文体进行码字，自鸣得意地称为“交互式表达”，是不是有江郎才尽之嫌？我不好说。需要考量的是这种彼此交互到底能够实现多少，能否达到对人物、事件客观、多面、生动的表述，获得一种立体的感受，塑造一个多维的世界，饱含理性思考和感性感悟，这种无意识的尝试值得与否。我不敢有太多的奢求，不过可以继续下去。另则，以不同语言风格进行表达，小说，纪实文学、文论、散文的语言本该如此，小说语言感性、形象，文论中的语言理性严密，以一种科学研究的方法揭示事件和历史人物形成的规律，使文章变得可读性强、史实事实笃实、内在逻辑严密。但对于小说中出现的上海方言的运用是否有价值，似乎还是有不少争议。这样，苦苦追求的意义又何在呢？

其实，我一直试图探索形象思维与理性思维相融合的方法进行创作与写作，甚至语言表达上也寻求一种相济融合、含量多少不同，形成自己的特色，这样的路难以走通达到预期。我不敢说，自己写成的这些文字都是出色的，可以肯定的是这些创作与写作，无疑促使我掌握用另一种方法感悟人世，这样的方法颇为神奇，充满鲜活的体验和理性的解析。

这四十年间，放到历史长河里来观察，可谓是罕见的熹色初起渐入高光的时期，恐怕这种现象长远才能遇上一次，虽有不尽如人意之处，多半与人的认知局限、利益索求以及自身的努力相关。就总体而言，这个时期，人性一定程度上得到唤醒、个体得以相对的尊重，文化趋于多元，触动经济引擎的转运，推进社会经济的发展，催生生存环境发生变化，城市的快速成长，乡村巨变。激荡的变化，引发人的思想感情行为产生剧烈的变化，身处上海这座城市，这让人感触颇多，无论自己的亲身遭遇，还是他人的经历故事，令人有感而言。

以绵力用字码起的世界，可以视为与宏观叙事的“大历史”相互印证、互为表里的微观“小历史”，展现大时代背景下具体的人的活动，这是鲜活的生活图景和历史画面，也是触及实际之后的思辨和理性的反射，即使是自身的经历，也是这“小历史”渺小的一分子。

我只是过往的行路人，思考感悟后反刍出不同样式的文字作品亦真亦假，恐怕还是真实的成分多了一些，即使表达的某种特殊感受、独特的思考，也是在特定时期、特定环境中个性化的反映。

热衷创作和写作的四十年已经过去，我不知道以后还有多少的激情去满足这一爱好，或者说长期养成的癖好，本身会变得淡漠甚至戒欲，不再有火焰。毕竟，一切都在发生变化，自己在变，外部的世界也在变。而不变的是对这座生我养我的城市的挚爱，正是它的魅力，促使我完成书中搜罗的这些文章。而下步如何走，需静观其变。

潘大明

2024年9月沪上

目 录

库里纪事

库，稍不留神误为库。库与库形体相似，读音、意思大相径庭，再念库不免让人嗤鼻。库的词义简单——姓也，后生出村舍之意，为人群的聚集地，类似北方的屯或庄，易见于吴越之地，一缕江南乡土之气升起，泥土气扑鼻而来。不知何时，库成了海上某处的一个地名，多半为都市吞噬了的村舍，留下的印迹。

覃子库位于海上西北角，虬江半绕，呈半岛状，由渡轮往返，北有铁轨横卧，东西有小道，途经十几幢公房，便可去郊外。若俯瞰，覃子库如一片洼地。库内文人邢愚由低洼联想到沼泽，欣然命笔，狂书沼泽楼悬于书斋，气势逼人。一日，他邀我重回故地，一下子勾起我记忆里关于库里的许多事体。他说："侬记性老好格，好像忘记的事情不多。"

我曾经在库里度过一段日子。

——作者

心形诊所

开门晚的数石医生的诊所，日头挂上南墙，方见他托着藏蓝布罩的鸟笼，拄着枣木拐杖姗姗而来。他赶早去三角地鸟街，遛他一向欢喜的画眉。

石医生路过铁路口，放下鸟笼冲扳道房作揖，皋老头趴着身子吃河鲫鱼，小刺卡住嗓子，吐不出来。看见石医生，赶紧跑出来，冲他作揖，样子别扭，一瞧便知道效仿。老早不兴作揖，石医生不以为意。他好古风。自己动手做一件长衫，裁缝一手落。穿了数日，嫌长衫长了行动不便，加上手艺有限，也就没看他再穿。这事体，库里人议论，尤其裁缝店欧阳，冷嘲热讽说陈年宿古董。石医生说迭个辰光没有人让人穿啥不让人穿啥，已经开放了。不出几日，他让裁缝欧阳改做短袄，大大方方地穿着坐堂。欧阳说弄到后来还是她收场。至于女儿川芎，一袭白纱裙，露出大半爿白生生的胸脯，整日在库里东奔西颠，库里人没非议，姑娘家应该打扮，出点格也因为年轻，赶明儿拖个流鼻涕的小把戏，要她时髦也不可能。

石医生行至鸽林的鱼摊头，询问闪腰的事儿。鸽林边舀水边左右扭动腰肢，喜气地说“不碍，开摩托车去白元荡不觉痛，多半是好了”。话音刚落，腰又直不起来，咧嘴呲牙。“乐极生悲。”石医生挂牢鸟笼，放倒拐杖，卡住鸽林的脖颈，膝盖抵牢腰眼，发出一声微轻的喀嚓，松手拍打几记。鸽林道谢，石医生已入小巷，人影不见。

诊所不上锁，石医生推门便开。不锁门是他定下来的规矩，诊所备有体温计、血压器、听筒和退烧药、感冒片、正气丸、伤筋膏、红药水。一旦锁了，库里人急用就抓瞎。他知道库里人家不备药，要用推门可取。库里人用过，会摆点铜钿在案几上。石医生不晓得啥人，隔半年在门口贴张清单，标明金额和日子，捐给福利院。

石医生是中医，诊所不需福尔马林消毒防腐，他觉得缺了这气味，没有诊所味道，少了些什么。于是，有了这味道，如大医院一般。石医生嗅后浑身来劲，动作麻利许多，拿过靠在旮旯里卷成棍状的旗帜，双手托着插入门边的旗眼里，哗啦啦抖开，白旗上一颗血红的心，诊所应诊。他讨厌红十字做医院的标志，十乃 × 也，不死人才怪哩。医家有植皮移骨古训，仲景嫁骨，华佗吮毒，用心而治，无心恐怕小恙酿成大患，欲治不能。他干脆在旗上绘上颗心，库里人认，明白悬挂心形图案的地方可看病，从未出过岔子。

心形诊所开诊，闹猛起来，求医问药的有库里人，浜南慕名而来的更多，甚至还有乘飞机坐火车赶到覃子库。一对从爪哇转辗奔来的老夫妻，长包房住在南岸的天宫宾馆，每日雇车过来，下车拱手作揖唱贺，老太好像是早年走红海上歌坛的明星。俩老多半在十点多钟到，石医生给他们定的时间。川芎说爪哇华人本意是请她爹去爪哇，石医生没允，变通去天宫上门就诊，他依旧摇头，掸掸袖口说，“还是来库里吧。来回要花辰光，耽误别人看毛病”。

石医生祖传秘诀专治喉疾，一般三贴药见效。即使喉癌，三贴药配合外敷口含针灸推拿，内外兼修，打通人体循环障碍，只要耐心也能治。爪哇老太患喉癌，发现得早，不愿意动手术，担心刀子除不尽坏细胞，扩散入脑，一命归天。打听到石医生，她让老公——当年的名少陪着回沪，专看石医生。一副方子下去浑身发火，热得爪哇老太大汗淋漓，不准贪凉只能捂被头，持续三七二十一日；两副方子下去体内腺眼复活，口水涌动，咽下一口喉头凉爽舒畅，异物粘贴的感觉消除，又持续二十一日；今朝来开第三副，正待石医生号脉开药。

治喉疾石医生专长，跌打损伤也不在话下，功夫不浅。库内文人邢愚右胳膊正是他用敷、扎、推拿三法治愈哆嗦症。邢愚开笔，题写四字，悬挂于诊所祖传酸枝案几上。于是，诊所的名字被叫开。

中医世家的石医生，第一次评职称时辞了职。据说，没有学历，入不了评定序列。也就是说，这辈子没有希望有职称了。与老婆一合计，准定自己开诊所。去区里一打听，要有中级职称，石医生苦恼。好在老婆是个主管护师，也就办出执照。据说，石医生辞职开诊所，引起报纸的关注，中医传人没有文凭能不能评职称办诊所引发争议。

话说爪哇俩老得了第三副药，眉开眼笑地冲石医生作揖。他坐在骨牌凳没挪窝，无意回礼，脸孔刷板，伸手去捏候诊老太的膝盖，“摔过？”“摔了大半年。不见好。”川芎朝爹直瞪眼，嘴里咕哝，“爹，瞧这架子搭的”。他佯装没听见。

“为啥不早来。”

“由不得呀。小孩子说浜南的医院好。”

“早半年来治疗，恐怕都好了。”

“小孩子不信。”

“积水了，好治。”

“浜南要换什么板。”

“半月板。别听他们的。在这里治，花不了几个钱。”

川芎忙着帮爪哇华人拎药包，搀着爪哇老太出诊所，她讲着干女儿之类的话，夸得川芎一朵花，坐进出租汽车。石医生听见了气哼哼，治病就治病，犯不着攀亲套近乎。不争气的女儿，一口一声干爸娘，像似一回事体，缠来缠去就是为了看好毛病。其实，少了这一套，他也会尽心。老婆说，你就顺杆爬，认了这门干亲，多门外国亲眷，说不定会派上用场。石医生说，“看好了，这门干亲能维系一些日子，看不好一脚去。看好毛病第一位”。

爪哇华人托人寄来电视机、电冰箱、电饭煲，全是日本货。石医生让鸽林用黄鱼车送去福利院，给女儿的白纱裙之类，川芎爱不释手，石医生看了生厌。

送走干爹娘，川芎梗着脖子，脸歪倒一边，上了楼甩门，洋灰没少洒落，落在一脚跨进门的大头头上。大头说：“头大，不碍事。”石医生叫川芎，半天不见吱声。大头看石医生替老太看毛病，有一答没一答讲闲话，有点无聊。石医生又叫了几声。川芎说："有病看病，没病回转。"大头回答没病看。川芎说死回去。

川芎与大头

川芎与大头住斜对门，一道在厍里长大，喜欢到铁路边玩石子，没少偷皋老头种的花。他俩躲在一堆烂枕木后，窥探扳道房，篱笆上爬满藤蔓，宽大的叶子里探出花朵。川芎指点喇叭花，要紫色的好看。大头直摇头，"红的，大红的。"红的不是喇叭花。大头天性喜红，曾经套着阿姐的红皮鞋，满厍里跑。

川芎眼乌子翻白，嘴巴撅得老高，"我说紫的！"大头轻嘘一声，拾起石块朝扳道房扔去，试探动静。这一手是看电影学会的，李向阳炸日本鬼子炮楼使的招数。大头好看打仗的电影，换牙漏风的嘴巴把长大要当解放军，说成了打，有人报告到居委会。好在居委会对这事体不在意，没拿他怎么样。反倒吓得他尿撒在裤裆口里，遭人耻笑。

不见有动静，大头探出脑袋猫腰穿过铁轨，直奔紫喇叭，爬上碎砖摘取，哗啦一声，脚下的砖头瘫了一地，崴了脚脖子，疼得他哼哼，手中的花朵没松掉。

这会儿，皋老头拉开门，走了出来，"混小子，快出来，等着火车轧煞你？"

大头一瘸一拐地朝铁轨那边走。

"回来。你手里的花怎么回事？"一年四季的花，多半是被厍里小孩子偷去了，若明里喊一声"皋爷，给一朵吧"，他不会打折扣。偷可不行，在铁路边，偷样东西不值几个钱，搭上性命事大。厍里的孩子不愿讨，喜欢偷，他们把皋老头当成碉堡里的日本小队长或伪军小头目，偷来的有刺激。

“没偷，玩着。还你便是。”大头胆小，乖巧地赶忙服软，不是为了川芎不会偷。

“我要他摘的。”川芎从枕木堆后面挺身，“要打要罚算我，不关他的事。”川芎正眼没看皋老头，脖颈冲着西面的余晖，眼睛一眯一眯的好看。

皋老头松开大头的膀子，“放走他，跑不了你，找你爹说话”。

川芎咯咯直笑，爹一向护着自己，捧在手里怕冻着含在嘴里怕化了。

“我不怕。”

“头不老嘴巴老，找不到婆家。”皋老头拿川芎没办法，不看僧面看佛面，石医生一罐腌梅治愈他患了二十年的慢性咽炎。那会儿，石医生落难，打倒封建卫道士的人马三天两头开进库里，抄家烧书地折腾，石家的物什散在门前一地，吃价钿的全部抄走，酸枝案几摆在浜南长寿路上的旧货店里，标价三十五块，紫檀圆桌鹅蛋凳七件六十块……这天石医生暗中从屋后挖出秘方腌制的乌梅，吩咐川芎送到扳道房，小姑娘千嘱咐万关照别泄露，爹没有了处方权，在医院里扫厕所。

“想要，说一声，能不给吗？”皋老头连藤带花摘了一大把紫喇叭，“拿去。道口赛虎口，不好在这里耍”。

川芎得了花，欢天喜地走了，大头跟在屁股后，手里攥着的花朵有点萎蔫，还是不情愿丢掉。

“我给你插在头上。”大头说。

“算了，胆小鬼。”

大头不肯走，站在一旁生气。

川芎转身，“你也配生气？窝囊”。她低着头往自己头上插花，模样认真，没走几步，掉了下来，再插也无济于事。大头忙捡起，“还是我来吧”。大头脾气好，气能自生自灭，不用人劝。

大头与川芎儿时，库里就有人议论天生的一对，如何般配？大头要鼻头没鼻头要眼睛没眼睛又塌又小，一双厚唇像扇木门显得笨重。与川芎相比，简直一天一地。论性格一个憨厚纯朴，一个任性张扬，像似两股道上跑的火车碰不到一道。库里人不这么看，大头能容忍川芎，看似娇骄的川芎要的是呵护。公认最佳组合。鸽林的老娘三妈说，牛粪上插花好看，牛粪变得好听起来。

川芎长到十五六岁，越发水灵，洋白的脸孔两腮绯红，柳叶眉乌黑弯曲高挑，红唇微鼓丰润；衣架子也好，胸脯鼓鼓，两爿屁股上翘，颀长的腿结实有力，落地笔直。水葱似的人儿。库里人不再说大头与她般配，知道她不属于库里，兴许南岸或者别它更远的地方是她的归宿。

这时，大头躲着川芎，窄道相逢形同陌生人。库里多窄巷，只能一个人通过，川芎专拣窄巷堵大头，叉开手脚拦住去路，“铁路边的紫喇叭开了，我想要”。大头低垂脑袋，木桩似站立，“让我过去，别人看见了不好”。川芎疯笑着指指裤裆，“钻过呀”。说罢，缩回手脚，侧身贴壁站直，“过吧，可别碰我，碰到就喊你流氓”。大头紧靠墙壁，移步而去。

中学毕业，大头报名参军。那天，大头的奶奶在门口烙饼，包大葱。家里摆桌头，请带兵的人吃饭。碗盏不够，问对门石家借了碗、碟、勺、筷，石医生作陪。吃到一半，软铅丝爆脱，一时找不到，石医生从家里拉根电线过来，大头家又亮了。

大头要川芎一道吃，她不肯。躲在阁楼里看一朵枯萎的紫喇叭。

临开拔前，大头穿着没有帽徽领章的新军装，脚蹬一双锃亮照人的高筒皮靴，腰板挺直，肥肚缩紧，手里拎着一把连藤带叶的紫喇叭，满库里乱转悠，偏偏照不上川芎的面。

一连几天，石家没有灯火，大头等不及，用报纸卷好紫喇叭放在石家门槛前，灰灰地走了。

石医生回来，看到了门槛上枯黄的紫喇叭，晓得是大头摆的，收回到家里。川芎没跟他回来，库里人纷纷猜测远走高飞了。至于，上哪儿没人穷追，反正应验了库里人的想法。

冒两个月过去，川芎出现在晒台上，怀抱一把枯紫喇叭，冲着库里一片矮破屋头顶高喊，“死开了，死开了。死脱才好”。库里人目瞪口呆，不知发生什么事，怀疑她精神受了刺激。好多人聚在晒台下观望，看到她披头散发，脸色泛黄，一双被黛色眼圈围住的眼睛，越发野性起来，还带丝缕悲伤。

川芎欢喜在库里白相，与门口摆摊做个体户的摊主混得烂熟，坐在小摊头前，翘着腿嘎讪胡，顺手弄根香烟，吃杯老酒。那群小贩同她嬉闹，捏下大腿摸一把奶子地揩油。库里人责怪石医生，该找门路让她出库，女大不中留，带坏风气。石医生作揖少了几分洒脱。

鸽林的鱼摊

川芎坐的摊档，正是鸽林卖鱼的地方，看着长木盆里半死不活的鲫鱼吐水泡划鳍尾，毫无目的地游东游西，等待刀俎油锅子。眼睛看无聊，她拿过一根洋烟叼上，冲木盆吐烟圈。鸽林在摊头里忙不过来，九角一斤的小白鲢，到他手上翻个道盘，百分之一百的赚，主妇觉得便宜，一扫而光。鲫鱼到收摊时，还剩几条卖不脱。生意空点了，鸽林凑近川芎说些贩鱼经，连档别他鱼贩子压低收购价与渔民打相打，对付买汏烧讨价还价用短斤缺两。正过来反过去啰嗦得像他老娘三妈。川芎不嫌避，喜欢他翻来覆去，也会插一两句嘴巴，故意让他多讲讲，讲到他同白元荡渔民殴斗时，川芎拍手鼓掌，讲有男人腔调。

晌午，开饭川芎没回家的意思，就蹭鸽林的。卖鱼的不吃鱼，鸽林嫌腥气，川芎说鸽林戆，鱼营养好，不吃太冤，鸽林说吃鱼不便当。饭食是天府川香安排安徽帮佣送来，水煮牛肉、辣子鸡丁、夫妻肺片，还有一只汤。鸽林和天府川香老板有约，每天送他们三十斤青鱼，只收本钱不赚利，天府川香提供三菜一汤。鸽林让安徽帮佣带回一尾鲫鱼，帮着干烧。鸽林不动一筷，全由川芎独吃。鸽林喝啤酒，川芎喝啤酒，鸽林吃白酒，川芎吃白酒。反正中午买鱼的人少，吃到三点钟开秤再做生意。边吃边聊，能说会道的川芎话极少，不能说的鸽林变得口齿伶俐，吃到夫妻肺片时，他讲是他俩的肺片做的，川芎讲不可能。鸽林借着酒劲搂川芎，摸她的奶奶，川芎面孔变颜色，说没想到他和库里其他男人一个卵样。鸽林不再敢了。他想不通，川芎有事没事地坐在自己的摊头前嘎讪胡，莫非为了蹭饭？八成有别他意思。鸽林不往下想，断了自己的念头。

鸽林开摩托车去白元荡收购活鱼，尚有两个钟头的空档没人看摊头，他央求川芎，开价给二十元。川芎眼瞪得老大，“要你几个臭钱？”

三妈见儿子把鱼摊头交给川芎，眼睛翻白，冲着她的背影呲牙咧嘴，恨不能挑明让她滚蛋。川芎毕竟是石医生的闺女，石家对库里人多少有一点恩。鸽林小时候嘴巴馋，吞进三颗纽子，石医生让他吃了一把芹菜，灌了一肚皮泻药，硬紧让他拉了出来。三妈顾及此事，不好挑明，阴阳怪气地说：“川芎姑娘天天尽义务，这样的人现在少了吧？”

儿子扽一下三妈的袖口，“啰嗦。嘴巴当把机关枪”。

三妈不饶人，何况是自己儿子，拔高嗓门：“嫌我啰嗦？不敲打，你早没魂了。兜里的几个血汗钱败光。”

“想花就花，高兴。贴家里的少了？”

“哟，有几个钱翅膀硬，顶嘴了。”

“我的事体不要管。你不懂。”

“我不懂？男男女女，就那么点事。”

鸽林在意川芎，不想让她难堪，怕她不再来鱼摊头。川芎看着盆里的鱼，争吵好像与己无关，照样天天来，与鸽林嘎讪胡、抽香烟、吃老酒。鸽林去收鱼，帮着看摊头。鸽林开心。

三妈避开川芎给鸽林说媳妇，拿出照片给他打样。姑娘家在北厍，浜南纱厂里的挡车工，脸色丰润，肩宽屁股圆，神采奕奕，三班转没改变模样。三妈一看屁股大，身子骨好，蛮是开心，不像川芎排骨一样。说了大半天，鸽林没吭声，临了冒出一句，“不用你管，瞎操心”。三妈鼻子眼睛拧在一块，“我知道你喜欢川芎，她是白骨精，不会有好果子吃”。

鸽林给川芎说了这事。川芎抬起脸看他，好久说了一句，“等铜钿赚够了结婚，不迟”。

听话听音，锣鼓听声，川芎兴许告诉自己，多攒钱好向石医生提亲。

春节，鸽林捞了一笔钞票，初三后不再出摊，长木盆一只叠着一只靠在门边晒太阳。十点多钟鸽林起床，洗漱过后弄些开水泡饭就酱瓜吃过，夹包衣裳去泡澡。澡堂在厍里南面，两扇玻璃门上用红漆写着清流浴室。鸽林要的是头等厅，服务员小施迎上，鸽林支根洋烟，“老位子”。小施贱贱地说“留着哩。”

鸽林在靠暖气管的位置上脱衣裳，小施手持丫叉头守在一旁。头等厅也是大统间，置有十几只沙发躺椅，一人一个，对号入座。躺椅没区别，讲究位置，离暖气管远的地方躺上一支烟功夫就有颜色看，阴风刮得逼人穿衣裳走路。鸽林下了浴池，泡在水里，只露出脑袋，身子通红，随后用毛巾搓下不少油腻老坑，捏成小团团，扔到浴池外。出浴池，小施帮他用手巾擦干身子，鸽林问还有鱼腥味道吗？小施拍拍他的屁股说没有，只有男人身上的一股骚味道。鸽林说你是女人？小施不响了，帮他围好大浴巾。鸽林抬起胳膊嗅嗅，好像没了鱼腥味，他躺倒，沏茶品茗。小施随手抽出鸽林放在茶几上的烟，给鸽林一根，自己吸一根。鸽林说，剩下的拿去。

头等厅里多半是库里的生意人，跟鸽林打招呼。“元旦到春节，弄了不少吧。”鸽林悠然一笑，“让兄弟见笑了，弄不出大钱的”。“喂，攒了钱又不娶老婆，留着做什么？”“相好的有，川芎。”“川芎整天守着他，连我的摊子看也不看。”“那骚货不是好东西，还不是冲着你的口袋，别傻了。”天府川香的老板，一脸络腮胡子，吐出一串烟圈，说，“先下手为强，干了她！也不吃亏。整天跟着白吃白喝，不让人碰就是耍流氓。男人的钞票不是天上落下来的”。有一阵，川芎常去天府川香，吃吃喝喝。后来，不知为啥不去了，泡在鸽林的鱼摊里，促成鸽林与天府川香的生意。川芎说天府川香的菜蔬做得好，辣得有劲道。

鸽林抬起手臂，漫不经心地嗅嗅，心不在焉地有一答没一答。其实，他的耳朵没漏下一句。天府川香老板的话不中听，什么吃亏不吃亏的，弄得急吼吼。细一想不无道理，如果川芎有意思，答应那事，多半成了，心也就落定，可以专心筹备婚事。钞票不成问题，真心对真心，谁也不会唬弄谁。

再坐下去没意思，鸽林要了衣裤，穿上一身名牌，吹着口哨出了门，骑上崭新的摩托车去渡轮口，川芎在等他，一道去南岸吃法式大餐，喝咖啡，玩舞厅，听流行歌曲。摩托车奔驰在江宁路南京路外滩。川芎的一头长飘发惹得路人发馋，目送雅马哈消失。鸽林面子扎足。

夜里，渡轮上只有当班的胖舵手和四眼，没有摆渡人。过了末班开船的时间，胖舵手慢吞吞地擦拭柚木舵盘，邓丽君的经典在他毛绒绒的嘴边流出，身影在驾驶楼上晃动。四眼在进口的拉杆门边，敲铁杆，弄得声音极烦。俩心照不宣，在等鸽林他们回库，好再睹川芎的样子。

长堤上一个披头散发的身影，跌跌撞撞地朝栈桥跑来，胖舵手纳闷，为啥独个回库？莫非鸽林出了事体。四眼哐当拉开门，哐当合上铁栏杆门。

川芎站在门边，不和四眼打招呼，恶声恶气说“开船”，也不回答四眼的提问。她手握铁栏杆任凭风吹拂头发。胖舵手在楼上问还有一个不来？川芎说死掉啦。胖舵手不再问，加速往对岸开。虬江水哗哗作响。

川芎心里骂鸽林是赤佬，喝完咖啡，坐上摩托，不往库里回，停在东方宾馆门口，说是订了房间，跟他上楼，到了房间里说要睏觉。她扇了鸽林耳光，骂他与天府川香老板一样下作。

鸽林要结婚，对象不是川芎。三妈跟北库纺织女的老舅说婚事，对方答应了，给三妈一张单子，上书聘礼家具家电结婚排场。三妈识字不多，连蒙带猜看了个大概，吐了一下舌头，嘴上没说什么，心里窝火。鸽林看了看单子，添了几样物什，时装三套，足金手镯一对、耳环一副、项链挂件一套。用笔划去聘礼。又在每项边上加单价，核了总数。三妈见了光火，要去砍价，鸽林说，“算了，就这样吧。只要人过来，陪嫁无所谓”。

三妈骂他是戆大。

女方的娘舅寻上门，找三妈说事，讲一些不三不四的闲话，“贩了几天鱼，捏着几张钞票瞧不起人”。

三妈给客人下实心汤团，听着娘舅嚷嚷，心里不是滋味，又听不明白意思，扮着笑脸问，“她舅，你说啥？”

“嗨，你看你儿子说的，只要人上门，什么都不要。我们不是穷光蛋，不要狗眼看人低。”

三妈明白了，“呦，陪嫁总是要的。鸽林这孩子不懂事体”。

“不瞒你说，我家外甥女，不带钞票不出嫁。土还有个土性。”

“这不是好事吗？欢喜都来不及。”

鸽林回家，三妈数落一顿，说不会办事，花了钱还不讨喜。人和人不一样，川芎图钱，好吃好玩，纺织女不是这样的人。

“你懂什么？陪嫁花钞票为了日后过日子硬气。”

鸽林躺在婚房的地板上，四面金碧辉煌，脑子空空。自从挨了川芎的耳光，几乎落掉魂灵头，左思右想唯有赶紧成家，怄死川芎，排场越大越好。没想到，自己的一片真心，换得川芎的逢场作戏。

地板刚铺完，新房已经弄得差不多了，大吊灯、泡发墙纸，双凹平顶，门窗刷上紫绛红，客厅是客厅，房间是房间，客厅里软皮沙发、环绕式音响，房间里席梦思、鹅蛋镜化妆台。有人敲门，大概是纺织妹来了，新房布置都由她操办。鸽林去开。

“川芎——”鸽林心里一震，“你跑来做啥？”

川芎走到床边，面如死灰脱下外套，一件一件脱羊毛衫、衬衫“你不是想要做那事吗？我给你”。

鸽林捂着脸哭了。“真的，我想我们能过一辈子。”他抱着脑袋，轻声说了一句。川芎听清楚他的呜咽，站着流了泪……

新房门前响起鞭炮，机关枪似地响，落地缤纷、满地红屑，难怪那炮仗叫作满地红。从北库到鸽林家走路不过十来分钟，接新娘的车子在浜南兜圈子，经过鸽林开摩托车带川芎兜风的马路，才由道口回转库里。

道口的栏杆挂上了气球，三妈特地关照皋老头，他一口答应。看到结婚车队来了，挂上气球，前脚车刚走，立马剪断，气球在库里飞扬。发喜糖时，皋老头得了双份，他不爱食糖，给了扳道房新来的小伙子。

同室操戈

心形诊所里，三妈发喜糖，跟石医生说话，后库的船船来报，胡家快出人性命了，石医生风风火火随船船赶去。三妈跟在后头看白戏。

胡家主人本不姓胡，缴纳地皮税的单子上填着罗采苹，胡为罗老太的夫姓，何等模样库里人从未谋面。罗采苹搬来库时，拖一个抱一个姓胡的小把戏，库里人称胡家。那日，天已擦黑，库里人掌灯吃夜饭，煤油灯幽暗，吃得专心，全然没顾及虬江上一条篷子船悄悄靠岸停牢，走下罗采苹母子，三四条黑衣大汉悄无声息地卸下六只柳条箱，一转眼船趁夜色起锚开拔，没了踪影。

翌晨，库里人在井台边，遇见一个细皮嫩肉的少妇躬身汲水，提水时崩裂织锦缎旗袍的盘扣，弄得满脸绯红，倒掉水提溜着空桶走进后库25号。库里人恍然，原来是新来的邻居。少妇的模样和服饰，不该住进库里，南岸的石库门、洋房是她的栖身处。她们从何处飘落此地成了迷。罗采苹守口如瓶，不透一字。有好事者追问孩子他爹，她垂头而答死脱了，宁波轮船沉江时，他在轮船里，随船的货物一道落入江底，讨债的上门砍人，无奈卖掉老家的房子，盘下这块的棚屋落脚。库里人一阵唏嘘，说些同情的话跑开了。不久，虬江上流弹飞舞，枪声大作，成群结队头戴五角星的官兵渡过虬江，南岸的大楼升起红旗。

此后，再没有见罗采苹穿旗袍，粗布短褂和三叠头的老肥裤，一举一动学着库里的女人，一样奶孩子，一样劈柴生火烧煮。汲水好像也不是那么吃力了。其实，她是半桶半桶地提。大半年住下来，库里人不当她是外人，明里暗里托胡家一把，一个女人拖俩小把戏日子难捱。

一晃三十余年过去了，胡家和库里人和睦相处。

胡家老大，在邻近船厂当电焊工，常年守着罗老太。罗采苹说别念书了，上厂子做工有出息。老大初中毕业进厂做工，弄电焊。初中里的老师，原本把考高中的希望寄托在他身上，一下子失望了，说罗采苹对大儿子不上心，也就看好胡家老二。过了三四年，罗采苹说胡家的血脉不能断，老大该成家了。老大规规矩矩地找了成衣厂的女工欧阳做媳妇，生下一双男孩，颇中心意。

老大本分，下班回家坐在门口摆弄木匠活，做个小板凳，修木盆，顶喜欢做镂花镜框，各式刨子、锯子、锉刀、刻刀摊放一地，他坐在小凳上，就着骨牌凳的工作台，雕出龙凤呈祥、五谷丰登，活灵活现，人见喜爱。能挂上墙，也能立在五斗橱上。做成后，既不卖也不做交换，厍里相熟的邻人嫁闺女，这份手艺就成了陪嫁。

罗采苹中风，厍里成婚的姑娘没了这福分，胡家老大不再摆弄木匠活，缠着石医生学推拿。石医生恪守医道不传外人的祖训，不坏规矩。

老大屈腿跪下，脑袋磕得直响。石医生坐在案几前的八仙桌旁，品茗呷茶，“还是那句话，天下医家不少，你可上别处，石家医术不外传”。

胡家老大明白，石医生开口讲话还算有希望，一旦他连话也不说了，恐怕就没指望。老大支吾：“石叔，我是为了娘啊。教我几手，让她半爿身子活过来。”

“一个孝子。”石医生说罢撩起帘子进内房，也没出来，把胡家老大晾在一边。他左思右想，干脆跪一宿。早晨，石医生起床披身预备去遛鸟，见此吃惊，随之允诺。

铁杵成针，罗采苹不遂的半爿身子，能一颤一抖活动起来，脑袋成天左右摇晃个不停，手摸着家具，也能走几步，就是手脚没力道出不了门。老大借来轮椅，推老娘到虬江边转悠，天天不误。轮椅里，罗老太看着虬江水说，“我从这里来，老二从这里走，一走都十六年了。”“十六年，足足的。”老大也望江面。

胡家老二比老大小几岁，文绉绉白净净活脱是罗采苹的男版，五岁时独个儿摆渡去浜南，看那里的世界。罗采苹急煞脱报告派出所。三天三夜后由户籍警送回家。后来，有一次搭虬江里运沙子的船去了下游的什么地方，一个礼拜回转。十三岁时，老二发誓要离开覃子库。罗采苹知道他养不家，心里既高兴又担心，也就不多管他，让他多读一点书。

老二瞧不起阿哥，木讷的阿哥晓得多少外面的世界？老二不愿同老大同桌吃饭，不愿穿老大穿过的衣裳，怕库里人说与老大一路货色，处处把自己摘出阿哥的同类。十六岁时，胡家老二考上一家地处西南的地质矿产学校，掮起铺盖出了覃子库。这时，老大已在船厂做学徒工，花了两个月的薪水，买了四双回力跑鞋，用牛皮纸包好，摆进他的行旅里，还塞进一面刻有同心结的木框镜子。老二发现后，抽出镜子，扔在家里杂物堆里，等他走后半年，老大才看到，不免落眼泪。老二拒绝姆妈和阿哥送去北站，也不想惊动库里人，没有必要同他们告别。他独自乘上渡轮，手扶栏杆，让江风吹动头发，一副意气勃发的模样。在他之前，覃子库没有出过一个中专生，他创了纪录。

此后，他极少来信，仅有的四封全由罗采苹收藏在檀香木做的首饰盒里，一封告诉她学校毕业有了工作，一封说结婚了，女的家住在浜南金城里，一条远近闻名的弄堂，她是自愿下乡插队落户接受贫下中农改造的高中生。还有一封说生了小孩，是个女小囡。临近的一封，他要把女儿的户口落到覃子库，政策可以办了。封封没落回信地址，应该只是告知，无需回复。

信里老二没有提起过回上海探亲，罗采苹感觉他回过，还不止一次，带着老婆小囡，没来覃子库，去了金城里女方的家里。至于女小囡落户口的事情，罗采苹心里纠结。大儿媳妇欧阳放下裁缝剪刀，斜了一眼阿婆，说“介小的破房子，已经五个人了，还要摆裁缝铺，落啥户口？叫他落到金城里去”。

罗采苹没有这样想，记牢的是十六年来了四封信，到了上海，不回家。

这天，胡家老二只身回到覃子库。于是，船船来报，石医生去做老娘舅。胡家老大表态，该落就落，一笔写不出两个胡。晚上，胡家又曝打架，欧阳打了老公，比白天还结棍。

胖舵手与四眼

轮渡公司派胖舵手掌管厍与南岸联系的命脉，一艘拖小辫子的旧渡轮。胖舵手的船在河浜里开一趟靠十分钟，闲在岸边半个钟头，歇好后，再往回开，再停靠半个钟头，歇息的时间比干活的长。胖舵手宁愿一刻不停地打来回，说喜欢看渡轮掉头激起的水流团团转。他不愿闷在驶驾楼，每趟靠岸，拿着印有红铁锚的搪瓷杯，拖着天蓝色的海绵拖鞋，钻出驶驾楼，站在船舷边,迎送厍里的摆渡人,遇上搬重物的托把手,上了年纪的搀一把。厍里人说笑，“胖子评上模范了？”胖舵手拍拍肚皮，笑着:“模范？磨饭。吃撑了，不磨不行呀。跑跑动动减肥。”他拉下裤腰头，“都三尺八了。”肚子上赘肉抖动厉害。厍里人说他好话，推举心形诊所的石医生写表扬信到轮渡公司，几次三番，也不见胖舵手评上模范或先进。

厍里人热络胖舵手，冷落他的搭档四眼。

每次靠岸放好锚，四眼坐回破旧的沙发里看书，头也不抬，举手拉动绳索，进出口两扇铁栏杆门同步开启。这是四眼的发明，推广到虬江的轮渡上，还得了局里的奖励，名字上报纸。胖舵手逢人便夸四眼脑瓜灵光，满腹墨水，万宝全书不缺角。不过，胖舵手弄不清爽四眼读的是啥书，问过四眼，就是没记牢。舵手不好意思，包了舱内的清洁生活，多腾点时间让四眼看书，能和他做同事，说不定会是一种光荣。

覃子厍人不讲四眼好话，却尊重他的嗜好，轻易不去烦他，上船后摸出两分铅角子，投进钱币箱，清脆响亮。也有没带的，就说一声下回补，四眼不吭声，自顾自看书。厍里人不贪两分钱，绝无赖账之事。若有多付，四眼不找零，给一毛的渡五次，第六次就该投了。除了启锚放锚开门关门，四眼成了船上的摆设，存不存在无所谓。这是轮渡公司派出的行风监督员，给他的评语。覃子库的人不这么想，应该让四眼多看书，看书不是坏事体。

四眼做的事体，有一桩库里人看不见，头班船开前，跑到库东头的老虎灶泡四热水瓶开水，一壶二分钱，八分洋钿，哼嗤哼嗤地拎到渡轮上。他一天不吃开水无所谓，胖舵手茶缸子不离手，需求量蛮大。他上吃下撤，等看不见摆渡人了，对准河浜撤尿，嘴里还哼着小调。四眼泡热水瓶，纯粹服务胖舵手，他心里明白。

一天，四眼睏煞觉，头班船的汽笛响过后方跳上船。害得胖舵手没能喝上茶水，脑子糊里糊涂，船开得晃头晃脑。停靠岸时，尾巴碰到栈桥，撞下一个大瘪塘。四眼害怕，呜咽直哭，胖舵手镇定，“怕啥怕，修修就是了”。

“唉，都怪我昨夜到，看书看昏了头，后半夜才上床。”

“做啥介卖力？”

“我去报名考学堂。”

“噢，这个好，有名堂。不能一辈子在船上混日子。卖力。”

两个没上报船尾巴撞坏掉的事情，胖舵手托人给库里铅皮匠带信，叫他带上工具来一趟。铅皮匠看了看，说：“无大碍，不漏水。省事的办法，加张铅皮上去，刷点绿漆。乍看差不多。”

“办法好。”

“来事吗？唬弄领导。”

“怕啥，有事体我兜着。”

四眼不响了。果然，三个月过去，没有人过问这事。这时，四眼已经离开轮渡，去了交大学船舶。胖舵手说他有出息，自己一辈子开轮渡。库里人讲，不可能，总归要回家歇息。

有一天，船撞坏脱的事体，被发现了，胖舵手吃了轧头……

豁嘴雷

豁嘴雷不是兔唇，无所谓别人这般称呼。后来，库里齐膝盖高的小屁孩，也追着叫，脸上挂不住了。这天，阿汤婶的小外孙在门口玩耍，见他途经，跟在后面叫豁嘴。他转身伸出蓝边碗大小的拳头直晃，小外孙连连倒退，一个屁股蹲坐在地上哇哇大哭。阿汤婶窜出门洞，看见豁嘴雷屈腿蹲在地上，挤眉弄眼逗小人，让他摸嘴唇皮，问："豁不豁？"摸到的是胡子拉碴，豁嘴雷呲着大黄牙蛮高兴，也不嫌小黑手龌龊。阿汤婶直摇头，豁嘴雷是个怪头。过了一阵，库里人改口叫大雷。豁嘴雷摸摸嘴唇，以为叫别他人。他拦住阿汤婶的小外孙，"你叫谁？""叫你。你不是豁嘴。"阿汤婶拍他结实的肩膀，"公牛似的，有劲道。谁敢乱叫绰号"。豁嘴雷直起身子，摆了几记健美的姿势，秀起肌肉。三妈的儿媳妇纺织女拍起巴掌叫好，"与电视里看到的健美男一样，灵额"。三妈扯了一下她的衣襟，让她闭嘴。临了，豁嘴雷冲围观的众人挥挥手，"惯了，改了反倒听不懂"。众人发出轰笑，三妈说，"真傻，不叫豁嘴好，豁嘴叫多了，讨不到老婆"。他朝三妈伸拳头，"就你话多，掼你大背包"。三妈缩紧头，不敢还嘴，拖着纺织女回去看鱼摊头。豁嘴雷不好惹，一拳头下去吃不消，他在港区扛大包。

豁嘴雷踏部脚踏车夜里十点半到码头，下半夜回转睏觉。白天在家里，脚翘横天板躺在门口的竹榻上消磨时间，面前的骨牌凳上一包香烟一把紫砂壶，抽烟喝茶。他不开伙仓，到饭点，三味斋老板娘扭着屁股托着塑料方盘，送来一碗咸菜焖肉面，肉不是一块是两块，夜饭送三块，吃过了去上班。

老板娘坐在一边，待他吃罢带回碗筷。他眼睛不抬光顾吃，碗里的焖肉烂笃笃，三口二口就没了。老板娘抽出一根香烟吸一口，一双魅眼忽上忽下地活络。豁嘴雷不觉察，吃光面喝光汤，丢下碗筷，抹一把嘴，去摸腰包付钞票。据说，豁嘴雷的一家一当全在包里，快四十岁的光棍一定有不少积攒。老板娘蛮想扒开看看有几张存折，多少钞票。豁嘴雷抽几张小票，放在骨牌凳上，压在紫砂壶下，老板娘咽了口口水，音色悦人，“明儿老样子，要翻花头吗？”“老花头。”豁嘴雷拉上拉链，老板娘含笑而去。豁嘴雷全然未觉，又抱起紫砂壶。

阿汤婶透过灶披间的窗棂看了不少时间，“这只死赤佬，终有一天伤在老板娘的手里。”三妈说，“身上有股骚气。”“她在老家打老公，打得趴在床上起不来，自己一个人跑来投奔前库 17 号里的贺小宝。听说，贺小宝插队落户在她家，那时她才八九岁，长成大姑娘，被贺小宝睡了。贺小宝回上海，她在老家结婚生子。好像老公知道她底细，天天干仗，打得老公起不来。贺小宝也不是什么好人，常去大洋桥买白粉，进了几趟戒毒所。见相好的来了，腾出家里的底楼，开个小面馆。”阿汤婶是库里片块的治保组长，晓得的事体不少。三妈附和道，“豁嘴雷被她盯上了，触霉头”。“分一定是要坏的，这一关逃不脱。”阿汤婶心里想豁嘴雷有凶灾，恨他从没有把自己放在眼里当回事。“该他倒霉。这个赤佬比我死掉的阿公老头，活得还惬意。”三妈的阿公，早死得尸首烂脱，生前是个白相人。

豁嘴雷遇上库里的大小闲事，喜欢插一杠，凡有吵架的事，跳下竹榻捷足先登，不忘手里拿着紫砂壶。通常阿汤婶颠颠地撵着来，他已经在现场劝架、拉架，渴了抿一口紫砂壶。阿汤婶心中生气，到底谁是治保组长？原本是别人家吵相骂打架，不知道为什么，到后来干架双方都把气集中到他身上，阿汤婶发噱。

女裁缝欧阳的娘，从香港省亲返回，带了不少港货，俩儿子大毛头二毛头反目动粗。欧阳的娘赶紧紧闭门窗，生怕家丑外扬。大毛头发急，举起台子上的青花瓷杯朝阿弟头上扔去，不想飞出窗门，瓷渣子四溅。豁嘴雷站在渣子前，边呷茶边听热闹，悠然地发话，“大毛头，算了，自己阿弟多件把港衫，算不上什么事。”大毛头凶凶地说：“豁嘴少啰嗦，不关你的事体。”他悠然地抿一口茶，“兄弟伤和气。二毛头多了一件，日子也不见得好过。”“放屁——”二毛头冲了出门，大毛头拎着切菜刀追了出来，左右挟住他，吃他生活。豁嘴雷脸不改色，“且慢。”转身摆好茶壶。毛头兄弟准备出手，他又叫停，“刀不带，两对一。”他脱下衣裳，拍得胸脯碰碰响。阿汤婶狂喜一阵，打心眼里想毛头兄弟煞煞他的威风。毛头兄弟是孱头，看到他一身的腱子肉，和不明路数的拳法，嘴老骨头酥起来。再加上欧阳的娘唾沫星子乱溅地讨饶，毛头兄弟骂骂咧咧缩了回去。阿汤婶没有看上白戏。欧阳的娘把俩儿子反目的责任推到豁嘴雷身上，凡有人问及，她一概答复，豁嘴雷挑拨离间。他对此充耳不闻，吃茶抽烟。吃的饭，照样是三味斋老板娘送来的焖肉面。

这天豁嘴雷不用上班，老板娘送来面，还是三块焖肉，他不高兴，“想吃杀我？夜到不上班，不用吃介多。”老板娘拍拍脑门，“算了，今晚不吃焖肉，我回店里炒几样小菜送过来。”

来时，老板娘拎着古色古香的食盒，一层是一盘老板肉炒大蒜，一层是老鸭炖豆腐，一层是红烧昂刺鱼；另一手里攥着老酒瓶。豁嘴雷说吃不来老酒，喝茶。老板娘说自己会吃，让他少微抿两口陪陪。

人高马大的豁嘴雷不胜酒力，两三杯下肚浑陶陶，说自己在码头上做长夜班，生活轻松收入高，钞票多又多，库里没有几个人可比。老板娘问，比鸽林还多？“他算什么东西，个体户。我是国营公司职工。”老板娘哄他开心，让他拉开腰包看存折。豁嘴雷给她看了，老板娘发出乖乖声。“现钞有吗？”“有。”他从腰包抽出一叠现金，甩在她前面。她让他收起来，豁嘴雷已经收拾不起来。老板娘动手帮他收，塞进他的腰包里。

老板娘嘻笑，说他吃醉了，扶去屋里睏觉。豁嘴雷脚骨发飘，走不好路。

半夜里贺小宝来了，还带两个陌生人，三只手电筒照着豁嘴雷的面孔，老板娘脱得只剩胸罩在一旁哭泣。贺小宝说：“你睏了我的女人。”豁嘴雷左右看看，“不对的，没让她上床。”老板娘哭得稀里哗啦，说是强拉上床的。“识相点，认了。否则，吃家生。”“你想哪能？”“私了还是公了。”“哪能讲？”“私了，坏点分。公了，去派出所，关几年。”豁嘴雷一拍脑袋，“小宝缺钞票。”“少废话，痛快点。”豁嘴雷摸出枕头下的腰包，拿出一刀钞票，“拿去用，算我触霉头。”

贺小宝数钞票，老板娘穿衣裳。贺小宝说，“太少了，打发叫花子。”老板娘说，“打欠条，存折上钞票多。”翻遍屋子没有纸笔。老板娘撕了几张号头纸，咬破嘴唇，血滴在纸头上，让他写。豁嘴雷撕碎纸，被两个男的按住，说是要用绳子绑起来。豁嘴雷说，“已经给你们面子，现在夹里不要了。”挣脱俩男人，朝贺小宝一记耳光。贺小宝眼前金星直冒。俩男人摆开架势，一个手里还晃着刀，豁嘴雷撩起一腿，刀飞向老板娘，左手一把按倒另一个男的。

阿汤婶睏不好，听到豁嘴雷屋里的响动，混杂三味斋老板娘的哭声，肯定有事体发生，又听到“要命了，见血！”好像是老板娘的声音。阿汤婶蹑手蹑脚稀开门缝，朝外张望。豁嘴雷的房门紧闭，门口的竹榻还在，骨牌凳上的剩菜剩酒乱七八糟。窗户上有人影，晃了又晃。过后一歇，门口开了。老板娘、贺小宝还有俩不认的人鱼贯而出。豁嘴雷站在门口，掼出一叠纸币，“缺钱好好说，别玩这一套，老子不吃。这些钞票拿去，苦了你们费心。”几个不敢回头捡钞票，一溜烟儿跑了。

一早阿汤婶问豁嘴雷，他说没有啥事体，来了几个阿污卵朋友，想弄点钞票用用，我送点，他们不敢拿。阿汤婶满脸狐疑。户籍警来了，又问夜到的事体，豁嘴雷还是那几句。户籍警问“要命了，见血”是什么意思。豁嘴雷说是一把水果刀落在三味斋老板娘脚面上，出了一点点血，“这个女人炸巴”。

看过刀，户籍警没有讲话。之后，也没再找他。

豁嘴雷白天躺在门口的竹榻上，抽烟喝茶，就是不吃焖肉面。他寻到天府川香老板大胡子，要他饭店一日送两顿。豁嘴雷吃不惯川味，关照不要辣，送来的菜蔬总有点辣蓬蓬。没有办法，不可能回头再吃三味斋，想想老板娘、贺小宝就生气。阿汤婶说，生气不生气的已经没有用了，三味斋关门了，想吃也吃不到。贺小宝去了戒毒所，老板娘被判三年刑。他想，这与自己没有关系，肯定是在别他地方犯了事体，老天爷不会放过坏人。

豁嘴雷将就地吃天府川香，老板大胡子安排送餐的服务员小丽，模样小结结，姿色有几分，蛮中他的意。他让她送饭菜时，顺便带一碗白开水，荤素一律涮过吃，戒掉些辣味道。

于是，阿汤婶和三妈又有了话题，“四十的老倌空架子，没有大用处。我早看出了，豁嘴雷会坏在这些女人手里”。

“小丽在老家生了两个小把戏。一点看不出，像似没生过。”

大头归来

库里和煦，窄道上沐一层泛白的阳光，一晃眼便没了。靠近水沟的青苔，毛绒绒一长溜延伸。想到东南边陲小镇上终年不退的这种绿植，巡逻时恐怕踩到，滑倒崴脚。大头沿着青色，往家里回。对门的诊所还没开，一定是石医生遛鸟没有回来。川芎呢？推门站在诊所当中，气味依旧熟悉。喊了几声，不见回音。于是，掩上门，去了自家屋里。

哗啦啦抖落开两只旅行袋，拣出几枚闪烁光亮的发夹，一包紫盒子装的粉饼，几打肉色丝袜，放进塑料袋，上诊所坐等。出了门又折回，一头扎进阁楼找靴子。靴子表面长出一层白霉，散布墨绿的菌点，大头后悔南下时过于匆忙，没擦净晾干放好。他端坐在门口朝阳处擦靴子，连脚脖处的褶皱都擦得干干净净，能照出脸孔。

穿上靴子，大头在附近兜一圈，经过鸽林的摊头，两口子往木盆里舀鱼。纺织女的肚皮拱得老大，绷紧红色的宽松衣。她抬头看见一个穿靴子的陌生人，冲自己微笑摇手招呼，蛮是纳闷。

“鸽林快抱儿子了。”

“快什么，该什么时候就是什么时候，正常。”鸽林埋着脸，冷冰冰回答。纺织女悄声问是谁。鸽林跳起身子，扔掉手里的舀子，水淌淌点抱住大头的肩膀。

“小日子过得蛮红火。”

鸽林搭腔，似乎不愿谈及他的日子。大头递过一支三五烟，鸽林瞟了一眼，“想不到老兄当兵当得阔气，抽这个牌子。还有打火机，进口货”。

“别笑话了，东南边陲东西便宜，满街的走私货。”

“东南？我一直以为在北方当兵，这靴子不是部队发的吗？”

大头脸一红，挠挠头皮，“穿着玩呗。”

纺织女插话，“真好。鸽林也去弄双穿穿，开摩托车有台型”。

“不用多嘴，干活！”鸽林结婚后，火气变大，弄不弄就生气，冲纺织女发火。

大头趁鸽林替他点烟，低声问了一句，“川芎人呢？”

鸽林没作答，退在一边，坐在板凳上猛吸烟。纺织女听到他的问话，见鸽林没响，大声说：“死脱了。”

大头吃惊。纺织女大笑，“讲白相，长远没看见她”。

“什么情况？”

“不晓得，应该出去了。”

“啥意思？”

“去外国。”

“瞎讲白讲，你晓得什么？”鸽林阻止。纺织女赶忙补充：“到底怎样问石医生。”

“她不是库里人，终归要走的。”鸽林说。

又讲了一歇闲话，大头看看手表，心形诊所应该有人了。他走了，边走边讲对自己的老婆不要太凶。

诊所门大敞，中药味道盖过福尔马林，大头感觉陌生，退到门外朝里喊。不一会，石医生一身味道从后面出来，解开满是药渍的围裙擦汗。大头朝他鞠躬问安，石医生作揖还礼，大头拉住他的胳膊，“小辈不敢”。

石医生给大头泡茶，大头说嘴巴不干。茶还是倒好，放到跟前，大头没有吃。俩人坐在八仙桌旁，左一个右一个，像两尊泥菩萨。石医生明白他想问的，不便主动开口讲；大头想问的，没有勇气问。一时，空气凝结，一股中药味在游荡。

石医生直勾勾望着大头，冷不丁说了一句：“你有毛病。”

“啊，不会吧。”

“病事不说笑。舌头伸出来。”石医生戴上老花眼镜，大头伸出舌头，舌苔厚腻中间有一道黑褐的印痕。接着，让大头伸出手号脉。

“你的胃不好，一定是出过血。”

“胃有过不适意，至于出血，好像不见得。”

“你没在意呦，自愈了，好事体。我开副方子，固本。旧病痊愈，该忘记，就忘记，一切就过去了。”石医生说。

“石伯，不必吃药。我不觉得有过毛病。”

“这个好。毕竟出去过，见过世面，想得通。”

“想得通。”

“这就好。”

“想不通也要想通。人啊，就是命。”

“她临走时讲过，等你回来，有物什还给你。”

石医生跑上楼，不一会拿来报纸包好的紫喇叭。报纸依然是当年的泛了黄，花已经焦枯不见本色。大头清楚。

“去了爪哇？”

“没有。在大阪。”

蓝制服皋老头

先前说过，覃子库北面横卧一股锃亮的铁轨，东起江边的码头，西接南北大动脉，身着蓝制服的皋老头说下至大江口、上至满洲里，再奔就是外国了。库里人信他的话，吃铁路饭的公家人，不会诓骗人。

覃子库道口，皋老头放栏杆打小旗四十多年，段里让他带学徒，退休后可以接班。小青年嫌寂寞，不出三个月，申请调动走人。覃子库不是什么大道口，春申江水运日渐衰弱，码头装卸货物少，一天半日才出一趟车子。既有车子经过，总要留人设卡，新人不肯留，老人继续用。段里找到皋老头，说退而不休，道口依旧由他管。这正中下怀，他不知道退休后如何打发日子，住到段里分配的公房里，水门汀砌的房子没了人来人往的热闹憋屈。

皋老头身板硬朗，脑子不像年轻时反应快，应对道口的事情绰绰有余。车子少，余暇多。他一如既往下功夫种花，扳道房四周一年四季花儿开不败，什么宜种好养种什么，凤仙花、喇叭花、鸡冠花、太阳花、蔷薇花、杜鹃花，名贵的不种，娇嫩不好伺弄。他叹息说人贱种贱花，命里注定。皋老头日日锄草修枝浇肥料。库里人说，他的小房子风水好，天天有花开，日日可闻香。每到开春，库里人便问他讨要花苗，皋老头说选好了自己挖。

见没带盆子的，他会拿出一个，让讨花苗的人装上带走。他在旮旯里存放着不少盆盆罐罐，都是顺手捡来的货色，别人扔掉他拾来派用场。栽着花苗的盆罐，摆在讨花人的家门口，门口放不了，摆上窗台，再没有地方的直接放到屋顶上。库里人家的房顶上、屋檐下种的花，大多数与皋老头有关，每到盛开的时节，成了覃子库的风景。

库里小孩喜欢花朵，时不时钻进篱笆偷摘，皋老头撞见，骂山门，随后大都遂了孩子们的愿，高高兴兴拿着花回家。不过，公家的东西丢了，他不饶人。

篱笆里有几堆烂枕木，堆得老长远。别看它表面发黑已烂，芯子尚好，木质干红，可以派别他用场，皋老头每年给段里报告，拉回去处理，就是不见有动静，陈年累月地日晒雨淋，黄梅天还会长出白白的菌子。这天，神不知鬼不觉少了几根，他站在道口当间叫骂，脸上青筋直暴，喉结地上下滚动，口干舌燥。他知道喊破嗓子无人应，叫骂无非是警告，重申公家财产不好拿。于是，踏部脚踏车满库找，终于在前库翻修房子的俞家门口找到。俞家主人老俞又是递烟又是点火，说抱歉，“小把戏不懂事。赶紧送还”。“就这样算了？”老俞自知理亏，央求一码，拎出一条老咸肉送给他。他说：“没用，要报警。”“老阿哥，行行好。”皋老头不睬理，让看热闹的小孩船船去报告……

皋老头在覃子库起得最早，约摸四点多扳道房的玻璃窗上就能见到他穿衣的人影晃动。他戴正蓝帽子，扣上风纪扣，推门出了扳道房，站到道口，拔起嗓子吆喝两声，声音传得老远，回荡在库里。利肺爽身，祛一天的晦气。皋老头天天如此从不落下，可以说覃子库的一天从他的叫喊声中开始。

贩鱼的鸽林去白元荡收鱼，收到了下半夜，于是第一个经过道口回库里，摩托车轰轰地开过扳道房，隔着玻璃招呼一声，皋老头问有河鲫鱼，鸽林爽快摘下挂在车把上的几尾鱼，“新鲜，起网没多大点工夫”。老头颤颤地跑过来，一手交钱一手接鱼，回值班房熬汤喝，喝不了的沤几天浇花。

不多时，道口热闹起来，菜农纷纷踏脚踏车进库，运来新鲜欲滴的萝卜、大青菜、小白菜，在库里做早点生意的阿菊，坐在老公踏的黄鱼车上进库，卖的是大饼油条豆腐浆粢饭糕。胖舵手拉响汽笛，正值五点三十分，头班渡轮起锚。

石医生来库里，已经太阳上了南墙头。石医生托着鸟笼，走向扳道房，放下鸟笼，拱拳作揖唱贺，皋老头赶紧跑出去回礼，略聊几句天气。一列货车，载着锅炉、煤炭，咯噔咯噔地驶过去。皋老头升起栏杆，吹响哨子，让人过道口。扳道房里电话铃响起，他跑去接听，那头说这是最后一趟车子。

第二天蒙蒙亮，鸽林回库里，喊着接鱼，没有反应，停车熄火，推门入内，穿着制服的皋老头歪在临窗的椅子上，手里拿着信号旗。他唤了几声，试试鼻息，晓得断了气……

（作于 2023 年 11 月锦园观旭楼）

今生难说酒

1. 结识侬是在江南小镇邻近长途汽车站的一家小饭馆里。其实，在车站铁栅栏隔成的狭窄通道里，已经打过照面，擦肩而过的侬吸引了我，下意识地回头望着疾步而去的背影，莫名地预感还会相见。

那一刻，末班车仍旧没出现，自然无法如愿而归。滞留在车站，长时间的等待萌生出失望，无奈沿着侬的路径而去。坦率地说，我把等不到汽车，耽搁在小镇上的责任推卸给了侬，嘀咕了一句，碰着赤佬了。因为，侬的模样酷似一只栖息在寒枝上的乌鸦。这联想多半来自侬的装束，一件款式洋派的黑色风衣罩在身上，挺括的质地没使侬变得魁伟，反而衬得越发瘦小苍老，风不时撩起下摆，显露出一双黑皮包头蓝帆布帮子的大皮鞋，它是重型机械厂操作工的劳防鞋。不过它是新的，没沾油垢，一定是侬不舍得穿，锁在了更衣箱里。

已经过了饭点，推门走进小店，空荡荡的饭堂里只有侬。又遇上，心里又生出不适意，忖思恐怕连晚饭也吃不上了。侬双手撑在桌沿上，专注于窗户，以致被侬坐下的钢折椅绊了一下，侬无动于衷。我拣了张离侬远远的椅子坐下，习惯地褪下腕上的手表搁在饭桌上，无聊地顺着侬的目光远眺。灰蒙蒙的薄雾缠绕一轮本该熔金的日落，成了一团橙色的棉絮，高悬在乌黑的树梢上，缓缓地西坠。江南的初春，时常遭遇这般的黄昏，如此的景象怎能令人出神入化？

依从包里摸出一瓶特加饭放在面前，目光停落在酒瓶上。良久，抹一把脸孔，站起身，穿着笨重皮鞋的脚微呈八字地挪向服务台。经过我跟前时，依以一种难以描述的古怪神情打量我，似乎想说些什么，之后拖着腿慢慢吞吞地走回原座，发出咕咚咚的声响。

长满络腮胡子的大汉一手托着盘子，一手不知道为啥攥着一柄菜刀，送来一盆白米虾炒韭菜。我问楼上还有空房间吗，不容大汉回答，依塞着嚼物的嘴，含混地说也要在这块住一宿。大汉说恐怕就一间双人房，凑合着过夜。我心生讨厌。

大概是没搭上末班车回S市，且要与依同处一室，心里不爽，惦记着填饱肚皮去附近溜达，免得别扭。端起饭碗，扒拉几口，意识到食欲不振，如同嚼蜡。

不知什么时候，依站在我面前，重重地把酒瓶放在桌上，“独个儿喝没意思，满上”。

此刻，依多少有些醉意，顾不上我碗里尚剩米饭，不管三七二十一地把酒倒入碗中，溢出碗口顺着桌面延开。依大大咧咧坐下，双目盯视我，好像要看透我。我不习惯别人审视，脸呈愠色，侧过脸去。终于，依开口说话了。原以为第一句便会询问我的职业或者其他关于我的事情，依不紧不慢地舔了一下嘴唇，告诫随处放手表是个坏习惯。

“我的一块17钻的上海牌，就在小饭店被人偷了。”

这是我的习惯，始终没能改掉，坐定不褪下手表总觉得有些碍事，所以一直戴市面上廉价的那种，即使被什么人顺手牵了羊，也不觉得心疼。

“在哪儿？”

我听从了他的劝告，抓起手表套在腕上。

“东北。那时我去定制机械配件，刚下火车，上馆子吃饭就被偷了。

后悔极了。回S市后，妻子阿珍说没了就没，再买吧。用积蓄买了同样牌子的手表，男式我一块，女士阿珍一块。她高兴，整天把表露在袖口外显摆。我那一块，后来又被人偷了，是在我厂子附近的酒馆里。你说，我这个人的运道是不是不灵的。如今，两块表都没了。她的一块随她入了土。”侬的脸上浮现凄楚的笑容。

我蓦然悟出侬此行的目的。小镇一带是著名的公墓，数十公里外的S市送来一口口骨灰盒，占据了一座座小山丘，峦绵的丘陵满是坟冢，密密麻麻，无法估算。

“快清明了，趁早来烧柱香，以后什么时候再来，还不知道。”

侬呷一口酒，不无感伤地说。

“什么病？”

“心脏病。实在是晓得儿子死讯，一口气没缓过来。”

“儿子病故了？”我吃惊地问。

“不是病，是南方的战事，战死的。我没要政府安葬，一心想让他们母子团聚，给他们置办了墓穴，紧挨着。这样祭扫起来方便，省得奔波。”侬捂着脸，双肩微颤，泪水缓缓地顺着手指缝流淌，消失在手腕处，一条细长的泪痕，仿佛划破了手背，弄得支离破碎。相识不多一会儿，竟然沉浸在悲痛的气氛中，我后悔随处放表的习惯，让对方有了搭讪的理由。我急切地端起酒碗，试图以一声喝，驱散跟前的悲伤。

“不能喝，别勉强。”侬讲，带着固执后的歉意。

我抿了一些，不再碰酒碗，愣睁睁瞅着侬仰脖。冷场使人难堪，手表发出轻微的秒响，试图打破面前的沉寂，反而让人感到窒息。

侬移开视线，发出一阵大笑，笑得唐突令人尴尬，笑声冲破沉闷，却掩遮不住悲怆，搭在酒瓶上的手，颤栗着透悉出心迹。

“说这些干啥？让人心酸。还是说些别的，比如喝酒。”侬讲喝酒多半与遗传有关，“没遗传，为啥有人喝再多没事儿，有人喝丁点就醉，有的人脸会发白发紫。这样的人喝多了，弄不好出人性命。”

我信这一说，喜欢喝酒的人总能在家族中找到嗜好相同的先人，或父辈或祖辈。侬告诉我，自己的父亲喝酒如同他的手艺一样，在苏北老家是出了名的。他是锔碗补缸的手艺人，沿锅碗裂纹钻上小孔，用铁巴钉牢，抹上石灰膏。这手艺早已失传，没有谁还会用补过的锅碗。不过，那时生意不错，有钱喝酒。“那年，老家遇涝灾，爹挑副担子，前筐装满吃饭家伙——钳子、拉钻、锔钉；后筐放着我刚满月的大姐，卷在逃难的人流里来到S市，在浜北七间头落脚，爹走街串巷给人家锔碗补缸，日子过得马马虎虎。后来战火烧来了，市面萧条，手艺人揽不到活，一家人吃喝成困难，况且家里还添了我这张嘴。爹借酒消愁。记得有一回，烂醉在门坎上，爬不进屋，像一滩浸过水的烂污泥，捞都捞不起来。娘费力地抬他上床。爹借着酒劲，劈头盖脸揍我娘。娘一声不吭，揽过爹的脑袋抱在怀里，嘴角淌下的血滴在爹的脸上。这些，我目睹后暗自发誓一辈子不沾酒。事与愿违，我一喝几十年，中间戒过几次，到头来纯粹瞎折腾，至今没戒成。依我所见，戒酒这码事单凭个人意志难办成。日子过得舒畅喝不喝没关系，喝也是助兴；日子艰难，没酒没个消愁处，越喝越愁，不喝又不行。爹一辈子喝酒，恐怕与他一生多灾多难有关。”

侬讲自己的父亲死在嗜酒的份上，一年岁末，一病不起，躺在床上满嘴喷血，茶缸子接都来不及，人瘦得只剩下一副骨架一张皮，冷不丁瞅一眼汗毛直竖。他挣扎着把脸凑近，手抚摸侬的头顶心，说要紧的是学门手艺，不管以后日子过得怎样，别喝酒。说罢，手无力滑下，垂荡在床边晃荡几下咽了气。

“爹死后，娘托人介绍我进了浜南老勃生路的丁裕记马口铁加工厂做学徒。这是家弄堂小厂，老板原来在外国人开的机器制造厂做铜匠，技术蛮好，赚了一些铜钿。在客堂间摆两台小车床，东西厢房放几台冲床，楼上住屋里人。平时产生插销、铰链，也接单子帮大厂做特种配件。我一边学生意，锉锉铰链的卷边、送货卸货；一边帮老板家打杂，带孩子、倒马桶，什么苦活脏活都做。渐渐地沾上了酒，都是苦酒。其实哪里是酒苦，心苦酒才苦，也越容易醉。像今个，才喝了半斤黄的，脑袋就晕乎乎，话多得像撒屁豆。”

我想侬此行的目的，不由脱口而出：“多半是凭吊故人的缘故。”

侬沉默，似乎在思考如何回答，捧起酒杯，慢吞吞喝一口，含在嘴里没下咽，好一会儿才看到喉结缓缓地在脖颈间挪动。

“人活在世上何止遭遇亲人亡故才是痛苦的事情？说穿了，没有什么人能躲过黄泉路。人死脱，痛苦随着日脚的消逝会减轻，这是大实话。但是，可以折磨人一辈子的痛苦，不单是亲人亡故。”

我没有追问隐衷。相识不久，侬已经说了许多自己的故事。

2. 侬摆弄着空酒瓶，像抚摸又似在安慰，脸上露出爱恨交加的表情。侬讲没能照着父亲的遗言做，好生后悔，有过戒酒，又几度放弃。再喝时，几乎形影不离。

侬没抬眼望我，便又倾诉，好像面前的我并不存在，或者说无需我的存在，侬依然会诉说，不在乎有没有听众。侬讲，做学徒满师后，继续在丁裕记做工，工钿比月规钿多了好几块，没觉得剥削不剥削的，行规如此，再讲老板就是师傅，学了手艺又得了铜钿，心里开心。“母亲见我喜欢吃小老酒，无所事事，便要我去小沙渡路上的夜校念书。丁老板不让，一会儿说会轧坏道，人会学坏脱；一会儿说上班学手艺顶要紧。我说，每天早上六点钟到厂，晚上六点钟歇工。丁老板心里一算，比平时还要多做两个钟头，也就答应了。说到底，他是怕我外出花，被别的小厂挖去。”

侬有些自豪，讲自己学车钳刨蛮灵光，图纸一看就懂，连丁老板都佩服。就是文化低些，识字不多，对于读夜校，兴致蛮高。一下班，啃两个馒头就奔过去了。自然，也就没时间喝老酒。“到了夜校，白先生讲老板工钿发少了叫剥削。白先生教我识字，每次转脸在黑板上书写时，齐肩的两条小辫子像拨郎鼓上的小锤，一左一右的晃荡。我给她起了个拨郎先生的绰号，做一只拨郎鼓插在讲台的木缝里恶作剧。她不恼，反而夸我心灵手巧，让我约上两三个伙伴去她那里听故事讲时势。”

小学堂顶楼的宿舍黑咕隆咚，一扇窄小的老虎窗送来一束阳光。她端坐在窗下的阳光里，两条小辫子垂落在肩上，娓娓道来。她讲的故事多半是从鲁迅、高尔基的书里化来的，后来侬读到这些书眼熟。时势也讲，说解放军已经快要打过长江，穷人马上翻身，一起参加护厂反撤离的罢工。

侬在的弄堂小厂做生活，没有人发动罢工。有一天，丁老板问厂子迁到香港跟着去不去？侬说家里有老娘，哪儿也不去。后来不知啥情况，丁老板一家没走，留了下来。大厂护厂反撤离闹得凶，工人成批地罢工。侬跑到浜北的恒大机器厂轧闹猛，看见白先生站在厂区的水塔上，用洋铁皮制成的喇叭筒喊话指挥。侬心里明白喇叭是自己帮着做的，白先生托人找来，要做十只铁皮喇叭。丁老板一看，心里刷清派啥用场的，害怕军警查来受连累。侬悄悄对来人说，“老板不肯做，我私底里帮着做，不过只能做个把个，多了不来事”。来人说，“能做几个就几个”。后来，做成三只，让来人交给白先生，铜钿也没有收。罢工的当天，夜校被军警抄了，也不晓得白先生去哪块，侬猜她一定是共产党。

“初夏，大军进城，我和几个要好的小伙伴上街，看得热血沸腾，这一下要翻身了。丁老板脸色铁青难看，物价飞涨，货色卖不掉，工厂停工。我跑到南京路去看人家贩卖银元和捉人。不久，物价平抑，工厂恢复生产。丁老板脸色还是不好看，进口的马口铁买不到，买到了价钿巨贵，产品价格高，货色卖不脱；翻了身的工人要提高福利，动不动就跑区里去告老板的状，克扣工资福利、偷税漏税、偷工减料。丁老板没有办法，带头公私合营吃定息，小厂合并到恒大机器厂。”

侬告诉我，去报到的这天，接待侬的是一个干练的女干部，齐刷刷的短发，黑黝黝的皮肤，一身飒爽的列宁装。听她的口音蛮耳熟，仔细一瞅，原来是夜校的白先生。四九年头上，她离开夜校，再没有看见过。白先生愣了一下，随即相认，“怎么不叫拨郎先生了？”侬脸红到了脖颈，火辣辣生疼。她仰起脸，眼睛笑弯着问喜欢做啥事体。

侬不假思索地回答，“还是老本行”。

“好！缺的就是技术工人。我们要有自己的技工、技师，你脑子灵光。”

这时，白先生是厂里负责技术的厂长。那年失踪后，她去了解放区，继而北上苏联读书，学工科。这会儿，已成为国营的恒大机器厂还有苏联专家，好像在做重大项目。

“我被分配到动力设备车间做维修工，定为六级工，算是高级技工，工资比我在小厂拿得多。我这个人闲不住，有空闲就喜欢琢磨新玩意。这方面我有些小聪明，所以得了不少带银描金的奖状证书，什么局劳模、技术革新能手，操作比赛奖、节能奖，名目繁多。妻子在世时，有一回闲得没事干，找来一杆秤，一秤多少重？足足八斤。不少吧？昨天，我从床底下找出那包奖状证书带到这里，在坟前全烧了。最有意思的是诗歌奖，打油诗：工字加人是个天，力气大的气煞天，脑袋灵光高于天，工人定能胜过天。翻到这个奖状时，捧腹笑煞脱。这是什么诗，还能得奖？”

“为什么烧了？毕竟记录着过去。”我望着咧嘴笑的侬讲。

“光提当年勇有什么用，背上过去还能往前走？我不想背上过去往前走，负担太重。恒大机器厂是大型国企，说关就关了。据说地盘卖给了房地产商，厂房拆光盖楼房。一部分年轻有技术的职工去合资公司，像我这样的老棺材，还有两三年要退休的劝说回家，厂里帮着交社保，直到六十办退休，拿养老金；还有一种买断，拿二三万块铜钿，与厂子拗断。我选择了前者，工厂是我的家，不能没有它。碰到的困难是一下子没了收入，只能吃老本，可惜我的节蓄不多。看，我又说岔开了，还是继续说吃酒。”侬中止话题岔开去，看得出不情愿多说面临的困境。

进了恒大机器厂后，萌生戒酒的念头，红红火火的日子摆在跟前，没辰光灌迷魂汤打发日子。想是一码事，做起来不易。两天不喝，第三天犯酒瘾，浑身不自在，嘴里黏糊糊一股腥臭味，不住淌口水。“那会儿，正在琢磨搞技术革新，就是改车床单刀切削为多刀，多刀并进，效率高。这项革新，不像以前搞的小打小闹，碰到不少困难。我有些灰心丧气，泡酒馆喝酒，喝到七八分醉跑回家爬上床倒头昏睡。第二天，朦朦胧胧地觉得阳光已透过窗户，照在脸上，感觉错过了上班时间。”侬回忆说。

那会儿，侬睁开浮肿的醉眼，看见阿珍坐在床沿，傻愣愣地瞅着，不吭声唤醒侬。侬掀开被子，披上衣服，扯起嗓子骂人。自从进了恒大厂，早把厂子当成了家，泡在厂里是家常便饭，上班迟到，自然心里难受。阿珍莞尔一笑，平静地反问：“平常为啥不误工呢？”这一问，泄了气，没话应对。推着脚踏车走进厂门，灰溜溜不敢抬头，像做了亏心事体见不得人。偏巧遇见白大姐，瞅见侬垂头丧气的样子说：“别把身子弄垮了。瞧，眼睛布满血丝。”几句话，说得侬眼眶湿润，只想掉泪，懊悔喝酒误事，就差没往自己脸上掮耳光了。这天下班回家，饭桌上五花八门摆满一桌小菜，还有一碟馋人的焐酥豆——下酒菜。阿珍系着围腰子里外忙碌，笑盈盈递上酒。侬一把抓过酒瓶，打开瓶盖时心里咯噔一下子觉得不是味，早上还为喝酒误事痛悔，碰到酒怎忘了？站一旁的阿珍不动声色，轻巧地拿过酒瓶，满满斟上一杯，“喝呀！老酒面前你向来是个大好佬”。望一眼讥嘲的脸，侬压低嗓门忿忿地问：“我还能喝吗？”话音刚落，阿珍说了一句："戒了吧，醉醺醺的弄不好事体。"侬垂头丧气地说了一个字戒。阿珍得意地还酒入瓶，"不反悔？"她摸透侬的脾气，硬扭一定不成，心里反得厉害，顺毛撸会乖乖地缴械投降。

"真戒了？"我疑问顿起，忍不住问了一声。

侬笑着摆摆手，站起身子踱起步，"哪能轻易呢？不止一次地吃辣火酱戒酒瘾，整汤勺整汤勺。阿珍见了直掉泪，心疼起来，劝我勒马回头别戒了。这当口，我没听她的"。

我想象吃辣火酱的情景一定痛苦。

酒算是戒了，脑瓜子清爽许多，技术的难题还是没解决。那天，侬带着图纸模型去找白大姐讨援兵。她正在与人开会，好像还有苏联专家。墙上挂满工厂扩建的图纸，她脸冲图纸，画写着什么，回转过身，朝身材高大的苏联专家叽里呱啦说了一通，苏联专家双臂抱在胸前，哼着怪里怪气的小调。"大姐转过脸的瞬间，我意识到她还是当年那个拨郎先生，小辫没了，执着的劲道没减。我怕打搅他们，悄悄退出屋子。大姐发现我，问有啥事体。我说来讨援兵，一股脑抖落出想说的话。白大姐拍拍的我肩胛，说多刀把运行是金属切削领域的难题，解决这个问题，切削的效率可以成倍提高，解决大难题。她安排专家，帮我克服困难。第二天早，一帮技术人员不知什么时候已经蹲在车间里，一声不吭地在地上画了不少粉笔草图。昨天见过面的苏联专家叫别兹洛夫，扬起手里的锡制酒壶，冲我嚷着要我喝两口伏特加。我忖思这算遇上酒友了。我没接过酒壶，既然答应阿珍戒酒不能食言，举起一茶缸子浓茶代酒。"

很快症结找到，多刀同步进行切削时受力点分布不均，影响切削的质量。毛病找到病根就可以对症下药了。不久，多刀把搞成了。别兹洛夫说，可以考虑实现半自动化，降低劳动强度。这话让侬开窍。可惜，侬不懂电器。没办法，还是跑去找白大姐搬救兵。

半自动多刀切削器通过专家的鉴定，送进工业展览馆，还作为S市的科技革新项目报送部里。庆功时犯了难，要不要喝几口？“阿珍揣摩出我的心事，骂我是死心眼，遇上高兴的事，自然喝喽，喝个痛快，开心的酒要喝。这个女人善解人意，说到点子上了，遇上高兴的事，再硬的酒入口都糯稠，通体透心舒畅。”侬边说边笑了。

领完奖，有庆功宴。得了阿珍的令箭，放开酒量喝。坐在边上的白大姐吃惊地表示“没想到你这么能喝”，侬回答“为这，我都快两年没碰酒了”。白大姐讲，“那痛快一回”。同桌的人望着侬喝酒如喝水目瞪口呆，忘掉了自己吃喝，侬不好意思起来，再三推辞说不能喝了。别兹洛夫掰开侬捂住酒杯的手，“在中国，我头一趟遭逢对手”。这时，白大姐朗声宣布为劳动者干一杯。同桌的人接过酒瓶，结果倒不出一滴，别兹洛夫仰脖喝涸老酒，冲同桌扮鬼脸，拉侬悄悄溜出了饭厅，来到广场。那天，正值劳动节前夜，一片火树银花，喷水池里的水柱此起彼伏翩然起舞，在彩灯的光照下绚丽缤纷。“此景此情，我脑子里莫名其妙地冒出了爹说我一生多灾多难的预言，嘴角不由浮出几分浅笑，我是摊上劳动人民当家作主的好时代，爹若活到今天，也不会49岁就结束性命。忆及爹，心里泛起酸楚。不知何时白大姐出现在广场上，笑着指点我俩说，俩酒鬼，来合影吧。我和别兹洛夫站在喷水池边，留了个影，就是这张。”

侬从风衣内兜里掏出一个陈旧的塑料票夹，抽出一份折叠得四四方方的旧报纸，小心翼翼地展开，右上端的照片模糊，只能辨出俩人的轮廓，侧身站的一个是外国人的样子，显然是别兹洛夫。我想你珍藏这份报纸已有年头，并且展示过无数次，图片下的文字引起我的兴趣。

本市恒大机器厂工人武华宗喜获劳动模范光荣称号。他在长期的生产实践中刻苦钻研，不断创新，经过三年的努力，在苏联专家别兹洛夫的指导下，成功发明我国第一台半自动多刀切削器，简化切削工艺，提高劳动生产效益，使传统机床的效率提高十倍，并为实现金属切削的自动化奠定基础，为社会主义建设做出重要贡献。它的诞生是苏中友谊的结晶……

那夜侬回到家，推开房门，顺势倒在门边，无法爬到床上，脑袋指挥不了四肢，手脚离开身子一样不听使唤。阿珍听到门口响动，蹑手蹑脚走来，蹲下身子架起侬，轻轻地放倒在床上。侬回忆："我觉得她酷似我的母亲。那年爹喝醉酒娘也是架起他，放倒床上。泪水扑扑簌簌地落下，过去的事历历在目，浮现眼前。阿珍泡了一壶酽酽的茶水，灌我喝下，问我为啥掉泪。爹醉酒的一幕，我不能忘。她说'真有你的，你爹喝的是苦酒。今天，该高兴才是'。我一头歪在她的怀里，喃喃地说你懂我。"

3. 这时，侬提高嗓门，问店家还有酒吗。仍然是那个络腮胡子的大汉，在厨房里脸都没露反问，什么酒？侬回答特加饭。大汉说，这里的人喜欢吃善酿。侬说，只要是酒便可，拿两瓶。我说，多了，吃不了。侬说吃吃讲讲，恐怕还不够。酒水搞停当后，侬便继续。

不久，厂里分了新房子，一家人搬出了七间头的棚户，住到新建成的苏式小洋楼里，占了朝南的一大间，敞亮舒适，还有厨房、卫生间，虽是合用，烧的是煤气，用的是抽水马桶，这可乐坏了阿珍。那天搬家，她按老家的习惯，在门前的小花园里，埋了几坛好酒，说是等儿子结婚时取出来庆贺。过来帮忙搬家的工友嘻笑着打趣说，哪天趁天黑，偷着挖出来喝掉。那天，来的工友一二十个，阿珍烧了两桌菜蔬，晚上又喝，连阿珍也喝了。家里，像过年一样，连摆三天酒席，亲戚朋友来白相，羡煞人了。没隔几天，厂里要侬担任车间主任。白大姐起先不主张，说应该去学校深造。可是，侬没有依照她的意思，还是上任了。

“我这一辈子，成在技术革新上，亏也在这上头。后来，有人贴大字报说我是白大姐的苏修特务小组成员，出卖技术情报，也有说我光知道搞技术革新，不抓革命，光知道促生产，不让工人造反，是个保皇派。我被关进了牛棚。如果当年不搞革新，兴许不会有这一天。不过坦率地说我没后悔。”侬说。

我抬起脸，望着侬微显紫色的嘴唇，说了一些那是个荒唐的年代，什么都被颠倒之类的话。自然，这起不了什么作用，只是一种宽慰。

侬和白大姐一起关进牛棚。她猫在角落里，整天介埋头写交待，神情沮丧。有一天，侬实在看不过去了，抢过她面前的一叠纸，“大姐，搞技术革新，抓生产没错，有什么可交代的？苏修特务更是无中生有。别理他们”。她说：“那是执行修正主义路线，上级要批，我们就反省。”她要过侬手里的纸头，继续埋头写。此后，她像怕染上瘟疫般尽量避开侬，见面也不爱搭理，大概是害怕影响改造。

阻拦白大姐写交待的事，厂革委会的头头知道了，派来几条大汉把侬弄到一间废弃的地下室，那白吊眼小头目说：“老白把你的事揭发了。对抗改造，攻击造反派。死心塌地地为她守什么密？”侬不信这茬，多半是离间计，来个狗咬狗正中他们的怀。侬轻蔑地哼了一声，“别来这一套，老子不吃”。白吊眼用铁钳扒口侬的嘴巴，把装在酒瓶里的尿硬灌进侬的嘴，还一个劲叫嚷：“你不是挺能喝酒的吗，来两口。”尿流进了胃，最后一口含在嘴里，喷了他一脸。

审查约摸一年多，没有苏修间谍的事，搞不出名堂，又遇上面号召抓革命促生产，厂革会念及侬有一手技术，放回车间。侬说：“如果没有过硬的技术，不知关到猴年马月，照我的性格，说不定还会死在牛棚里。我想到爹讲过的话，人没一份手艺活着难，他的话被验证了，从古至今一个理。回了车间，没让我再做车间主任，干维修，我不在乎，只要有活干，心里踏实。不干活，反倒觉得不自在。工业是国家的经济台柱，全去抓革命了，没人促生产吃什么？”

不久，白大姐下放班组监督劳动，摇车床柄。她沉默寡语，一脸阴云，终日不见笑容，连头都不愿抬，害怕接触人的眼光。她摇车床柄不在行，起早摸黑完不成白吊眼下达的劳动指标，私底下侬替她干掉不少，她不住摇脑袋，“脱胎换骨，好好改造，我是犯了错误的人”。她的身子骨逐渐支撑不住，有一次在磨刀间，侬目睹她咳出血来，用砂轮机下的粉末掩盖。侬夺过她手中的钨钢刀，“大姐，甭逞强了，让我帮一把吧”。她拉住侬的胳膊，拖着哭腔，“阿宗师傅，我对不住你”。侬不明白她说的是什么，兴许真像白吊眼说的是她告发了让她拒写检查的事。即使这样，侬也原谅，多少人能抗住那般折磨？熬过来不容易。何况，还是个女人。

勾着脑袋反剪着手走进家门，侬抬头吃了一惊，疑心走错了门。饭桌上摆放着大盘小碟，丝丝冒着热气，袭来阵阵香味。

阿珍招呼侬，恭恭敬敬地把一瓶好酒放在桌上。“屋里来客人？”“没。这瓶酒还是你戒酒那年留下的，我封口藏了起来。这会儿，该是喝的时候了。不过喝到六分即可，不可醉。”侬似乎已经不习惯借酒消愁，再窝囊的日子也要活下去。木纳纳地坐着，眼睛盯视着酒瓶。阿珍拿来两只酒杯，“来吧，我陪你。看你愁的，愁在心里会沤出毛病。喝了畅快些。”她的目光停落在侬脸上，侬瞌下眼睑，捧起酒杯，一股暖流徐徐从喉头流遍全身。阿珍抿了一小口，放下酒杯，望着侬喝，不住提醒喝慢些，小心呛着。侬用手使劲抹了一把脸，说：“那会儿搞多刀把碰到难处，你劝我戒掉借酒消愁的坏毛病，今天……”“阿宗，这是需要。”说罢，她仰脖喝尽，招来一阵猛咳。侬仰脖喝了，把杯子摔在地上，“喝——多快喝死人了”。阿珍轻声咕哝了一句：“还得喝啊。”

以后，每天下班回家，阿珍都端出酒来，让侬喝一些上床歇息，一直延续到她撒手离开侬。阿珍去世后，侬说，“没人管着，喝起来不醉不罢休。毕竟自己不是二十大几时，俗话说上了年纪的人添一岁，酒减一分，酒多伤身。”说到这里，侬流泪了。这是经历过坎坷的男人才有的悲伤，没有嘶嚎，没有呜咽，有的只是无声地让泪水顺着脸颊流淌。良久，侬抽出手，甩去上面的泪水，像甩去悲痛的过去。

“也是像今天一样阴晦的傍晚，拾掇完车床，去更衣室换掉油渍麻花的工装，预备下班，心里惦着阿珍，一定摆好了酒，等我吃喝。一辆吉普车驶来，停在车间大门外，车上下来几个军人，大步走来，领头的是个两鬓花白的老同志，伸出手抓住我的双肩，说我有一个英勇的儿子。我心猛地抽搐一下，似乎预感到什么。身后的小兵捧着一方枣红色的骨灰盒，盒盖上放着一张烫金的烈士证书，我垂着手，没去接那盒子，眼前什么也看不见，整个人傻了，就像当众竖根铁棍，脑壳里装的是豆渣一样的东西，失去了记忆……”

侬讲不知道儿子牺牲在哪儿，怎么牺牲的，来人没交代，恐怕是军事秘密。后来，一个偶然的机会，遇上同儿子一起当兵的人，才知道他死在援越抗美作战中，连尸骸都没能找到，骨灰盒里盛着一把异国的焦土。阿珍连这些都不知道，就咽了气，怀里搂着骨灰盒，扒都扒不开。后来，侬把母子两个葬在了这里，方有了今日之行。

亲人相继去世，侬没少喝酒。一次，厂医看见侬脸呈黑色，拉去做体检，一摸右肋下的腹部，肝肿大两指。她敲着验血单子，警告不能喝了，要不要性命？“这一问，害怕了，整日昏昏沉沉地以酒相伴，给酒精毁了。亲人离去，日子还要过，事情也要做。我琢磨第二代新式刀把，全自动的那一种，暗自画了不少草图。可惜，那年月没人关心这事，草图什么的全堆在家里的桌子上，桌子上除图纸，还有酒瓶，只余下一小块地方吃饭。一个人吃喝，用不了多大的地儿。自然，酒没能戒成。”

此时，我不禁端起酒杯，喝了一大口。从来不会喝酒的我，恐怕是受到感染，有一种想喝的冲动。侬试图给我再斟些，我捂住酒碗。侬也不坚持，给自己添了一些。

我想知道以后的事情，急切地问，“后来，再没想戒过？”

4. 侬用风衣袖口擦擦嘴角残存的酒渍，肯定地回答戒过。那是一个春暖花开的时节，面对一堆图纸独自喝酒，屋里充满酒味，划根火柴没准能燃着。醉眼朦胧地望着五斗橱上老伴和儿子的黑框照片，嘴里念叨不停。打他们去世后，侬时常冲照片嘀咕，仿佛有许多话要对他们讲。絮叨过后，真想嚎啕一场，又哭不出来。隐约地听见敲门声。侬踉跄走去开门，门洞里站着喜气的白大姐。她洒脱地把拎包扔在床上，推开窗户，一顿数落，“光知道喝，都快跌入酒缸爬不起来了，非毁了不可。要明白，你曾是刀具大王！”“那又怎么样？”“把酒瓶送进废品站。”丁大姐用脚尖拨开歪倒在地上的酒瓶。

老大不情愿地拾掇起空酒瓶，装入麻袋。桌子上的酒瓶里还剩大半，侬避开她的视线，搁在了床脚边。白大姐留意侬的一举一动，夺过酒瓶拨开塞子，咕咚倒到窗外。侬无奈地背着沉甸甸的麻袋，去了废品站。

回到屋子，傻了眼，半导体收音机音量拧得极大，播放着欢快，窗上玻璃擦得干净，屋里明亮许多。白大姐手拿扫帚，站在一堆从床肚里扫出来的破袜烂鞋面前，“该给你寻个伴，往后的日子不能这样过”。侬喘着粗气：“我能熬过去，习惯了。”“同志，往后不会有黑白颠倒的日子了，过去的一切不实之词，组织上彻底推翻。”白大姐说。

半导体里放出李光曦唱的《祝酒歌》：美酒飘香战歌飞，朋友请你干一杯，胜利的十月永难忘，杯中洒满幸福泪……听着这歌，侬的泪水扑扑簌簌掉下来，想起当年与别兹洛夫喝酒的情景，浑身热乎乎。“大姐，一切真的都过去了吗？”侬搓着手，试图掩遮兴奋引起的颤动。白大姐说，“走，上我家痛痛快快地干一杯。下不为例”。

不幸的日子过去了，老酒瓶像个警叹号立在句末，也许警示着翻过去的不能再重演。侬心系自动化多刀把的研究，觉得知识不够用，后悔当初没有听从白大姐去深造的提议。于是，上图书馆找资料、查阅外国新研究成果。图书馆门前，等着看书的人排起长队，侬排在中间，有一点不自在。

阅览室借书柜前，站着一个小辫垂肩的姑娘，模样挺像年轻时的白大姐。侬唤了三遍借书，她才转过脸，哂笑着问，“你也来看书？”侬生气，不来看书难道来打劫？低头瞅一眼自己，邋里邋遢像个拾破烂，只配在垃圾桶边转跃，难怪人家误解。换上沉箱底的中山装，胸前口袋插上两支钢笔，胳膊夹着厚厚一叠图纸，神抖抖地混在一帮年轻人中间走进图书馆，觉得自己年轻许多，回到了过去的日日夜夜。那姑娘再见侬，说是修钢笔的，笑弯了腰。

白大姐接过搞成的设计方案，高兴地说：“这才是你。”“大姐，我怕自己再也搞不成全自动的，失望过。”“你比我勇敢，根子红，出身好，敢想敢说敢做。在那种境遇中，还坚持革新。”侬挠挠头皮，憨笑起来，说不做这些事情，难打发时间，一天天过得太慢。

白大姐支持技术革新，指派彭志雄和一个技术人员帮着搭成技改班子。彭工性格豪放，身材不高，显得敦实粗壮，走路脚下生风，难有人能撵上。可惜，一口江西老俵腔，凑合着能听懂个大概。无论新结识谁，开口头一句就是：“改不了口音，顽固呦。”

终于，全自动有了眉目，彭工攻克电子自控技术应用到金属切削的难题，等着厂部拨经费配套试制。这时，白大姐已去局里，厂长换了才从R国考察归来的米德成。她苦笑着摊摊手，“不能直接批经费了，尽力帮你们呼吁”。她说得谦和。她有难处，米德成接任不久，该扶一把走一程，越权批下经费岂不拆台？等了一段时间，不见厂里有回音，彭工耐不住了，“活人不能被尿憋死，厂里报废的机床不少，拼凑一下不就有了？”侬和彭工玩命似地扑在废物堆里，硬是靠手扒肩扛弄出几台烂车床，拼装成一台。侬发现彭工有些反常，干一会儿活便走到犄角旮旯里束裤带。“嘿，怎么了？”彭工咧咧嘴，“裤子要掉，皮带收不住”。他瘦脱了一圈。“悠着点，不要弄垮身子。”“你没少干啊，还劝我？”“我玩命没关系，搞完就大功告成了。你日子还长，不是一锤子买卖。”彭工接过一截电线，穿进裤腰襻，用力拴住，“这下结实了，还提精神”。“我是过来之人，不会让你上当。”侬接过他的话茬，顺嘴说了一句。

5. 风云突变，厂里疯传要解散技改小组，说国外自动化技术已经相当成熟，再搞没多大意思。技改小组的人马接二连三地被抽走，剩下侬独个看摊子。这一下，侬猴急起来，火烧屁股似的找到白大姐。她端坐在一张大写字台前，正在看报纸，握着报纸的手上，戴个刺眼的金戒指。她抬起脸，缓缓地取下鼻梁上的老花眼镜，眼镜在胸前晃悠。她的目光让侬吃惊，陌生得几乎是萍水相逢的路人。“风风火火的性子，做什么？”“大姐，50年代我们搞出半自动，耗了多少心血你清楚，为企业创造财富你也知道。它是过去搞成的，这不假，也不能因此就否定它的价值。再说，全自动的能加工高精尖的零件，与进口的质量不相上下。”白大姐撂下报纸，拿过一柄精致的小剪刀，转身去修剪窗台上的一盆白边吊兰，剪下几张黄叶。在她扭头背过去的刹那，侬意识到不再有当年的拨郎先生，富态的身子行动迟缓。她用一种花开花落去的口吻说：“我已经办了离休手续，无能为力了。厂里决定向R国进口设备，70年代中期产品，世界一流。我们相识有三十多年了吧，该激流勇退了。老了，阿宗师傅。”侬笨嘴拙舌，无言以对，出门时让门坎绊一记，趔趄着险些跌倒，白大姐赶紧过来搀扶。

依挣脱，一瘸一拐地走了。依对我讲，“大姐，曾经是风帆，鼓舞我这艘小船往前行。现在成了沙渚，让我搁浅，止步不前。要知道，多功能刀把倾注了我一辈子的心血，它还能创造财富，怎能弃它不顾呢？如果成千上万的老式车床换上新研制的成果，能节省多少外汇？”

去找米德成，他身子埋在一张大沙发里，腿架在茶几上，龙虾般蜷着，一门心思擦脚上的皮鞋，皮鞋锃亮，一尘不染。听完陈述，他收回脚，烦躁地在办公室里踱起步，似乎在思考如何回复。缄默良久，“我要效益，要我们厂的效益”。依冒火，“效益？进口一套设备需要花多少铜钿”。话音未落，厂长恼了，“目光短浅，投入生产后它能创造高效益。你能保证你的技改成果质量上乘、性能稳定，全国都能用？全国的不关我的事，我要厂里的效益效率，见效时间越短越好。请回吧，我要去机场，R 国商人要到了”。米厂长下逐客令。

依没有善罢甘休，铁下心阻拦这件事情。第二天，打听到米厂长的行踪，在招待所签合同，赶紧奔去。闯进餐厅，空无一人，显然宾客尚未抵达。依退出餐厅，站在过道的屏风后面候着，心里不免打起鼓点，当着 R 国商人的面，同米厂长争执妥当吗？ R 国商人兴许会笑话。没别的办法了，宴请前就要签合同。转念一想，把米厂长拖到屏风后面，避开R 国商人的眼目。

一溜烟几辆小轿车鱼贯进入招待所的大门，车上跳下米厂长，快跑到轿车的另一边，拉开车门，手垫在门框上，“请下车。那事拜托了”。一个秃顶的胖商人钻出车门，样子像是华人，他双手插腰站在车门旁，眯缝着眼，傲慢地凝望天空上的浮云，随后迈开腿，气宇轩昂地跨上台阶，一边走一边与米厂长交谈，走到屏风前，他俩站住了。“放心吧，他在 R 国求学的开销本公司负责，一次性汇入银行。”这是 R 国胖商人的声音。米厂长压低嗓门，“我替我儿子感谢你！”“你至少在两年内，完成二十台的销售。”“是，是，是。我会再购一台，并且向兄弟厂推销，做一个大大的销售员。”难怪不同意拨款搞全自动多刀把，执意进口，背后有不可告人的交易。侬按捺不住，窜到他们面前，拦住米厂长的去路，指着他的鼻子，嘴直哆嗦，说不出一句完整的话，好久蹦出钱权交易四个字。米厂长故作镇定，握住侬的手，笑容可掬地抖动几下，“老同志，来吧，一起喝几杯。你的酒量全厂闻名，正好作陪”。侬抽出手，冷笑一声，“收起这套，卑鄙透顶”。“卑鄙？现在是什么年代，开放了懂吗？”“你就这样个开放法？”“你的多刀把和50年代全过去了，思想不能守旧。”侬低声吼了一声，“我要告你”。米厂长呵呵大笑，“告我？你有证据吗？告到天边也不怕”。“先前的话，我全听见了。”“那又怎样？不是你想象的。”说罢，他跑去跟门卫嘀咕几句，三四条大汉疾步跑来，架住侬的胳膊，丢进不远处曾经关押过侬的那间地下室，直到晚上才被放回家。侬走在回家的道上，心想黑漆的地下室为什么没被填平，至今还派用场？

回到家，侬想喝酒了，找遍角落没找到。突然想起，当年搬家时与阿珍在家门的小花园里埋过几坛老酒，便拿着切菜刀，摸黑挖出来，自斟自饮，越喝心里越觉得难受，找笔铺纸，向纪委写举报信。“这本是一桩正常的事，可心里不是滋味，手不住打颤，不知如何写。这倒不是害怕什么，关键是心里难受。”侬讲起那时的心情。

局纪委重视这桩事体，很快做出调查结论，说反映的事情缺乏证据，如果当初有录音就另当别论了。至于关押，由米德成赔礼道歉。侬说，“对个人赔不赔礼，道不道歉无所谓，重要的是不能让厂子、国家受到损失，这是任何人都赔不起的事体”。

技改小组散了，侬回到车间摇车床柄。彭工摸到侬家里，掏出怀里的江西酒往桌上一搁，“阿宗师傅，干。我知道你好酒量。”这时，侬已经独饮了不少，蔫蔫地回答不能喝了。彭工自顾自一个劲地喝。瞅他的模样，就知道他不擅长，没几口脸涨成猪肝色，瞪着两颗通红的眼睛，舌头短了一截。侬夺过酒杯，“别喝了。你的路宽着哩，以酒消愁不是个活法”。彭工垂下眼睑，木呆了一会儿，拖着哭腔说自己是70年代由赣中推荐到S市上大学，后来到厂里上班，没能干出什么成绩，如今能做事，快出成绩了，厂里硬不让干。说着，呜咽起来。侬找不到安慰的词句，只想掉泪。他止住抽泣，“我愧对赣中父老乡亲，他们还是红米饭南瓜汤的熬日子，我要回去”。后来，这汉子果真跑回老家，来信告诉侬，家乡人欢迎他，出任县办农机厂的厂长，这一下可以派上用场。

两台进口机床一前一后由海上运进厂，原本狭小的车间装不下，厂里另拨资金建一处车间。机器搁在厂区大道上，日晒雨淋，野猫子做窝，窜来窜去捉迷藏。看了心疼，是侬的反应。起先给厂、局里反映，不见回复。于是，干脆给报社去封人民来信，报社没多耽搁，派个年轻的记者来调查。

那记者走路一颠一晃，像个老兵油子，闯进车间，嚷嚷着找侬。见面时，没大没小地拍着侬的肩膀，“你这老头有种，敢写”。“这是责任，不是敢不敢的问题。”侬硬邦邦地回了一句。侬对我说，“当时，心里不高兴，觉得这记者多半没能耐把这事情捅上报纸，瞎问一气，拍拍屁股跑路。记者让我领他去实地察看，在包装已损的进口机床边，他问了好些问题，我一一作回答。他一副心不在焉的样子，东张西望走神，也不作记录。等我说完了，他结巴地表示，进口设备置在露天，遭到损坏，是明摆的事实，不管什么理由，都开脱不了渎职的责任，要捅出去。我想这家伙说大话掼浪头，事情落在这号人手里，恐怕没法子指望。没出三天，我的信和记者调查附记一起上了报纸头版。那调查附记写得尖锐、深刻，读了让人震动，我服了这个年轻人。现在的年轻人让人难琢磨”。

这一下，厂长米德成坐不住了，满脸堆笑地请侬去办公室，大加赞赏一番，说什么主人翁意识，爱厂如爱家。侬回答，过去这样讲不为过，现在是容不得坏人作恶。米德成笑模悠悠地说照顾侬去做门卫，“你是我们工厂的功臣，该享受清福了，轻松舒服”。侬反问，“享受清福？除非等我搞完了全自动”。他翻白眼，没吱声。

进口机床终于搬进了车间，调试后没法投入正常使用。这些机器娇嫩，国产的润滑油不能加，加了后三天两头堵管道，用进口润滑油单这一项每年要耗费不少外汇，厂里负担不起，只能全线停产，重新启用50年代搞成的多刀把。R国商人做生意，能把肥肉往你嘴里送？“靠别人不靠自己，强硬不起来。望着模样俊俏的进口货，想到自己搞的全自动多刀把，伤心极了。只需花费进口机床的十分之一甚至更少，自行设计的自控机床就能成功。”

这会儿，侬还想着米德成能回心转意，打定主意跑去商量恢复自控车床的试制，哪怕热脸孔贴着冷屁股也要去试一试。米德成不是说今天有事，就是说明天开会，让厂办秘书挡驾，一拖再拖这事被无限期的耽搁下来。直到有一天，被缠烦的秘书说了一句话，才让侬死心。不错，应该想到米厂长打心眼里恨侬。为了进口车床侬告状，险些儿坏了他的好事，还低三下四地给报社写信做检讨，上级差点儿撤他职，再要米德成支持搞技改简直异想天开。

6. 这一年，侬去厂门口看门做门卫。也是在这一年，米德成拿厂里的优质资产与R国的那个公司做了一家合资企业，据说生产全自动机床，向世界各地销售。留下一大批他看不上眼的职工在老厂维持。老厂效益剧跌，工人发不出工资。苦熬年把，米德成干脆打报告给局里说卖脱老厂，开发房地产，工人回家或自谋出路重新就业，说是适应城市产业结构调整。局里同意。

侬选择了保籍加金，不领工资。在侬心里厂子就是家，离开它空落落的，没有依托。侬说，“可惜，这家百年老厂，国营重点企业，说没就没了。米德成这类蛀虫，表面上成了合资公司的董事长，占股份、住洋房、开豪车、子女留洋。每次端起酒杯，心里总有说不出的滋味”。

侬抓过扳头，打开酒瓶，咕哝哝给自己倒上，呷一口，啧啧嘴，“酒呀，这东西高兴时喝，延年益寿；痛苦时喝，折寿短命。有时想，该是戒了，多活几年，看看米德成他们的下场。喝或戒的念头老在心里打架，犹豫不定，不知这趟去赣中，能不能改掉借酒消愁的坏毛病。我总想有那么一天的”。

“跑到赣中去做啥？”我仰起脸，望着老泪纵横的你，脱口问了一句。侬盯视着酒瓶，一字一顿地说：“彭工来找我，告诉说，他的厂子已经转制，准备生产我们搞的全自动多刀把，邀我去他那儿。看，飞机票都给送过来了，明天下午一点，还不知道能不能赶上。该死的长途汽车误事。”

“此去，一定给到高薪吧。”

侬唬起脸，双眼瞪得极大，额头上的皱纹朝眉心拢去，粗糙的褶皱生出几分木刻感，深邃且苍老。“为钱才不愿跑去哩。凭我的一手技术，在江浙一带找一个差使，做做技术顾问，能赚不少铜钿，S 市的不少高级技工都是这样做的。我不贪钱财，就说现成的吧，至今还有不少人鼓捣我把多刀把送专利局，申请个专利什么的，也能赚不少钱。我不能这样做，它是一代人努力的结果，单凭我独个不会做成。我只有一个心事，把它搞成投产，为那些老车床新生，做些事情，也不枉费此生。”

这时，小饭馆的厨师过来，不见了络腮胡子，大概闲在厨房里无聊剃了。他说我俩滞留饭厅太久，应该回房歇息，他要收拾残局。我不愿侬结束叙述，不情愿地离开座位，走到侬跟前，伸手试图搀扶。侬甩手挣脱，转身抓过剩有酒的瓶子，找到铁皮盖子盖牢，攥住瓶颈，踩着水泥浇筑成的阶梯拾级而上。我意识到侬根本没醉，甚至还蛮清醒，暗自佩服侬的酒量。

走进狭小的客房，简单的两张单人床，中间隔着一个床头柜。侬把酒瓶放在床肚下，身子斜歪床头，双腿垂荡床边，机械地晃动，无意碰倒了酒瓶，俯身给酒瓶换了位置。床头灯低低地照着，橙色的光线使人欲睡，侬不住搓揉老眼，继续诉说。

就在来这小镇的前两天，别兹洛夫打从天上掉下来一样，出现在家门口。他老许多，鬓发杂色纷起，唯有脸色还如同以前一样红润泛光，小胡子一翘一翘精神。侬拉住他的手，好久没放开。别兹洛夫咧开大嘴，哈哈大笑："我又嗅到了你夫人做的菜肴香，馋了。"自从那个劳动节痛饮后，侬多了一个酒友，常与他聚在家里喝一通。别兹洛夫喜欢吃阿珍烧的菜蔬。

"他率领W国工业技术考察团来S市，挤时间上了我家。他喋喋不休地说起回国后的经历，当选工程院士。苏联解体后他回到W国，出任工业技术委员会的主任。他抓起我搁在床头的多刀把模型，放在手掌心里，像托着一件精致的古玩。'多亏了当初搞成它，回国后居然轻松地拥有了一切。'他说。我接过模型，放回原处，默然无语。我能说什么呢？风风雨雨几十年，一无所有，只有这个多刀把。别兹洛夫沉醉在相见的喜悦中，没在意我脸呈灰土，一个劲地说他回国后的事情，连老婆儿子孙子都说了。我紧挡住身后的两帧黑框照片，痛苦揉碎了沉于心底。我的缄默，别兹洛夫变得尴尬，颇无聊地在我屋里踱起步，两个阔别已久的老友相对无语，这难堪没法子形容。临了，他脱下八成新的风衣，折叠成四四方方地递给我，'旧的，做个留念'。他轻声地说了一句。送别时，我想到什么，赶忙取来彭工从江西捎来的酒，塞在他的怀里。别兹洛夫蓝色的眼睛，放出贪婪的光，表示好久没喝上了。"

说着，侬起身脱下黑风衣，搁在床上。"别兹洛夫问我还喝酒吗？我故作豪爽地回答喝。说实在的，我想戒酒，只是在高兴时才呷上两口。我没做到。"

侬一连打了好几个哈欠。“不说了，人和人不一样，何必羡慕。此去赣中，能搞成事情，我这一辈子也算没白活，有了个交代。人活一辈子，不该是一张白纸，没留下有价值的东西。”

侬越说越轻，临了几乎如同梦呓，喃喃地听不清爽。也许是酒精的作用，侬不知不觉已进入梦境，脸上皱纹舒展，嘴角溢出笑意。我想梦中侬或许重逢失去已久的亲人，或许看到自己的发明获得了新生。侬笑得深情。

这一夜，我不能入寐，不是鼾声所致，而是侬的诉说，回荡脑际难以忘记。我几次试图推醒侬，再说些过去的事体，可转念想到明日的远行，止住了。

……

翌晨，一抹瑰色的阳光照进浊气浓重的客房，送来一股清新，整个房间有了一些生机，缓慢地让人舒心。我急忙撩开被窝，走到床前。侬已离去，不见了黑色风衣。一定在我熟睡时，生怕打搅，悄悄上路。我的脚无意间碰到床肚里的酒瓶，吃惊侬竟然没带走。撩起床单，酒瓶孤独地躺在积尘已久的地上，有些遭遗弃的悲哀。

我来到窗前，酒瓶的主人消失在通往汽车站的大道上，恐怕搭上头班车返回S市，赶下一程去了。我想这不是遗忘，遗忘老酒对于一个好酒的人来说不可思议。我记得侬流露出赴赣中戒酒的心愿，祈祷能如愿。转念一想，那里也盛产白酒，能否戒掉？不过不全部戒也行，但愿喝的是开心的酒。此刻，阳光洒出一片璀璨，给窗外的大道铺上一层惬意的视感。

（作于2019年5月沪上锦园观旭楼）

弄堂闲事三章

混堂有事

1. 弄堂有混堂，方酒鬼住在斜对过的灶披间。

灶披间是烧饭的地方，不知为啥，方酒鬼搬过来变了。住在同一个门牌号头里的人家，炉灶搬到了过道和晒台上，叱骂方酒鬼是赤佬。方酒鬼自己也没地方烧饭，在窗外搭了一个披，在里头烧饭吃饭。早上，去马路对面的小菜场买点发芽豆、鸡脚爪、猪下水，自家做了吃。中午开吃，一直吃到晚上，一个人二三斤加饭吃光，边吃边唱戏，疯疯癫癫。混堂烧锅炉的胖师傅来听，讲蛮灵格，专业水平。

这个辰光，他已经不是滑稽剧团的小角色，剧团解散安置到电筒厂镀克罗米。结婚没有多少日脚的老婆哭哭啼啼吵着要去香港。他反问有啥好？老婆说，没有什么好。不过，不会叫侬去做电镀工。方酒鬼吃瘪，一介头独守空房。他不想上班嗅硫酸味道，跑到纱厂医院找姨表姐开病假。姨表姐问，长的还是短的。越长越好。啥毛病？想了想说相思病。姨表姐讲，就是精神病。要发呀。方酒鬼一拍脑袋，回转借酒劲发了一个礼拜。姨表姐开单子，说只能中的——隔三个月发一趟来一趟。三个月不到，发一趟，去找姨表姐，连续了一年多。病假工钿少，动脑筋卖脱后弄堂的前楼，搬进灶披间，有了铜钿吃老酒，磕三个响头，“阿爸，不孝子，只能这样子”。

弄堂里的人看见他吃老酒的腔势，猜想一定跟精神毛病有关系。观察后又不像，于是改口叫老酒鬼。方酒鬼不愠不恼，反而嘻笑，读过几本书的他心里有数，吃老酒是雅事。古时候，文人骚客以酒助兴，跟杯中之物结下不解之缘。赏菊饮酒，对月独酌，就连整天凄凄惨惨的寡妇李清照，时常还来两杯绍兴陈雕。何况，要靠老酒装疯卖傻混病假。否则，会被厂里清退，变成无业游民，街道办一定赶他下乡。

一天，方酒鬼老酒吃到一半，跌倒在饭桌旁，额骨头磕到台角出血，胖师傅拉起他，看见嘴巴歪脱，送去医院。姨表姐简单地处理一下伤口，松了一口气，“这下好了，不用提心吊胆开病假了”。病因改成中风，中假变成了长病假。姨表姐说，如果毛细血管破裂血块压迫要紧的神经，性命交关，不好再吃老酒了。方酒鬼害怕，横下心戒酒，想过念头的辰光吃陈醋。从此，烧饭披的横梁上，多了两只鸟笼，一只八哥，一只画眉，披下的小台子上没了酒盅。

方酒鬼天天跑长寿路桥堍下的小花园，遛鸟练眼神。他晓得梅博士养鸟的故事，练眼神时顺便校嘴巴，效果几乎等于零。练过后，开始唱戏，唱词咬不准，走调蛮远。他晓得校准嘴巴的事体做起来不容易，死马当作活马医。每次回家前，立在桥头上，看脏兮兮的河浜水，应该流向黄浦江，再流就到海里，流得到香港。

转身看见卡车开往北站，敞篷车子上的学生身穿草绿的军便服，满脸春光，沿途有人敲锣打鼓地欢送。方酒鬼庆幸没离开灶披间，亏的是中风……

隔了长长远远，他依旧会立桥头，看河浜发黑的水。流到维多利亚港水还会发黑？回头一看，看到掮着铺盖，拎着人造革包的青年人，成群结队往家回，面色憔悴迷惘，精气神全无。自然，没有了欢迎锣鼓。一来一去，一晃快十年。

2. 过了不久，他想吃老酒。前妻回来了。据说，相当风光，港派十足，立了后弄堂指手画脚，讲前楼是她头一趟结婚的地方，半年后走了。老邻居告诉她，他住在前弄堂的灶披间，绰号老酒鬼。她说，算了，已经是老酒鬼，不去了。老邻居讲，现在不吃啦。不吃也算了，碰头反倒尴尬。送点钞票好喽。说罢，从精致的皮包里拿出封信交给老邻居，转身走出弄堂，坐上国际饭店派的轿车。前妻住宿在那里。

封信里装着一叠千元大钞，为啥十七张？想不明白。他不敢存银行，塞进枕头，用针线绗好，又替灶披间换上一把司必灵锁。装好后，试了试，比过去的褡攀锁牢靠。于是，串好钥匙，别在裤腰带上，去剧团筹备组。

区里恢复剧团，筹备组在剧场的阁楼里，见到排骨老葛，原来剧团的杂务，从戏服到打字机、小电器都会修补。剧团解散后，去了区文化科，管剧场电影院文化馆的财产，近日回来拉队伍。老葛对方酒鬼说，这副样子回剧团没有事体做。他讲看门、管剧服、打杂跑腿，喜欢滑稽戏。老葛回答，算了吧，就在电筒厂办退休吧。方酒鬼发急，岁数没有到。老葛说办病退。

“病退劳保少。”

“缺钞票？一万七港币，比万元户结棍。”

“消息传得蛮快。”

“阿王讲的，他消息灵通。”

“靠二十年的情缘，值不值？”

“钞票是少了。”

“不是这意思。”

“这女人，在那里弄得蛮大。结婚离婚好几趟，遗产拿了几千万，自己开公司做房地产。听说这趟回来，要做开发。”

“人各有志。”

“去跟她讲，拿点钞票出来，资助剧团。调回剧团的事体也有了苗头。”

“啥苗头？”

“我好跟区里讲闲话。”

“让我想想。”

回到灶披间，他躺在眠床上想心事。枕头里钞票有点硬撬撬，望着天花板，掰掰手指算一算，十七张就是十七年，一千一年，这女人用心。方酒鬼流下眼泪。拿女人的钞票算啥明堂？还是要还拨她。过了蛮长辰光，他爬起来，去马路对面的熟菜店买了苔条花生米、酱门腔、糟带鱼，顺便在弄堂口的酱油店拷了三斤花雕。

还是习惯在披里独酌，吃吃想想。邻居经过，“老长远没有看到吃老酒啦”。

“有点馋。”

“现在钞票多了。”

“想吃就吃。做人嘛，不想、不敢、无爱好，也不是一桩事体。”

“全弄堂就数侬日脚过得有味道。”

他苦笑几声，继续吃老酒。过了一歇，浑身奇痒，挠了一阵，依旧如故，嘀咕一句“碰着赤佬了”，生出去对面汏浴的念头。

3. 晃晃悠悠，从后门穿进混堂。胖师傅问，吃过老酒？长远没有这副样子了。他笑笑说，过去经常吃好老酒来汏浴。胖师傅想想也是，接过他付的一角五分，关照一声当心点，便拿浴资交给卖票的人换得一块筹子。回来交筹子时，方酒鬼已经脱衣裳。

大概是吃过老酒的缘故，他感到这个地方相似头一趟来蛮好白相，尤其是茶几上竖着的椭圆形镜子，冒出密密麻麻的汗珠。他两手扶着镜框，凑近细看，爬满水珠，细瞅自己的面孔，骇了一大跳，支离破碎成了一堆物什，歪嘴难寻。

旁边的浴客伸长脖子盯牢他，露出一口细长蜡蜡黄的牙齿，嗤嗤直笑，“这样子，像活猢照镜子”。

“呦嘿，阿王。”方酒鬼认出阿王。阿王住的裕庆里没有混堂，三日两头过来汏浴。他是剧团的头牌，剧团解散后，去衬衫厂烫衣裳，做了没多少日脚，辞了职，在弄堂口摆摊头烫衣裳，赚铜钿养家糊口。剧团跟他联系多，晓得的消息不少。

“寻过排骨了，哪能讲？”

“难。”

“难啥？看侬愿意不愿意。”

“不讲了，头混滔滔。”

“就是一点铜钿的事情，开开口便是。”

“哪能开口？”

“面皮老老，肚皮饱饱。现在是讲钞票的辰光了。”

服务员小丁用丫叉头，拿方酒鬼的衣裳挑到挂钩上，“醉醺醺的，一股酒味道”。

方酒鬼嘿嘿。脱掉衣裳像剥层皮，露出一身骨头。一会儿，急得团团转，热锅上蚂蚁一样。他问阿王借皮皂。阿王讲没有。他晓得阿王一向小家巴气，问小丁，小丁讲两分洋钿一块臭皮皂，阿王笑了说买啥买？用这个。顺手拿起一罐泡沫沐浴露，讲是外国货。方酒鬼没有看见过。阿王按下喷嘴，喷在手背上一小点，抹一抹，立刻冒起一大泡。说比皮皂灵，叮嘱细过点用，多了肉痛。他道谢，拎着罐子上的喷嘴去大池。阿王冲他背影关照一句：“铜钿是小事”。

阿王回剧团已定局，排骨电话里跟他讲了。排骨叹苦经，区里拨的经费不够，杂七杂八的钞票缺不少，问方酒鬼前妻拉赞助顶要紧，当年这个女人就是欢喜滑稽戏，才嫁给方酒鬼。阿王心里清爽，也就乐意拿外国沐浴露给他用。

进了大池，像钻进云里雾里，忽沉忽浮，脚骨有点发软驾拿不住，就不再多泡，胡乱在身上抹几把，赶紧跑到玻璃隔成的冲淋间朝身上喷沐浴露，弄得一身泡沫，不见人样。

有浴客尖叫，“看见毛人，白毛怪物”。

“白毛人？”

浴客骚动起来，嚷嚷那怪物披着寸把长的白毛，有一张活狲面孔，颌骨突出，嘴巴特大，血红血红的像吃过人。

方酒鬼赶紧冲脱面孔上的泡沫，抬头看镜子，当即大叫一声“在格的”。闻声而来的浴客异口同声说看见了。

“捉牢毛人送研究所，奖金摸客摸客。”

“发点小财，痒痒手。”

望着一群赤身裸体的浴客，各个磨拳擦掌，方酒鬼看得眼睛翻白。

这辰光，阿王迷迷糊糊打瞌冲，被喧闹吵醒。果然是方酒鬼出事？他麻利的一个鱼打挺坐起，操起竖在一旁的丫叉头，疾奔大池。浴客调头，跟牢他。

一盏大号白炽灯吊在大池弧形的拱顶上，水蒸气弄的灯光暗淡，一片朦胧。大池里的水面上浮动着皂沫，当中一只白毛绒的物什，似乎察觉岸上站着一大帮人注视着自己，挑逗般忽浮忽沉，时而露出白毛脊梁。

“嘿，这只赤佬蛮结棍，粗壮有力。”阿王眼尖，一下子看到了。

“活狲？”

“白猩猩吧。”

“没有听说过。”

浴客摒不牢，要下水。阿王拦住。“这物什是我第一个看到，奖金该是我的。捉拿也是我的事体。”

“想吃独食。”

“放侬狗臭屁，我在镜子里第一个看到。”

“见者有份。”

有几个浴客下水，阿王抡起丫叉头抽去，溅起一片水花。那个背上被阿王抽了一下的胖子涉水爬上岸，一身棉絮肉频率极高地颤动，朝阿王扑来。两人扭成一团，不分彼此。

“白毛怪物逃跑了。”不知谁喊了一声，俩个罢手。浴客纷纷跳入水池，争先恐后向白物什游去。眼看浴客就要逮住，阿王急出一身冷汗。妈的，捅死算数，反正不能让铜钿流进别人的腰包。阿王伸出丫叉头，无意中把白物什挑起。人们站在齐胸的混汤里，面面相觑——原来是一条白浴巾，慌乱中有人遗忘在大池里。

“这只赤佬趁乱滑脚了。”阿王提醒，一群晃荡着卵泡的浴客，闹轰轰涌进休息室。

休息室一片零乱，搁腿的软凳东倒西歪，浴巾胡乱扔在地上，还有茶杯打碎的瓷片，已有人扎到了脚，痛得乱叫唤。阿王挥挥丫叉头，“再寻一遍”。浴客又在休息室里东翻西找。

“出鬼了，这只赤佬跑脱了？”问小丁，讲没看到过。

“挖地三尺。”浴客响应，口号喊得震天响。

“爷叔，别折腾。没啥白毛怪物。”小丁哭丧脸哀求。

“亲眼看到。”

“幻觉。皮皂沫，水蒸气加上镜子。”

“不可能，阿拉又不是老花眼。介大的皮皂沫？”

“方酒鬼？我的外国货。”阿王问。

“没有看见过。”小丁回答。

壁角落里，有物什裹在毛巾毯里一动一动，浴客叫了起来，聚拢一起，眼乌子盯牢，毛巾毯里发出呼噜声。浴客不敢下手，阿王掀起毛巾毯一只角。方酒鬼睏势懵懂，揉揉眼睛讲：“老酒吃多了，睏觉。”

阿王问白毛怪物，浴客呼应。

方酒鬼拿出泡沫罐头：“还拨侬，可惜喷多了。”

阿王再问，方酒鬼凑到他耳朵边，“跟排骨讲，一万七给团里。”

浴客嚷嚷，不许咬耳朵。

声音有韵

1. 老是有人向房管员老肖打听，前楼搬来啥人。老肖干咳几声，颇带开导的说，现在房管所不管分房子，恐怕还是大老李单位里的职工。一向大嗓门的老肖声音发抖，好像有点余悸，围拢的人也不出声，曾经老肖吃不消大老李。

冷场稍许，客堂间常州亲娘讲了一句，“触霉头，这种单位的人勿灵光”。说罢，拎起一篮头荠菜进了灶披间，把老肖的意思添油加醋地讲给龙宝娘听。龙宝娘的油锅子起热，一条条小黄鱼氽入，“油炸这只赤佬”。

刚搬走的大老李是建筑队的架子工，长得五大三粗，嗓门毫无道理地高过老肖，开口闭口骂山门，再不来事就绾起袖子掼煞跤，弄堂没人敢惹他。自然，龙宝娘也不例外。为此，她心里老是像有一块石头堵着不舒畅，原本她是弄堂里头一挑的好角色，嘴巴厉害得像刀子，但碰到大老李只好吃瘪。口气比不过力气，大老李嘴巴不行拳头结棍。无奈之下，她与客堂间亲娘凑在一起触壁角，讲大老李垃圾瘪三。现在，如果他前脚走，后脚搬来的大老许小老李什么的，比他还凶，日子就难过了。更何况，大老李摆放灶头柜的地盘，已被她俩瓜分得所剩无几，放上自家的碗橱。虽然遂了愿，心里明白不免会有一场争斗。吵相骂不害怕，与大老李争争吵吵快十年，没有争吵的日子倒像是白开水无滋味，只不过对手不要像大老李拳头大，动不动拳脚相加，她们吃不消。

终于，一个小雨霏霏的中午，一辆小卡车载着家什来了。龙宝娘讲，拣一个落雨天搬场，运道不灵。她和客堂间亲娘一直望佯眼，搬来的家具除了一只三门雕花红木大橱外，其他没有什么可以夸耀。经捉摸雕花大橱不是明清老家具，民国的物件，料子也不是红木里的上品。亲娘略懂，原先她屋里有过全套的民国红木家具，花式与眼前的相近。她对宝龙娘讲，“如果这件物什是屋里传下来的，说明老早还是有钞票人家，有点底子”。她俩小声讲着闲话，眼睛不住斜视卡车里是否钻出与大老李一样的货色。一直等到车上的家什卸完，也没照上新邻居的面，多少有些失望。搬场的人爬上空车，车子开走。亲娘走到后门口，拾起一只丢弃的甏，脸上绽出了笑容。龙宝娘骂她贪小，亲娘说这是道具，拿它可以师出有名。龙宝娘没有领悟。

客堂间亲娘拎着甏站在前楼门口，向里窥探，一个戴金丝边眼镜的女人正蹲在雕花大橱面前往里摆书，不紧不慢地拿起一本书翻看几页，恋恋不舍地放到橱里。亲娘不出声，望着女人，心里暗笑，还是头一趟看到用红木大橱装书的，有谁会这样做？这女人的样子和做事的腔调，与亲娘先前判断的家境差不多。

亲娘轻轻地在敞开的门上敲了几下，那女的扭头一脸诧异。她讲甏忘掉在门口了。女的脸上露出浅笑，客气地回答甏没有用场，“如果您还能派上用场，就拿去吧”。亲娘觉得女的一口闲话讲的好听，亲切且酥糯，赛过咬上一口水磨粉汤团。亲娘讲自己从来不会腌菜，拿回去不派用场。

女的表示既然这样丢掉。亲娘讲也好。不过，她是不会帮她掼的，她算老几？还是放回原地了事。

交谈本该就此结束，亲娘没有离去的意思，想多听一歇女人的声音，挪步到大橱前没话找话称赞女的爱书，用红木大橱来摆。女的讲大橱空着占地方，不如放书。亲娘不明白建筑队里的人要这么多书干什么，原先大李家没有一本。于是，亲娘讲起建筑队什么的，女的没听懂，一个劲地摇头。

亲娘失望，直截了当地问起住几个人。女的淡淡地回答只一个。客堂间亲娘似乎明白对方尚是个老姑娘。不想，女的告诉她丈夫去了美国，明年就要回转，到时候可能就搬走了。亲娘连连点头，称是好事体，便告退出去，一头钻进龙宝娘的三层阁，随手关上漆黑的房门，凑在她耳边把刚才与那女的对话复述一遍。龙宝娘听罢，叫了起来，讲那女的多半离了婚，男人不会在美国。亲娘附和，之后称道那女的讲话真好听，听起来美妙。龙宝娘不知道亲娘在讲什么，生气地问那女的对灶披间被占有啥讲法。亲娘摇摇头讲不清爽，好像没有发觉。

2. 女的搬来十多天，没有发生事体，极少的碰头大都在简单的招呼声中过去。龙宝娘讲她架子大，摆标劲。客堂间亲娘问有啥来头。龙宝娘回答不见得，大概就是建筑队的工程师。至于，灶头柜位置被占的事情，女的不常去灶披间。原先大老李摆灶头的地方，大部分被占去了，女的在空档里放了一只装废品的纸板箱。纸箱出现的当晚，亲娘和龙宝娘就迫不及待地翻一个底朝天，除去那只甏已积灰，还有一些海绵拖鞋、牙膏皮之类的杂物。亲娘对其中的几个写满洋文的软罐蛮感兴趣，拿在手反复玩赏，可就是猜不出派啥用场，也就放弃了。龙宝娘提醒亲娘照原样摆好，不要让女的有所察觉，说不定她用一箱垃圾试探人。亲娘讲，就怕她看不出来，看出来反倒有好戏。

老肖来过灶披间，有点生气，房卡簿上规定前楼人家有二平方的烧饭地方，现在剩下不足一个平方，太过分。亲娘眉头一皱，没有正面回答，反问老肖是不是那女的告过状。老肖讲那女的从来没有来过房管所，只是自己看不下去。龙宝娘生气，表示没反对管你啥事体？吃饱了撑得。老肖无言。亲娘赶紧找台阶让老肖下，称大家相识二三十年了，何必为一个陌生人闹得不愉快。于是，就拖老肖到家里吃茶，讲讲新搬来的邻居有什么好白相的事体。

老肖吃茶，讲不出明堂。亲娘问老肖："格个女人，不是建筑队的？"

"房子调过了。建筑队和市里的一家单位协商调脱了。"

"什么单位？"

"不清爽。这倒蛮怪的。"

"商调理由呢？"

"照顾就近上班。"

"噢，可能是广播电台的，格的过去蛮近。"

"怪不得，声音好听。"

"就不晓得做哪一档节目。"

"下趟，我去问问。"

"对。弄点事体白相相，解解厌气。"

一切依旧没如龙宝娘她俩预计的那样，女的发脾气、吵相骂甚至动粗。她俩觉得索然无味，还不如以前大老李住的时候扎劲，隔三差五地吵一场令人振奋。不想现在搬来的人家，连面也难照几趟，碰见后客气得无法接近。靠不近就擦不出火花，没有火花自然不会生出过激的行为。有一次，亲娘在灶披间碰到女的问为什么不煮饭烧菜，女的微笑着告诉她忙，顾不上。单位里有食堂。"什么单位？"亲娘急吼吼。那女的说，单位食堂里饭菜蛮灵格。没有告诉她什么单位。亲娘又问一遍。女的讲，食堂里的胖师傅，给她打菜时，总会多盛一些。亲娘再问，女的还是答非所问。几次三番，并不是年老脑衰所致，而是一再向女的挑衅，女的高举免战牌，且用好听的声音婉转谢战。亲娘没了落淌水。又有一次，亲娘看见前楼房门破天荒敞开，阳光照了一地板，女的坐在藤交椅里看书。亲娘蹑手蹑脚跑上前，问了一句，吓得女的一大跳，迅速双腿并拢坐端正，笑着讲，“下趟要敲敲门，人吓人吓煞人”。她把书摆在亲娘面前。亲娘看不懂，全是外国字。亲娘问她做啥生活。她笑着讲，讲讲闲话的。

“播音员？”

女的摇摇头，“讲讲闲话就能吃饭的生活不少”。

“猜不出来。”

女的还是笑。

亲娘觉得无趣，龙宝娘颇具同感。隔三差五地喊没劲，弄得灶披间锅碗瓢盆乒乓作响，一片热闹。这会儿，她俩免不了又嘲弄一番那女的，给她起个甜嘴烂心小樱桃的绰号，似乎自己俩个日子过得没滋味全是她的错。客堂间亲娘左思右想觉得发泄一通不管用，挠不到那女的一点点，便提议干脆把一箱杂物扔了，看她有什么反应。依旧是亲娘出点子龙宝娘出力气，龙宝娘绾起袖子管一口气把纸板箱掼到了垃圾筒里。龙宝娘笑容灿烂，好像将军凯旋。亲娘讲她像是信心十足的大元帅。

趁着夜色，龙宝娘拎着蛇皮袋把纸板箱吃价钿的物什弄回家，卖给收废品的江北人。她没告诉亲娘。

3. 就在第二天，女的出现在灶披间里，亲娘脸上掠过一丝得意，朝龙宝娘挤眼睛。龙宝娘领悟，拍拍胸脯表示一切都准备好了。女的微笑着用悦耳的声音冲她俩打招呼，称赞烹饪手艺好，天天做好吃的物什让人羡慕。接着女的就把话题转到了纸板箱的去向上。龙宝娘烧小菜，铲子敲得锅沿直响，恶声恶气回答掼脱了，一派宣战的架势。亲娘在一旁撬边，一箱没用的东西不掼脱恐怕生虫，灶披间是烧饭间，不是垃圾筒。龙宝娘凶巴巴地讲即使有用的也不该放在这里，掼脱了是不是要赔点钞票？钞票没有，命倒有一条。亲娘补充一句有两条。女的依旧声音好听地告诉她俩，原本打算今朝拿纸板箱扔脱，现在俩位帮忙真是助人为乐。说罢，女的跑脱了，回到前楼。龙宝娘心里好笑。

回来时，女的手里多了两个精美的小盒子，给客堂间亲娘她俩一人一个，女的讲是榛子巧克力，这里是买不到的，老老好吃。弄得她俩不好意思起来。

这天，收废品的江北人与龙宝娘鬼出出，她卖废品得了三块五。收废品说，值价钿的是那几只软罐，高级铝锌合金，外国人用来装什么奶液乳剂之类的护肤品。亲娘看见了，与龙宝娘吵起相骂，骂她是垃圾瘪三，贪小乌龟。事缘弄堂里没有一个人晓得，但知道俩老姊妹相骂吵得结棍，且动了手，传闻客堂间亲娘撩起一记耳光，手印子留在龙宝娘面孔上。这下惹急了她，重拳直捣对方的心窝，转念瘦巴子亲娘经不起打，一定出人性命，龙宝娘改变战术抬手扯掉亲娘一撮头发，疼得她杀猪般直嚎。从此，隔三差五地能听到吵相骂，这是大老李搬走后，过上一段平静日脚，又恢复了老样子，只不过对象不同。

女的搬走了，客堂间亲娘她俩的相骂依在。她俩一直没弄明白女的姓什么，叫什么，在哪里上班……她俩顾不上她，因为后来，三日两头吵相骂，日脚过得蛮扎劲。

阿芋头伊娘

1. 过了蛮多辰光，邻居还在称赞阿芋头的喜糖别致，两块嵌有小爱神的金币巧克力。阿芋头伊娘听闻，不像挨家挨户发喜糖时满脸得意，脸色灰土。邻居见状，轻声细气地说小爱神胖兮兮，大胖孙子抱定。

不久，三层阁的老虎窗里捅出竹杆，晾满尿布。新妇坐月子。秋风吹动尿布，水滴飘落水门汀道板上。邻居聚首，饶有兴味地清点，似乎在计算日脚，一针见血地指出，阿芋头是深圳速度，结婚没出六个月就生小人。碰到忙进忙出的伊娘，邻居不谋而合，粲然一笑，古怪地拱拳唱贺。伊娘脸泛红晕，有点难为情，像是自己做错了啥事体。她讨厌这种恭喜，躲在屋里不出门，连洗尿布也不去自来水龙头处，打盆水在屋里搓洗，弄得三层阁里一股屎尿味。

阿芋头屋里吵相骂，伊娘不肯染红蛋。阿芋头的阿爸拔高嗓门，“又不是不会弄，生阿芋头的辰光，还是侬月子里爬起来染的”。

埋头搓揉尿布，两只手一上一下使劲，心里忖思，送红蛋时邻居一定会闲言碎语，自己的面孔何处摆？老法里讲究没结婚是不好同房的。人要面皮，家要门楣。

阿芋头从丈母娘家满载而归，卸下一大包舅老爷小人出生时穿过的衣裳，点起一支香烟，舒坦地吸一口，冲老虎窗吐烟圈，“伊拉屋里要一箱红蛋”。阿芋头捻灭烟蒂，走进后屋，逗弄小人，小人眼板没反应。伊娘想到一句老话：狗养狗欢喜，猫生猫疼爱。阿芋头自己还是一个小人，居然有了儿子，阿爸做得蛮有腔调。不过，别人家十月怀胎，扳扳手指满打满算自家小人早来四个月。何况，自己没剩多少辰光就要退休，那时抱抱孙子蛮惬意。现在，事体有点辣手。厂里女工做到五十岁，没有不到年龄回家的，自己手里有绝活，厂长说还要留用。现在怎弄？金币巧克力上的小爱神，如果是花、喜之类的样子兴许来得不会介快。

2. 阿芋头定调，伊娘掏出节省下来的夜班费，托小姊妹弄两箱便宜的红壳鸡蛋。她不放心阿芋头的阿爸去拿，让阿芋头用脚踏车驮回家。不曾想阿芋头跟伊的阿爸一样粗心，颠破不少。伊娘心疼，撮起碎壳蛋，连蛋清都没漏掉，用手指刮进搪瓷盆里蒸了吃。新妇腻味，连声喊倒胃口，不如扔进汏脚钵斗里。

伊娘染蛋，害怕有破损，小心翼翼地把蛋摆到头号钢精锅里，沿壁注入自来水，一颗颗洗净。焯蛋时，她不放心，站在一边看牢锅子，手里不停搅匀红米熬成的稠浆。蛋焯熟了滤干锅子里的水，趁滚烫赶紧往红米浆里滚一滚，红蛋染成。凑近细瞅，蛋壳上有弧形色差，且无光泽。她不满意，意识到出了错，忘记往红米浆里加白醋。这秘诀还是伊娘的外婆讲的，一直在她心里记着，用时忘记了。老了，大概只配回家抱孙子，她颇有几分惆怅。

两竹匾红蛋晾晒在老虎窗下的斜顶上，色泽艳亮均匀，像鸡天生会下这种颜色的蛋。伊娘爬在老虎窗的木梯上，不愿下来，冲着红蛋发呆。上了三十多年的班，就不能做到退休，得个善始善终？一旦退休只好整天介在屋里伺弄孙子，听不到机器的隆鸣声，女工洗澡时的嬉闹，再累再忙也不会有人夸一句。阿芋头再捱过几个月生小人，染蛋的心情一定比现在好。

晚上，小人吃过奶，眯眯眼睛要睏觉。伊娘抽空接接力，歪在眠床上歇息，连衣裤都没脱。夜到还要上班。阿芋头的阿爸蹙眉头，“看这双手，还能碰眠床”。她望一眼瘦骨骨的手，像套了一双粉红色透明的手套。手不再碰眠床，叠在自己的肚皮上。

早晨四点半钟，阿芋头伊娘从厂里溜回家睏觉，头一落木棉枕头，便打起呼噜。天大亮，阿芋头的阿爸弄醒她，说下半夜没睏熟，呼噜呼得酥猪头。阿芋头的阿爸出尔反尔，本来说好她染蛋，他上门送红蛋。可现在推脱了，说哪里有阿公老头去送。伊娘说老头子骗人，骗了一辈子。阿芋头阿爸哄她。伊娘只好梳头，换了一身碎花素色绸布衫，挎上元宝篮，出门去送红蛋，脚里踩不出送喜糖时的喜气。邻居捧着两颗红蛋，左看右看，一副爱不释手的模样。临了，撩起篮子上的罩布看红蛋，不相信蛋是染的，沾着唾沫试一试，直到指头染上红色方称染得好，问到底是怎么弄的。伊娘不响，晓得言多必失，如果话题扯到小人早来四个月上，岂不是自讨没趣？急忙告退，邻居冲她背影，问几时退休回家带孙子？伊娘头也不回，望着水门汀路面一个劲地点头，“快了”。

3. 孙子满月，伊娘买好一把红洋伞拨阿芋头，让他抱小人朝苏州河去过一趟桥。老法里讲撑洋伞、走过桥，小人长大胆子大、运道好。阿芋头不肯，说是迷信。伊娘让新妇撑洋伞，自己抱着小人去了。阿芋头甩着两手，屁颠颠跟在后头，一副神气活显的样子。

刚过桥堍，伊娘碰到老邻居。对方上下打量，吃惊好一歇。“不敢认，又黑又瘦，像是生毛病。”

“戳霉头的话勿说。”伊娘拽住老邻居的胳膊，鼻头一酸，差点落出眼泪，赶紧别过面孔。

“啊，小人胖来兮，沙姆娘雪白粉嫩。伺候得蛮好。”老邻居撩起襁褓上的遮阳布称赞。

“我做长夜班。白天我弄，晚上阿芋头他们自己带。熬过来不容易。”

“这样下去不要性命啦了，快点退休吧。”

新妇在一旁敷衍，说婆阿妈的好闲话。伊娘趁新妇垂脸看小人时，瞪了她一眼。晚生几个月，一切顺顺当当。

“退休回家吧。”老邻居好言相劝。

伊娘缄默。

晚上，躺在被窝里，阿芋头的阿爸也这样说，表示现在退与后退没啥两样，又不会涨工钿。伊娘掀起被子，反手掷去一只枕头，打在阿芋头阿爸的脸上。她下床探到皮拖鞋，穿好后走到饭桌前，坐在骨牌凳上，双肘支撑桌面，瘦削的肩胛一耸一耸地伤心。

里间，小人急哭，哭声像钢锉锉着她的心。阿芋头火烧火燎地叫嚷："不吃饿煞算了。"奶瓶碎裂，响声撕心裂肺，新妇嘤嘤抽泣，有一阵没一阵。伊娘推开喜字尚夺目的后间门，抱起横在床边的孙子，回转到前屋，哼起一首陈年宿古董的摇篮曲，嘶哑的歌声挟杂着苦涩，像在诉苦。小人不懂，在平缓的节奏抚慰下进入梦乡。

差不多要动身去上班了，也没见儿子有意思抱回小人，伊娘敲了敲儿子的房门，老半天开门，他抖动着两条裸露的毛腿，揉着惺松的眼睛，懵懵懂懂地问啥事体。伊娘没理睬，径直把小人送到床上，放在熟睡的新妇身旁。

4. 阿芋头鬼画符，涂满一页纸，往伊娘面前一推。她眯缝起眼睛，专心致志地叠成豆腐干大小，摆在手心里，盖上另一只手捂牢。阿芋头的阿爸站在她背后，恶声恶气地说："明天交上去，退脱。"

伊娘没把提前退休的申请交给厂里，只是对厂长说一声。厂长没提她的绝活，反而说厂里不少人闲得慌，正愁着没办法安排，"现在多了一只位置，蛮好。停工歇息，等几天就办退休手续"。她听罢，扭头就走。

伊娘天天上班，比平时准时，四点多钟也不溜回家睏觉，白天一门心思睏，小人再吵也不管，面冲墙壁，躬背曲腰，毛毯蒙住脸裹到脚，小人的哭声全当没听见。新妇抱着小人在外屋滞留，嘴巴里讲不清不爽的闲话，阿芋头满嘴咕哝什么神经病兮兮，阿芋头的阿爸别别扭扭抱小人，哼着不着调的小曲，看似小人睏熟了，一摆到床上就哇哇哭，"这个生活不好做"。伊娘全部听见，只是装聋不响。

一辆奶白色的面包车，载着伊娘和同事来屋里厢，大家说伊娘光荣退休。她招待大家，一人一碗桂花赤豆羹，桌子中央摆放一大盆红蛋，白瓷盆衬映着红蛋耀眼夺目。

这时，小人哭了。伊娘急吼吼去抱……

（2018 年 5 月定稿　锦园观旭楼）

创意大师

1. 大师与一女子商榷脱不脱橙色高筒靴，态度趋于坚决。女子不再坚持，嫣然一笑，称有创意，玩出了新明堂。他回答正是。这时，手机铃声大作，朗读一段经典的语录，女子细声提醒，大师不悦。手机反复朗诵，一遍又一遍。大师骂骂咧咧，不情愿地摸出手机，小耿告诉他长乐人间蒸发，公司账面上仅剩888元。大师蔫坐床边，断定长乐的失踪与南美某国的美女爱丽丝·达芙妮有关，他多半携款跑去那边。大师的猜测基于公司领衔主办的国际美女狂欢节，长乐见爱丽丝·达芙妮口涎三尺的模样，让人恶心。

账面上尚存三个八，大师发噱。亏他手下留情，弄个吉利数字，颇具创意。大师猛然转身捉住女子一双细腕，怒目而视，女子脸呈恐惧，大师吴侬雅语“蛮爽咯”。女子双唇微翕似言精神病。大师做了一个鬼脸，束着皮带，跑出房间。

小耿驾驶战车色的越野车在他面前停下，问去哪儿？他说去南美。小耿扭头望他一眼，反诘以为是飞机呀。大师生怒。小耿知趣，不再怼他，默不作声地开车。大师不再喋喋不休，说去市经侦处。俩一路无语。

2. 小个子干瘪处长在上厕所的半道上，被大师截住，无奈止住急步与大师交谈。处长问敢肯定在南美？他舔舔舌头，说经侦处与机场联系，便可取证。

处长敷衍地说如果真在那国免不了动用国际刑警。大师接口表示不难，声言在那国发放百万份广告，引蛇出洞。处长说那国合众才几十万人。大师解释，这叫加大宣传力度。处长一乐，“你真有创意”。

小耿在一旁介绍，大师是本地创意界领军人物。处长好奇，创什么意？他告诉处长，街头橡胶仿真警察就是杰作。处长一拍脑袋，叫出了他的名字，连说久闻大名。随即话锋一转，“后来，摆多了也就失效了”。大师嘟哝，那是市民素质太差。

其实，他的创意远不止上述一项，谢幕不久的国际美女狂欢节由他策划，世界各地的佳丽云集时代广场，在洋酒商赞助的佳酿作用下，醉熏熏狂欢，引起路人驻足观望，其中不乏主动加入者，一位长着驴脸的世界顶级背包客，操着德语说比慕尼黑啤酒节精彩。大师说，酒精度不一样。主管旅游的副市长拍着他的肩膀，“有你，我市的旅游产业一定蓬勃发展，吸引世界的目光”。大师得意，转眼看见长乐正在人群里，冲着爱丽丝•达芙妮挤眉弄眼，嘴里发出“蓬赤赤”的节奏声。他啐了一口。长乐来劲，扭动猪似的肥臀，蹭着爱丽丝•达芙妮的细腰，乐得口涎潺潺。大师咒骂一声下作坯，长乐似乎听见了，朝大师直努嘴，像似说这等美女你一辈子没沾过，算是白活了。

大师生怒。

3. 跨出经侦处大门，大师生出失望，预感多半不可能把长乐引渡回国，吩咐小耿，弄几本那国的黄页，找当地发行量大的报纸，电话、地址、伊妹儿统统要，刊登寻人启事，诱使长乐回国。

小耿说，那国讲西班牙话，没几个人懂，上哪里去找？大师说荒唐，只管找来。我们不懂，就没人懂啦？小瘪咕哝，就是登了报，长乐也不至于傻到自投罗网，自动回国。“杞人忧天。长乐那点脑筋，不够用。”大师有信心。

大师与长乐是一条弄堂里长大的玩伴，打弹子、掴刮片、斗鸡。不管玩什么，大凡技术含量高的大师赢多输少，花力气的长乐输少赢多，俩发现各自的擅长，觉得组合起来挺有意思，也就结成搭档。恢复高考的第三年，他凭借语文全市第一、数学 10 分、英文 30 分，入了华厦大学。长乐回家待业，在自家门口摆摊卖小黄鱼、咸带鱼。他经过长乐的鱼摊头，点头招呼，匆匆离去。后来，长乐买入一批股票认购证，掘得第一桶金，弄一个小楼盘做开发赚大钱，从此俩没再照过面。

大师读到大三，多角恋爱谈豁边，被人告到学校，说是假借恋爱玩弄女性。可女生说自愿，免吃官司，还是被清除出校门。大师以校园诗人的身份作广告创意、电视策划人、时尚杂志编辑、企业形象设计顾问，最后跑到东京一所艺术设计学院留学，办了个副博士的学衔回国，以海归身份组建文创公司。一天，他领着一帮美女在 KTV 劲歌热舞，一醉汉闯入强行让他身边的美女陪酒。大师绾起袖子，当胸给醉汉一拳。醉汉身后的跟班见状，蜂拥而上。他脚定乾坤，气沉丹田，一个白鹤亮翅，看得跟班直犯愣。大师怒目圆睁，盯视醉汉。几乎同时，俩喊出了对方的小名，亲热拥抱在一起。他大方地把美女往长乐怀里一推，说由她陪。长乐一乐，敬酒赔不是。他说客套什么，一起玩个痛快。长乐见他身边美女如织，小眼睛笑眯。闹腾完，让他第二天带些美女继续。

此时，长乐是有钱的闲人，整天带着跟班穿梭于城市边缘各类粉色的娱乐场所，别人称他为江湖行走，有点古代游侠的味道，蛮配自己的胃口。但这一称呼摆不上台面，正式场合没有身份，连个名片都掏不出来，有点窝心。长乐见大师名片上印有 CEO，咂嘴佩服。打听到大师是海归，搞美女经济，当下决定参股，注入资金，占了大师公司一半强的股份。他拱手相让董事长，自己成了董事和 CEO。于是，俩又玩在一块，公司事务撂在了一边，若不是小耿挺着，公司差不多崩盘了。小耿忠心耿耿，精心操持，几年下来盈利不少，公司账面上有大把的现金。如今，长乐卷走钞票，大师吃过用过，囊中羞涩，诅咒长乐是赤佬。

公司被掏空，又不见弄来要的东西，大师计划无法实施，整天醉眼朦胧地望着沿墙脚一字排开的空酒瓶，不言不语。小耿说太消沉，要做点什么，否则就是咸鱼翻不了身。他眼睛一瞪，这是消沉吗？这叫陶醉生活，回味多姿多彩的大千世界，还有那个叫作长乐的兄弟。说得小耿翻白眼。

4. 过了一些日子，小耿终于递给大师那国的黄页，沉甸甸的两大本。他望了一眼，连称 OK，要的就是它。小耿说看不懂。大师悠然拨通手机，对方是华厦大学中外文化比较学院的陆大椿，大学里的同窗，后偏好研究塞万提斯，去了马德里大学做访问学者，西班牙语不在话下。他焦急见到陆大椿，碰巧陆大椿也想见面，于是，约定时间。

照例是小耿开车，送他过去，说只能到此为止，不能作陪。大师说没事，忙你的去，自个儿打车回去。

走进院长办公室，他称为仓库。“如此豪华的仓库见过？”陆大椿优雅地反诘。大师摆手，说误会，面积大了点，有点空旷感，故曰仓库。陆大椿笑悠悠地说，就这仓库，还有不少人惦记着想进来坐着。

说话间，大师已晃了一圈，休息室、盥洗室、小会议厅一应俱全，全在暗门里，心想一个学官弄得奢侈。东京著名学府的院长办公室也就亭子间大小一样，绝非眼前的景象。

陆大椿看出他的心思，说硬件有点超前，从长远看需要。大师不响。坐定后，他客气地称大师为创意先锋，经常在报纸、广播电视上见其名闻其声观其神，路人皆知。他谦虚几句，生机所逼，否则在江湖上无立锥之地。陆大椿说“太低调了，反倒让人生出不悦”。大师说这也是一种腔调，不过目前只能是这副卖相。他把自己的处境一讲，又说了要让陆大椿办的事。陆大椿说不难，“我在马德里时，认识一个叫艾本·莫理循的那国人，也在做访问学者，后来回了国，是那国首都的一个文化官员，类似厅局长之类，向他咨询便可。”大师喜上眉梢，称他里通外国，人脉广大。

陆大椿拨通电话，叽里咕噜与对方说了一通，侧转脸问大师，长乐的外国名字，所持护照。大师一概不知。陆大椿无奈。他说，这样做没创意，我的目的是让他主动回国，自投罗网。陆大椿说你以为自己是神仙法力无边，别人都是戆大。他自信，说小事体一桩，在那国著名报纸上发个寻人启事便可。

大师递上寻人启事，陆大椿读过大喜，称他智慧超群、手法新颖，出人所料，又合情理。大师摆手，笑着说“确有其事”。陆大椿又去电话，转而告诉大师，在那国发行量最大的报纸上刊登整版的寻人启事，要花不少钱。大师摸出手机，点开计算器，算完了说比国内的便宜许多，“可惜没钱，全被那个赤佬卷走了”。当下自己等同穷光蛋，还有一些债主，找不到长乐，死盯紧追要他还钱，他是仅次于长乐的股东，难逃干系。陆大椿表示钱可以垫付。他有一笔钱存在一家外国银行里，是当年在马德里攒下的私房钱，连自己的老婆也不曾晓得，让银行直接划过去便是。大师感激涕零。陆大椿话锋一转，你这样穷混不是一桩事体，不如来大学当老师，待遇不差，外面的事情照做，算是课题，何乐不为？他略加沉思，“噢，这倒是一个不坏的主意”。陆大椿说，自己的学院规模小，学校的意思要大发展，“你来办个创意研究所如何？”大师说：“算了，不愧对创意两字，来给你打工。”陆大椿拒绝打工。

门被敲了几下，陆大椿发出请进，一袭黑裙及地长发齐腰的女子轻盈而入。大师细瞅，女子五官精致，是个美人坯子，不过脸呈暗黄，虚浮一缕阴气，穿搭黑裙不妥。如果不是这一身穿着，大师真想吸纳她到自己的美人团队，做模特儿什么的。

陆大椿介绍女子姓周单名婴，博士，副院长。周婴口颂大师加盟，是学院的光荣。他略作谦逊的样子，暗自称奇，她怎晓得自己要来学院上班？这样想着，便脱口而问。周婴笑了，一切不都写在脸上了？嗬——这博士大概是研究《易经》的吧？

5. 晚上，大师作东，到设在著名花园洋房里的一家餐厅用餐。三人步入庭院，领班见大师带人来，热情相迎。周婴判断他是这里的常客，与里面的人稔熟。行至大草坪，见白鸽飞翔，她激动起来，称在喧闹的市区有这么一家饭店是一个创意。领班说，这是大师的策划，开张以来生意一直蛮好，来的都是有头有脸的人物，要预约吃喝。于是，领班让人把桌子摆在草地中央，三人吃喝起来。领班说，只有大师有这样的待遇。

周婴喝干红，暗黄的脸色泛起红晕，红得有一些虚浮。他看在眼里记在心上，暗称蛮灵光，人样子要比在办公室里看到的好了许多。席间三人聊起了博士，大师说过去总以为女博士都为丑女，没想到还有周博士这样的，“了不得。没有书笃头的味道，才女美女的组合体”。夸得周婴陶醉。

陆大椿去厕所，他趁机说了几句幽默的话，周婴品出还在赞美自己，略带几分酒意的双眸发亮，忍不住摸了一下他的手。大师预料会走到这一步，正想与她暧昧一番，不料陆大椿踅回，说厕所问题，下水不畅。毕竟是老洋房，再打扮也是老黄瓜刷绿，瓤子烂了。

临了，大师买单，摸索口袋发现钞票不够。打电话给小耿，小耿问要多少，他说有多少拿多少。小耿说明白，一会儿就给送过来。陆大椿说算了，麻烦吧，我来付。接过单子，不吱声了。

大师说，没事，等小耿来吧。周婴接过单子一看吐一下舌头，介贵？他说应该的，否则策划创意费从何开支？没出多大一会，小耿送了一张金卡。大师抱怨小耿，来得太慢。小耿知道他在客人面前摆谱，笑笑不做应答。

6. 周婴约大师见面。他猜到她会急吼吼，理由简单，办手续入编。大师与她在一处豪华会所的包间相见，周婴说你来的都是时髦地方，跟你在一起蛮有活力，年轻许多。他说你原本属青春，只是戴着院长、博士的头衔熬老了。周婴说他嘴皮子抹蜜可爱。

出乎意料的是周婴没有谈办手续进编的事，说他来不来学院上班关系到学院的存亡。大师愕然。她淡淡地说起学院的情况，成立五年多，发展太慢，不够学院格局，要扩至三系二所，否则合并撤销。陆大椿着急，大师加盟带来一个所，解决燃眉之急。周婴强调学院不扩展，一定废了。这事体学校已决定，归并到人文学院，院长自然不是陆大椿。哪会是谁呢？他问。周婴说是自己，已经有人找她谈话，算是熬出了头。

酒精的妙处除了让人腾空脑袋外，也让人起精神头，比如喝到一定的份上，双眸放光，口齿伶俐，胆识过人。周婴说那天碰了一下，触摸之处有一股暖流遍及全身，好像喝了七十五度的白酒。大师说与她在仓库里相遇，自己的心思全乱。周婴说看得出来，眼线乱七八糟。两人笑了一会，接着周婴嘟哝了一句，大师心领神会，从酒桌转到靠墙的沙发上，大师身手敏捷，反锁包房。微醉可以让人飘逸，大师感到了这一点。

温柔到火候，周婴呻吟起来，大师趁势而上，周婴双手捂住下体，文雅而语，“你现在入编，成立研究所，等于断送我的前程，我不让你……除非等我当了院长，你再来办，算成我的一份功劳”。

大师心里一怔，泛起一阵恶心，骂了一句你妈的比我还有创意。周婴呜咽起来，裸臂挽住他不让走。他去意已决，撂下一句话：“我不会背叛朋友。”晾她在一边，径直走了出去。

出了门，他想起穿高筒靴的女子，心急火燎地去寻她。女子知道他已经有些醉意，且作呕吐状，便用小米混着玉米碴熬粥，让他就着酱菜喝。喝到一半，他见桌上有一瓶老酒，说是好酒，几口喝掉了大半瓶，嘴巴里嘟囔着恶心。那一晚，大师留在她的屋子里直到第二天晌午，女子要出门，他让小耿开车来接。临走时，他吻了一下女子，低声说晚上请她吃饭。女子诧异这副样子还能喝？

坐上车，大师给陆大椿去电话，说入编的事情，不要周婴插手。陆大椿追问缘故，他没解释，说再让她办理，多半会生出意外。陆大椿听得真切，答应亲自办。

之后，大师拨通电话，邀对方吃饭，对方细声细气地说一些好话，还赔了不是，临了表示履约。小耿在一旁听着，问邀哪位美人共度良宵？大师哈哈一乐，要有好戏来哉，你一起看。小耿表示晚上忙活，婉言谢绝。他说你忙个屁，神神叨叨，不会也搞上女人。小耿谦卑地说，没女人缘，更没大师的艳福。

7. 晚上，女子先至，没穿靴子，而是换上了白色运动鞋，搭配浅蓝水洗牛仔裤和雪白的衬衣，衬衣的领子竖起略显与众不同，一头披肩乌发映衬素颜。进门后与大师捏了一下手，坐在一旁，双手托腮聆听大师絮叨，也不见插嘴抢话。女子告诉过大师，他的声音有一股磁力，听得让人陶醉。

约摸隔了十分钟，周婴出现在饭桌前，一见便知做了精心打扮，盘发高耸，脸上抹了一层粉底，颈脖处露出蜡黄的肤色。见过对面女子她大为惊奇，足足称赞五分钟，什么沉鱼落雁羞花闭月。女子平静，没什么表情，仿佛赞美之辞是冲着别人说的。大师冷眼相望，看到周婴眼中噙含女人羡慕女人的真诚，知道一定能超预期达到目的。

大师介绍周婴的职务、学位。女子吐一下舌头，称头一趟与大知识分子同桌吃饭，而且是个女的。说罢，女子不再言语，眼神平淡得出奇，专心聆听大师说话。大师称赞女子的水平比周婴高，赤脚赶不上。

“什么赶不上？”周婴问。大师大笑吐两字“做爱”，弄得周婴一脸通红，大师又说，“做人”。女子听得真切，仍旧坦然而坐。周婴像泄了气的皮球，皮塌塌瘫倒在椅子里。女子一脸平淡，微笑着冲周婴举了举酒杯，示意喝一口……

陆大椿不容周婴插手，与他签了聘用合同。大师深鞠一躬。陆大椿说打住，咱俩谁帮谁呀，帮衬着就行。不过，垫付的广告费，你可要赶紧还上。还有，走马上任与研究所开张同时进行。陆大椿叮嘱，开张办仪式要隆重热烈，不许出格，合符规制。他拍着胸脯说，小菜一碟，不出一周全部搞掂，“绝不让陆大院长丢脸，来了闪亮登场”。

8. 他没搞创意，做了一场落俗套的成立会，全院学生被动员来大半，坐满报告厅。校长、书记一大帮子胸佩鲜花，坐在前排，大师毕恭毕敬，有模有样地挟在其间。

陆大椿的贺词与欢迎词合在一块，说到城市街头的橡胶警察、美女狂欢节，报出大师的姓名，全场掌声热烈。接着他说：“大师加盟是学院的光荣，对学院创意学科的发展具有重要意义。今后，在他的带领下，我们学院的创意学科注定在各高校同类学科中，出类拔萃，为学校争光添彩。”

大师见陆大椿讲得套话蛮顺溜，心想这几十年也炼就了他，做学生时，不怎么爱讲话的他是根闷棍子。

校长代副市长宣读贺词。贺词是大师先前从秘书那里弄到手的，副市长与他在国际美女狂欢节上有过交往，彼此心存好感。加上得了一些好处的秘书使点小手腕，贺词弄成。一得手，他马不停蹄地赶回学校，见小耿他们已安排停当，松了一口气。陆大椿见到贺词乐了，“你真是针尖上的芝麻，人才难得，长我脸”。

大师刚作了几句就职演说，小耿推门探进脑袋，无奈听他低语，说那国传来消息寻人启事登报后有不少人跑到报社打探消息，报社等着回复如何处置。他说别噜苏，开完会再说。继续慷慨陈词。

周婴有气无力地坐在会场上，陆大椿地盘一扩，撤销学院的碴自然没人再提，院长梦熄搁，依然做陆大椿的副手。这会儿，开始为“创意研究所”揭牌，陆大椿与大师揭掉蒙在铜匾上的红绸子，拥抱欢言。大师后脑勺上的马尾巴长发，一晃一晃煞有豪气。周婴胸闷。

会议结束，小耿又上场，问他寻人启事写些什么，吸引这么多人。他笑而不语。

两人走过楼道，恰遇周婴。她脸带愤怒，轻言大师下作。他没回应。小耿悄声说，没想到大学里也有美女。大师一乐，表示不如婊子。此话不知周婴听到没有，他无所谓。

当晚，学院老师的电子邮箱里有一封匿名邮件，大意说新引进的所谓创意大师，本是无业游民，生活放荡，混迹江湖……

大师不知此事，遇见同事，觉得对方眼神怪怪的，也不去深究。

9. 那国报社转来多份材料，没有一个是长乐，不光脸孔不像，所报的身世牛头不对马嘴，其间夹杂着黑人。大师哭笑不得，叹了一口气，“这世界，为钱疯了”。

小耿一脸好奇，依然追问大师到底写的什么。他窝火，冲着小耿叫嚷，“讲给你听也白搭。这事儿还没完，再登”。他不信，长乐能识破这一圈套。

陆大椿帮着译文，办理刊登，钱还是由他垫付。不过这一次，他不愿再拿出高额的外币，让大师把文字缩成豆腐干大小，花掉 80 美金。他想上次的钱还没还上，只能尊便。陆大椿用笔触点着他的鼻尖，催促还钱，说一辈子不喜欢问人借钱，也不喜欢借钱给别人。大师听明白了，让他放心，“别人的钱可以不还，你的钱我断不能不还”。

陆大椿说起电子邮件的事，大师茫然不知。陆大椿让他推测是谁干的，他心里明白，哈哈一乐，给了陆大椿三个字——由她去。陆大椿发急，“你初来乍到，诽谤对你不利，不能掉以轻信”。

他还是三个字——无所谓。陆大椿要调查严惩，大师说难。

10. 大师每周两个半天在学院上课，每周三下午的那个半天政治学习，陆大椿果然说起电子邮件的事，要大家警惕别有用心的人破坏学院的和谐氛围，诽谤是犯罪……大师听了一半离席而去，找那女子消磨辰光。

时令变迁，女子换上了一双大红的高跟鞋，大师嫌俗气。女子说，你给买双不俗气的来穿。他说没问题，那一夜欠你情。哪一夜，什么情？与女博士同桌吃饭的那夜。女子咯咯直笑，“你喝得乱醉，什么都不行，连粥都没喝多少。没欠什么啦”。他手舞足蹈，“不是说那事，是把女博士气得，真解气”。为什么呀？女子稚气地问。他笑得得意，顺手给她一张卡，说让她自己去买。

卡，什么卡？女子不懂。他说等值卡。卡是周婴在政治学习前发的福利。女子刮开密码，他说四位数，可以买双不错的鞋子。女子说买好等你来后穿。大师说行，冲女子扮鬼脸，女子明白他的用意，说不行，这两天来大姨妈。他说倒霉，都没办成那事，真是天不相助。看来无缘在一起。女子甜意十足地说，找一个时间到外面去玩耍，我一定好好伺候你。他快快离去。

其余时间大师在公司度过。长乐携款潜逃后，他对那些债主、房东业主玩起了失踪的游戏，手法与长乐如出一辙，手机换掉，任凭拨打都是空号；不入公司一步。那些债主把公司值钱的东西搬光砸烂，他还是无动于衷，玩人间蒸发。之后，在西区一栋乱糟糟的老楼里找了两间房做公司，亮出环球创意产业联盟的铜牌，另一块华厦大学创意研究所实践基地的牌子挂在旁边，自己躲在里边改吃功夫茶，琢磨下一步的运转。

公司除去小耿外，还有一个前台，从原先公司带过来的美女，曾在大师组织的一项选美赛上夺得殿军的良子。他提醒良子改名，说这让人想起洗脚店一点不雅。良子回答有我时还没有叫良子的洗脚店，不改。大师奈何不了她。其实，他留不住美貌女子在公司做前台，良子在走台时跌折了腿骨，有一点拐，失业在家。大师觉得愧疚，招她进公司，坐前台做接待、听电话，有时跑银行做出纳，配合小耿办杂事。他有意撮合他们成为一对，跛脚殿军看不上小耿，“那模样，一辈子不嫁也轮不上他”。小耿模样不怎么样，五官走形，四肢奇短、身材粗壮，给人磁实憨厚的感觉。大师拿这一点说事，又介绍当初自己是怎样认识他的。良子回答光有这点没啥用，还要有卖相、铜钿，三样缺一样尚可，缺两样就打回票了。

他把良子的话转告给小耿，小耿没吱声。大师宽慰他，公司签约的美女不少，不怕找不到。的确，大师办的创意产业与美女相结合，资源丰富，如何利用开发，是他猫在公司里喝功夫茶苦思冥想的事体。

11. 那日，烟草厂总裁请他为即将推出的女式卷烟做市场营销。香烟不能做广告大师明白，“你老兄给我出难题呀！”对方气力极大地说，“你是创意大师，什么困难能难倒你？一大笔钱摆在你面前，就看你有没有本事”。他回答，“容我想一想”。

公司开张至今零打碎敲地干些小活，不见大钱，欠陆大椿的拖了长远没还，研究所空挂一个牌子需要项目、资金，学校规定没有科研经费注入，将被取消。这事，陆大椿说得明白，还在人事处长面前拍胸脯保证过。若拖着没钱注入，难给陆大椿交代，自己的脸面也没处搁。于是，他决定举办“穿越时空的美——现代行为艺术大展”。

禁烟日这天，第一商业街上出现令人瞠目结舌的一幕，紧邻街面的高楼窗口悬下一群涂成古铜色的美人，形似敦煌的飞天女，她们贴着墙面纹丝不动，手上托着镂空的禁烟标志。再见大街上，也有一群群古铜色的美人，或欧洲宫廷式长裙、或三点式、或中式明服、或清式旗袍、或现代玉女靓装，组成群雕矗立街头，指间夹着的纸烟青烟缭绕，煞似抢眼。路人止步，凑近一瞅，见是真烟自然细看牌子，广告效果奇好。有一路人好奇，试探模特儿真假，问香烟的味道香不香，模特儿开口回答说蛮香，弄得旁观者哄堂大笑。此事被大师晓得，找来那模特儿臭骂一通。不过，这个小插曲无伤大雅。

大师陪着烟草厂总裁巡街，乐得大嘴难合，连夸独到。

翌日，大报小报广播电视都报道这一奇观，也有小报称是烟草厂做广告，有悖商业道德，可惜此声太弱。

总裁给出七位数的支票，大师第一个想到还陆大椿的钱款。陆大椿说想个什么题目做课题，由公司转到学校的科研处，划进研究所的账，再提取借的钱款，“这样可以一鸡几吃”。他想了想说行。他弄了个题目，由陆大椿领衔，从公司划过去一笔钱，让他签字使用。陆大椿一算除去还的钱，余出不少。他说剩下的全归你。陆大椿心里喜滋滋，不仅得了钞票，还有了个名义上的科研项目。于是，他拿来一大堆发票和劳务费单子冲账，领出不少现钱。

12. 大师开课，身着白麻褂，手持纸折扇，脖子上缠着一条白丝巾，长过膝盖。小耿跟随，抱着一张藤交椅，椅上摆着笔记本电脑。有时，他犯腰肌劳损的老毛病，不能动弹，小耿还在上面加一只软靠垫，大师坐下前，他抢先一步放置。这一举动增添了大师不少风采，引得学生掌声四起。

一些老师有看法，不向陆大椿提，便同周婴讲。周婴来劲，想着解心头之恨，给他难堪。转念大师此举虽有出格，也没有规定不可以。要制止，最好握有撒手锏，琢磨着拿小耿由谁付薪水开刀，如果研究所给付，她可以发话，花公家的钱要个人派头。

调查半天，小耿不在研究所领一分钱，薪水由大师的公司支付，且有分红，周婴吃瘪。

藤交椅照例放在讲台左侧，电脑屏幕里的图像映在墙上。他悠然而述，声不洪亮。有几个听讲不真切的学生，打断大师，他调侃“让我改变，提高嗓门，还是你改变听课习惯，回家练耳朵？”学生说，大家都不改变，弄个麦克风不就完事了吗？大师称有创意。

打报告申请，周婴呛白地说其他老师对你的上课有意见，上课带跟班，“你是老爷？”再说每个老师都像你，要配多少麦克风？大师说哪个老师和我一样上课？周婴忿忿然，“最好改变你的习惯，别自以为是”。

他不愿与她纠缠，想到那次被自己羞辱得不轻，总归有点过意不去，让她三分，包括电子邮件的事情，要陆大椿别查了。他让小耿到音响店买了顶级的扩音器，发票拿到公司报销。公司业务蒸蒸日上，账面上盈余不少，小耿拿着账本给大师看，他高兴，“花点小钱，应该！”

周婴憋不住，背着陆大椿以学院的名义打报告到校教育委员会，说大师上课不着边际且华而不实，搭花架子摆谱，要求追责。陆大椿正为电子邮件的事没处发泄，周婴冲到台前抹黑大师，自然要反击。他让人打报告说教学形式创新的意义。

一桩事体生出迥然不同的反响，引起学校当局的关注，隔三差五地派人来听课，课堂上时不时冒出两三个既像学生又不像学生的陌生人。一次，大师发火，让小耿查学生证，没的全轰走。周婴获悉，暗自高兴，得罪人，自然没好果子吃。

校教委会对大师的行为举止没有评价，建议学院不妨由他实践下去，只是提出大师授课实例多、理论少，鲜见引用当今国际前沿的创造学理论，是一种缺憾。

周婴见没扳倒大师，又升一计，邮件发给学院老师，提出不知道国际前沿创造学理论的教师，自称出过洋留过学值得质疑。大师生气，海归多年，关注理论少，忙于实务多，又荒废了外语，一见外语脑袋瓜子变大，头皮发麻。自然引用外国新成果少，不能海纳百川。

他晓得是周婴开坏自己，也不愿撕破脸皮同她闹腾，便动脑筋要国外朋友寄来代表国际创意界新成果的书，让小耿找人翻译，叮嘱找圈子外的人，不要动声色。小耿替他物色好人选，告诉他翻译费七万。他一口允诺，填写支票给了小耿。没出两个月，译稿到大师手里，他仔细读了一遍，又让小耿跑去跟中间人说，让译者把一些关键的新名词注上汉字。译者传来话，另加五千。他爽快地答应。之后，大师满嘴跑洋文，听得学生一愣一愣的。大师上课深受学生欢迎，三十人的课堂换成百把人的大教室，最后把藤交椅搬到礼堂，一堂课三四百学生，创了华厦大学的纪录，上了校报，称大师国际眼光，实例丰富、授课新颖、校园名师。

那日，周婴去听课，一听不得了，他满口的新名词全出自她所译，便退出课堂，跑到走廊上平息愤懑。下课时遇见大师，周婴说起几个译音，听得他汗毛耸起，不过他沉着，“为这，付了七万五”。

大师回到公司问小耿，小耿一问三不知，再向中间人打听，传来话说是周婴。他骂小耿是阿乌卵，不会办事。不过，他料想周婴不敢抖搂此事，该得的两厢都得了，张扬出去谁的脸上都不光彩。大师不放在心里。

13. 大师生出与女子同游郊外的雅兴，入住宾馆。深晚有查房。大师报不出女子的姓名、身份证地址，只知昵称。女子答不上来询问，于是双双被拘。他俩矢口否认有什么交易，询问的人认定，罚款五千元走人。大师吹胡子瞪眼，凶着说钱没有，逮人可以。男女朋友私会碍着你们什么事，犯哪门子法？

询问的人觉得事有蹊跷，既没抓到现行，又没搜出女子身上的钞票，且对方态度蛮横，知道不是好对付的角色，故意留出一刻钟让他独个在屋里呆着。大师给经侦处长打电话，处长以为是问长乐的事情，一口回绝。大师说岔了，眼下要紧的是打电话疏通放人。处长问了原委，笑了，不管你是谈恋爱还是别的什么，我要问明情况。风流才子嘛。处长没食言，果然放人。大概是先前惹恼了询问的人，执意通知学校派人来领。

来的是周婴，见到他俩，脸色铁青。询问的人指着签名处要她签字领人。周婴不愿意，反问不是白抓了吗？询问的人回答没有证据，疑罪从无。周婴欲言又止……

上班后，周婴头一件事体便是找陆大椿，要求开除大师。陆大椿反问，在宾馆相聚，不能认定伤风败俗。他单身轧女朋友天经地义，他的思路、作派旁人不可参照，“非要叫出名字、讲出籍贯才能做朋友，那就不是大师了。”何况，法律没规定轧朋友非要叫得出名字，讲得出生地？有的朋友玩了一辈子，只知乳名昵称又何妨？公安没明确他俩犯什么事，如实记录放人。我们如果处理，岂不是公报私仇？周婴说，肯定是卖淫嫖娼。陆大椿说，你如何晓得？周婴无语。陆大椿说，“如果在不良场所乱搞被逮住，公安处理，我们也要在道德上谴责他，纪律上处分他，直至下岗，开除公职。现在情况不同，采取不了什么行动”。一袭话说得周婴哑口无言。

周婴与大师相遇，侧目而过，吐出四字下作大师。大师无动于衷，骂人伤不到汗毛，要不也搞个恶心的事情，恶心你半年？她没这个创意。左一个下作、右一个下作，自己下作着嘛。他这样想着，脸上露出笑容。

周婴手法老套，把大师在宾馆被捉的事情，发布在校园网上，并说陆大椿包庇道德败坏的教师，是同类相惜。这一次，她把矛头直指陆大椿。陆大椿干脆把公安开出的公函拍照挂在网上，写上事实胜于雄辩。他跑到学校提出调走周婴，否则无法开展院务。

14. 自宾馆出事，大师不与女子相见，即使来电，只是敷衍。其实女子只是一般问候，没有刻意什么。时隔许久，大师按捺不住跑去女子住处。女子拿出新购得的皮鞋，大师说高雅且性感。女子得意，表示一直等着大师，穿给他看。大师说有情有谊。俩人说笑。女子递过极细的香烟，给他点燃，大师看了一眼，说是自己做的营销创意，如今成为畅销货，女人以吸此烟为荣。烟草厂总裁让他们酝酿下一步的计划，扩大市场份额。女子摆了几个姿式说，由她来做形象代言人。大师笑了，别逗了，恐怕弄成A级片。女子笑着用新鞋拍打他，大师捂住下身，说别使劲，打坏了赔不起。女子说打坏省事。一番说笑过后，他有些猴急，往卧室走，女子相随。

眼圈抹成熊猫似的老女人乍乍呼呼地拍打房门，大师大惊失色，提着裤腰往外跑。女子平静地问啥了。老女人说出大事了，人全聚到马路上说是地震。什么时候？女子问。老女人说刚才。女子回眸，他尚处狼狈，咯咯笑个不停，“慌什么，以为又遇上查房的了？这是我家”。

大师恢复平静，说没一点儿感觉。老女人数落，你们哪能察觉。

“若来地震，立马上演泰坦尼克号。”他说。

女子回了一句，“这不是在海上”。

他来到大街上，瞅见许多人聚拢在十字口的空旷地上，叽叽喳喳地谈论地震，他们全是附近写字楼里的白领，年轻的脸上写着疑惑和惶恐。大师没多留意，回了公司。

15. 没见到小耿，良子说讨账去了，有笔大账拖了三四个月没付。大师问，公司没钱？良子答，钱不少，但欠款总要讨回来。大师问及地震之事。良子告诉他，在川北。大师打开电视机，正有女主播在震区做直播。奇怪，那里地震能波及远空八只脚的城市？真是如此，震级恐怕不小，应该在八级以上。

他想到自己的生意，烟草厂的烟叶儿从那块运来，生产受影响，营销必出问题。与烟草厂总裁通电话，对方说你不看电视呀，都地震了，抗震救灾头等大事，正准备去第一线哩。近期不考虑下一步的营销。大师泄气，后面的计划拖到什么时候执行是个未知数，公司会有损失。

大师转身坐在皮椅里，电视切换到自然保护区，直播大熊猫受灾的情况，屏幕里闪过一双熟悉的身影，好似长乐和美女艾理丝·达芙尼。他告诉良子电视里的一幕。良子说不会吧，他俩在那小国。大师想也是，长乐不会跑到那里去受苦，此时正在那小国与艾理丝·达芙尼云雨九宵。

小耿回公司，告诉他，账已讨得。大师问账面上的情况，小耿递过账本，他见过后大笑，称赞能干，庆幸自己当初的眼光。小耿说若不是大师慧眼，恐怕自己还在发小广告。他说哪能呢，也许弄得比现在好。

十年前小耿是个十五六岁的孩子，龌里龌龊地在地铁站口，伸着黑手给往来行人派发小广告，嘴里发出请字。大师途经，掉了钱包，小耿捡着了，一路小跑追上送还。他打量小耿，一副憨厚相，说了三个字“跟我走”。于是，小耿东跑西颠地跟他赶场子、闯江湖。大师视他为贴心贴肺的心腹，同吃同喝共甘苦，好事丑事俩不瞒。

良子递来一叠文件，说那国报社又寄来了一批材料，让他过目。大师心里得意，没想到这次花小钱获大益，换回材料比上次多，每份仅摊上几个小钱。翻看时，他恼怒，说不看了，这世界有点癫狂。

小耿问，寻人启事写什么，如此诱人。大师说这创意高明，是与祖上传下来的宝贝，需要寻找继承人有关。真有人来冒充。

这个故事缘起长乐告诉他的秘密。长乐祖父曾在一家外国银行的保险柜子里存有价值连城的金银珠宝和字画，那家银行撤离大陆前，登告事让主人领回。当时他祖父没找到委托保管的单子，等找到时，那家外国银行已经匆匆迁回国。祖父死后，单子传到他父亲手里，国内早没了那家银行的一丁点消息，查询不仅没门道，且有里通外国之嫌，长乐父亲把单子糊在墙上，这样一批价值连城的宝贝就粘在墙纸里，无声无息好多年，直至长乐翻建老屋，撕下糊墙的纸，才发现那张单子。这些是长乐亲口对大师所言，把单子给他看过，他说可以向那家银行索回。长乐也同意，去了几封信，如同石沉大海，不见回信。

“近来，这家银行在本地开设了办事处，我用银行的腔调，寻找继承人，把他引回国。”小耿笑了，“原来是这一档子事，难怪有这么多人冒认，碰到我也会”。

“这叫投其所好。”得意的大师有些惋惜：“长乐为何不上钩，是他识破了我的计谋，脑筋见长？”

“恐怕没有看到广告。”

“要加大宣传力度。”

说话间，良子说自己请辞，明天不来上班。大师问为啥，良子回答筹备婚事，远嫁大洋彼岸。他高兴，哈哈，找到如意郎君，该嫁。让小耿到珠宝店买根项链什么的，说良子是自己公司嫁出去的人，留个纪念。

良子推辞。他说那东西不值几个钱，算一个念想，跑到外国，日后见面不易。小耿说不知道她想要什么款式的，你批个两三万块钱，让她自己买。大师说行，就这么办，随后问良子，真不回来了。良子肯定。他让小耿找前台接替，小耿一口允诺。

16. 学院有事，短信大师开紧急会议，他感觉蹊跷。会场主席台上有周婴和其他几个副职在坐，不见陆大椿，周婴居中，模样光鲜，头发还是与那次一样盘得高耸。她神采奕奕，脸上的蜡黄消褪许多，大声说陆大椿正在接受纪委调查，学院由她主持，大家有事可直接找她。会场一片窃语，猜测陆大椿犯什么事。

周婴容忍大家叽叽喳喳一阵后，清一下嗓子说，别私下议论，最终听纪委的结论。陆大椿在经济上出毛病，值得大家吸取教训。

有人说领导吸取就行，平头百姓不需要，没有机会。周婴说话不能这样说，在钱的问题上每个人都会出毛病。

会议仅一项内容，周婴宣布闭会，大家一哄而散，骂她精神病兮兮，开什么紧急会议，无非宣布自己代行院长的职权。

他急匆匆去陆大椿办公室，门紧锁着，打电话，不见回音。莫非给双规了？陆大椿是处级干部。直到晚间，陆大椿回电。大师问出什么事情，陆大椿警惕地说电话里不好说，碰个头。于是，俩相约在茶坊里见面，谈事儿。茶坊灯光幽暗，加上陆大椿黑着脸，觉得像一个逃犯。

陆大椿开口第一句话让他汗毛耸起，“你把我害苦了”。大师吃惊。“你还的那笔账，划进研究所，我提了现，没想到周婴告状到纪委，说乱用公款，还给自己的老婆小孩开劳务费。”

“有这事？这女人什么事体都做得出来。”

“是呀，我当初怎就没制止你划钱款给研究所呢？还现金不就结了。怪我脑子一时糊涂，搞什么横向课题。”大师记得是他交待如此办的，他不辩，安慰他，“别急，给纪委说明一下，不就完事吗？”

陆大椿说，怎么说得清楚，当时借你钱时没有条子什么的。大师说实事求是地说就是了，他宽慰陆大椿。

“哎，你不懂的，越描越黑，你还是等着接受调查。有一说一，有二说二，不许编！你编不像的，一切如实报告。”他回答行，再三表示抱歉，说没想到事情办成这样结果。

第二天，校纪委喊他去，大师一五一十地说了原委，纪委的同志说证据呢？他有备而来，把两次刊登寻人启事的报纸给他们看。纪委的同志说，这能证明什么。大师脑子转得快，说银行肯定给陆大椿邮过扣款的函件，这不是可以证明吗？那国报纸肯定给过陆大椿收款的凭据，有这些还不能证明？纪委同志笑了，你脑筋真不错，让他找来好了。

大师向纪委同志检讨，说自己不懂学校规矩，直接还他现金就没事体啦，省得他弄了许多发票、劳务费单子冲账，坏了形象。“当初，无非想给研究所多一个横向课题，为学校好。个人的好处其次。”

纪委同志说，你们知识分子办事情不行，尤其是经济上的事勿懂。进账的钱不可随便用，那是公款。吸取教训。

纪委要大师写情况，大师开夜车。陆大椿来电话，问“没编什么吧，你是编不了什么瞎话的”。

“没编。现在正在写情况呢，他们要。”

“我提的现金比借给你的多，多出的部分怎么解释？”

“算利息吧。还有劳务费，比如译文稿的稿费、邮费什么的。”

“这样差不多了，反正账上还有些没提完。”

大师写完情况，心里憋屈，想起那女子，便找去。女子的窗门上没亮灯，他径直去敲房门，不见有人。隔壁的眼圈抹成熊猫似的老女人探头告诉他，“搬走了，前几天”。

他来到大街上，脚下的梧桐落叶在寒风中发出飒飒声……

17. 不久，陆大椿来上班，还是坐在院长室里，不过已不再管具体的事情，像是在韬光养晦。大师去探望，他闷闷不乐地说，结论公私不分，虽不构成职务侵占，办理上有瑕疵，给了警告处分。

“我这院长算做到头了，等着挪位置，搬出这间仓库。你好自为知。”

他心里过意不去，又笨嘴拙舌地说不来宽慰的闲话。

走出办公室，遇上周婴，破天荒冲他一笑，说该收敛了，别整天介瞎混，再混下去没好果子吃。大师说，我不怕，平头百姓一个，不怕丢东拉西，也不想为一官半职扭曲自己，把自己变成人不人鬼不鬼的样子。周婴要发火，见有学生擦肩而过，只能熄搁。大师走人。

来到公司，已近傍晚，铁将军把门。大师给小耿去电话不见接听，再打依旧。他开门，见自己的桌子上放着一沓钱，边上是一摞账本，心里疑惑，不要又发生什么意外。给小耿再去电话，仍未见回音。他下意识地给银行去电话，账上一文不差，松了一口气。

小耿回电，不紧不慢地说请假，回一趟老家。他问老家出事啦？小耿说没，想家了呗。大师嘱咐多带些钞票，派得上用场。小耿说自己有，又告诉他新的前台已找着，约定好了面试时间，是个美女。他说，你办事我放心。又问钱和账本的事情，小耿回答钱是给良子买项链的，她分文未动，说不好意思用你的钞票，你是好人。至于账本，过去一直由她保管，离职自然要拿出来。大师说亏她想得仔细……

通话断了，手机又响起铃声，意外的竟然是长乐的声音，长乐抱怨，你这家伙换了手机号码，怎么不吱一声，害得我满世界找。大师说，你的手机早空号了我怎么告诉你。他急切地问现在哪里，是不是见到了寻人启事？长乐摸不着头脑，反问什么启事。他说别装模作样。长乐称大师黑七搭八，要他明天到机场接机。大师说一定。

大师给经侦处长去电话，说犯罪嫌疑人回了国，要他逮人。处长不肯，如果他是罪犯还敢回来找你？早躲得远远的。你是搞艺术的不懂这些。“如果他受诱回国呢？”大师争辩。“没你想象的简单。不过，你应该跟他保持联系，探个虚实，再逮也不迟。反正回国了，逃不出如来佛的手心。”处长告诫。

18. 大师接机，见长乐携那国美女而来，两人照样腻歪。长乐热情相拥，那国美女用蹩脚的汉语问候。美女似乎老掉了一圈，想必一定是被长乐折腾所致。

“你走得潇洒，苦了我们，找得天翻地覆。”

“找什么，上不了天，下不了地。公司事务有你和小耿应付得绰绰有余，何必我插手，我可没兴趣做些杂七杂八的事体。”

“能不找吗？账面上留着 888 元的吉利数，是你的创意？带着大把的钱和美女逍遥，自然惬意。”

长乐慢悠悠回答：“哪里跑到国外去了，达芙尼吵着去熊猫的老家看那玩意儿，与它作伴。到那儿，觉得简直是世外桃源，就在那里呆了下来，过一段人间仙境般的日子。身边又有达芙尼，不想回。没想到地震了，我们也成了抢救熊猫的英雄哩。”

说话间，大师见到一双熟悉的身影闪进国际通道，有点像小耿与良子他俩。大师要唤住，人已进关，登了机。

长乐津津有味地说熊猫。大师问那近千万的钱款呢？是不是你拿走了。长乐一乐，“我要公司的钱干什么，我的银行印鉴由小耿代管，他把公司的钱划到哪块去了，我怎么知道？”

他一愣，马上反应过来，说不好，一定是他俩合谋拿走钞票。他跑向国际航班进口处，隔着玻璃，看到那架外国飞机徐徐滑行而起。

……

隔了许久，本埠晨报整幅刊登了一则语焉不详的广告，好像说得是结婚的事情。画面设计感高级，文字传达精美。就是云里雾里的不知道什么人与什么合卺。呷着咖啡的周婴在如同仓库般的办公室里读到，认出上面是大师他俩的剪影，放下报纸，移步窗前，喃喃自语，“他不适合这里，属于山野和远方……”

（作于2016年12月沪上锦园观旭楼）

岛上别留

1. 筹备组定不下开会的地方，处长说此时岛上正值蟹肥桔香，去那里有意思。局长表示这个赞，岛上人应该热情。于是，小狄提前动身去渡口搭船，上岛察看情况。处长皱着眉说刚回来，一切安排停当。小狄说处长弄好就好，此趟不过是走马观花。他轻描淡写，没挑明是局长的意思。处长打量小狄，似乎明白了潜台词，改口说是不是要派人陪去，多一两个帮手。小狄尽量平淡地说打打前站而已，强调处长弄好了一定蛮好。处长开心，搓搓手说岛上见。

小狄坐上局长的别克，司机边踩油门，边抱怨没劲道，力气施展不开。小狄颇具同感。司机听说局里要搞个接待办，去那里有戏，请小狄在局长面前美言几句。小狄满口答应，乐呵呵地催促，离开船时间不多了。司机要他别玩虚的，一定帮忙。小狄没答腔，停顿一下说岛上的会议弄砸了谁也担当不起。司机不吱声，加大油门，他知道小狄在机关里有一些特别，局长贴身秘书的味道，处长要看他的眼色，从他嘴里打探局长脑子里在转悠什么。

候船室门口一块黑板上醒目地写着大雾误船的字样。小狄不信，朝江海交汇处张望，漆成红色的航标灯一清二楚地排列着伸向远处，海岛呈线状亦可辨清，没见有雾的模样，怎出如此告示？

小狄无可奈何，挤进脏兮兮的候船人中间等待解禁。明天是包租的船，与会者不会坐在码头上等老半天。一艘纯进口的大游艇，区港商在租前曾与筹备小组一起去看过，大家挺满意。处长说外国富豪的私家游船不过如此。区港商在行地说原本就是游艇，稍做改动。

这时，小狄听到有人在唤他，寻声而望，一个猩红色的身影左冲右撞地朝他挤来，不时回头去拽身后的挎包，好像嚷着让他帮忙。小狄站起身，跑去把她拉出人群。记者司颖捶了小狄一拳，发狠地问为什么要到岛上开会，表示讨厌岛这种地方。小狄附和着说自己也没有好感，轻描淡写说筹备组是为了让会议开得生动些才有如此安排。司颖说不就是吃喝玩乐吗。小狄称她刀子嘴。司颖向小狄讨要会议资料和日程安排，小狄回答不必操心，有统发稿，到时候你只管吃好玩好。司颖嘟囔老同学一向顶真，如今变得玩世不恭。小狄申辩自己从不游戏。司颖笑起来，戳戳他的头皮说些怪里怪气的闲话，转而正颜厉色地告诉他，总编关照过上头版，提前上岛足见重视。小狄笑笑，没有道明总编如此卖力的窍开，只说上面重视这次会议。司颖追问原委，小狄岔开话题。她说他阴阳怪气，不够朋友。

船来了，人群骚动，他俩轻松，随着队尾进入船舱。司颖环顾四周，提议立到甲板上，说些什么，祛去闷气。小狄响应。于是他俩一前一后走到靠近船头的甲板上，司颖问书笃头何海峰来吗，小狄叹了一口气，“我们这些人不及他，他可以留在专业史上。整个会议的论文数他最棒，是这方面的专家”。于是，司颖说起书笃头的趣事，一次书笃头找到报社，说让她介绍对象，要求像她一模一样的。司颖说“找我好了”，书笃头触电。

闲聊间，岛岸已在眼前，俩人不再攀谈，眼线被岛子吸引过去。简陋的码头置身在一片蒿芜之中，铁条焊成的栈桥锈迹斑驳，像是长远没人行走，长长的扶栏折断几处，有点颓废的味道。司颖猜测一船人上去，免不了会摇晃。她轻叹一声，不愿再看，催小狄下船。小狄没挪窝，他知道舷梯口一定挤有不少人，早去不如等待。司颖逼他离开甲板，急于验证自己的猜测。船已靠岸，旅客鱼贯而行，跑得差不多了，小狄开路，转身招呼司颖，没见她的踪影，估摸已下船。

司颖在栈桥上不住跺脚，费了不少力气，栈桥没一丝晃意。她有点丧气，冲小狄挥手，叫嚷一些听不清爽的闲话。

出了码头，小狄说一切已安排妥当，岛上派人来接。他斜倚出口处的栅栏，目送一辆辆汽车远去，想以自己的耐心唤回司颖的等待。司颖东张西望地寻找兴奋点，无奈岛上与对岸的城镇相差无几，毕竟同属一市管辖。司颖溜达回来，问是不是联系好的人已走了，今天船误点。小狄像没事人一样宽慰。

天色渐晚，码头上人影寥落，同船的人没了影子。司颖提醒，岛上没有公交，等到墨擦乌黑时连方向都没有。小狄看看天，又望望司颖，拿出手机，耳畔响起对方的铃声，一遍又一遍。小狄骂人，关掉手机，大声说开跋。两腿走去？司颖问。小狄说岛上不会有什么出租车。司颖沉吟俄顷，说由她来处理。她踅回码头，与门卫交涉，便进入码头的办公楼。小狄无聊地在码头外兜圈子，暗咒处长的朋友不够意思，没把自己放在眼里。

没见司颖，倒有一辆半新不旧的桑塔那在小狄面前停下。司颖隔着玻璃窗招呼上车，问去哪儿，小狄回答绿岛酒店。司机乐滋滋地介绍路程不近，起码二十五分钟。小狄一算若步行要花不少脚力，心里怨恨处长的朋友。小车开得极快，窗外黑乎乎一片，除了农田还是农田，没什么好看。车内司颖与司机一问一答枯燥乏味，无法惹起兴趣，小狄犯困。

车在灯火中停下，经过一片黑暗再见光明格外的炫目。小狄没想到岛子深处会有一座豪华的宾馆，与市里的五星级不相上下，照例由元帅般装束的门童拉开车门。小狄下车，进了大厅，说径直去餐厅。司颖说听你的，你是东道主。

2. 走进富丽堂皇的餐厅，都有人在吃喝，热气腾腾。他俩在门边一张空桌旁坐下。服务员小姐跑来，递上菜谱。小狄让司颖点，她翻了翻说简单地弄两样小菜，“你晚上有事”。小狄心有怨气，要了几道上品的大菜。小姐一走，司颖说太浪费，小狄回答不用操心。

这时，一个中年男人走来，与司颖搭讪。她连看也没朝他看一眼，男的说起明天的会议。小狄插话，说自己就是小狄。男的热情地抓起他的手握住不放，一个劲地道歉，解释在码头上候了好久，可惜误船，不知你们来不来，就没等下去。男的掏出名片，给司颖一张，再给小狄。小狄说自己没带，还说下趟补。其实，他包里有一叠，只是不愿给男的。司颖与男的交换一张，男的看了一下，口颂大牌记者。司颖谦虚几句。男的说不要坐在这里，进望海厅，什么都弄好了。于是，男的把他俩引进一间只放一张圆桌的大包房。男的说有几位客人在楼上没下来，要去请一趟。小狄拿过桌上的一瓶酒嗅了嗅，说不是假货。司颖笑他是酒仙，读书时就好杯中之物。

男的进来，引来两人，先介绍披羊绒大衣样子威严的中年男子，说是本岛的父母官。小狄脸上堆笑，伸手与县长握了握，嘴里不住致意，表示会议在岛上开添了麻烦。县长并没多大热情，问局长为什么不提前上岛，项目的事有何说法？小狄见局外人不少，闪烁其辞。县长敷衍，把身后长有络腮胡子鼻梁上架金丝边眼镜的教授介绍给大家。教授掏出名片，发牌似地发了一圈。小狄一看，教授除了职称外，还有办学主任的头衔。教授说他与小狄的局长是朋友。小狄嗯了几声，给县长添酒。男的坐在旁边有一些尴尬，原本这事该他做。小狄见状，说男的在会议筹备活动中做了不少事。这话多半是对男的上司说的。男的心花怒放，说如此规模的会议放在岛上是一种光荣。县长阴沉着脸没讲话。司颖衔着江豚的短翅，含糊地说媒体将竭诚报道。县长有些喜色，说岛屿的发展值得舆论的关注。

门虚掩，探进一秃脑袋，神秘兮兮地招呼男的。男的微笑着与县长耳语。县长起身，说隔壁市里的几个同志明天要离岛，饯行总需要。小狄客套几句，县长说有没有自己一样，要男的殷勤些。

县长离席，男的活络许多。小狄问每天这么多人吃喝？男的说都如此。岛上四季景色各异，情趣不同，自然不会短缺办事开会的人。

教授与司颖说话，像似投缘，小狄插不上，听着不作声。教授说正在岛上联络办学的事情，办起来困难。边说边持筷在清蒸甲鱼里乱翻什么。男的说不用找了，东西在他那儿。说罢，把小骨刺递给他。教授用餐巾纸拭着说，国际市场上值五美金，剔牙不出血。小狄看着他得意地剔牙，心想教授挺在行，是个久经吃喝的将帅之才。

男的拿过酒瓶替教授斟酒，教授阻挡，说不胜酒力。小狄让男的留着等县长一道来喝。男的回答说县长多半不会过来，他瞅你们一班文化人吃不来酒，没法过瘾，一定在隔壁干上了。司颖鸣不平，借了几件老法子的故事，证明自古酒仙出自文人。男的高兴，提议陪小狄喝几杯。小狄不客气地站起身，仰了几次脸。男的让服务员小姐再拿一瓶。小狄摆手，“喝断没问题，不过晚上还要商议明天的事”。男的撑着桌沿坐进椅子，表示还有机会，小狄潇洒地说舍命陪君子。

教授打着饱嗝，打探出席会议的头面人物。小狄报了几个人名，教授兴奋地说不乏他的朋友。小狄恭维教授神通广大，非一般做学问者可比。教授略显谦逊，表示留下参加明天的会议。小狄迟疑，模棱两可地说反正今夜回不到市里。

酒足饭饱，男的领着一行人进入客房区。在通道口，给一个穿黑西装的领班做了交待。男的对小狄说自己回一趟机关，拿过公文包来碰头。

小狄住一间，司颖在隔壁，教授住单号在过道的另一侧。他进门放了包，便一头钻进司颖房里，大侃报社总编学生时代的趣事。司颖乐意听。

小狄换上拖鞋，在软塌塌的地毯上踱方步。男的闪进门，一屁股落坐床边的沙发上，商谈明天的事情。小狄仔细看了住房安排，指着前局长与柯老的名字说要住套间。男的说没套间，市里的什么人占去好几间。小狄说他们享受副市级。男的没了主意，嘟囔那个人后天才走。小狄说让宾馆在高区找几间紧挨着的单人大床房，每隔一间拆掉床，布置成会客室。男的拍脑袋，称赞小狄经验丰富，不愧市里派来的干部。于是，小狄又说到会场、汽车、游览等事项。男的一一作回复。接下来谈实质内容，男的知道小狄他们只出会议预算的百分之十。小狄纠正，打入你们账上的是百分之十，其他费用如资料的印制、包船、劳务费还是局里开销，这样占预算的百分之二十五左右。男的苦着脸，数落百把号人吃住花销蛮大，县财政开支有难度。小狄脸色不好看，等男的噜苏完，方说局里和县上协商过，会议放在岛上开对经济发展有好处。男的说知道，可是局里的那个项目还没有定下来放在岛上，县长不好做先割肉的事体。小狄嗤鼻，“市长、局长都到了，怕什么呢？”男的赞同，“只是县长不踏实”。小狄提高嗓门，“这事容易，再多打百分之五给县里”。小狄临行前局长关照过，别抠得太死，关键办好事。小狄知道会议的费用由区港商全挺账，局里一个子不出，还净赚不少，挂在协会账面上花销。男的见小狄的口气，凑近说如果项目合同一签，费用县里全包，还给关键人物一些实质性的好处。小狄问是什么，男的笑着凑近身子，没回答却叮嘱他一定把这层意思转告局长。小狄点头。男的试探小狄在局里的职务，称能拍板。小狄略显得意，一再申言无非跑跑腿。

3. 小狄赶到码头，气尚未理顺。会场怎能不设主席台？学术会议固然学术平等，可总有市、局相当一级的领导主持与参加，何况新产生协会领导班子。小狄发了一通火，男的吃瘪，连连赔不是，一古脑儿地把责任推给手下的经办人。当即，他招呼手下根据小狄的意图重来一遍。小狄看了一下手表，让男的派车去码头。临别时，他拍着男的肩膀，称赞卖力，暗示筹备组不会忘记，一定给些好处。

小狄钻出小车，见县长领着一大帮子行政官员，站在栈桥旁恭迎，教授双手抱在胸前，紧挨县长，头翘得老高，鼻梁上的墨镜映出两朵白云。县长没了昨晚的威严，拉住小狄到身边，追问市领导的动向。小狄笑眯眯地回答来岛前与那位领导的秘书通过话，不会有误。县长点头，话题转入会务的安排上。小狄没提主席台的事，说岛上考虑得蛮周到。县长谦辞，表示岛上人的世面见得少，不能和市里的同志比，多提一些意见。小狄顺势道出自己的顾虑，晚上娱乐活动太少。小狄本想说参加会议的年轻人不少，话到嘴边变成局长和柯老是交谊舞能手，据传市领导对保龄球颇感兴趣，又说了几个震得住的人物欣赏卡拉 OK 与革命歌曲相结合，而且绿岛宾馆里一样不缺。教授在一旁帮腔，市里的同志难得来，要么不来，要来就弄得大家开开心心。县长皱一下眉头，挥挥拳头，下定决心，招来一个小头小脑、模样精悍的男人，吩咐宾馆的台球房、保龄球、酒吧、歌舞厅一律免费开放。男人面呈难色，不住口吃。县长咧开嘴大笑，气魄地说不会让宾馆吃亏，赚钱在后头，“这是叫什么？”教授急忙补充，“会议搭台，经济唱戏”。县长复述一遍，戏称男人是大经理。男人苦着脸扳指头，讲诉亏了多少。

游艇上的旗杆伫在码头的办公楼顶上，游艇多半靠上了岸。男的赶来，报告会场的主席台已经搭好。小狄说正好，待一会儿你引见岛上的人马，他把与会者介绍给岛上的人。

几声清脆的汽笛过后，栈桥上出现处长，穿一套深藏青的条纹西服，服贴在他五短的身子上，显得脸盘丰硕，一边倒的发式亮出宽大的脑门子。他手擎一面红底白字的小旗子，兴致盎然地不住摇动几下。

男的三步两步迎上处长，接过小旗。处长陪县长说官话，脸上的栗子肉一绽一敛喜气。县长重提市领导，处长说耽搁在市里，没法赶上开幕式，不过闭幕式一定参加。县长自言自语表示来就好，否则没戏了。

说着话，船上涌下不少人，虎背熊腰外罩浅灰蓝呢子大衣的是前局长，边上为现任局长和这次会议的赞助人——港九和通公司的董事长区先生。前局长凑近局长低语几句，现任不与他热络。他并不介意，扭头与走在左边的一个斯文青年说话，样子投机。斯文乃为市府办公厅秘书一处处长，说白了就是市领导的秘书，自然在这行人中地位特殊。他与小狄为本科时的同班同学，且下上铺。斯文脸呈虔诚，做出洗耳恭听状应付现任，左手搀扶着一个精瘦的老头，不住提醒别崴了脚。那老头精神矍烁，颧颊红红有辉，绝不给人八十有七的印象。小狄记得柯老的年纪。

柯老在位时官至某委常务主任，兼有专家美誉，至今隔三差五地在大报上发表文章。

小狄拍着巴掌迎上去，像似跟每位都打招呼，脚步不由挪到斯文面前，开口便问候斯文老父安康。斯文看出小狄的用心，故意让老同学喘气发胖，连拥带抱表示热络，以致周围的人带着羡慕的目光注视小狄。小狄知道预期已达到，便打住。斯文拉住他的手，要他认识一下柯老。小狄古派地作揖，口颂恩师。斯文问原来你们认识。小狄称曾在老者主编的学刊上发表过拙作，登过他府上的门，承蒙指点。老者脱口喊出小狄的名字，说狄姓罕见，历史悠久。小狄赞颂他的记忆超人，身子骨硬朗，长青如松。柯老朗笑，声如宏钟，告诉小狄他们，所以青春长驻，正是从年轻一代革命事业接班人身上汲取了无穷的力量。小狄笑起来。

老者与县里的一班人马头对头，小狄摆好架势准备介绍身边的人员，处长钻进人群，拉住局长的手介绍给县长，五短的身子恰挡住小狄。小狄被晾在边上，内心失去平衡，脸上不显山水，耳闻处长的介绍，技艺高超，觉得理当让贤。这会儿，教授领着县长跑到柯老跟前，介绍柯老是老领导，教授是助教时，老人是校领导。县长连称久仰，说自己与教授是小辰光的朋友，差点就说起光屁股打弹子。无聊之际，小狄的目光在人群中寻找老同学何海峰，反复几趟都没发现书笃头的踪影。

从船上下来的人三五成群，散得老开。如果说队前的色彩比较单一，队尾缤纷许多，嘻笑叫嚷不绝于耳。小狄知道这是赴岛采访的记者，何海峰大概会混迹其间，目光扫去没见踪影。小狄顾不上，满脸春风地与记者打招呼，随即淹没在一片斑斓中。他素与大小媒体的记者保持良好关系，他们多半跑小狄的条线，小狄偶尔客串新闻召集人的角色。

人马陆续上车，书笃头还没有出现。处长责问小狄为什么不让司机开车。小狄回答得体，清点一下人数，漏掉谁都不好。处长自知理亏，亲自点人头，核对名单，果然缺何海峰。处长说不能因一人耽误大家。小狄心里骂娘，若是差个什么头头脑脑，处长一定耐性十足，死等到底。可惜书笃头只是一个讲师，无足轻重。小狄不好强辞阻拦，让司机踩油门。转身之际，发现何海峰走出码头，朝大客车而来，小狄扒在车窗上大声喊叫别迈八字步。

何海峰褂子扯开一道大口子，挂在胸口晃荡，手里拎着一只电脑布包，湿漉漉滴水，口中振振有词，好像说包掉进了水里。上了车来，他说都是栈桥上破栏杆弄的。书笃头不顾一车人不满的眼光，神情自若地坐在车门口，拿出电脑笔记本，擦拭上面的潮湿。

4. 车队停靠绿岛宾馆，门口设有来宾签到处。局长请前任签到，前任双手按住大腹，咧嘴笑着说老者为先。柯老回答总要有人先，大家随意，先来先报到。他小心蘸墨舔笔，刚要在织锦缎面的签名折上落笔，何海峰抓过另一支笔，抢先写上名字，径直走进大堂。小狄叫住他，冲他瞪眼，嘟囔着狂什么，递上一套会议资料。书笃头抽出，不经意间散落一地，弯腰去捡，纸片在风中张张鲜活。司颖坐在大堂角落处的黑沙发里，不住发噱。直到书笃头捡起她脚边的纸片，抬头见是司颖。她劈头叫嚷，“像我一模一样的找到了吗？”书笃头闹了个大红脸。

局长与前任说着后生可畏步入大堂。小狄凑上前去，问局长路上顺利否。局长没回答，反问小狄与岛上的人碰过头没有。小狄回答碰过，谨慎地没往细处说。局长理会，便要他餐后来一趟自己住的房间，报告岛上的情况。

餐桌前，局长与前任说话，好像在议论协会的人事安排。小狄知道，协会的办事机构人员一直议而未决，局长、前任和柯老意见不尽相同。他们明白，谁掌握了办事机构谁就能把持协会。柯老与斯文出现在餐厅里，局长他们终止嘀咕，招呼来者入座。桌上设有席卡，方便入坐，小狄发现自己的席卡也在主桌上，明白一定有人弄松，让自己坐错位置犯忌招嫌。他不吱声地把席卡藏进口袋，见区港商在司颖的桌子那儿打转掏浆糊，便拉住他的白胖手，按在自己的座位里，区港商脸冲局长，称赞小狄精明能干。

司颖拍手说欢迎狄大官人放下架子到平民间吃喝，小狄让她别逗，自己素来是平民。书笃头说亦民亦官，进退维谷。他问书笃头学校里的事情，给他们上过课的古棣教授怎么死的，书笃头答非所问，说自己除上课外，不常去学校，自然不会知晓那些事情。司颖说是桃色事件，“听说和一个女博士搞在一起，允诺留校没办成，那女的告他强奸”。小狄说，这事可是华大今年的头号新闻，“你不闻不问，真是两耳不闻窗外事，一心只读圣贤书”。书笃头嘿嘿两声。

起劲地说着话，顾不上谁在致辞，等听真切“为共同的事业干杯”时，知道可以敞开肠胃。司颖站起身，问为什么干杯，书笃头说为阿拉华大。司颖没接茬，表示借花献佛，为小狄的精明能干干杯。小狄拦住，提议为大闸蟹干杯，待一会有四五两一只的清水大闸蟹。

餐厅里热气腾腾，劝吃劝喝的嘈杂不绝于耳，不时响起银铃般的歌声，像是在处罚什么人喝不了杜康，或者什么人喝多了，借酒劲唱上一曲。男的走来，低声与小狄耳语，他连连点头，让司颖代表本桌向大家敬酒。

这时，男的领着县里的干部给主桌敬酒。司颖望了一眼，称肉麻。小狄说敬酒也应该，热闹一番，增进友谊、加强沟通。司颖说你代表就行了。小狄有些为难，单枪匹马非走麦城，总不能见死不救吧？何况，还可以与斯文碰次杯，都长远没见面了。司颖见小狄说得真诚，便说看在老同学面子上帮衬一把，而与斯文碰不碰面倒无所谓。小狄说司颖上场能震住人，书笃头用了一句野史里的怪话，女人上阵必有妖法。司颖不与他计较，知道他的脾气，一旦缠上没完，她端上酒杯径直走向主桌。小狄三步并成两步，一下子抢到她的前头。

小狄称代表自己一桌向诸位领导敬一杯，敬酒词说得悦耳动听，局长、前任、柯老等纷纷举杯，一饮而尽。小狄又以同窗名义与斯文单独喝，斯文起身给小狄斟酒，引来一片掌声。斯文优雅地摆手，拥着小狄邀他一起敬局长，继而介绍小狄读书时的出色和能干，让局长好好培养。局长连连称是。小狄说局长已经很关照了，仨一饮而尽。小狄欲离去，司颖说且慢，要与诸位再饮，不由得瞟一下斯文。前任称司颖有魄力。司颖说自己喝半杯，领导喝一杯。她认准前任杯里是白的。司颖的要求一出，前任说女性的面子难驳回，爽快地站起身。司颖看着前任喝尽，转脸向着众人，见众人喝尽，自己一扬脖喝去大半，唯独斯文没动酒杯。小狄率先鼓起掌来，众人纷纷响应。教授笑吟吟地要过司颖的杯子，称其中有诈，无非是白开水。小狄想教授一定是知道司颖的秘密，昨晚同过桌。司颖否定，再三追问教授敢不敢喝，教授接口表示没问题。不容分说，司颖猛灌教授一口。教授胃大犯，连声称不是白开水。前任说人家姑娘不会骗人，清纯的眼睛是骗子能长的吗？教授让男的陪上盥洗室。斯文嘴角上露出一丝笑意。

小狄小声问司颖。她递过杯子，小狄凑近鼻子，说真想得出，喝这东西一定犯胃。司颖得意，“真的不是白开水吧？”

5. 敲开局长的门，前任与处长在，小狄不便提及项目和岛上那男的说过的话，与屋子里的人打招呼，乖巧地在旮旯里坐下。前任剔着牙，酒气十足地跟局长议事，大意要让处长出任秘书长。局长说兴许柯老通不过，反正理事会主席一职已成定局，先宣布便是。前任脸红脖子粗地说局长动摇，倒向柯老一边。局长赶紧否定。前任说柯某人出任主席，自己是常务副主席，办事机构的正职一定由他提名。处长出任秘书长妥当，对局长有利。

一直埋在沙发里的处长开口，表示先不要自家窝里争个不休，等市领导来后定。局长高兴，称这一个主意不错，名单报上去，领导没异议就算通过。局长招呼小狄，让他从斯文那块打探领导的意图，弄个名单报上去。小狄回答照办，待会儿找斯文。

处长反常，给小狄倒一杯茶，得意地问及岛上的落实情况，欲借小狄的嘴来赞美一番。小狄看穿他的用心，说岛上的人虚情假意，眼睛瞄着局里的项目，不批就不愿花钱，硬是多榨去了百分之五。会议安排得跌头落襻，会场早上刚搞定，急得自己一身汗。局长哼哼，气不打一处来，厌恶地说岛上的乡下人心口不一，门坎极精，批个项目十多亿，拿个万分之一用在会议上也不多，鼠目寸光。转而眯缝起眼望小狄，拍拍他的肩膀，一副赏识的样子。

小狄知道处长脸色难看，执意上岛开会，扬言岛上人会鼎力的是他，局长的话自然让他下不来台。小狄终于出了一口恶气。

处长剜一眼小狄，一言不发，他明白兼秘书长一职还要小狄与斯文斡旋。局长打起圆场，说岛上还是愿出一部分钱的嘛！说罢，几个人安静下来。也不知前任什么时候睡着了，呼噜燉得酥猪头。局长不快地瞥一眼。

戴着窄扁黑边小方镜的区港商笑嘻嘻地走进来，摸出银烟盒发香烟，递给小狄时莫名其妙地赞扬一番。小狄说舞厅里有舞跳，还有卡拉 OK，很是热闹，问他为什么不去。港商说事业第一，接着又说了一两句怪里怪气的话，引得满屋哄笑。大概笑声的缘故，前任醒了，处长关切地问睡着了吗，前任说一点没睡，屋里的说话听了个八九不离十。

见前任已醒，区港商发话，称这一次合作仅是开头，往后可以多方位进行。他皮塌塌坐在沙发里，蛮有资本家风采，表示只要项目落地岛上，立马设立办事处，着手勘察和设计，力争第一时间弄成标书，为社会主义建设服务。“半年时间可以基建，到时候办个轰轰烈烈的奠基仪式，请诸位再上岛一聚。”前任与处长点头，局长没答腔，让人觉得他不愿意听这种远空八只脚的闲话。

前任说区港商在协会中的位置已摆好，名誉理事一栏都为国内有名望的本籍人士，侧身其间有利于区先生的经济活动。局长说项目到底放在哪里尚没定论，慢一慢再议。不过，区港商在协会里的位置早点定下来也好，即使项目不在岛上，落实在其他地方，也要提前介入。

区港商喜形于色，说请吃夜宵。处长来劲，称岛子上有一道叫烤龙息的野味，让大伙儿猜是什么。小狄心里明白，嘴上推说不知道，让处长去吊他们胃口。他不想再次扫处长的兴，已经打了平手，他也认怂，得饶人处且饶人，逼急对谁都没好处。见多识广的区港商没猜中，乐得处长合不拢嘴。局长耐不住性子，说不就是烤鹿鼻子嘛。前任问又不在北方，何为此地名肴。处长说岛上有个养鹿场产鹿茸。

处长抬腕看表，催区港商下楼。区港商爽快地拉住局长和前任一起去，局长没挪步。

小狄也没走。局长抽出一页纸递来，关照小狄把它转给市领导。小狄望一眼纸上的名单，没设秘书长，见自己的名字排在常务副秘书长一栏中。局长说这样妥当，到那里过渡一下，实质也是副处了，而且实际掌控协会，方便局里办事。小狄连连点头。局长又吩咐，项目签字的事再等一等。他明白局长还在等待岛上的表示，不想马上签字。小狄道出昨夜那男的原话，什么好处不好处的。局长说这帮人做事犹犹豫豫，别理他们，等他们自己想明白到底怎么做、底线是什么再说。

走到斯文的房门前，门虚掩一推即开，通亮的大套房里不见人影。小狄刚要退出屋子，听见盥洗室有响动，抽马桶的声音。小狄叫斯文，开门的是柯老，双手水淋淋地迎来。小狄赶忙改口，给柯老颂安。柯老说多吃了点，肠胃不适，拉起稀来。小狄问备药了吗，是不是要找医生。柯老说每到蟹季食之如此，不吃又舍不得，黄莲素常备在身上。

小狄说柯老早些歇息，明朝九时开会，又问及斯文的住处。柯老告诉他斯文不愿住进套房，执意让给了自己。这孩子懂事。小狄于是说斯文人好，家传的素养。柯老说当年和斯文祖父一起离开城市投奔新四军的故事，一会儿说封锁线、一会儿说国民党追击，日本人扔炸弹，很有通俗电视剧的味道。他谈兴正浓，小狄心里叫苦，生出一计，替他放好被子，让他躺下。柯老不好拒绝，于是躺着滔滔不绝。这时，恰闻门外教授叫唤，问柯老睡否，小狄迎出去连声说没有，躺着聊天，教授领着县上的一班人马进入柯老的房间。小狄冲教授一笑，旋即脱身。

没想到，岛上那个男的接踵而来，把小狄拉到过道的安全门外，悄悄说“县长说可以额外给局里土地盖别墅，个人象征性地出些铜钿就可以转让使用权，县里好办”。小狄噢了几声，没法表示什么。男的依旧在说项目的事，请小狄撮合，县长表示会有好处，喝水不忘挖井人。小狄问有多少，男的说所有的依照地方招商引资来办，统共返回百分之三，“你占百分之三中的百分之十五”。小狄心算，一笔数目不小的款子，不免一颤。

他想知道还有百分之八十五怎么分配，话到嘴边咽了回去。“这些跟处长说过？”“没有，好像局长不太信任他。”

6. 小狄没心思去找斯文，也不想回房，坐电梯下到大堂，想着去户外透透气。书笃头坐在沙发里看论文，龌里龌龊的电脑包冠冕堂皇地放在茶几上抢眼。小狄隔着沙发与书笃头说话，书笃头收拢起摊在沙发上的文稿，塞进包里，收敛起来。他表示论文伧促而成，指定为大会宣读有点抬举，抓紧再改一改。他问宣读论文是否是小狄暗中帮了忙。小狄说同学中做学问的就数他了。小狄心中有数，提交的论文除了书笃头的外，大多是赞美之辞和模棱两可的希望，不能成为学术。至于帮忙，小狄不好说白。书笃头的论文险些被撸掉，观点与前任唱反调，况且论述有理有据，缜密细致，前任恼怒。小狄不声不响，把论文塞进终评委的档案袋里，摆到柯老的面前。柯老说书笃头的文章有价值，可以宣读。前任犯不着为一篇无名小卒的文章大动干戈，表示放在末脚发言，大度地说不同观点可以争鸣。

书笃头抖抖手里的文稿，不知故意恭维还是说大实话，“没本事的人安心此道”。小狄回答安心做学问就是本事，内功练得好。打小对做学问怀有敬意的他，不想丢掉书笃头这个做学问的朋友。继而，他叹了一口气说一帮同窗，能够静下心来做学问的所剩无几，书笃头属凤毛麟爪。书笃头一开心，话多起来，扯开专业。小狄无法拒绝他的热情，做出一副洗耳恭听的样子，望着他吐沫星子乱溅，慷慨激昂。手机铃响，县里那个男的打来，问是否与局长沟通过。小狄回答还没有来得及，明天不行？男的说县长一定要定下来，不能等，学术会议结束后，便搞签字仪式。听说C县也在跟局长接洽。小获说，让自己考虑一下，抓紧办就是。

回到座位上，书笃头继续说小狄已经陌生的学问。他有一些痛苦，一反常态地拿过书笃头蹩脚的香烟吸起来。

书笃头遽然打住，不出声响。小狄吃一惊，手一颤香烟掉在地上。书笃头抱头坐着，呈痛苦状，悲哀地咕哝一句小狄一点不吃惊的话。小狄料定自己会有这么一天，苦学六年的专业原汁原味地退还给了老师。打调入局里后，他反复思考过，自己面对的不是专业问题，而是万物之灵——各式各样的灵魂要他去认识、把握、驾驭，较之专业复杂数十倍。他坦然地冲书笃头一笑，说自己没有做学问的本事，安不下心。书笃头不罢不休大谈读研时小狄的出色，现在做乌七八糟的事体荒废才华，“你应该回学校做学问，不要浪费”。

书笃头的话触动小狄的心禁，离开刚起步的事业，捡回丢在一边的学问，再做一次牺牲？小狄调侃说，如果没人做乌七八糟的事体，你的学问谁来公布于世。小狄学着书笃头的腔调，重复乌七八糟四个字。书笃头吃瘪，不再表示什么，忖摸继续埋头弄论文。小狄拉起他，让他去舞厅转悠一番，不要浪费了东道主的一番好意。书笃头结巴，推三挡四，最后俘虏似地跟着走了。过道上，小狄看见县长、处长与岛上的那个男的身影一闪，钻进电梯，样子有些诡异。他没往深里想，便去了舞厅。

远远看见舞客随着劲歌的旋律狂扭，迷幻彩球灯在他们脑门上一闪闪，缤纷多彩。书笃头倚在门边，没有挪步，诧异面前的景象。小狄拉住他，绕过几张圆桌，并无目的地找方向。在一个角落里，他发现托腮冥想的司颖。她神情茫然，没注意小狄他们。小狄压低声腔发出邀请，司颖连看也不看地摆手，表示拒绝。小狄说缺乏教养，司颖方缓过神来，意识到出了岔，“没想到你喜欢在嘈杂中思考人生”。司颖说：“习惯了，在这里思考问题总有无可描述的快感。”小狄问到斯文，他该与她在一起。司颖抢白了一句，点起香烟，让书笃头也抽一支。司颖说斯文刚走。小狄记得她与斯文有过一段数星星的经历，在校园里著名的小河畔，对着星月诉说童年的时光。斯文从河边回来，多半要摇醒睡梦中的小狄，说看不出洒脱的她也有痛苦。小狄说是闺怨。

小狄在大堂与一楼夹层间的保龄球房里寻到斯文，他潇洒地掷球，显然精于此道，远处酒瓶状立靶稀里哗拉一应俱倒。他递过球，小狄掂了一掂，没有掷。斯文不勉强，边擦汗边啜褐色的饮料。小狄走到他身边，递去局长的名单，斯文从上到下认真地看一遍，阴阳怪气地问小狄给他的目的。小狄复述局长的意思，斯文没表示什么，又去玩球，说这里的窍门是用手腕，扔出去的球不是单向力，球体是旋转的多向力，既往前，又要转。小狄努力领会斯文的意思，比划几下，说自己玩两把。斯文笑悠悠地躺在摇椅里观战。

小狄耐性十足，战绩不佳，总有几个立靶挺立。斯文站起身要过球，一撒手把他几次未打倒的立靶全部打趴下。

这时，手机响了，局长口气生硬地要他来一趟房间。小狄告辞，急匆匆去见局长。局长灰沉着脸，问县里的人说了些什么。小狄迟疑地说起土地和佣金的事。局长说你要及时汇报，怎能拖延？真不知道怎么想的。小狄不言语。局长明确告诉他，以后别再过问此件事。临别时，叮嘱小狄不许对旁人提及。

7. 小狄一夜没睡，想到局长说话时的神情，大致猜出原委。天大亮，他去会议厅，环视四周没发现有错，带上门退出。半道上，碰到岛上的男的，大声问还有什么问题，小狄说挺好，就是门口缺了一张签到桌，男的说没事，一会儿就让人搬来。男的压低嗓门，告诉小狄夜里县长和局长碰过头，项目的事定下了，学术活动结束后，即刻办签字仪式。局长直接给斯文说了，请示市长，市长也要过来。男的问小狄事先是否给局长汇报过。小狄说忙着会议的事情，具体的没来得及给局长说，后来局长找了他，说起项目的情况。男的嘻笑着说：“怪不得，我们去时，局长不清楚。你为什么不去说呢？县长怪罪我，差点让岛上漏脱十几亿的投资。”

小狄弄不明白自己为何不汇报，担心自己会卷入其中脱不了干系，落得个身败名裂？或许，还顾忌触手可得的佣金和模样光彩的别墅？小狄想着心事，主席台上已有人添加了好几个座位，没有席卡，他没察觉。开会时，局长主持，介绍主席台上就坐人员时，尬尴地叫不出区港商、教授和县里几个人的尊姓大名。处长站在门口，冷眼相望，好像说没他，一切会乱七八糟。小狄勾搭脑袋，坐回到签到处，无聊地听会议厅里的发言。县里的那个男的挤到他身边，说还好，没出大乱。小狄无心搭腔，心想县里的人真笨，一点不会办事，不关照一句就出错，算盘珠一只，拨一拨动一动。处长让他与岛上的男的一同去餐饮部看看，不能再有闪失，说罢瞪了小狄一眼。局长下台来，装作急上厕所的样子，见到他便问主席台席卡的事。小狄说，区港商本不上主席台，只是轮到他上台讲几句祝辞，教授更轮不上，不知怎么地全跑上去了。岛上的人拆烂污，上去的人太多，事先不说一声。局长怒目，嘴上轻描淡写地说了一句工作仔细些。小狄唯唯诺诺。

局长让小狄配合处长张罗项目的签字仪式，说市长要赶来参加。小狄说这项目市府没有拍板放在岛上，匆匆签约妥当？局长不高兴，表示市府的意见主要根据局里的报告，况且已有沟通。昨夜，与市长通了气，他没意见，一早斯文做的书面报告已发过去，办公会议过过场，就出批复。不会有问题。不过，项目签约的事记者先别报，否则会出毛病。学术会议一结束，你就领着他们去岛上观光。局长补充一句。

小狄明白局长有意支开他，以往一些要紧的事体由他执行，这次局长已决定舍弃他了，小狄心里难受。局长之所以与市长能保持热线联系，主要靠着是他与斯文之间的密切关系。现在，恐怕不再需要了。小狄不往深里想。

8. 小狄决计不为项目签字仪式劳神，给岛上的男的去电话，要他具体操办。小狄知道男的去了餐厅，让总机转电话到餐饮部，那里的人说真烦人，他早走了，十一点半开饭就十一点半——不变。小狄不知所云，气恼地放回电话，心里不舒坦，又觉得无聊，便回房歇息。

半道上迎面遇上司颖，大嚷没劲。小狄说，不是让你照着统发稿发个报道交差吗。司颖反诘统发稿能上头条？他说你们主编也太较真了，谁说要上头版。司颖叫苦，强调主编交待过。小狄说多半能上头版。上岛之前，局里请各大媒体的头头吃了一顿泰国鱼翅，外送一只红包，司颖的上司也在其列，自然卖力气。司颖说要回房去睏一息，晚上一夜没睡安稳，教授真犯精神病，赖着不走，絮叨没完。小狄问现在谁在发言，司颖说教授在瞎发挥，左赞前任右捧柯老，又是说县上的支持转而称颂局长的丰功伟绩，算怎么一回事？无聊至极。小狄说这叫左右逢源，好自在的。“文丐只能排在娼妓之上，其实与娼妓别无二致。”司颖边走边说，转到电梯口，见小狄跟进，问怎么啦，小狄说大概也是晚上没睡好的缘故，回去睏觉。

俩经过书笃头何海峰的房间，房门大敞，电视机声拧得极大，好像在直播什么足球比赛，声浪四起。小狄探头，见他正在拾掇行囊，便问这是做什么。何海峰反问开的是学术会议？“多余的问，回家。”小狄骂何海峰犯神经，会议没结束，乖乖地回到会场去。何海峰说这种学术会议纯粹糟蹋学术两字，为学术所不容。司颖叹气，表示同感。小狄说，你们就包涵吧，现如今学术值几个钱呀？我们办的学术会议还算不错了，有书笃头的发言，至少代表这个领域里的研究水平，前时参加几个学术会议更差劲，全当成白相。小狄不再作声，一旁的司颖说小狄的话有道理，反正就是那么一回事，别太认真。书笃头说那就留下吧，与白痴一起探讨学术问题。小狄让他们稍歇一下，过一会下楼吃饭。司颖困意全无，谈论若办个餐饮研讨会更符合实际，吃得心安理得。书笃头评说餐饮两字不科学，叫营养学术研讨会或肠胃功能分析研讨会妥贴。

小狄心绪不佳，说你们去瞎扯吧，自己要回房间。一开房门电话铃大作，县里那个男的问小狄是不是找他，小狄说项目签字的事赶紧办，男的回答处长已交办，县里重视。言语之下，让他别再过问了。男的转移话题，称赞处长精明，踢了临门一脚，“你小狄倒是一个正派人，胆子太小。不合算的，吃不开”。小狄丢下电话，一头钻进被窝喘粗气。

他一直没露面，不光午饭就是下午的议程也没参加，处长来电话，问他的情况，小狄推说身体有毛病，好像发烧，不能下楼开会，一切事情全由县里的男的操办。处长咳嗽几声，遮掩去笑意，说好生歇着，这里的事就放心吧。小狄说自己无非打工，没什么放心不放心的，话一出口搁下电话，继续睏觉……

9. 听说老同学病了，司颖他们上门。司颖问连晚饭都不吃，病得不轻哟。小狄说吃什么饭，连差使也不想干了。司颖吃惊，问发生了什么。小狄不答腔，沉默半天蹦出回去两字。何海峰说你请我们过来，且再三挽留，哪能一走了事，一起参加肠胃功能分析研讨会，散散心。司颖心细，让何海峰别寻开心，一定遇到难题，不如说出来一起找解决的法子。小狄叹了一口气，没道出原委，只是说当初真不如留在大学里，省得跑到机关丢人现眼。何海峰说你应付得不是很好吗，若换别人不能胜任，留在大学的只能是鄙人。司颖说进市级机关不容易，“算了，别拗了，没有过不去的坎”。小狄抱怨，机关这地方容不得读书人，读书越多越难混，不如弄一帮读书不多的人混着好充任工具，硕士博士全是摆设。何海峰问此话怎讲。小狄回答，你不懂，读书越多越容易瞻前顾后，办的一些事让人后怕，不知哪天就栽了。司颖说别多想，熬吧。三十年媳妇三十年婆婆，你才几年？差远着哩。书笃头接过话茬，俗语说吃尽苦中苦方能甜中甜。这和做学问一个道理。司颖调侃何海峰，说看不出一副书笃头的皮囊下，竟是世故。何海峰申言全是从书上看来的，不是心得。小狄问书笃头论文宣读得如何，司颖说争论激烈。书笃头的论文末脚宣读，刚念完，前任便迫不及待地发言，数落他的观点方向性错误。书笃头一反常态，愣就没有回击，傻不拉叽地望着前任，有点浆糊。前任足足讲了一刻钟。话音刚落，柯老大咳一声说，学术平等嘛，何必扣帽子、打棍子，都什么年代了。说罢径直走了。小狄笑了一笑，表示“应该是这样的，可以预见”。他没有告诉司颖他们书笃头的论文差点被撸掉，不要说宣读了，就是参加会议的资格都有问题。小狄明白柯老与前任的争执，绝不是为书笃头的论文，这不过是导火线罢了，背后是相互扳手腕，看谁的力道大，斗得过谁。

小狄说晚上活动安排得丰富，去散散心。司颖问你们想玩什么呢？小狄没回答，还是司颖说了一句记得在读书时蛮喜欢唱歌的，这样不如就去卡拉OK。书笃头问是不是有老歌，七八十年代的。司颖在行地说应该有，比如《大海航行靠舵手》，就恐怕唱不上来，全是新的感觉，有点摇滚的意思。书笃头说小瞧人。

小狄说玩只是为支走司颖他们，唱完一曲溜走了，再也没回到KTV。半道上遇到哼着小曲的教授，乐呵呵地告诉他，办学的事全部搞掂，岛上副科以上的机关干部都接受MBA教育，获得文凭。这一下办学任务算完成了。今晚县长特别高兴，一口允诺，好像有什么喜事，还说人才是岛子未来发展的第一要素。小狄为他高兴。教授眨眨眼说，高兴什么，一年就赚个二十多万，在其他地方一年起码赚四十万，毕竟岛上的资源有限。说罢，猴急地去KTV，大概是去找司颖。

小狄走出宾馆，在附近黑漆的田埂上游荡，跨过垄沟时，遇上斯文。

斯文说令人失望。小狄不懂。斯文说为什么不把县里的意思转告局长，办这种事情是局长的绝对信任。小狄不晓得如何回答。斯文叹一口气，告诉他局长原本的意思先弄个协会的位置，够上职级，以后回局办当主任顺理成章，这下全泡汤。

沉默一会，小狄表示无法这样做，到头来局长会出毛病。斯文说真不成熟，涉及项目投资的事大家都这样，不单是局长一个。现如今地方上招商引资困难重重，国家投资项目是香饽饽，谁都争着吃。何况回报与投资不在一个账户进出，操作手法五花八门，又不关你的事，你递一句话就可以，看你这能耐，书生气十足。你以为这些人涌上岛，全为了开学术会议或者争点学术团体的小利小权？区港商、前任他们，大都盯着这个项目的后续，局长把项目设在岛子上，绝不仅为自己，造了别墅不是他自个儿独享。何况，他的背后还有人，楼外楼，山外山。那么大一个圈子，你怕啥？小狄说自己胆小，害怕陷进去拔不出来，局长栽跟头，自己跟着倒霉，良心上过不去。说罢，他便不吱声地自顾自朝宾馆方向走。斯文跟在后头，一路无语。快到绿岛宾馆时，斯文低声说，你和书笃头一模一样，不如回学校教书。

小狄回望斯文，没有答话，走上了黑色大理石铺就的台阶。照例有身着元帅装的门童，殷勤地打开玻璃门，他朝光亮的大厅走去。

书笃头在高处，大声问："明朝去哪里观光？"

（作于 2015 年 9 月沪上观旭楼）

冷香斋

1. 荀敏在灶间忙碌，说是学校食堂不灵光，自己动手做，带去吃蛮好。朱家好婆猜到他退休了。中学特级，算副教授级别，吃油煎饼打发肚皮，好像有点对不起自己。荀敏不响，朱家好婆端腌笃鲜上楼，关于退休不退休的讲法，荀敏全当没听见，埋头摊饼。

以前，荀敏中午在学校搭伙，晚上跑到临近的百年老店冼家沙吃饭，叫三两鳝糊面，外加“小炮仗”——二两半乙曲，酒气腾腾钻回到双亭子间，听评弹，翻旧书。冼家沙动迁，改到弄口的冷香斋面馆，糟凤爪一小钵（三只），素浇面一碗，“小炮仗”自备。冷香斋店主杏红也住在汇贤里，晓得他早年丧妻，膝下无一儿半女，一直关照他的饭食，即使冬季不卖糟货，每天也做一小钵，浸上糟卤，从不脱档，并且是月末结账，零头一律揩去。荀敏食罢，杏红立在店门口道一声“下趟再来”。其实短了这句话，荀敏还是要来，别处是不愿去的。

荀敏带着摊好的饼，大老远赶到藏书楼抄陈年宿古董的书，正看得眼花，一个出土文物级别的老者鼻梁上架副厚眼镜，由两个斯文青年搀入阅览室，捶背捏腿好一阵子，才缓过精气神来看书。据说此人名气颇大，青年时代即来此徜徉。荀敏一算自己年逾花甲，免不了多想，一旦到了那个时候，身边恐怕连搀扶的人都没有。

读抄一上午，人人闷气。藏书楼附近的饭馆不少，同室阅览者少去，大都自备干粮，一杯热开水，在阅览室外的走廊长椅上打发肚皮，吃后放松一下，聊些手头的研究，也是隔靴搔痒，漫无边际，谨防泄密。交谈不可少，否则郁积难祛。荀敏青年时起不懈考证祖传的《汉秘录》真伪，刻下文章已成，需要仔细核查参考文献。回到阅览室，新相识的艾教授绕到他面前，拿起摊放在桌上的卡片，称赞说："好字呀，一手褚遂良体。"

荀敏谦虚几句，各自干各自的。没一会儿，艾教授起身转到荀敏背后，看他填写卡片，双手搭住他的肩头，"功夫下得不少，恐怕研究了蛮多年头？"

荀敏拉过一张空椅，艾教授入坐，移来自己的手提电脑、旧书，紧挨荀敏坐下，如老友重逢。攀谈中，艾教授对荀敏的研究感兴趣，希望文章能给他主编的学刊用。荀敏觉得意外，也暗自高兴。以后数日，艾教授与荀敏在藏书楼为邻，两人稔熟起来，艾教授再次郑重介绍他编的学刊，表示发表这样的论文，是鄙刊的荣光。说到后来，荀敏发现艾教授同样也中意"小炮仗"，年轻时没少偷着喝，常把"小炮仗"装在酱菜瓶里带进厂，从没被人发现过……两人"小炮仗"说得起劲，那位被搀架来的老者酒瓶底的镜片白光一闪，艾教授于是压低嗓门，约荀敏改日碰头喝上几盅。荀敏赞同，顺便推荐冷香斋糟凤爪的美味。艾教授点头。

2. 晚饭后荀敏告诉杏红，让店里特制一小罐香糟凤爪，明天带去请朋友客。杏红说："怎么个特制法？平常怎样弄的，现在还怎样，一样的。"

"那我明朝现结。"

杏红浅笑，没想到荀敏也讲起铜钿来了。

荀敏回到亭子间，电话铃响了，学校教研组打来的，让他明天把自己留在办公桌里的杂物搬走，新老师来了。荀敏不作回答，挂断电话。

邻居朱家好婆闪身进来，说是代表居委会来看望——从现在起，他属于居委会管。

荀敏纳闷，站起来给她沏茶。朱家好婆说别忙了，这水也不知什么时候烧的，沏了也不喝。

荀敏请她坐。朱家好婆叹气说："身为汇贤里居委会的块长，无疑失职。你屋里没坐的地方。"

荀敏指指书桌前的藤交椅说："这里可以。"

朱家好婆说："你退休了，怎么也不跟居委会讲一声？"

荀敏笑了笑。

朱家好婆说："退了好。居委会缺秀才，写写报告，读读文件，做做宣传，每个月有进账的。"

荀敏说，自己在搞研究，没时间。

朱家好婆说："汇贤里八九十年历史，名不副实。你真不想来居委会？不至于驳我的老面子。"

荀敏嘴里应着，"好，好的，一定效劳，我不计较铜钿"。连推带扶，送走朱家好婆。

关上门，荀敏在书架底层抽出两本泛黄旧书 ，《中学历史辅导》《中国历史趣谈》。他嗅嗅书面，在后一本的扉页上工整地写了字，用报纸包好，放入猩红色尼龙袋，准备明天带去与教授喝酒时相赠。

3. 一早出门，冷香斋的杏红端着饭碗，正在训斥帮厨的小红，要扣她一天工钿，小红打碎了花瓶，地上五颜六色的瓷碴子，肩胛一耸一耸哭得伤心。

杏红扭身进了玻璃房，拿出一个不锈钢的餐盒。

“多少铜钿？”荀敏问。

杏红摆摆手，“别客气了，我奉送。艾教授算是名人，不知道对不对口味”。

“铜钿归铜钿，味道归味道。”荀敏在账台上放一张钞票，径直离去。

阅览室依旧是几张老面孔。荀敏领了书，褪下手表，松一格裤带，放松自己。艾教授还没到，每次听到他逐渐近来的脚步，格登格登，蛮有劲道，一听便知这人自信。时间还早，荀敏找出一段文字抄下出处页码。这类卡片，他有三千张，大部分关于“两汉”。

中午，荀敏同艾教授进了金碧辉煌大酒楼。两人相对一张大圆桌。女侍上菜谱，艾教授翻了几页，随口报了五六样，又问有没有澳龙。没等女侍回应，荀敏摆手说：“不必了，我这里有一盒糟凤爪。”艾教授说：“这种龙虾，澳洲空运，味道鲜美。汉代皇侯将相，未必有这等口福。”两人等上菜，荀敏想到带来的书，刚拉开尼龙口袋，艾教授说：“我带来一本拙作，请你赐教。”荀敏捧过来看，一本大书足五十万字，署有“主编艾全”极大的字样。扉页上题“荀敏先生斧正”落款“艾全”。荀敏说：“艾先生大作，黄钟大吕。”

“哪里哪里，荀先生问道在我之先，我是晚辈。”

“不敢当，学无专长，庸碌之人。”此刻荀敏打消了送上小册子的念头。艾教授像是猜到了，说：“老兄的《中国历史趣谈》我拜读过，文笔极佳。”

“……是给中学生阅读的课外书，不值一提。”

“不可以这样说，因为你是主研汉史，了不起。”

说话间，菜上了桌。艾教授呷了一口“小炮仗”说：“《汉秘录》研究，绝对有价值。”他挟了一块透明的龙虾肉放在荀敏的小碟里，等艾教授蘸着芥末吃了，荀敏才照样子吃一筷，说：“真不敢说成绩，只是花了一些死功夫。祖上传下《汉秘录》，因为我长期教书，断断续续也算弄了它四十来年，做它的考证。”芥末冲得他直打喷嚏。

“了不起，希望到时候给学刊用。”艾教授如指挥官一样挥挥手。

艾教授热情说话，挟菜劝酒。荀敏酒快，每次三两口“小炮仗”就涸了底。其间，艾教授会自顾自出神，不动筷杯。荀敏挟起一件凤爪请他尝尝，对方拨在面前的小碟里，不见继续。荀敏力荐：“肥嫩不腻，味入骨髓。”艾教授咬了一小口，举起“小炮仗”，“来来来，再干一瓶”。

酒足饭饱，艾教授抽卡结账，下午他有一个学术会议，荀敏记着学校要他搬东西的事，一边道谢，一边把装凤爪的盒子盖上放入包里，桌上那只没吃上几口的大龙虾，还躺在龙船里。

4. 走进史地教研室，荀敏看到原先的办公桌已变样，拉开抽屉，里面不再是自己的东西。墙角多了一只马粪纸箱，翻开盖板，他的紫砂壶、笔筒、簿子尽在其中，掂了掂分量，箱子扛下楼不成什么问题。同事小顾问：“学校没派车？”

“不重，将就吧。”

“我给他们去说。”荀敏拦不住，拨了分机，知道学校的小货车出去办事了。小顾嘟哝了一句，俩一人一边拎着纸箱下楼。荀敏把箱子暂放在门房，看见小货车回来了，小顾拦住车子，司机说，这要校长批准。小顾拨通校长室电话，说了几句，把话筒递给司机说，校长要你接电话。司机没挪窝，小顾说：“退休都不肯送一程。车子又不是私人财产。”司机听电话，总算同意开车送人。小顾让荀敏坐在驾驶室，自己抱起箱子放入车斗。

荀敏上车时一脚踏不稳，脸上立刻掉下豆大的汗珠。小顾过来摸摸捏捏，问伤在哪儿，荀敏也讲不清，只觉痛得钻心，小顾架住他，站起来却迈不开步子。小顾对司机说，先去一趟医院。司机没反应，趴在方向盘上想心事。小顾掏出一盒中华烟，扔在他面前。

荀敏小腿骨折，上了石膏，被小顾和阿侄抬到亭子间，放平在床上。阿侄说要弄点吃的，肚皮饿得发慌，小顾也饿了。荀敏摸出五十块钱，让阿侄先把尼龙包里的糟凤爪拿出来，“冷香斋面馆知道啵？那里爆鱼面不错，给顾老师叫一碗”。阿侄拿着钱下了楼。

小顾吃凤爪，荀敏提起养伤的事，“我那个阿侄，是帮不了忙的。学校有办法吗？”小顾摇头。荀老师叹了一口气，“摊上这档事，倒霉！”

阿侄回来时，杏红也到了，说明天一早送骨头汤来。荀老师摆摆手，不想麻烦。杏红说，骨头汤是店里常备的，多一勺少一勺没关系。阿侄问：“爷叔现在怎么办？床上一睏要三个月。”

荀敏说：“你到保姆介绍所找个阿姨来帮忙，花点铜钿就是了。另外把稿子找出来，给艾教授送去。”阿侄点头。荀敏把艾教授的地址给了阿侄。文稿和《汉秘录》一道锁在书箱里，阿侄拿起文稿翻了翻。小顾看着沉默不语。

杏红说：“不如让小红来帮几天忙？”

荀敏不同意。

阿侄拿稿子放进包里便告辞，说：“阿叔，有人帮忙就好呀。”

小顾说：“事情还没定下来，你可不能拍屁股走路，他是你爷叔。”

阿侄一屁股坐在床边，不吱声。

这时朱家好婆进来，见荀敏躺着，知道事情不好，摸摸绑着的石膏，“怎么弄才好？你一个人没法过了！”

阿侄说，老板娘让小红来帮几天忙。

朱家好婆疑惑地看一眼杏红。

当夜，阿侄一直抱怨，小顾多管闲事，他只能打地铺过夜。被子是从朱家好婆家抱来的，他嫌被子龌龊，反着盖。荀老师几次叮嘱他，明朝把稿子给到艾教授。

5. 一早，面馆的小红带来一盅骨头汤，伺候荀敏喝下，问要做些什么事体。荀敏说只要送三顿饭就可以了，不必整天陪着。小红说，老板娘关照，一定要服侍好。于是掸尘扫地，动作麻利。荀敏让她歇息，小红说，做不好老板娘要扣工钿。这时阿侄进来，说保姆介绍所里人是不少，一听侍候病人，没人愿意。问起稿子的事。阿侄说已送去了。

保姆找不到，怎么办？荀敏说："你去告诉杏红，每天请小红帮几个钟头，我付铜钿。"

小红点头说好，她一直在面馆里忙碌，快憋死了。

阿侄说："我的爷叔，退休金用不光。"说完，找杏红去了。

直到尿急时，荀敏真正觉得不便，他挣扎着下床，小红让他别动。撩起被子，她脸色顿变，丢下尿罐坐在屋子角落里。荀敏不知说些什么话来安慰她，十六七岁的乡下小姑娘，太难为人家了。之后，她便出门走了。

阿侄和杏红一起赶来，杏红赔不是，"小红死活不肯来，这倒难了，派不出其他人"。

朱家好婆进来，"荀老师，有困难居委会来包。你享受居委会干部待遇，如果同意，派老妈子照顾你，工资对半"。

阿侄心花怒放，"这下好了，可以放心"。

朱家好婆说："你别推卸责任，晚上还要来陪夜。否则，夜里有事怎么办？"

阿侄说："当然要来。"

朱家好婆说："爷叔养到你大学毕业，要讲良心。"

杏红说，她负责饭菜，包括凤爪，"小炮仗"也是她负责。

朱家好婆抢白一句："'小炮仗'能治病？"

阿侄硬着头皮住了两夜，第三天说，女儿生病住院。荀敏只得让他回家。

6. 晚上，木楼梯一阵脚步声，亭子间晃动。有人敲敲开着的门，进入黑咕隆咚的屋内，一股幽香弥漫。荀敏拉亮电灯，上下打量面前一男一女。男的是艾教授，拉住他的手问候，“腿还要紧吗，上了年纪，不要爬高嘛”。荀敏哽咽着说不出话来。

同来的一个女子亲切地坐在荀敏床边，幽香从她身上散出，香气中夹着丝缕甜味，令人舒心。纤细的十指握住荀敏的手：“您的稿子我们收到了，考证仔细，发表它就是地震，汉史要重写了。”她的态度虔诚，离荀敏很近，卷发梢触到他的脸孔。靠足床头，荀敏已没再退的余地。“您的贡献，史学界不会忘记。”女子说着换个坐姿，黑裙下两条白生生的腿横在荀敏的眼前。“荀老师，我俩还是校友，您是我的学长。我学历史的，现在给艾教授当助手。”

艾教授自进屋后就没介入他们的谈话，独自浏览荀老师的藏书，看得认真。

“稿子在这期刊用，头条位置。”女子又说：“您的引文，我们想校对一下，《汉秘录》在手头吗？”荀敏迟疑了，说：“这个……”女子似乎早有准备，沉着地拉开小包，抽出一纸，“学刊编辑部已经出具公函，确保归还，请您放心”。荀老师接过，上下看了一遍。艾教授在一旁说：“别为难荀老师。不行的话，小何你再来一趟，请荀老师自己勘校亦可。”女子捋一下头发，声音酥糯：“时间紧了，马上要进印刷厂排版，即使把稿子送回，荀老师身体不好，一时半会弄不完，一来一去耽误事。不过也行，我明天拿过来，让荀老师从容些，发下期。”荀敏想了想说：“别耽误了，书就在这里，可以带走。”荀老师拿出钥匙，让女子打开樟木书箱，内有十册线装本。“荀老师，太谢谢您了。这借据您留下，作个凭证。晚几天我一定送回。”荀敏折叠好纸片，放在枕头下。“小何，这是孤本，你知道价值，要小心负责，用完马上归还。”艾教授叮嘱。女子恭敬地点着头，戴上白手套，将书用牛皮纸包好，仔细装入一只大牛皮包里，上上锁，一边柔声答应着，请荀敏放心。荀敏说：“劳你们亲自上门，可惜，没力气招待，见谅。”艾教授按住他的肩膀，“好好养着，谢谢您的支持！”

客气有礼，寒暄再三，之后两人告辞，留下一片余香。

书被来人取走，荀敏一夜没合眼，心里空落。杏红送的“小炮仗”也没滋味。朱家好婆辨出他不开心，以为是阿侄不孝所至，宽慰说：“毕竟不是亲生，由他去。现在亲生的也不过如此。”荀敏附和：“阿侄有自家事体，让他忙。”

令人开心的是一切正常，艾教授的助手小何如期来到亭子间，进屋后先给朱家好婆鞠躬，口称荀师母好，又关切地问荀老师的腿还痛不痛。朱家好婆呵呵笑几声，“弄错了，哪是师母哟。瞧你嘴甜的，我没这福分”。小何好像并不需要弄明白他俩关系，利落地坐到荀敏床边，亲热地握他的手，靠得很近，无数发梢撩动荀敏，“完璧归赵。教授要亲自来还书，可忙不过来，去珠海参加史学年会”。荀敏说没什么，不打扰教授，他是名人。“他只视学问轻重。”女子娇柔地说。荀敏点头，“是呀，我与教授萍水相逢，他是大家风范”。

说了一些闲话，荀敏问：“稿子没问题吧？”小何说：“已送进印刷厂，一切无误，就等欣赏您的大作。”她加重语气补充了一句，“一定会引起学术界反响，掀起大波，一夜成名”。荀敏说：“哪有一夜成名的道理，下了四十年功夫，才有今天。”

正逢杏红送饭，她客气地留小何一起吃。小何说车子还在弄口等着，不添麻烦。杏红说方便的，要不到冷香斋吃些。小何说不客气，时间紧工作忙。杏红就不再说什么，给荀敏摆放吃喝。小何匆匆告辞。

杏红说："想不到你还有这样漂亮的学生，很是崇拜你。"

荀敏呷一口"小炮仗"，解释小何是学刊的编辑。杏红不响。不一会，小何踅了回来，说借条忘记要回。荀老师抽出纸片给她。杏红再次留饭，女子婉谢告别。

荀敏喝了一瓶"小炮仗"，又从床肚下拿出一瓶。杏红说："别喝得太多，没好处。"荀敏笑答："你说过活血化瘀，我才喝的。"杏红不坚持，"随你便，高兴就多喝几口"。"是啊，几十年的努力总算有了结果。"

7. 一日，阿侄破天荒拎来两条鱼，问候爷叔。荀敏说："蛮好，就是没法烧熟，还是带回去给你老婆小人吃。"阿侄说："对了，让杏红烧好送来。"荀敏说："老是麻烦人家，这笔账日后跟人家怎么算？"阿侄说："自从你在冷香斋吃饭，人家一直贴铜钿，你还不觉得？"荀敏说他每月结账，一分一厘不差，哪有补贴一说，自己向来不跟个体户掺和。

阿侄说："人家杏红愿意。再说凭劳动吃饭，就是贴铜钿，也是清清白白，不偷不抢。"说到这里，他转而问起上次送稿子的事，像有半个多月了。荀敏说，学刊的人来过了，刊用没问题，已经敲定。阿侄问，这稿费抵得上跌伤的花销？荀敏说："铜钿不重要的，了却一桩心事。"阿侄说："艾教授这个人门槛精，不大好相处……"后面的话，不再说了。

中午杏红端来清蒸鱼。荀敏谢她，问她是否在伙食上贴钞票。杏红脸通红，说："你感觉呢？"荀敏有点尴尬，杏红说："别多想，感觉公平就是了。"后来不知怎么，她把话题转到荀敏任教经历上，荀敏说："二十五年前调到沪滨中学。以前是在新兴教历史。"杏红说："新兴好像是在那年拆掉了，合并到了沪滨中学？"荀敏说对的。杏红说："新兴的校门在新兴路上，后开到了江平路。"荀敏说："原校门挨着翻砂厂的车间嘛，翻砂工在门口骚扰女生，新兴是女中。'文革'前的事，你怎么知道？”杏红笑了，说那些翻砂工蹲在校门口吃饭，校门口歇息，夏天在校门口汹澡……女生都害怕。“你这样熟悉？”“我是新兴毕业的，荀老师不会记得。”杏红双颊绯红。

荀敏刚到新兴任教，风华正茂，在女中上课，常有女生送他电影票、糖果，但确实记不得有杏红这个学生。

朱家好婆进来，荀老师拿出写好的文明评选报告，表示头一趟写，不知好坏，请居委会改改。朱家好婆高兴，“写得好，肯定震住街道办那几个人。”杏红在一旁搭腔：“荀老师年轻时就是好笔头，出版过书。肯定好的。”荀老师心里开心。

邮差在弄堂里叫荀敏盖章，他告诉杏红，图章在抽屉里，不知是谁寄来的东西。杏红拿上来的是挂号信，珠海寄出。荀敏一看，是艾教授写的，大概是文章碰到了麻烦。出乎预料是好消息，《汉秘录》已在史学界年会上作了介绍，引起与会学者极大兴趣，主办者改变会议日程，腾出半天时间讨论……信中，艾教授对荀敏保存、研究《汉秘录》作了一番赞扬。

杏红也高兴，表示晚上多弄几道菜庆贺一下，让阿侄一家过来热闹热闹。荀敏觉得事情还有些蹊跷，“教授没说史学界一致认为《汉秘录》不是伪作，定有部分人还是认为它是子虚乌有的东西，不可高兴得太早”。杏红说：“我不懂学问，烧两道拿手菜，热闹一番应该。”荀敏说：“引起轰动也好，值得庆祝。”杏红笑着，报了几道菜名，他说好，除了香糟凤爪，其它都没吃过。

傍晚，阿侄带着女儿、媳妇上门，杏红忙进忙出，有点女主人的味道。荀敏说菜够了，坐下来一道吃。杏红忸怩起来，说小店要照顾，不肯就坐。阿侄拖住杏红，“爷叔一直受到关照，怎能不吃就走？”杏红勉强坐了，很自然地给他们夹菜，陪着喝点酒，脸色绯红，不一会儿便抽身回冷香斋打理去了。

侄媳妇一直不说话，见杏红一走，顺势捅了丈夫一下。阿侄吞吞吐吐地说："爷叔收藏的古书，阿公留下来，听阿公讲过，这是荀家的传家宝。"荀敏说："荀家一代代传到现在，家谱上说，这套书是第十二代荀榆所撰，当时他一千三百石俸禄，抵上副总理级。"

阿侄说："家族所有，爷叔还是不公开的好。"

"我只是研究嘛，十卷本，我一个人研究不完。"荀敏摸下侄孙女的脑袋，"还指望她呢。书是一座金山，掘不完"。

阿侄似乎放了心。于是，大家话题又转到杏红的烹饪上，阿侄说菜蔬做得入味，侄媳妇开始时敷衍，最后又说味道一般。

8. 小顾来探望时，荀敏已经能够下地挪步了，问起学刊上的文章，荀敏说直到现在还没看到杂志，小顾笑着从包里掏出皱巴巴的一本，说是图书馆借的，"奇怪的是，他们没有全文刊登你的文章，只是摘录一部分"。荀敏拿过杂志，目录上没找到自己名字，有艾教授的，题目是《史学界之谜揭晓，〈汉秘录〉实系明代伪托》，粗略看了一遍，教授的立论与自己相反，文末附有荀敏论文的摘要，不及原文十分之一，另有编者按：

《汉秘录》为史学之谜，许多学者寄希望于它重写两汉历史。如今孤本被艾全教授发现，经考证系伪托，观点详见前文。也有部分学者认为，此书确为东汉末年荀榆所作，极具价值。荀榆的后人荀敏更持肯定的观点，这里摘引荀文片断，以示学说公平。

荀敏默然合上刊物，想到借书前后的情形，"艾教授不愧史学界名人，如此之短的时间能写出数万字长文，费煞脑筋"。

小顾说："《汉秘录》是你的，怎算是他的发现呢？"

荀敏说："把《汉秘录》引入学术界讨论，可谓是一种发现。我是做不到的。"

小顾说："偷得你不知不觉。这人一惯使用反证法，立论不同，史料反用，让你吃足苦头。"

"他有名望，他的观点就成了正统。"

荀敏知道自己求成心切，酿成大错，继而又想教授是大师，礼义之人，凭交往的感觉，绝不是心口不一的小人。小顾说，他是颇负盛名的学术杀手，手下的研究生、博士生背地里叫苦不迭，私下里管他叫艾杀手。否则哪里能一年出版一堆论著，这不是写话本小说。

"你怎知道这样清楚？"

"我的同学曾是他带的研究生，他告诉我的，还能有假？"良久，荀敏困惑地问："教授没有读过《汉秘录》，文中却有我没引用的原文，这事蹊跷。"小顾问《汉秘录》脱过手吗，荀敏说："校对时，借给编辑部，时间极短，他看不完洋洋洒洒的十卷。"小顾笑了，说可以复印，用不了多少时间。

"你不知道？《汉秘录》他们准备出版了。"小顾翻出学刊中一页广告：

千古之谜揭晓，《汉秘录》重见天日。经收藏家族成员同意，将于明年由××××大学及海外某出版社联合出版发行。现开始征订，欲购从速。

荀敏怒拳砸床，"我告他，根本没有经过我同意，艾全是骗子！"

小顾问："确实没同意？"

荀敏说："当初只是说借用校对。"

小顾说，他们输定了，"打官司的话，我帮你找最好的律师"。荀老师没搭腔，关照小顾出门时，到弄堂口给杏红捎上一句话，让她来一趟。

杏红给阿侄打电话，约他来讲清楚，送稿时是否答应过学刊编辑部什么。拨通电话，家里没人，手机成了空号。单位讲，阿侄已好几天没来上班，荀敏下床探鞋，要去跑一趟。杏红说，你石膏还没拆掉。她不明白有什么事体急成这样，荀敏说了大概。杏红自告奋勇，准备替荀敏跑一趟出版社。荀敏说："你去不顶用，名不正言不顺。"杏红脸一红，不作声了。

联系不上阿侄，荀敏给出版社写信，让杏红叫快递。临出门时荀敏说："我肯定要与他断绝关系。"杏红说："不好这样做，断绝来往，就没办法制止出版了，只有说服阿侄不同意出版，才能有用场。"

出版社立刻回信。一切不出所料，果然是阿侄授权同意出版。已支付两万元酬金，还约定再版支付百分之十版税。信中指出如涉及藏者家族内部矛盾，只能在家族内部调解，调解未成可诉之法律，与出版社无关。荀敏呆望着天花板，沉默良久。

……

荀敏拆石膏这天，学刊寄来三百八十五块稿酬，附言称："文章部分被采用，略付薄酬，望继续赐稿。"落款何丽。荀敏明白，何丽一定是那小何，艾全得意女弟子。杏红拉着他说，别管了，上医院要紧，已经叫好出租，等在弄堂口。杏红搀扶着荀敏下楼。

朱家好婆刚买好小菜，拎着马夹袋从对面过来，隔着车窗玻璃说，文明评比材料送到区里，好评如潮，居委会评上文明单位，"你拆了石膏，就来居委会上班，别去图书馆做学问了。汇贤里出不了什么文化名人，需要写材料的"。

荀敏冲着她挥手。

（原载《上海文学》2008 年 11 月）

芳芳跟阿强头

1. 两扇黑大门不常开，门环上的铜狮头大多数辰光打瞌冲。进出天井的人家，一般不走这扇门，从后门穿过一条乌擦抹黑的过道出入。过道顶上悬挂竹躺椅，裹在旧报纸里的草席，大小不一的篮头，不晓得啥辰光落下来砸头。

底楼四户合用天井，约定俗成，谁也不多占一寸。说实在的，也不是个个循规蹈矩，前客堂的蒋阿姨近水楼台，方法机诈，用一只畚箕一把扫帚步步为营，扩张到天井的西南角。终因后厢房万老爹出面干涉歇搁。此时，早已没了乌纱帽的万老爹，余威褪尽，只因为代表其他几户人家的正当索求，蒋阿姨收敛。

天转热，过道上挂着的物什，调成了包裹严实的棉花胎。不等太阳落下西山墙，万老爹把天井冲个透凉，支开竹躺椅看晚报。七点朝后，邻居烧吃汏告段落，摇着芭蕉扇乘凉。这时，万老爹已经在竹躺椅里打起鼾，报纸盖在脸上。蒋阿姨的女儿芳芳与何愫的两个儿子白相，两个男孩下军棋，她作公证人。虽然年龄相差蛮大，但大姑娘天性爱小人，也蛮融洽。何愫的丈夫凯威，不大在天井里露面，躲在前厢房里算算写写，闷气了便跑出来抽根香烟，若万老爹没犯瞌睡，他俩讲一些古书《封神演义》《三国志》《隋唐演义》。

蒋阿姨大块头，头上挂着红红绿绿的卷发筒，粗胳膊摇着芭蕉扇，与何愫嘎讪胡。何愫过去是市篮球队的中锋，弄堂里的人管她叫“长脚一号”，蒋阿姨叫她阿愫。

“昨夜听到有人在猫叫吗？”

“猫叫？”

“唱歌。”

“怎没？凯威还特意跑出去看嘞，讲唱的灵光。”

“呸。”蒋阿姨啐了一口，“是阿强头这个小棺材？”

“就是他。一介头，弄把吉他，坐在横弄堂口，唱到深更半夜。地上摆了 6 只啤酒瓶，吃得精光。”

“什么妈呀情呀。猫叫。我看他劳教两年不够。”

“冲芳芳来的。”何愫看了一眼脸孔姣好的芳芳，轻声讲。

蒋阿姨的脸孔拉得老长，气摒得发紫。何愫赶紧撸顺毛，“讲过算过，他哪能配得上芳芳？山上下来的，我看他还要关进去”。

“不该放出来。”

“现在，他赚大钞票了。凯威问过他，一天能赚两百多。”何愫把手翻了几番。蒋阿姨哼了一记，凶巴巴地讲：“今晚再嚎，蹬脱他。”

何愫一吐舌，“老阿姐，结棍”。

“啥人让他叫春发情。整个横弄堂就芳芳一个小姑娘，唱给啥人听？”

后客堂的阿强头，由阿娘独个领大，十四五岁时，阿娘经不起岁月的煎熬，蜡烛似地熄脱。阿强头没有人管，住在虹口的爷叔要带他去，婶婶不同意。起先，爷叔一两个礼拜来趟把，后来两三月也不见踪影。阿强头经不起一帮狐朋狗友的诱惑，不去读书，动不动打群架，看到漂亮的小姑娘吃豆腐，变成野蛮小鬼。蒋阿姨苦口婆心，“不要犟，做做乖小人，不吃亏”。阿强头不听。凯威讲，一条道走到黑，会吃官司的。万老爹想了想："劳教是逃不脱了。"万老爹去虹口寻阿强头爷叔，爷叔讲管不牢，随便他，要劳教就劳教。倒是蒋阿姨向万老爹求情，"没有爷娘管的小人，惨过。去劳教，一生一世完结"。万老爹清清嗓子，这个要看他自家的运道了。阿强头去海滨劳教农场，两年后回转。万老爹凭着老脸，在街道办帮他弄了一张个体户执照，踏黄鱼车拉货。

天井里的人晓得阿强头有一副好嗓子，蒋阿姨坐在天井里汏物什，欢喜让他唱两句戒厌气。他一本正经，学着大人的样子挺胸清唱，童声稚气，别有一番味道。蒋阿姨边听边情不自禁地停住手里的涮洗，呆愣愣地坐着落眼泪。说实的，听歌倒不至于让她这般，多半是为唱歌的人。她膝下只有从小被扮成男小囡的芳芳，再打扮还是个女小囡。她欢喜男小囡，简直有点痴迷。

这已是过去的事了。阿强头变成大人，轧坏道朝坏里变，不招人欢喜，尤其让蒋阿姨咬牙切齿的是他一直动芳芳的歪脑筋。

别人痛恨也好，欢喜也好，阿强头不管。白天踏黄鱼水扒分，夜到自弹自唱，排遣心中的孤独。他晓得弄堂里的人用一种奇怪的眼神看自己，不放过一举一动，到东到西，老是有一种声音跟着他——这只"改造坯子"。

2. 深夜，歌声从门缝里钻进来，灌进蒋阿姨的耳朵，她撩开毛巾毯，伸手去摸绑在床架上的拉线开关。又觉不妥，灯一亮阿强头逃脱，对啥人发脾气？摸着黑，下床拖着双海绵拖鞋，走到门旁，发觉芳芳嘤嘤啜泣。

芳芳比蒋阿姨要早听到歌声，翻来覆去睏不熟，歌声拿她带到孩提时。那时候，整个门牌号里年龄相仿的女小囡不少，在天井里无忧无虑，白相扮拟家家，阿强头做阿爸，女小囡轮着做姆妈。轮到别他人做姆妈时，芳芳心里会不适意。阿强头欢喜白相木刀木枪，缠着女小囡"乒乒乓乓"地打仗，别他女小囡不大情愿，死活不肯跟他搭档，阿强头光杆司令，芳芳不想扫阿强头的兴，便成了他唯一的小兵。一个身穿蓝裙子的女小囡咬着翘鼻头同伴的耳朵，同伴缩缩涕水，蹦蹦跳跳地嚷："电影里没有坏女兵，倒有坏司令的老婆。芳芳做老婆。"此后，只要白相打仗，芳芳就成了阿强头的老婆。这往事芳芳记得牢，再有的事体已经模糊。到了胸脯隆起的年纪，芳芳浑身散发出花季的味道。两人碰到一块，脸孔涨得通红。约摸过去了大半年，脸孔不红了，俩个之间像似隔了一层窗糊纸，朦胧许多，谁也没有捅破，又撩拨得两颗心直突突。

前后客堂间隔着板壁，芳芳倒水汏浴唱歌的声音，后客堂听得清清爽爽。阿强头晓得角落里糊着报纸的板壁上有一道极细的缝道，隐约透过一线光亮，他用绗被头的针，抠破报纸，挖出米粒大小的洞眼，朝里探视，无意间脚碰到铜烫焐子，把手发出响声，隔壁歌声停了，阿强头赶紧用手捂住小孔，不想脚又踢到烫焐子，吓得不敢出大气。过了一歇，芳芳又哼起歌曲。

芳芳晓得阿强头偷看，没讲给姆妈听。汏浴水依旧倒得哗哗响，歌照唱。阿强头在板壁那边偷看，洞眼越挖越大，有两粒半米的样子，被对方堵上了，缝道也不透光。阿强头死了心。

阿强头从来不吃芳芳的豆腐。有一趟，芳芳跟一帮子女同学走出校门，聚在烟纸店前，一帮子别的学堂来的小流氓看到芳芳，嬉皮笑脸上去吃豆腐，阿强头路过看到，冲过去就拿领头的打翻在地。对方人多，一哄而上，阿强头面不改色心不慌，"我是这里的阿强头，有点名气。要么单挑，要么拉场子"。芳芳拉他袖子管，示意逃脱。他没睬，"现在单挑。"对方不听。"好，六打一。"这时芳芳叫了起来，"阿强头被人打了"。不一会，跑来一帮人，呼喊着阿强头。阿强头说："你们还要打吗？"对方见人来得多，灰溜溜跑脱。回到家，阿强头发现那洞眼又亮了起来……

阿强头照例帮着万老爹搬煤饼，二板一抬，恰好芳芳经过，帮着搭把手。煤饼堆好，阿强头一脸炭黑，芳芳掏手绢帮他揩拭。万老爹说："你俩一搭一档，青梅竹马，两小无猜，天生的一对。"闹得他俩脸红，芳芳害羞地往自家屋里跑。老头乐呵，拿腔拿调来了几句京腔《红娘》中的唱词。

芳芳心里清爽这些事体，蒙在毛巾毯里落眼泪。蒋阿姨不晓得这些旧事，看见女儿伤心，心中冒火，想掴她耳光。一转念，女儿又有什么错？错在阿强头，勾走女儿的魂灵头，女儿只是他嘴巴里的小绵羊。

蒋阿姨拉开大门，铜环碰到狮子头发出响声，月光刷地跟进，把站在门洞里的她照得透亮。她脚蹬拖鞋，套着齐膝的大短裤，上身是圆领无袖衫，两条足有婴儿腰粗的胳膊插在腰间，活脱是门神。门外的歌声戛然而止。

"嘿嘿——赤佬阿强头滚过来。"

"姆妈。"芳芳抱住蒋阿姨的腰，使劲往回拖，转身关上门。一场对外战争转为内战。

"你跟定这个改造坯子？"蒋阿姨拉亮电灯。

"瞎讲白讲，没这事体。"

"看你的样子，就是作贱自己。跟一个流氓搞在一起，不要面孔。我还要面皮。"

芳芳横下一条心打不还手骂不还口，姆妈自讨没趣只好熄搁。蒋阿姨不是打女儿，惯用的手法是掐，在大腿屁股上乱掐一气。她不厌其烦地把这一手法传教打小囡辣手辣脚的何愫，说这既痛，又不伤小囡。小囡毕竟是自己身上掉下的肉，打伤还要掏腰包看毛病。何愫讲这个办法有一点促克。

"掐死侬，晓得痛伐。不许跟改造坯子来往。"

芳芳一声不响。

"哐啷——"门推开了，阿强头走进来。

"你进来做啥？出去。"蒋阿姨一手叉腰，一手指门。阿强头站着没有反应，蒋阿姨加大嗓门，"滚出去，我喊啦，有强盗——"

“阿姨别……”阿强头结巴，“你听我讲”。

“不听！”

“不要掐了，求你啦。”

“你求我，算啥人？”

“我跟她没，没一点点关系。”

“真的？”

芳芳撑不住，踉踉跄跄地跌倒在眠床上，呜咽起来。

3. 何愫没睏着，阿强头自弹自唱，蒋阿姨不适意，一场相骂恐怕难免。折腾了大半夜，听到蒋阿姨发出滚出去的声音，之后没了什么大动静，剩下的便是几声门响。她有点诡异，蒋阿姨一向是说得到做得到的狠角色，昨晚还赌咒发誓要蹬脱他。

天蒙蒙亮，熬了一宿的何愫起床穿衣，装模作样地挎篮头去小菜场。说实在的，她从市篮球队退役到区少体校，没起过早买菜。原因简单，每天早上要领小队员集训，脱不开身。男人凯威骑脚踏车去买好，何愫夜到下班回转烧煮。她晓得蒋阿姨欢喜早上去菜场，便也起床去，可以碰到蒋阿姨，问问情况。

不出所料，何愫一脚跨出门，便见蒋阿姨拎着元宝篮走到横弄堂的拐弯处，她拉开大长腿三步两步赶上。

“老清老早去买菜？”蒋阿姨挽住何愫的胳膊，“头一趟”。

何愫不好意思地挠挠腮。

“唉，昨夜睏不着，一早又不想睏。阿强头害人。”何愫埋怨，借机试探蒋阿姨。“阿强头断魂似的歌，搅觉。”

蒋阿姨呲呲牙，把溜到嘴边的话又咽回去。她不欢喜家丑外扬。

“阿拉姆妈从宁波来，要多买些小菜，赶紧。”蒋阿姨敷衍，颠颠地甩下何愫，元宝篮在她圆盘似的屁股后头晃荡。何愫好笑，没抬腿去撵，总归有办法晓得昨晚的故事。

夏天的上海阵头雨多，她俩买好小菜回到天井里，蚕豆般大小的雨泊泊落。万老爹浑身落汤鸡，由外往家跑。他上小花园打太极拳，回家路上淋了个透，恼得他指天跺地的骂娘，讲大清老早碰到鬼了，霉头触足。何愫讲这两天鬼事体多。

蒋阿姨把捎带回的四只生煎和一碗咸豆腐浆，顺手放进饭罩里，让芳芳起床后吃早饭。她还挺在床上，也难怪，一夜没合眼。挺吧，挺长尸还好呢。蒋阿姨余气未消，心里怜爱依旧，买菜时没有忘记去点心摊，买了女儿欢喜的早饭。她自家开水泡了一碗隔夜饭，就着臭乳腐急忙扒拉完，去十六铺码头接姆妈。

宁波来的轮船，八点半到。

母女俩快五年没见，相逢自然喜欢。蒋阿姨一手提着鼓鼓囊囊的网兜，一手搀着姆妈的胳膊，穿过熙熙攘攘的人群。

姆妈问起外孙女是否有对象。

“二十三四了吧。”

“是呀。”

“做啥不物色物色？”

“唉——”蒋阿姨重叹，心里发痛。昨晚为这事折腾一宿未睏，还要哪能操心？自家的男人在女儿六七岁死脱了，十几年如一日独自养这棵小小苗，好吃好用的伺候，倒头来，弄出一泡气。翅膀一硬，忘恩负义。

说不上是姆妈脚骨发软还是落过雨的路面有点滑，人跌倒了，坐在马路上起不来。蒋阿姨怪自家讲闲话忘了搀牢，也怪女儿芳芳不懂事体。

“姆妈，好动伐？”蒋阿姨蹲下身子，姆妈痛得像小人一样落眼泪水，她慌神了。

“屁股痛，脚不好动。”

不一会儿，围拢一大帮人，七嘴八舌。

一中年女人讲：“快送医院。”

“八成是骨头跌坏脱了。”

“叫车子。”依然是那个中年女人的声音，“我帮你照看着，快点去”。

蒋阿姨跑到马路对过，那里停着一排拉货色的黄鱼车。车老板整个身子裹在橡胶雨衣里，防雨帽遮住大半爿面孔。他坐在车凳上，两脚翘在龙头上，无所事事。

“喂，黄鱼车——”

车老板懒得回头，怪声怪气地反问，“你付得起铜钿吗？”

蒋阿姨平时一分铜钿掰成两半用，即使小菜场营业员秤杆翘得高高的，还要饶一点摆进篮头。现在，她脑子里跑趟儿的满是姆妈痛苦的面孔。姆妈七十有余，有个三长两短，哪能弄？也就不好再计较铜钿了。

“多少都可以，送医院要紧。”

车老板没等蒋阿姨说完话，“蹭”地跳下车。

原来是阿强头。蒋阿姨倒吸一口凉气。昨夜的事体历历在目，气还没消脱，顿感后悔，找错了庙，投错了宿，正想调头跑路，又好像无法跑脱。

“人哩？走。”阿强头火烧火燎。

阵头雨又飘了过来，雨越来越密，加上风急，如鞭子抽人。街宇一片朦胧，几米开外的行人只落得个晃乎的影子，还有撑开的洋伞，不时被风吹成喇叭的样子。雨落到地面，“咕咕”泛泡，黄鱼车留下三道水痕，顷刻消失。

姆妈已经被路人弄到屋沿下，阿强头抱起她摆到黄鱼车上，蒋阿姨坐在扶手上，拿姆妈拖到两胯间，靠着自家，一把不大的洋伞遮住上身，罩不住全身，裤脚管湿透，网兜里的海货干，成了湿货。阿强头回头看她俩，脱掉橡胶雨衣，“快盖起来”。说罢，用力气蹬车。

“阿强头，这不行。”

“没有其他办法，快点去医院。”

蒋阿姨望着他的背影，轻叹一口气。

4. 天不落雨了，阿强头踏黄鱼车，熟门熟路地送她俩回家。绑上石膏的姆妈倚在床横头，不能落地。蒋阿姨跑到后客堂给阿强头车钿，他不肯收。蒋阿姨拿钞票掼在台子上，“路归路桥归桥。我不吃你的这一套。还是离芳芳远点，她要嫁给好人家”。

“啥叫好人家？”

“不跟你嚼舌头。”

蒋阿姨安顿好姆妈，到灶披间弄吃食，顺手切生姜成片，放在锅子里加红糖烧汤。后客堂门响了响，阿强头踏黄鱼车又去拉货了。

“这个小伙子，年纪与芳芳相仿？”

“大两岁。”

“蛮配。”

“瞎讲白讲。过去他小辰光，我蛮喜欢，也想过这桩事体。可惜不争气，白相坏脱了。家境也不好，爷娘死脱了，有爷叔在虹口，经济条件一般般。芳芳不能嫁给他。”

“白相坏脱了？”

“劳教过。”

“犯了啥事体？”

“打群架。”

“这个算啥事体。我看他有力气，做事在路上，人蛮活络。叫芳芳管紧点，不是大问题。”

“这个不来事。”

“嫁人呀，眼光要看长远。当年，不是我主张你嫁给芳芳爷，哪里能到上海，住进这个客堂间。芳芳爷出身不好，没有人会把女儿嫁给他。现在，不是证明当初嫁对了。可惜，就是寿命短了一点。”

“你看出阿强头将来有苗头？”

“这个不好讲。面相上看，还可以。三十岁后眉毛顺了，运道就会变好。”

“姆妈变成相面先生。”

“经验。现在看他是个个体户，踏黄鱼车送货，机会还是有的。上海大，将来可以用卡车，就看有没有上进心了。只要他肯听芳芳闲话，芳芳脑子清爽，不怕没前途。你这个丈母娘，看着女婿长大，不是知根知底？”

芳芳回来，头发染成了黄褐颜色。

“好端端的黑头发，弄成这副卖相，难看。”

“不用你管。现在流行的。”

“阿强头叫你弄的？”

“乱话三千。心情不好，做头发。”

“你的这些事体，不要以为姆妈不晓得。就是问问你，真的喜欢伐？”

“他是只下作坯，我不睬他。他不是自己都讲了吗？”

“他瞎讲。姆妈看得出来。”

“他讲就听他讲，不要来套我的闲话。”

一旁，外婆发调头，让她俩不吵，想办法去谢谢他。“没有他，阿拉还不晓得啥辰光能到医院，又是风又是雨的，难为他了。”

“烧了姜汤，等一歇送过去。”

“不去，要去你自家去。”

蒋阿姨去了灶披间。外婆问芳芳，到底啥情况？芳芳吃不准她的意思，依旧否认。外婆笑了，“阿强头人还可以的，跟你姆妈讲了，要她不要揪牢过去不放，从长计议”。

“外婆意思？”

“可以交往，谈朋友、结婚。不过，脑子要拎清爽，好男人是管出来的。”

“哪能管？”

“女人的手法交关多。”

“外婆有经验。”

“无大无小。”

“等阿强头回来了，你送姜汤去。”

“介急做啥，慢慢点。”

“你看着办便是。”

5. 一早，后客堂间来了西装革履的男人，跟阿强头讲悄悄话。蒋阿姨奇怪，见来人面熟陌生，啥地方看到过。问万老爹，讲可能是虹口爷叔，样子变脱了，光鲜不少。蒋阿姨耳朵贴在隔板上偷听。声音太小，听不出啥名堂。姆妈干咳两声，讲她不作兴。蒋阿姨摆摆手，耳朵贴得更牢。蒋阿姨听到男人的声音：几房就你一个孙子，你不去他会伤心的。阿强头回答，不去，一介头过惯了。去做啥？男人的声音：那里好做交关事体，在这里一辈子踏黄鱼车。阿强头的声音：你回去吧，一辈子没管过我，现在凭啥？后客堂门响了，男人的声音：不去，你会后悔的呀。

夜到，阿强头又在横弄堂口自弹自歌，歌声有点凄凉。芳芳讲烦煞了，“叫他不唱”。

“你去讲。顺便问问早上来的是啥人，讲点啥。”蒋阿姨讲。

“讲点啥关阿拉啥事体，跑到天边也不管。”

芳芳去了，一歇息回转。外面的歌声停了，后客堂有响动。

“问过了？”

“问啥？”

“早上来的人呀。”

“多管闲事。”

“这个蛮要紧的。叫他去啥地方？”

“香港。”

“啊？”蒋阿姨有点吃惊。

“做啥去？”

“不晓得，你去问他自己。”

蒋阿姨没有去问阿强头，问了万老爹，他是老住户，晓得一些情况。他讲，听阿强头死脱的阿奶讲过，她的老头子在工部局做生活，解放不久去香港。阿强头去香港恐怕与这事体有关。万老爹又讲，“老头子到香港后又成了家，生了好几个小人，老板做得蛮大。你问这个啥意思？”

蒋阿姨讲了一句，“老底子香港不灵额，上海混不下去的人才跑过去”。

何愫插嘴巴：“现在灵了，人人想去。”

“啥地方都是过日脚，搬来搬去没意思。”

“闲话不是这么讲的，人往高处走，水往低处流。”

“都是一场空。”万老爹讲。

夜上，芳芳没有回家，弄堂里也没了歌声。蒋阿姨心里空落落。她姆妈讲有苗头了。蒋阿姨心里欢喜。过了十点半，芳芳还没回转，她有点烦。姆妈劝她，“谈朋友要花辰光，又不好候缝刻数”。

“我怕小姑娘捏不牢，吃亏。阿强头毕竟不是什么好料。”

“小囡大了，管不牢。”

芳芳回来，已是深更半夜。蒋阿姨没有问她，也没听到后客堂有啥响动。芳芳汏汏弄弄，倒在床上睏觉。睏到下半夜，芳芳哭了。蒋阿姨坐起来，问她啥事体。芳芳不响。蒋阿姨讲你讲呀。

“他让我一道去香港，算啥明堂？”

“好事体呀。”

“啥的闲话，我以啥身份去。女朋友？太快了伐。”

“快啥？你们是青梅竹马。”

“不去。”

外婆躺在眠床上，瞪着眼睛望着天花板讲：“不想去，就不去。看看他哪能办。”

“外婆拎得清。”

“这是考验他的辰光。”外婆冷冰冰地讲。

蒋阿姨不响了。

6. 阿强头的黄鱼车侧身翻转停靠在后门口不动弹，万老爹讲做事体想到别人了，不碍其它车子经过。何愫撇嘴，“还不如停到别的地方。车轮朝外，小人去弄白相，碰破皮肉，算啥人的？”

蒋阿姨光火，“烦吧。黄鱼车停就停了，用不着七嘴八舌”。

何愫白了她一眼。

芳芳走出后门，看了看，“还是停到别它地方好”。

“叫他动脱。”何愫跑到后客堂，阿强头回答没有地方摆，只能这样子。蒋阿姨想了想，“算了，摆到天井里，地方大一点。反正，也摆不了几天”。

阿强头碰到芳芳，芳芳没有睬他。他有点尴尬，一声不响放平黄鱼车，推过横弄堂，绕到前门。蒋阿姨打开两扇黑色大门，狮头上的铜环在光线里晃动着发亮发响。

何愫问芳芳：“你不去送送他？”

“做啥？上班要紧。”芳芳穿着一双高跟鞋，格登格登去了。

虹口爷叔过来，像似押犯人一样看牢阿强头。万老爹问虹口爷叔，还回来伐？回答说吃不准，要在香港补习，去英国读书，要接班。

万老爹问“公司蛮大？”

“在尖沙咀有栋楼，做电梯的。”

“结棍。”

“香港大老板多，不算啥。”

蒋阿姨听着不响，看牢叔侄俩走过横弄堂，上了停在大弄堂里的出租汽车。汽车跑脱了，她便回家，在后客堂门口停了停，门板上了褡攀锁，就像阿强头平常出门一样。她用手指碰了碰锁。

前客堂，眠床上姆妈听到声音，便开口讲，“他会回转来的”。

“物什在，会转回。”

“不是这个意思。”

“啥，别的？要问芳芳了。”

夜到，芳芳回来了，一头黄褐色的头发蛮晃眼，翁声翁气地回答，“看他自己了”。

（定稿于 2007 年 10 月 30 日观旭楼）

犀角细梳

1. 老虎窗上没有光亮，嘉麟掀开被头，靠床沿坐着，眼睛直勾勾盯牢窗门，想着天色的变化。良久，他拿过款式老派的牙签条西装，摸索口袋里的香烟。原本，晚上脱下西装，掸去粘落的灰尘，用衣架挂好，吊在大衣橱里，斜倚在木棉枕头上，吃一根香烟，思路随烟圈散去，等纸烟化成灰烬，恰好睏意朦胧。阿娘操着一口宁波腔讲拨他听，这习惯与跳楼的阿爷一模一样，只不过当年有个广东娘姨侍侯，帮着刷衣点烟。阿娘说男人不吃香烟赛过不长胡须，无味道。阿娘也叼一根香烟，这是阿爷死脱后吃上瘾。嘉麟弄勿清爽，这些习惯是阿娘日复一日的教化，还是血脉的传承。出怪的是昨日夜里，脱下的衣裳乱七八糟地掼在床上，接连吃了半包香烟，越发不能入眠。此时，他干脆穿上衣裳，拎起床脚边的考克箱，立到后三层阁的门前，手迟疑在门板上没搕动。阿娘折腾了一夜，和往常一样刚睏熟，胸腔里的积水好像已退去，不再发出空碌碌的声响。该让她歇一歇缓缓气。在做一桩要紧的事体前，她总会醒转，叮嘱一番。现在辰光尚早，证券公司还没开门。嘉麟也不明白会变得焦躁，心神不宁地爬起来打搅阿娘，也许与考克箱里的铜钿有关。

那天，嘉麟无意间透露阿爷当年跳下的那幢楼门口，又亮出了证券公司的招牌，买卖股票，阿娘絮叨："买，要买进。从哪儿跌倒，就从那儿立起来，像个男人。”阿娘决计买进，多半是阿爷喜欢做多，抵押了一家一档，一路买进。嘉麟难以把握，跑遍沪上书店，想觅一本指导股票买卖的书空手而归，第一次发行股票，没人做这种文章。嘉麟从报纸上了解一些情况，报喜不报忧的报纸不能让人放心。而阿娘晓得的股票，又多半是从阿爷这里批发来的旧货，恍若隔世。无奈只能听从阿娘，她的预感一直蛮灵光，开办爱琳酒吧的那一阵，他的心境同当下相差无几。那时候，沪上酒吧寥若晨星，一般人根本勿不晓得酒吧是哪能一回事体。阿娘拿出押箱底的七根小黄鱼（金条），摆在他跟前，恶声恶气地硬逼他辞去机械厂技术员的职位。本可以升任工程师的嘉麟，无可奈何地做起酒吧老板，做的跌头落襻，阿娘没少费心血，一路遥控。让嘉麟没有想到的是，酒吧开得合乎时宜，像部摇米机源源不断地送来钞票，对阿娘佩服得五体投地。何况，当时还有爱琳相助。开张的头一个礼拜，天天吃空心汤团，嘉麟独自闷坐，面前的一瓶小啤酒，难以喝下，苦唧唧的啤酒能够招揽顾客？他怀疑阿娘。阿娘讲，酒吧卖的不是酒，是氛围。这时，爱琳背着吉他跨进酒吧，说要驻唱，主打邓丽君的歌，外带日本流行歌曲。转告阿娘，喜出望外，问要多少铜钿。再传话说，她讲偏爱酒吧的名字，与自己的名字谐音，好像就是自己的店。没有几天，客人蜂拥而来，附近株式会社的人西装革履，台湾商人着装休闲，香港小老板身穿吊带裤，几乎天天晚上泡吧听歌。她唱罢与客人说笑畅饮。阿娘笑了，讲她像自己年轻辰光。可惜，没有多久，她没了踪影。欢喜她的客人还是天天来，巴望再见。

在嘉麟心里爱琳来无踪去无影，挟带着神秘，就像股票一样让人难以捉摸。买股票跟开酒吧不一样，酒吧看得见摸得着，股票这种买卖没有头绪，连阿爷都跌进去了，就别提做了几年小老板的自己……

说不上是阿娘感觉到嘉麟立在门外，还是到了醒转的辰光，木板门里传来阿娘的唤声。嘉麟立在靠门铰链一边，用力气推开木板门。阿娘在爱琳酒吧开张的那天，莫名其妙地瘫脱，直到今朝没有落起，离开眠床半步。嘉麟执意要弄她去参加开张仪式，阿娘瞌上松弛的眼睑，让他放弃念头。她讲，那年已是沪上有名的甬籍实业家的祖父，在金神父路上开办甬江大饭店，开张她没去，那时年仅二十三，正值光鲜照人。现在人都瘫了，还去凑啥热闹？再说一爿小酒吧。

“侬阿爷出门前，头势梳得刷清。”阿娘嘴里像含一颗檀香橄榄，加上浓重的宁波闲话越发难懂。

嘉麟从兜里掏出细齿小梳子，梳理蛮是整齐的头发。阿娘混浊的老眼看不清，心中拿祖父的样子作镜子，对照着嘉麟。祖父身前随身带着这把小梳子，直到坠楼时还插在兜里。这些是阿娘讲拨嘉麟听的。阿娘边说边把梳子放进他的手掌心里。那天，正值嘉麟十岁生日，据说适逢祖父身亡十五个年头。

老虎窗送来一束霞色，经板壁上方的气窗，投射在阿娘探出被窝的手上，照出满处的紫黑斑点。阿娘的老手缓慢地朝嘉麟伸来，食指中指张开，在他跟前晃动。他知道是 victory 带头的字母，预祝胜利。

“准备停当了？”

“照你吩咐买进，手头上的现钞差不多全用上了。”嘉麟有点激动，拍了拍沉甸甸的考克箱，这些铜钿用来买股票，有点凶吉难卜。

“人无博性，成不了大事。你将来不能只是一个小老板。”阿娘想法不一样，盼望他成就一番事业。

阿娘的谈吐变得清晰，浑黄的瞳仁里像有盏油灯，闪烁出失却已久的光亮。嘉麟感到她目光的异样，如果失败了，能经受住？

“我梦见你阿爷，潇洒地站在地狱的烈焰边，朝我挥动着 victory 的手势。他会保佑你。”

说罢，手无力垂下，在床沿边不住来回摆动。嘉麟跪倒地上，捧起阿娘的手臂，害怕弄断似的放进被窝，掖好被角。手又一次探出，示意嘉麟凑近脑袋。他以为阿娘有要紧的闲话交待。她没言语，手停落在他梳得整齐的头上，使劲按了按。嘉麟没有挣脱，听凭她拿头发弄得一团糟。这时，她如释重负，抽回老手，安详地闭上眼睛。胸腔里发出咕哝咕哝的水声，一阵紧似一阵，像空旷的水面上冒起无数的水泡。

嘉麟蹑手蹑脚退出，轻轻掩上房门。他放下考克箱，摸出梳子梳了几下头发。他想阿爷一定是个一丝不苟的人。

2. 嘉麟心里像有一团火，走在秋意渐浓的马路上，丝毫没有寒意，低头注视脚上的三节头皮鞋，不时踩过被梧桐树叶弄得支离破碎的晨光，心想此刻的老虎窗一定是阳光一片，沐浴着阿娘。

头皮有一点痒，他摸出梳子，梳了几下，吹去散落在梳齿间的头屑。victory——为阿娘，也为天堂里的阿爷。他愿意阿爷在天堂，而在阿娘嘴巴里阿爷好像在地狱。

嘉麟看见证券公司大楼拜占庭式的拱形顶，一轮旭日不上不下地悬挂一边，大概是背光的缘故，大楼的样子有点模糊。不刻，旭日爬到顶端，无数的云朵游来，把它撕裂成丝条，云之间的缝隙处，射出耀眼的金光。他不会忘记那个过得沉重的十岁生日，就像阿娘心头无法抹去阿爷的样子一样。那也是一个阳光时隐时现的早晨，阿娘牵着他的手，领他到大楼前，在人行道上摆了香烟、水磨汤团、咸菜蒸黄鱼、红烧龙头烤和屋里藏着的半瓶英格兰威士忌。阿娘直起身子，从口袋里摸出褐色的细齿梳子，摆在威士忌旁边，用粉笔画一个大圆圈。给了嘉麟三支檀香，自己拿着三支，点燃祭拜。嘴里振振有词。这时，有一个小姑娘背着书包与大人一起经过，问，“姆妈，他们在做啥事体？”大人叫了一声爱玲，说他们在搞迷信。嘉麟别过脑袋，看到那个小姑娘……

嘉麟依照阿娘的叮嘱低下头，不住偷看。她并没垂下脑袋，仰着脸凝望灰白色的拱顶，眼泪水顺着脸颊流淌。他头一趟看到阿娘落眼泪，害怕得手发抖。良久，阿娘拭去泪水，对他讲过去的事情。在阿娘心中，阿爷是个雄风十足的男人，敢于倾家荡产做生意，可是当阿娘拿照片拨他看时，感觉阿爷有一些畏畏缩缩，瘦骨嶙峋的身体撑不起来长衫，酷像一个鸦片鬼。阿爷小小年纪在沪甬轮上做茶房，眼观六路耳听八方，钟爱沪上的地皮、股票行情。有一年，沪上地皮暴跌，他卖脱老家的几亩薄地，凑上节蓄，在十六铺盘下铺面开出一爿专营甬地咸货的小店。阿爷不满足，拿小店抵押拨钱庄投入股市，专买猪鬃、牛油、桑蚕股，有限的几个铜钿，生出翻倍的钞票。阿爷赢了，没几年工夫，接连在霞飞路、老西门、静安寺地丰路、戈登路、劳勃生路开出分号连锁，分为中区号、东区号、南区号、西区号、北区号。阿爷不愿一辈子做土特产生意，喜欢股市的大进大出，迷信自己搏眼子的本事。他盘出所有的店铺，兴办甬江大饭店，接着以大饭店作为抵押，又跑到股市上折腾。阿娘说："那时，他生出念头，组建一个饭店托拉斯，和外国人的大饭店媲美。可是，股票大跌，喜欢做多的祖父一夜沦为瘪三，穷途末路。"

十岁的嘉麟弄不清爽阿爷为啥要跳楼，胆怯地扽住阿娘的衣袂。阿娘抚摸他毛绒绒的头絮叨，"之后，讨债的接踵而来，就连亲眷都不顾情面地夹在当间，踏烂门坎。紧接着变卖家产，搬出巴黎新邨，来到三教九流杂居的三层阁上，一住几十年"。她如泣如诉，流露出思恋和哀怨，拿起细齿梳子，放在嘉麟的手里，要他捏牢，"你要像阿爷一样，敢作敢当，不赢死不瞑目"。他感到有股巨大的气流冲击着，促使他长大。后来，阿娘讲拨他听，犀牛角做的梳子，镶金嵌玉，原是宫里的东西，是她的陪嫁。阿爷喜欢，跳楼时还插在西装袋里，阿娘把它拿出来藏了起来。否则，也抵债头去了。阿娘叹了一口气，"阿拉的陪嫁，大部分折成现金，替他还债头，做人要讲信誉”。

证券公司门口，已经有不少人，上市的是钢铁股。沪上大都是经济脑袋，一见股票能买进卖出，带来高于利息的收益，一窝蜂似的聚拢来捞一票。他们是否晓得股票也能让人一夜沦为瘪三，就像阿爷一样？嘉麟瞟一眼闹轰轰的一堆人，看腔调大都是蝇头小户，买上二三十股碰到天花板了，即使亏也是小本经营，不用担心事，不像自己，手里的考克箱装满钞票，寄寓着阿娘的希望。担心归担心，嘉麟心里蛮得意，这些人有几个摸过介多钞票？摇米机爱琳酒吧没少赚铜钿，这是阿娘跟爱琳的功劳。每忆及，惆怅油然而生。爱琳走后，再没有出现过，像一道瞬息即逝的白月光。唉，老想她做啥，以前的事情值得留恋？甚至连她的姓名是艾玲，还是爱琳或爱玲，都无法弄清楚。只不过听她自己介绍说是ailing。

目光掠过人群，立在证券公司门前汉白玉砌成的台阶上，竟像孩提时一样，眼中含着胆怯。阿爷从楼顶纵身跃下，坠落在台阶上，四仰八叉、七窍流血，双目盯视那根挂在行道树梢上的银灰色领带。那缕惨白随风飘荡，宛如一缕永不消失的白烟。

“victory，别无选择！”嘉麟自言自语，他明白阿娘把希望倾注在自己的身上，自己不能失败。虽然，过完十岁生日后，总觉得活得沉重。这是命运的安排，无法摆脱，只能接受，就像接受细齿梳子一样。

证券公司的铁门，吱吱嘎嘎地被卷起，盘在头顶上，人群闹哄哄拼命往营业大厅里轧，像是非要第一个买到股票方善罢甘休。这又不是买对奖券，抢什么吉利号码。总想着一夜醒来成富翁的沪上人，擅长做金钱梦。可又有几个敢倾家荡产，软塌塌立不起来。自己就是铁打钢铸的？跨过包铜门坎的瞬间，提着考克箱的手在哆嗦。嘉麟嘴角露出一丝自嘲。

营业大厅灰暗一片，高旷的拱形顶中，回旋着阴沉、诡异，有点像自家的老虎窗。倒是柜台上竖着的银白色合金栅栏，让人觉得磁实。自从沪上发生建国后第一宗持枪抢劫银行案后，家家银行都安上这玩意，后来遍及所有跟钱钞打交道的服务性单位，弄得人人自危。

人们依次排列在栅栏前，好似探监，又有点自投罗网的味道。栅栏那边的营业员，没精打采地做交易。

嘉麟琢磨阿爷踏进证券公司时的心情，反正不会和自己一样，除去着装举止跟阿爷相像外，性格过于软弱，优柔寡断，缺乏阿爷的雄风。难怪在阿娘眼里，仿佛永远只有十岁。

他的手触碰到兜里的梳子，忙不迭地紧攥。阿娘的判断力屡经事实验证，有她老人家在畏缩啥？嘉麟眯缝起眼睛，掂了掂考克箱，环视一遍营业大厅。

一个身穿洁白长裙的姑娘轻盈地飘然而至，恰似一道失却已久的白色弧光，在嘉麟眼前闪现，整个营业大厅一片光亮。就在这一刻，他脑际闪现爱琳模糊的身影。

白裙姑娘轻轻哼唱着邓丽君的歌曲，走到工作台前，轻巧地落进黑色的皮转椅里，微倾身子侧过脸，玫瑰色的双唇绽出笑容，笑得酷似花样年华的阿娘。

“这里卖股票。”

栅栏这边的嘉麟，目光一刻没离开白裙姑娘，贪婪地收罗她每一个细节，唤回自己的记忆，爱琳留给他的已是模糊。追忆时，竟是那么苍白，使人不堪。

“愣什么神，说你哩！”

“嗳，要买、要买的。”他想问她的名字，转念又觉得过于唐突。

“快点，后面还有其他顾客。”

他把考克箱搁在营业柜上，正挡住她半爿脸孔。他试图挪开它，手不听使唤。

“喂，听见伐？”白裙姑娘不耐烦。

忘记密码，713？ 215？不对。设密码时怎样想的？爱琳哟——201。嘉麟不禁顺嘴说了出来，说得有点含糊，像病榻上阿娘的腔调。

白裙姑娘诧异，站起身凑近栅栏，“你说什么，爱琳？”

“不，没什么。”

“我以为叫我哩，阿拉认的伐？”

嘉麟面孔涨得彤彤红，越发语无伦次。终于，在白裙姑娘面前气派地展示出一叠叠崭新的大面额钞票。她眼皮动了动，望了一眼嘉麟。

“一下子买这么多？”这话嘉麟听来快活。应该对她讲那个美丽的童话，童话里的王子守着一个绿色小屋，苦苦地期待一个叫爱琳的姑娘。

白裙姑娘与嘉麟搭腔，娴熟地撕去牛皮纸扎条，麻利地弹了弹纸币，把它们放进点钞机。点钞机刷刷，显示器急速跳过一连串红色的数目字，一闪一闪煞是好看。

嘉麟气恼自己笨嘴拙舌，这么好的机会竟搭不上腔。

这时，白裙姑娘已坐回到转椅里，整个身子伏在工作台上。隔着高高的柜台，嘉麟看不见她的脸，手忽上忽下，不时把一叠股票放在嘉麟面前。他想捉住那只纤细的手亲吻一下。

“齐了！”她站起身，沉浸在遐想中的嘉麟打了个冷战。

“这股票上市日脚没有定。”白裙姑娘拍拍手，像要拍掉手上的灰尘，轻描淡写地说了一句。

“啊？啥辰光上市？”

“讲不清爽，可能蛮快，也可能要过一两年。一切听消息。”

一两年？如果这家企业经营不善，这些铜钿连本都保不住。即使能保本，物价上涨，自身贬值。何况，自家的酒吧也需要流动资金，防备万一。嘉麟不敢继续往下想，只觉得当头被人敲击一记。脚骨软得像棉絮，无法支撑身子，往前倾倒。当年阿爷是否有这般感觉？

“反正你们有的是钞票，啥个辰光上市无所谓。”白裙姑娘双手把牢银灰色栅栏，轻声地安慰。

钞票可以无所谓，可其中寓于的希望，也可以无所谓？阿娘也许经受不住这种无所谓。嘉麟觉得白裙姑娘不懂自己，以及有过沉重过去的屋里厢。

嘉麟抠住营业柜的边沿，像溺水者在汪洋中抓到一截木头。

“你怎么啦？”

“有点晕。”他挣扎着想站稳，免于跌倒在地的尴尬，额头渗出一层汗珠，顺着眉骨淌了下来。他奋力抓住栅栏，和白裙姑娘的脸相距甚近，几乎能感觉到呼吸。

“请帮我把它们装进箱子。”

白裙姑娘一古脑地把股票塞进考克箱，按上箱盖，推到嘉麟跟前，粲然一笑：“还要帮忙吗？”

嘉麟没回答，跌跌撞撞离开了柜台，迷失在营业大厅里的人群中。此刻，他难辨大门的方向。身后，传来邓丽君的歌声，很轻，有点愉悦。

3. 嘉麟神情恍惚，不晓得往哪里去，任凭脚走了许多路，步伐越走越沉重，像拴上沙袋，心里只有一个念头，如何向阿娘讲刚发生的事体。他一路寻求答案。不晓得走了多少辰光，走过多少路，定睛一看，发现自己站在了证券公司的楼顶上，楼顶上有一个巨大的拱形顶，周边立着好几排倒立的J形通风管，乌黑的圆口冲着他，好像准备一口吞下他。嘉麟不由地绕过它们，朝房顶边缘走去，步履散乱。那儿有一道齐腰的防护墙，阿爷一定轻而易举地爬上矮墙，没过多的思考纵身跳下。不，他当时想法很多。阿娘说，有人分析那根惨白的领带之所以挂在树梢上，纯粹因为阿爷临终前激烈思考时扯下，扔下去的。否则不可能飘荡。

他双手支撑防护墙，探出脑袋朝楼下张望，仿佛看见阿爷的双眼正凝视自己，流露出痛苦、愤恨，一缕白色的烟雾孕育而成，萦绕着阿爷的尸体。嘉麟看不清阿爷的眼睛，缩回身子。自己毕竟没到阿爷的程度，爱琳酒吧依在，股票还在，希望就在，何必重蹈覆辙？不，即使自己victory了，也不可能实现阿娘想要的未来，阿爷生活的年代一去不复返。嘉麟否定了自己，悲哀地想成不了阿爷那样的人，辜负阿娘的期望。她几十年含辛茹苦，心血耗得太多。

嘉麟拎着考克箱，回转到营业大厅，穿行在三三两两聚在一起的人群中，他们喜气地谈论股票，谈论发财。一旦知道股票上市没辰光，能有这般眉飞色舞？也许会像自己一样，莫名其妙地跑上楼顶，窥视那股白烟。

他掏出小梳子，梳理被楼顶上秋风吹得蓬乱的头发，朝白裙姑娘的柜台走去。边走边把小梳插入胸袋。

白裙姑娘已经不知去向。他逗留了一会儿，怏怏离去，后悔自己没有坦露心襟，错失良机。

金亮的门坎前，白裙姑娘端着搪瓷饭碗，边走边用小勺敲击出快乐的节奏，好像与邓丽君有关。她和几个女同事起劲地说着闲话。

“这种人是暴发户。工薪阶层，没有介多闲钱买股票。”

“上海滩有铜钿的人不少。”

“要嫁就嫁这种人，不吃亏。”

“不错。有铜钿，日脚过的惬意。”

“但是，这男人勿来山，缩头缩脑。”女同事发现嘉麟在注意她们，一双水泡眼瞪了一下。

“简直神经有毛病，说‘爱你哟。’骇了我一跳，以为在叫我哩。”

“起花头了，笃定去当老板娘。”

“去你的。不过这家伙倒给我送了一笔奖金。公司规定，一天卖出三千就有十块奖金。你算算，这一记有多少可以进账？锦江商场里的小牛皮夹克有着落了。”

听到这里，嘉麟脚步迟疑，没了上去告诉她那个美丽童话的念头，人跟人是不一样的。

他站在证券公司的台阶上，目送着白裙姑娘和她的女伴，消失在一家点心店的玻璃门里。这世界不会再有爱琳，如果有也是在半个多世纪前，成了阿爷的妻子，自己的阿娘。至于，那个曾经出现过的爱琳，就是一个梦，终究一场空。风吹乱了嘉麟的头发，他顶着个乱草窝，无心取出梳子梳理。他拾阶而下，踏着脚下的台阶，没感到忐忑。眼前不再有那股白色的烟雾……

他没回家去了酒吧，惦记是不是要给酒吧改个名字。这一日，酒吧生意蛮忙，直到凌晨，嘉麟回家。他不晓得如何面对阿娘讲股票的事情。

4. 阿娘每个部位的机能都老化了，唯独耳朵灵光。嘉麟一踏上木楼梯，便会传来她的召呼。阿娘谈吐含糊不清，可唤他的乳名，依旧清晰亲切。此刻，阿娘大概睡熟了，沉缅于梦境，胸腔里没有发出咕哝的水泡声。梦中她一定看到了凯旋，高擎着枯瘦的手臂，迎接自己的到来。可是，现在这副糟势，难以讲拨她听，阿娘受不了。他立在后三层阁的门前，决定等到天亮再告诉她上不上市的消息。

屋里洒满阳光，阿娘像嘉麟希望的那样安静地躺着，一条手臂坦露在被窝外，两个指头呈V形，垂到地板。

嘉麟轻轻唤了一声。

阿娘没有反应，瞪着一双深抠进眉骨的眼睛，凝视着倾斜的天花板。他伸手摸阿娘的被窝，冰窖似的没一丝热气。嘉麟一惊，赶紧抽出手，去试阿娘的鼻息。风烛残年的阿娘，离开了人世。

嘉麟低垂下头，呆立在阿娘的遗体前。心跳过于慌乱，牙齿间不住颤动。良久，他缓过神，托起阿娘的手，放进被窝，拖过盖被轻轻地遮住她的脸孔。他害怕看见阿娘那双充满期待的眼睛。

嘉麟不知道如何处理遗体，抽出一支香烟点燃，狠吸一口，不一会拔下衔在唇间吃了一半的香烟，掐灭后放进口袋，他的手碰到那柄小梳，意识到了什么，掀开阿娘的被窝，神情端庄地把梳子放进她僵硬的手掌里。此时，他想自己的神情，酷似当年阿娘把它放进自己的手里。嘉麟不明白为什么要这样做，总觉得不会再需要它了。握着它，太沉重。他跪倒在阿娘遗体前，抱住干瘪的躯体，哭了起来。哭声穿过气窗，经过老虎窗，披着霞色飘向远方。

后来，火葬场的灵车来了，俩个运尸工几乎不费力气地把阿娘抬到楼下，摆到车子里运走了。那一柄细齿梳子落在楼梯上，嘉麟捡了起来，揩清爽后，又放到口袋里。他想落葬时，把它放在墓穴里，随阿娘长眠。

落葬这一天，嘉麟租了一把黑阳伞，让人撑着，自己手捧红绸裹着的骨灰盒，走在伞下。后面跟着几个做安葬的小工，跑去墓地落葬。阿娘在阿爷墓迁葬时，置备下墓地，与阿爷一墓两穴。原本阿爷的在万国公墓，有百把平方，做得像模像样，腔势蛮足。后来公墓平为公园，阿爷的墓就搬到郊区的公墓里，还是双穴。阿爷是睏棺材的，迁葬挖出时样子还是蛮好，火化后装进骨灰盒。阿娘拿自己的身后事弄得停当。

小工问，还有东西要摆进去吗？嘉麟迟疑地拿出细齿梳子，犹豫地放到墓穴里。一个小工讲，想好了，盖上盖子就不能后悔了。他脑际想起阿娘曾经讲的一句闲话，犀牛角做的梳子，梳起来让人清醒。他伸出手，慢慢地又拿回了。小工讲，这把梳子看样子就吃老价钿，摆进去也会被偷脱。还是带跑好，让死人安心。

嘉麟看了他一眼。

跑出墓地，路边有广播，讲过几天，他买的这个股票溢价一倍上市交易。他一算自己能赚不少铜钿，拿出梳子，梳了梳头，又想起了阿娘。

（作于 1991 年 9 月 8 日）

世间错乱

白可基睡相不雅，一张五尺的席梦丝长年霸去三分之二，四仰八叉，从不收敛，好在妻子能将就，偶尔抱怨几句，他咧开大嘴，哈哈一乐：“睡相，改不掉，图个舒坦。”昨夜，白可基委屈地猫在沙发上过一宿，不敢像平时一样放肆，不断提醒自己别睡得太死，一旦跌落，妻子笑话半年。这个家长远没笑料，夫妻两个谁都不想变成笑柄，屋里头也就没有了什么笑声。他裹牢毛毯，紧贴沙发靠背，害怕自己落到地上。

此刻，晨光透过玻璃窗，抚慰书桌上的一只仿骨骷髅头，眼窟窿里噙着一缕霞色，闪出神采。辰光不早，他捞起地板上的毛毯，斜倚在靠背上，试图打喷嚏，鼻孔像被棉花球塞牢。遇上这种事体，心里不爽，娴熟地按摩鼻翼两侧，随后，胖胖手摸遍整个脸和颈项，点到穴位。做完这一切，轻松了许多。然而，喷嚏依旧没能打出来。

白可基写论文熬了大半夜，说是论文，其实不过是临床经验总结之类的文章。院务办公室通知买出版社书号出一本业务论文集，秃顶院长说目的是帮助没有论文的人过评职称的关。他自然要轧一脚，仅靠七八年前和别人合作发表在卫生报上的豆腐干文章，显然过于单薄。上次评副主任医师，像自己一把年纪的人，几乎个个过关，唯独落下他，毛病多半出在这上面，当然还有没在秃顶院长身上下功夫，那时连他的家门朝哪个方向开都没搞清爽。也难怪，那会儿正赶上儿子初病，挤不出时间顾及评职称的事情。白可基看淡评职称的事，无需院长事后假惺惺地安慰，他已经接受这一结果。一晃过去了四五年。不久，他的淡然被打破，那些医术蹩脚的同事一评上副主任医师，大照片挂在门诊大厅的墙上，冠以专家，开起了特色门诊，病家骤增，红包又多又厚，屋里头的火腿来不及吃，坏脱往垃圾桶里掼。为此，他发狠弄篇论文，扫清障碍。否则，整天嘻嘻哈哈的他断然不肯面对稿纸，痴痴呆呆耗辰光写字。那台崭新的 VCD 上，还搁着两盒盗版的光碟，伪病员孟小光再三叮嘱不可外传，多次催还，都被挡了回去，说不会外传，等论文弄好了，看后奉还。于是，他又给孟小光开了一个礼拜的病假。孟小光的腰没一天不酸疼，劳累过度。真弄不明白怎么回事，都什么年代了还一个劲地开病假，混日脚，整天在家门口摆摊卖光碟，单位没办法治他。

多年荒疏笔墨，提笔如握钎锤。白可基时而苦思冥想，时而抓耳挠腮，一副备受煎熬的样子。妻子蓬乱的脑袋几次三番地探进书房门，提醒他床铺已摊好，等着一道躺在被窝里看光碟，不一会又说明天儿子要回家，什么事情也做不成。妻子喋喋不休让他心烦，索性一声不响地佯装埋头疾书，心里埋怨她有点怪头怪脑，既然晓得儿子要回来，做不成事体，还催什么？自己就是要赶在儿子回家之前，弄成论文。妻子自讨没趣，忿忿关上房门，电视机音量开得极大。她独自在看光碟，据说看了好几遍。妻子原本反感他看这种光碟，指斥他不正经。可没出半个月，完全适应，看起来的劲道超过白可基，瞪大眼生怕漏掉细节。反复看后，还问有新的吗，催促他去调换。

直到妻子看完光碟，关掉电视机，白可基方集中起精神，出神入化地弄论文。这种专注，约摸持续半个钟头。不久，绞在一起的眼线，散成两股，字迹重叠模糊。他自知难以抵御瞌睡，打着呵欠，告别面前的稿纸，站在屋子当间做保健操活络筋骨。临睡前的保健操，是他必做的功课，就像一日三餐不可或缺。

他感觉关节微热，收敛手脚径直去推卧室的门，门里的插销已被拴牢，试图敲开，让妻子放自己进去。转念近来妻子身上有股戾气，开门后迎接的一定是场硝烟弥漫的战争。何况，深更半夜影响邻居。独自在沙发上睡一宿，也是桩别有一番味道的事体，近来他一直被这个念头所鼓舞。

此时，他已离开沙发，拎起搭在椅子上的裤子，系着裤带往卫生间跑。途经过道，瞅见妻子像陌生人一样不理不睬地专心撕去贴在墙上的美人像，背后一把瘦嶙嶙的马尾式长发，得意地不时晃动。想当初她背的是一根大辫子，又粗又亮，弹性十足，扎着红头绳的辫梢，像只轻巧的小手搔得不少男人心痒痒。那个时代的男人，容易为这种大辫子跳动。

白可基见她的样子，乖乖地走进卫生间，不去招惹。卫生过后，浊气消尽，精神抖擞。他一直认为医生就该一副信心十足的样子，让病家瞧见，毛病好了一大半。再说，上班前还要去一趟院长家里，给秃顶院长的老婆做推拿，自然要弄的精神一些。院长太太腰椎间盘突出外带腰肌劳损，做推拿按摩效果明显，这桩事情院长开口了，他不好拒绝。院长说，老婆不愿去医院看门诊，只能麻烦白医生了。院长暗示着什么，说：“白医生职称不高医术高，我心知肚明。”这样，他只好在上班前过去一趟，替她治疗，再去医院上班，一连已经好几天。

白可基靠在厨房门框上，潇洒地双手插在裤袋里，神气活现地询问早饭吃点啥。美人像已被妻子撕得支离破碎，残存的眼睛，流露出哀怨，凝视着他，似乎恳求他伸出援手。

没见回答，他无可奈何地揭开锅盖，锅里空空，锃亮的不锈钢锅底照出一张肥胖的脸。他发现水池里搁着小锅、小碗和一双筷子，显然她吃过了。

“吃什么？先把撕下来的纸屑扫干净，儿子回来见不得这些东西。”

妻子打饱嗝，冷冰冰地回答。

“总不能饿着肚皮。”

妻子避开他的目光，垂下眼睑，木讷地站在残破的美人像前，“你竟连睡在哪儿都无所谓，还是分开过日脚好”。

他觉得冤枉，房门她锁上，自己只能睏沙发，没能享受席梦丝三分之二的痛快，怎能怪别人？何况，睡在沙发上的滋味，跟自己原先想象的大相径庭，囫囵不算且浑身酸痛，没劲透了。

“关照你，今天你去医院接儿子，上午人家要拆床。”妻子对白可基下了通牒。

他翕动双唇，试图提醒妻子，早上要去院长家，这虽然没有什么大意思，可是对评职称意义重大，不好推脱。

“儿子的病，根源在你。现在你想撒手不管，没有这么容易。甭想逃避责任，罪责难逃。”妻子的这句话戳痛了他，难愈的伤口渗出血来。他无言以对，愣怔地望着墙上那帧惨不忍睹的美人像……

这时，妻子换了一身行头，猩红的毛衣下配黑皮包臀裙，外披质地考究的短风衣。她推开家门，少女般轻盈地一只脚踩着门坎，极细的鞋跟敲击出答答声。她侧转过脸，高绾起的发髻耸到白可基跟前，发网上缀着五彩小圆片，折射出奇妙的光泽。

“十多年了，我还是头一趟享受独个睡大床上的舒服。谢谢。我老了，不行了，你找年轻的去吧。整天看盗版片，纯属变态。”妻子洒脱地转身，甩手关上门。

屋里荡漾着香水的味道。他注视残存的美人头像，嗅嗅香气，心里有种说不清爽的滋味。香水及这身行头，是他送给妻子的生日礼物，她应该增添几分亮色。可妻子习惯于一身灰蓝，忘掉这身衣裳，一直锁在大衣橱里。

临出门的时候，白可基改变念头，打电话给院长称自己要去接儿子出院，不好过来给太太做按摩。院长不乐意，硬呛呛挂断电话。白可基感觉不好。儿子是他一块心病，只要提及，心里阵阵作痛。如果，当初不是猛敲可塑性不大的儿子，他不会犯那种病。这病一犯，不是送他进入重点高中，反而关进了600号，毁了儿子的一生，能叫人不伤心？

白可基索性不去上班，给科室去电话请假。来到大街上，他左顾右盼像是在找什么。显然徒劳，假使她躲在什么地方等候自己，一道去接回儿子，出门时断然不会那么潇洒。过去，她玩过这种小把戏，调节情感，今天不会。他死了心，收敛起目光。

他肚皮饿得咕咕直叫，于是钻进弄堂口的饮食店，要了一碗排骨面，刚坐下，一个熟悉的身影飘然而去。妻子一定看到了他，就是不理睬。他不去追，自顾自吃面。她在家吃过早饭，还来饮食店？邻居问“白医生，今朝你老婆打扮得介漂亮，去做啥？”他没有答腔。“她买了半斤生煎包带走了，给啥人吃？”白可基明白，一定带去医院给儿子，儿子喜欢这个。他三口二口吃光面，在结账台上抽了几张餐巾纸抹嘴，一门心事朝公交车站走去，忖思着儿子总和自己捣蛋，脸上浮起苦笑。上趟评职称时，被儿子头一趟发毛病耽搁了，现在又碰到这档事。不能去院长家，院长心里肯定不适意，弄不好就给自己小鞋穿。他似乎看见秃顶院长新娶的老婆双手捂住腰眼，不住哼哼叽叽。院长一脸不高兴。联想到自己的老婆都四十五六岁的人，居然从来没有什么腰肌劳损、腰椎间盘突出的毛病，大概是因为有一个治疗高手的老公。

橘黄色的公交车停靠在600号附近，下车的乘客不多，他笃悠悠甩手下车，来到医院青灰色的围墙下。从大门到病房，白可基可以闭上眼睛，已经走了好几年，今天算是到头了，谢天谢地儿子康复，可以回家了。真是最后一趟？昨天一下班，妻子告诉他，病院来电话，说是儿子痊愈了，只要不受刺激，复发的可能不大，可以出院。他边听边摇脑袋，精神疾病难根治，八成是院方床位紧张赶人回家。妻子的看法相同。他显得垂头丧气，儿子一回家又要折腾人。半年前院方也这般声称，结果没出一周又送回去。他与妻子商量，托熟人让儿子继续住一段时间，直到论文弄成。妻子阴沉着脸，不容争辩地说：“算了，回来就回来吧，总不能在那里呆一辈子。反正两个人过日子也没啥意思。”说罢，白了他一眼。

一道铁栅栏门拦住去路，他收住脚，透过栅栏朝里张望。此刻，住院部显得格外宁静，蜿蜒的小道像条灰色的带子，连接红瓦青砖的小楼。小楼隐伏在深浓的爬山虎中间，窥探出扇扇白色的窗户，反光看不清爽玻璃后面的铁栏杆。不晓得内情的人，还以为是一家级别不低的疗养院。如果真是疗养院，可以在里面住上一段日子，写好论文，不会有妻子干扰，白可基心想。

一个五短身材，套着一件绿颜色反穿衫的男人拎着一把竹扫帚，漫不经心地绕过花坛，朝他走来。

隔着栅栏门，男勤务员回答他的问话，“出院了。一个女人刚刚接走他”。男勤务工把竹扫帚倚在值班亭边。

一定是妻子前后脚接走儿子。女人毕竟是女人，刀子嘴豆腐心，连一个戆大儿子也宝贝得一塌糊涂。想到妻子出家门时的样子，他心里哼了一声。

男勤务工走进值班亭，拎出一包衣裳还有洗漱用品，放在一边，开启栅栏门。

“那女人说，这些东西要你拎回去。她是你老婆？看不出，蛮有风情的样子，有艳福。”男勤务工眼睛眯成一条线，羡慕地打量白可基，似乎还想再讲点什么。

风情？背后拖根大辫子的年代一去不复返了，那才叫风情。白可基蹲下身子整理物什。他懂男勤务工的眼神，心里涌起一股醋意，这种酸溜溜的感觉阔别已久，有点窝心。油亮乌黑的大辫子不复存在，魅力可还在？关于魅力，他长远没有感受，即使朦朦胧胧尚存……

他背起物什，客气地与绿衣男人道一声谢谢，离开那扇窄铁门。他觉得感谢他是应该的，唤回了失缺已久的情愫，体内雄性荷尔蒙荡漾。这时，他没察觉拎着的物什有多少分量。

物什搬上六楼家里，他有点狼狈，小腿肚发涨，中途停了两趟歇歇。到了家门口气喘吁吁，摸出钥匙打开房门，眼前如出门时一个样，水池里的锅碗还在，墙上的大美人像依旧没有收拾干净，丝毫没人回过家的迹象。他诧异，物什放在客厅里，赶紧走进房间察看。

儿子一声不响地坐在书房的地毯上，双腿叉开，裤胯当间摆着仿骨骷髅，与它面对面，喃喃地絮叨着什么。大概是鼻涕流了出来，儿子顺手从屁股底下抽出一张纸擦拭，顺手捏成团，扔到写字台下面。白医生心凉半截，不由脱口而出：“你还是老样子。”

“生来如此。”儿子爱理不理地答道。

白可基捡起纸团看了看，“这是我的论文”。儿子抬起屁股，拿出一叠文稿说，“还给你。”白医生光火，恨不得请他吃耳光。转念想他是有毛病的人，只能怪自己出门匆忙，忘记藏好论文。捣蛋儿子总在关键辰光跟自己过不去，真是前世欠得太多。

儿子站起身，掰开白可基的手，抢过稿子，放进嘴里，耳根下的栗子肉不时鼓绽，咀嚼得津津有味，“我饿了”。

白可基恶火窜上了头，在打量儿子的刹那，火又熄脱了。儿子高出自己一头，虎背熊腰，两颗拳头青筋暴涨。考高中时儿子豆芽一根，精神病院治不了他的脑袋，倒养了他一身呆肉。动起粗来，自己绝非是他的对手，何况，他脑子有毛病……

白医生好声好气地劝他放下稿子，儿子咂咂嘴，像吃了山珍海味般回味无穷。

“你可以不吃纸头吗？”

出乎预料，儿子理智地回答，“这是种嗜好，只能慢慢改。再说，我好久没吃上它了，医生不让”。说罢，儿子歉意地冲白可基笑一笑，“抽烟的人戒烟不容易，何况我的嗜好呢？”白可基高兴地抱住儿子，能说出这番道理，说明毛病真的好了，不再是上次回家时一团糟。蛮长时候，每当有人提及儿子，哪怕善意的关心，都会让他心惊肉跳。现在终于可以松一口气。

“你好了。”白可基激动地说。

儿子麻木地接受他的拥抱，淡褐色的瞳仁迟钝地转向他，目光呆滞在他宽大的脸盘上。良久，儿子噗嗤趴在地上，捡起仿骨的骷髅套在手上。

“好什么？我没变。”儿子两指头，探出骷髅的眼窟窿，机械地不住摆动。

白可基喃喃地说：“腔调还是没变。”

“没变。”儿子咧开难看的大嘴，琅声笑起来，笑得白可基莫名其妙，倍感痛苦，攥牢文稿，紧锁双眉，精神毛病难以治愈，先前升起的欣喜，迅速被一片灰茫吞噬。他真有一点被弄糊涂了，儿子的病到底好没好？

敲门声唤白可基疾步跑去开门。妻子衣冠不整地踏进，瘫坐在沙发里，两颊绯红，呼吸沉重，隆起的胸部一起一伏。他端详她，怜爱袭上心头，倒过一杯不冷不热的隔夜水，放在她面前。妻子怔怔地注视玻璃杯里的水，无数的浑浊物急剧沉淀。她双手捂住脸，呜咽起来。

“怎么啦？”

他两臂紧箍妻子瘦削的肩头，询问原委。妻子反感，鳗鱼般扭动身子，挣脱他的双臂，粗鲁地嚷叫，“就是你们这些老不正经的男人，居然盯我的梢，跑到自由市场的鱼摊前，动手动脚起来。流氓！”

过去，妻子穿一身灰蓝从没听她讲起碰到这档事体。白可基后悔，给她购置这身行头，作为生日礼物，简直是自寻烦恼。想到自己给打扮入时的女病人推拿时，有时也会心猿意马，想入非非。糊涂，听到精神病院那个绿衣男人讲的闲话，心里还喜滋滋哩。

他敷上一层笑："看来你不能穿这一身。"

"穿什么，自己欢喜。关别人屁事？"

"弄得时髦来兮，男人会想入非非。"

"男人下作，怪阿拉做啥？"

"可以减少惹麻烦。"

"放屁，是你们心术不正。"

"别人误会，以为勾引。"

"穿得好看，穿给自己看，勾引啥人？"

白可基无意搭理。儿子回家，安安静静，夫妻俩反倒闹腾起来，像什么样子？他古怪的神情停落在妻子身上，心想自己的目光一定酷似儿子。唉，女人换一身衣裳，宛如换个人，光鲜十足，比当初还要性感。

"那就在家里穿。"

"穿给你看？做梦！你心里早没我了，还在乎我穿什么？"妻子走到煤气灶前，准备弄饭菜。"本想今天儿子回来，弄点好吃的，这下完了。"她气哼哼，"多半那个死老头子盗版片看多了"。

妻子把锅勺之类的物什，弄得乒乓响。白可基倚在墙壁上，身后残存的美人像，魅力无限的眸子惨遭毒手，变成仿骨骷髅的眼窟窿，令人恐惧。

"没买成新鲜的菜蔬，能做什么好吃的？"妻子心有不甘。他觉得继续呆在厨房多余，不如躲进书房，趁早拿论文弄出来交上去，秃顶院长答应尽量帮忙，不知今朝没去他府上，还肯如许诺的一样？不过现在书房间给儿子占了，先要把他弄出来。白可基去书房，妻子恶声恶气地吩咐，把电冰箱里的冻肉拿来。

扑面袭来一股冷气，引得他一串喷嚏，早晨憋到现在的喷嚏总算打了出来，体内的病菌喷发而出。他摸出一方手绢，捂住鼻孔，用劲擤了一把鼻涕。

冷贮室结一层老厚的冰霜，妻子迷上VCD后，忘记清除。他缩手缩脚翻到那块跟冷贮室冻在一道的五花肉，掰了好一会，还是没有分开。

妻子拔高嗓门，让他快一点。

儿子利索地跑过来，捋起袖子，“要帮忙吗？”

白可基打量儿子，似乎在判断他是否会把冰箱弄个底朝天。他脑子有病，不能忙里添乱。他摇摇头，儿子做事不会让人放心。最后，在妻子的大声干预下，他默许。儿子不费大气力，轻巧地掰开肉块，交给白可基，带着冰霜的手往裤子上擦擦。随后，回到原先的位置上，不再摆弄骷髅，静坐着呈现一副沉思的模样，似乎在追忆什么。犯病后，他的记忆衰退，大脑犹如蔚兰的汪洋没能浮现记忆的珊瑚礁。

手捧冻肉，五指发麻。白可基把它扔进水池，石块般的五花肉发出一声沉闷的响声，溅起水花。

“你不会轻点？”妻子扭过脸，怒目圆睁。

白可基甩动冻疼的手，低吼一声，“我怎么啦？”

“作死作活，不想过日子，走就是了，独占一张床睡起来痛快。”妻子当当地用炒勺敲击铁锅。猛然，油亮亮的炒勺直捅到白可基鼻尖下，油滴飞溅。

白可基不甘示弱，胸中积蓄的怨气，一并朝向妻子发出。“你才是！打扮得漂亮，忘记自己的年纪，犯贱。”

妻子双手捂着脸面，指缝间流出泪。“我是老了。不像碟片里的女人，你找年轻的去。”

白可基讨厌妻子反复唠叨这句话。如果早十年，不用她说会这么做。可十年前，他们是一对令人羡慕的夫妻。他下意识地摸一摸添霜的鬓角。

妻子一头撞在白可基肉鼓鼓凸起的将军肚上。他丝毫无防备，接连倒退几步，严严实实撞在美人残像的那片墙上，五脏六腑好像脱了位，心晃荡不止，直想呕吐。看不出，娇小的妻子竟会有此般力道。

“不许撒泼。”白可基揉着肚皮。神经兮兮，发展下去必是儿子第二。说不定儿子的病，正出自她的隐性遗传。

儿子提溜着骷髅，径直走到他俩中间，眼睛痴痴地望着骷髅。良久，仿佛对骷髅说：“闹什么，神经病。”

白医生哑然无语。精神病院都没这样闹腾，他深有感触。

炒勺跌落在地，发出惨叫。妻子双手捂住腰眼，脸上渗出一层密集的汗珠，痛苦地哼哼唧唧起来。

“快扶我上床，我的腰。我不习惯一人独占眠床。”

白可基的心软了，捞也捞不起来。他侧身用肩胛撑起妻子的身子，一手搂着她的腿，把她放到沙发上。

“我看看，伤着哪块？”

“腰。”时髦的装束，弄得一团皱。

凭着多年的行医经验，白可基下了定论腰肌劳损。他乐意妻子得这种不是病的病，终于得了。

“推拿一下。”他说得蛮自豪。他是这方面的专家。

……

里屋传来叽哩咕噜的外国闲话，儿子在偷看光碟。

他大惊失色。妻子一骨碌坐起，大步来到卧室门前，腰肌劳损的症状全消，疼痛好像发生在别人身上。

如昨夜一般，门拴得极牢。妻子提议砸门。白可基阻拦，惹恼儿子，毛病复发，砸烂 VCD、捣坏电视机，损失不小。他的冷静分析，妻子信服。

他端来骨牌凳，小心翼翼地站上去，透过气窗往里窥视。

“他怎样啦？”妻子急切地问。

儿子坐在 VCD 前的绿色地毯上，骷髅套在脚上，不时随腿抖动，眼睛一眨不眨地望着屏幕。终于，儿子发现白可基贴在气窗上变形的脸孔。他做了一个怪脸，慢吞吞关掉 VCD，电视机屏幕上漆黑一片。

“无聊！”儿子站在门洞里，一字一顿地说。

还没来得及爬下骨牌凳的白可基，心里的一块石头落地。

儿子捧着骷髅，大声说：“我饿。”

红烧肉没做熟，依旧在锅里，香味已冒出。桌上放着几碟昨晚吃剩的小菜，中间有一碗刚冲成的紫菜虾皮汤，尚有一丝生气，冒出热气。白可基食欲全无，筷子迟疑，不知伸向何处。嘴里嚼着干乎乎的饭粒。

儿子双手托脸腮，目光徘徊在白可基咀嚼的嘴上。他觉得儿子的这种神情，酷似孩提时贪饱零嘴，看大人吃饭的眼神。儿子也许在大脑里搜寻昔日的心迹。

妻子关切地说：“都凉了，吃呀！”白可基看了她一眼，示意别打扰儿子的追忆。

儿子垂下头，“医院里搬回来的物什呢？我想回去”。

（1990 年 9 月上旬 • 沪西）

清音

不知何时，他一大早来到街心花园，在票友中间乱窜，等马琴师相问，他嘶哑地自报家门，“梅必定，梅兰芳之后”。票友哄笑，“这嗓儿，愧姓梅”。梅必定哈哈着自言自语，“怎能这么说，祖上传下的梅字”。马琴师遮掩不住笑，“你来一段？”众人起哄，他难以拒绝，登上石桌，一个亮相，赢得众人喝彩。马琴师走琴，悠扬袅娜。梅必定清过嗓子，抬手连摆，“诸位，打国民三十七年起，在下已歇嗓，誓不再唱，包涵”。话音刚落，众人蜂拥而上，七手八脚地扳倒他，冷拳闲脚相加。好在他多肉，没伤筋骨，趁人不备站起身，拍去屁股上的土碴子，没事人一般乐呵，“想当年为家伯关门弟子，练就一副好嗓子。在天津卫，世人必称家伯第二”。马琴师撩拳砸在梅必定球似的大肚子上，“吹破了，还不如捅破”。说罢，领头挪地儿。

梅必定顾不得肚腩生疼，一把抓住马琴师的手腕，“全是实话，不掺假”。马琴师甩手，一脸厌恶，“今算遇上个死乞白赖的了！”“轰走。”众人笑闹，抬猪似地把他弄走。梅必定不甘心，大叫大嚷：“我每日给大伙儿扫场子，清垃圾，全别当我是你们一拨的，留下我。”“走你的吧，喊什么。梅家大侄儿。”马琴师戏谑。

打不跑、赶不走。梅必定天天来得早，把场子划溜得干干净净。众人知道这活儿出自梅必定，却没领他的情，日日与他打照面，没人道声安，马琴师一见梅必定赶紧埋头作调琴状，不搭理。反倒是他见人给笑脸，过后不吱声地蹲在一旁，听票友溜嗓子，摇头晃脑，一副陶醉的样子。

唱累了，众人想到梅必定，嚷着让他学猪叫，梅必定不在乎，连哼几声。众人大乐，称学得像。梅必定拍腹，“瞧，这大肚，与老猪不差上下，气足，必像”。说着话，他又猫到旮旯里，不吱一声。有几个好奇的凑近，探究他与梅博士的那层关系，梅必定呲着大牙，“我编哩”。

自梅必定与票友耗在一起之后，也不知怎的，票友日渐减少，隔三差五地就有人给马琴师告假，不是说腿脚不灵来不了，就是称家中有急事，含蓄地道出每月领的那些退休金快填不饱肚皮了。马琴师无言，弄琴长啸。他心里明白，大伙儿没说实话，给自己留着面子，唱戏唱不饱肚皮，贴不了家用。梅必定没在意，照例抱柄竹扫帚赶早，场子上的事做得妥帖。

这日，梅必定走进街心花园，马琴师冷不丁冲他发了话，“老梅——”梅必定回头，好生诧异，“唉，唤我？”

“歇息吧，今个只剩我俩。”梅必定不解，“他们……”

“走了！打你来的那天起，陆续走了。”

梅必定一失手，竹扫帚叭的倒在地上。“我不成器，不配与大家伙一拨！我挨个把他们请回来。”

马琴师无语，重拨琴弦，“不怪你。老万弄了一辆三轮拉货，老米去了码头当挑伕，那是他们的老本行，老李……唉，唤不回了！”

梅必定不敢望马琴师，眼线没处搁，只能停在竹扫帚上；马琴师也不找话题。一胖一瘦相对无语，任凭秋意掠去。好一会，梅必定轻言，“马先生，我唱一段”。

马琴师打量他，迟疑地操起琴。

清音倏起，袅娜穿过树梢，飘向远外，直让人泪涟涟襟难干。马琴师打住，琴声止，屏息聆听，没等梅必定唱罢，不由得脱口蹦出一个好字。

（原载《劳动报》1989年11月8日）

饥渴者

1. 很多个这辰光，母亲总是坐到我床边，一声不响地望着我。我感觉到了，这不是梦。但我害怕睁开眼睛，启唇说话，极洋派地道声早安？那样过于洒脱。我没动弹，依旧保持先前的睡姿。可心里老想着使劲翻动身子，故意弄得床板吱嘎响。这时，母亲轻轻叹息，直起身子，把我的胳膊放进被窝。她一定以为我会像过去一样睏得深沉，甚至距上班只有二十分钟还赖在床上起不来。

母亲退出屋子。随即，厨房那儿传来响动。母亲拉开煤饼炉，焐上一锅子泡饭，便出门去了小菜场。她向来不上自由市场买什么，而要在小菜场购得一份稍微像样的菜蔬，是要赶大早的。母亲不晓得，现在小菜场的价格并不比自由市场便宜。我摸过枕边的手表，瞅一眼，才五点十分。我掀开被子，下了床，穿好衣裳后，不清爽自己要做啥，懵懵懂懂。

扒拉下一大口泡饭，嚼一截酱黄瓜，这是母亲自腌的。夏天母亲一直忙活着拾掇这些廉价的老黄瓜，用细绳一根根串起来，挂在弄堂里晾晒。弄堂里的人直骂娘，说酱汁滴在了衣裳上。母亲听见后，便颠颠地跑出屋子，给人赔不是，让人脱掉衣裳，帮着汏洗。我劝过她，母亲呆愣地坐在骨牌凳上，一言不发。她的沉默，往往令人难堪，也给人留下想象的空白。

母亲回来了，“晚上和阿萍一道回来吃饭，今朝小菜场有扁鱼卖，鲜活”。阿萍是我未婚妻。母亲知道她喜欢吃河鲜之类的东西。

母亲拎起鱼背鳍，想让我瞅瞅鱼甩尾巴的鲜活劲，扁鱼没动，死气沉沉地翻着白眼乌珠。母亲懊丧。我笑了笑，“留着黄叔吃吧，不是说他晚上来吗？”

“唉，老黄他不来这块。他在收拾房子，不久，我要搬过去。你们也好收拾新房间。”

黄叔是母亲退休前单位里的采购，胖乎乎，圆溜溜，一年四季穿着一件浅灰色的中山装，领子卡着脖子照样一丝不苟地扣着领褡扣，人也随和，整天眯缝眼睛，笑眯眯。听母亲说，前年他老伴病故，日子过得可怜，经人撮合，母亲跟他来往，觉得能相处。母亲嘴上虽这么说，可心里到底怎么想的大概只有作为儿子的我，才能揣摸几分。譬如，母亲有段时间总朝曾挂过父亲遗像的那面墙愣神半天，有时脸上淌着泪。

“嗳，昨天跟阿萍看的彩电怎样？可不能放弃购买券，黑市上光这票子就要不少铜钿。”黑市上彩电票啥价钿，我自然比母亲清楚。黄叔帮着弄这票子实属不易，他苦着脸告诉我贡献了两瓶多年没舍得喝的古井外，还搭上了一条万宝路。可当我和阿萍站在家电柜前，双手插在空荡荡的裤兜里，摸到的只是那张券。谁能想到就是这双手，触摸过无数的纸币，这些纸币叠起来足以淹没自己。可它不属于我，我依然一无所有。阿萍激动异常，刚做出夜班的苍白脸上泛起红晕，比划着评论货架上的 SHARP。

母亲看出了我的心思，低垂着头。她的沉默让人想得老多老远。良久，她低声说：“我去他那块，鱼也带去。”

我急急地搬出自行车，推出窄小的弄堂。不知谁家的收音机，音量极大，播送着新闻：“据《×× 晚报》报道，本市破获一起建国以来特大恶性盗窃案。案犯系造币厂职工 ×××，利用工作之便，偷盗人民币三万余元。目前，案犯已逮捕归案，本着从快从严的……”

我一激灵，浑身的汗毛竖起来，背脊梁冷嗖嗖。捉拿归案的不是别人，倒像是自己。仿佛面前停着辆警车，下来几名雄赳赳、气昂昂的警察，手里提溜着一副铮亮晃眼的808（手铐）。是否人人都有犯罪的念头，我说不准，可我面对着工作台上整捆整捆的纸币动摇过，岂止动摇！我不敢继续往下忖思。

2. 到达银行，距上班尚早。只有女值班长在忙活。她干活时的认真劲酷似母亲。其实，她身上有许多地方都和母亲相像，无论是相貌还是神情。但我总觉得母亲比她同年龄的女性漂亮，这倒不是指外貌什么的，而是一种气质。母亲毕竟是浏河一带有名的大户人家出身，而这种天生的气质，不可能被她长时间的沉默和短促的叹息所吞噬。这气质母亲毫无保留地倾注到我的血液中。这一点我过去的恋人——在我右侧柜台前卖贴花的姑娘，凭着直觉感觉到了，曾对我如此说。

“加过油了？”女值班长严厉的声音在空旷的营业大厅里回响。她伸出手，抹一下点钞机的横档，留有浅黄锈色的手指快要戳到我的鼻尖。我瞅着工作台上的点钞机，没有回答。觉得自己脑壳里灌满浆糊，一片迷茫。母亲说过吃鱼补脑，此刻觉得，那些鱼给白吃了。

视线依然没改变。每隔两三天都给机器加油擦拭，这劳作没能敌抵梅雨时节营业大厅的潮湿。何况，近来疏懒，似乎是有意让所有流过它的纸币都烙上斑斑锈迹。老祖宗发明这轻如薄云的纸片儿，居然压得我喘不过气来。阿萍一再声言量力而行。母亲总想着像模像样地办完我的婚事。这念头和她的气质相关联，父亲谢世后越发强烈起来，那时我才十一岁。

女值班长递过一把小刷子，“做上记号”。她是老银行，大半辈子和钱钞打交道，经手的钞票千亿万亿计，可仍旧珍惜一张纸、一把小刷子或别的什么。这点我理解。可同事忍受不了，贴花姑娘率先给她安了个“管家嬷嬷”的绰号并敢于直呼，使得营业大厅里这么多年轻人望尘莫及，自叹不如。说实在的，我总觉得这绰号给人不祥，让人联想起黑色和残酷，以及几分神秘。

我找到自己的印章，盖在小刷子乳白的柄儿上。

第一遍上班铃响了，响得有点凄凉。倒是同事纷纷走向各自工作台，弄出的响声给死寂的营业大厅增添了几分活力。遽然，嘈杂中蹦达出贴花姑娘的尖叫。她趔趄一下，险些跌倒。

她手舞足蹈试图控制平衡，模样可笑。梅雨时节，营业大厅潮湿，黑色的大理石地板上，汗腺似的冒水珠，稍有不留神，便给人难堪。谁能想象这豪华的营业大厅以及整幢哥特式的银行大楼，是许多年前由一个挑担叫卖柴爿馄饨的宁波佬集资兴建的呢？

“Good morning”贴花姑娘露出一口珐琅质坏掉的灰细牙，格格笑着向大伙儿打招呼，随即便向同事分赠她新一天的礼物——一个法兰西式娇媚的飞吻。她旋转手里的小金丝包，借助离心力，准确无误地扔进储物箱，赢得一片喝彩。我始终笑不出来。

女值班长憎恶地剜了她一眼，自言自语地嘟哝，又在点钞机的横档上试了一下。我赶紧埋下头。女值班长的眼睛一直盯住我的后脑勺，良久，默默地径直朝大门走去。

沉重的铁门徐徐开启，发出吱吱嘎嘎的声响，与我脑海里监狱之门发出的声音一样。我浑身颤栗。潮水般涌进一批客户，高高的柚木柜台上黑压压的人头攒动。我抬手按动电钮，点钞机单调地空运起来，锈斑随着横档不住摆动。贴花姑娘掼出小银盒，心不在焉地卖贴花，嘴里说着什么，大约和早上听到的新闻有关。她中止了絮叨，敏捷地蹦到我面前，一把抓过小刷子，冷不丁问了一句：“你要结婚了？”

我不明白她从哪儿听到的消息，八成是同事王自强嚼的舌根，他的嘴是个小喇叭，藏不住话。贴花姑娘坐回软皮椅，带走了那柄小刷子，若无其事地继续先前的话碴：“她会被判死刑。”边说边莫名其妙地斜了我一眼。我的心不禁格顿一下。如果，我在那个多雨的秋天接收了她的礼物——一头造型下贱的瓷狗，恐怕一小时前我刚从那梦似的床上睡眼朦胧地醒转，对着晨光痛快地舒展身肢。可那会，拒绝得干脆，头也不回地消失在潇潇秋雨里。我不愿以瓷狗为图腾。

女值班长推着小平板车，车上凸字形堆放着沉甸甸的帆布袋。她推得蛮吃力，脸上渗出细密的汗珠，不时用洗得发白的护袖擦拭。近来，她越发古怪，不知从哪块找来一副护袖戴着，还拎起一只扔在马路上都无人问津的人造革拎包上下班。王自强带着几分诡秘，告诉我说，她儿子要结婚了，她愁着哪。他做了一个点钞票的手势。王自强的消息可信，他早把女值班长花得团团转，赢得了她的信任。

难怪我瞅见女值班长单独一人时，嘴里不住念叨“节省”，节省钞票给儿子办婚事。儿子的婚事，快把她逼出精神病了。

“点一下。”她冲我发出工作指令，口气冷得出奇。

那块，王自强伸长脖子，认真地跟贴花姑娘讨论起来，“不会判死刑吧？”王自强羡慕她。

死刑？意味着生命的终结。不，也许不会。三万多块，只抵上个中级贪污犯。早上上班时，慌里慌张没听完广播，听听电台怎么说的就好了。我走了神，女值班长不停地敲击桌沿，让我集中心思做生活。我拆开帆布袋的缝头，耳朵竖起着听他们的讨论，可惜还没进入高潮，讨论声便停息了。女值班长抱着双臂，站在贴花姑娘身后，瞪大眼忿忿地望着她狂轰乱炸的爆炸头。

我慢慢地把帆布袋里的纸币堆放在工作台上，不知不觉，纸币已垒得老高，淹没了自己。远瞅一定露出蓬乱的脑袋，在钱堆上摇晃。

“为区区三万块钱冒死，不值得。”贴花姑娘嚷道。我撕去扎钞票的牛皮纸带，把纸币放进点钞机，工农兵列队接受我的检阅，连毛周刘朱都没例外。而当货架上的SHARP检阅我时，垂头丧气，自愧无能。相貌酷似贴花姑娘的女营业员，猩红嘴唇抿着刻意露出一丝讥嘲，直等到我挽起阿萍急急离开时，她一声怜悯，我的心几乎在滴血。

“你继承了二十万，自然无所谓。”这是王自强的声音。贴花姑娘毫不掩饰心中的得意和自豪笑了。不错，她从那沿街叫卖柴爿馄饨的宁波佬——祖父的名份下轻松地获得二十万。二十万的拥有者该是何种心理？至少，不会为一台SHARP犯愁。如果当初接受了瓷狗，今天不会有这等窘境。王自强痛心疾首，握拳砸桌：戆！不，要是那样的话，会变成贴花姑娘腰带上的点缀。从母亲身上传承而来的气质使我强烈意识到人的尊严……而细想起来，这气质和母亲的沉默以及叹息一样显得过于苍白。人的一切根植于物质基础，恰似树与土壤，离开后者的树会流泪，玉树临风成了神话。后悔了吗？我自问。阿萍双手无力地松垂在两侧，肩胛一耸一耸的，眼泪默默地顺着消瘦的脸颊流淌下来。

不知啥时，女值班长站在我面前，“这些都点了吗？”我点一下发胀的脑袋。

贴花姑娘窜到我面前，“还你！”她把小刷子扔到我面前，崭新的刷子被弄得龌里龌龊，鬃毛倒竖。

“她穷酸。”她冒出一句。

我没回答。除了富有穷酸之外，划分人还应该有其他标准，这恐怕唯心了一些。我垂下眼睑，端详肮脏的小刷子，无可奈何地摇一下头。她一定对小刷子发泄了一通。打那个多雨之秋过后，我放在工作台上的物品经常都会遭此厄运。

“撒谎，她是！”我觉得自己窝囊，喉咙管被什么东西堵住了，只能像母亲一样沉默。贴花姑娘一双大眼噙满泪水，一扭头回到座位上，趴在小银盒上呜咽。一股温暖的液汁流遍全身，心的冰封蓦然被四月的阳光融化……

阿萍也在哭泣，她奔出屋子，消失在我的瞳仁里。我追寻。人海茫茫。她一定回到织布机前，专心致志地劳作，以此排泄心中的痛苦。她曾说，那片喧嚣的世界才是自己的一片净土。她在厂里拼命干活，以为这样便能帮我摆脱困境。

贴花姑娘朝我掷来粉色的纸折飞机，准确地落在我怀里。我拆开捋平，一张到期的存款单，够买一台平价大彩电。背面大大咧咧地写着祝新婚快乐。

我快要垮塌了。穷酸，是的！拮据的生活，拼命攒钱，每次午餐只舀免费的白菜汤，外加三两白米饭。结婚，一切都是为了那幸福的时刻。

攥着存单的手在颤抖，眼前仿佛出现了一幅优美且渗透着腻腥的画面：瓷狗活了，正温顺地舔着贴花姑娘的脚趾，她扔下一块嚼剩的黄油面包。狗儿摇头摆尾地吞咽，在她洁白的裙裾边翩然起舞。不，那不是我！我想撕碎存单，就像曾幻想撕碎所有的纸币一样，撒向天空，碎纸儿雪花般纷纷飘坠……

我克制自己，慢慢地走到贴花姑娘身后。存单轻轻地飘落到她面前。"谢谢。"我嗫嚅着，说了一句，意识到自己这会儿的神情举止酷似母亲。

贴花姑娘一声惊叫，愤怒地挥动肉鼓鼓的拳头："精神病！"王自强一把抓过存单，从头到尾仔细地看了足有三分钟。然后，优雅地吻了一下，冲我喊道："戆！"

过了好一会，他站起身扭动腰肢，时不时捶打腰眼，悄悄踱步到我面前。"据某报记者调查获悉，结婚费用大涨，最高超过一万五，最低也要七八千。戆，你筹了多少？"自从那次他砸桌子后，就开始称呼我为"戆"。

我打量他一眼。

“送上门的肥肉不吃，我为你可惜。”

戆？坦率地说，脑际也闪过这样的念头。如果，当初，不……我不敢往下想。即使自己选择错了，一切只能让它错下去。柔弱的阿萍一片痴情，时刻准备牺牲自己，我怎忍心去伤害她？两性之爱，没有恩赐和乞讨，有的只能是平等的交换，心与灵、牺牲与舍身。当她甘愿在纺机噪声中牺牲自己时，我在想什么？一个男人，假如我还算！

纸币飞速流过点钞机，数字显示器上的红光一闪一闪，酷似怪兽的眼睛，充满贪婪的血丝。此刻，我觉得自己的眼睛一定布满通红的血丝。

我的肘子无意间碰落下两张崭新的大面额纸币，愣瞅着飘向墙角的废纸堆。我离开椅子，朝那儿走去，慌张地环顾四周，然后用脚尖轻轻地拨弄废纸。不要遮掩得过于严实，如果有人追问就说是飘落所致。可是，我眼睁睁看着它飘下，居心叵测地拨弄它们，我的心能不突突乱跳？

我装出一副若无其事的样子，捋捋蓬乱的头发，无意间乜到女值班长嵌刻在皱纹里的眼睛，正警惕地注视我的一举一动。我一屁股跌坐到椅子里，浑身的骨架散了似的瘫坐着，觉得自己憋不住了，直想撒尿。我知道自己慌得不成人样，仓皇失措地跑去厕所。虽然，我一直告诫自己平静点，就像什么也没发生过一样。然而，总觉得早晨上班时幻觉中出现的几个拎着手铐的警察在追赶。

贴花姑娘一把抓住我的肩胛，“她是纺织女，配不上。我为你难过”。

我根本没听明白她说什么，一头扎进厕所间。我的牙床哆嗦得厉害，没法控制。

王自强提着裤子，钻出坑位，劈头问道，“怎么啦？掉魂了？”

“人发冷！”我跌进了冰窖。

“发戆！”说罢，他径直离去。门大敞着，我顾不上许多，便用了他用过的坑位，反手“哗啦啦”拴上插销。牙齿依然打颤，我不知它们是啥时开始这般，恐怕是先前被贴花姑娘一把抓住肩胛时。那会儿，我就有一种末日降临的恐惧。我蹲下身子，双手捂着脸面，好大一会工夫，我的牙床恢复平静。我站起身，埋头水龙头下，冲洗乱发蓬松的脑袋。

门外，响起贴花姑娘异常激动的声音，“大家快来看看，她在厕所里藏什么啦！”贴花姑娘一手拉住裙腰，一手拖住女值班长，往女厕外跑。

“你胡说。”女值班长试图挣脱贴花姑娘的手，大声争辩。

“抵赖，赃物还在这里！”营业大厅里的同事纷纷放下手头的活计，团团围拢过来，争相看个明白。

贴花姑娘晃动手里的两张大面额的纸币，向人们诉说。我预感到这青蓝色纸币就是飘向废纸堆的两张。我接过纸币，上面分明留有浅浅的锈色。是我引诱了女值班长，一位酷似我母亲的女人走向堕落。人们难以理解女值班长会干出这种事情，有人表示区区两张百元大钞不能让人摆脱困境，何必如此。不过，对于一个被金钱所困扰的人来说，我理解……

女值班长瘫坐在角落里的钱袋上，双手捂脸抽泣。良久，她突然冲向没散开的人群。“不，不，求求你们，我不会……”她痛哭。

我也流泪了。不知是什么时候，王自强已经领来保卫科的人马，“嘿，我早瞧出她心术不正。”他高声说。

3. 晚霞璀璨，染红银行门前白色的大理石台阶。我的眼睛流出了泪，说不上是被耀眼的夕阳刺激所致，还是心情的关系。悠悠地走下台阶，庆幸自己，仅仅一念之差，命运就会发生某种刻骨铭心的变化。

我身后的银行大门，严严实实地关上了。我不再颤栗，虽然那声响和牢房的铁门发出的声音相像。

贴花姑娘不知什么时候出现在我面前，试图捕捉我的视线，好一会，真诚地说：“朋友，我愿意帮助你，压抑得太久会使人犯罪。我不想你走到这一地步。”毕竟她曾是我的恋人。

她飞快地下了台阶。我期待她能停下，向她说些什么，当然不是为了接受她慷慨的赠予。她已经站在了人行道沿上，冲我挥动两条丰腴的手臂，“祝你们幸福”。她用力气喊着，转身钻进了一辆宝蓝色的的士里。她上下班时常坐的士，不爱惜铜钿这种东西……

阿萍朝我迎来，一身碎花的人造棉连衣裙，款式陈旧，有点不合时宜，消瘦的身影，和巨大略显笨拙的台阶形成鲜明的对比，给人一种怜爱的感觉。她做出夜班后又参加了厂里召开的什么表彰大会，脸色苍白，眼圈黑得厉害。

“走，去百货公司。”她兴奋。

我迟疑，想告诉她今天的感受，以及女值班长的故事，还有我曾经的恋人。话到嘴边，又咽了回去。我看了看腕上的手表，“大概打烊啦”。

“今晚有夜市。拿好，这是钱。”阿萍苍白的脸上泛起红晕。继而，她叮嘱，“付钱时气魄点，别垂头丧气”。昨天在家电柜台前的一幕，显然她是目睹了。真能沉住气。

“哪来这么多？”我问。阿萍笑了，学着电影中人物的口吻说：“去偷去抢！”

阿萍不是那种人，她质朴、纯洁，像一片田野中的白雪。

“小姊妹凑的份子钱。”

我责怪了一句，“为什么不告诉我？”

“可还少了一些。今天表彰会上，评上局、公司两级先进，加上工钿统统在一起，刚巧凑足。再说我想给你一个惊喜。”阿萍调皮地朝我挤挤眼，我还是第一次看到她这般快活。

“购买券在家里，明天去吧。”阿萍扫兴，还是温顺地接受了。

4. 母亲端坐在骨牌凳上，膝盖上搁着一双青筋隆结的手，眼睛直勾勾盯视着那盏幽蓝的蜡烛灯。蜡烛灯从房梁上垂直吊下，滞留在靠近桌面的地方。晚上母亲独处时，伴随的常是这盏不明不暗的灯。她不愿开二十四支光的日光灯。我告诉过她，日光灯并不耗电。她回答说："蜡烛灯蛮好，显得幽静。"

灯光下，母亲略有苍老。她似乎没察觉我的到来，依然独个儿忖思什么。以往每次回家母亲听到我的脚步声，便忙不迭地招呼我吃饭。

这时，桌子上的饭菜和往日一样已摆好，但母亲没有站起身。我分明看到早上的那条扁鱼酱汁淋漓地放在饭桌中央。

"妈，你怎么没给黄叔送去？"

母亲低垂下头，一言不发。她的沉默对于我来言，已经习以为常，我没在意。

我自顾自洗起脸来。这是从小养成的习惯，母亲重视出门归来时的汏洗首手，她说她在浏河老家一直是这样做的。

我边擦洗着，边说："妈，黄叔有什么重活，讲一声呵，我去帮忙。"没听到母亲的回答。过了好一会儿，听见她的抽泣声，我赶紧走到她身边。

"妈，你怎么啦？为了买彩电的事？"我晓得母亲为凑不齐钱而苦恼，继续说："阿萍凑齐了款子，明天就去买回来。"

母亲"哇"地一声哭了，我长了这么大，头一趟看到母亲放声大哭。她从来不愿让邻居晓得家里发生什么不愉快的事，示意我关上房门。

"妈，别哭了。"母亲似乎意识到自己的失态，推开我拥着她双肩的手臂，站起身子，整理零乱的头发，从容地走向那面曾悬挂过父亲遗像的墙壁，面壁止步。许久，她轻声地说："把彩电票子还他！他一直以为我是贪图他什么，如果是，那也只是刚相识的时候。"

"妈妈——"我觉得母亲原本应该是这样的。

（原载《国风丛书》 学林出版社 1989 年 11 月版）

文山传人

深夜，季爹冷不丁的来访，一下子勾起我记忆中已经淡薄许多的关于他的故事。季爹是爹爹的小阿弟，年轻时学过昆曲。爹爹在世时告诉我，季爹曾获过华东地区戏曲调演新人奖，深得某老先生的赏识，差点儿被招为关门弟子。可惜有个清早，他上公园吊嗓子，吊到一半卡住了，像半死不活的鱼翕动嘴巴出不来声，连说话都不行。个把月缓过神来，乍一开口，让人听的老觉得有柄小刀刮削心肺似的难受。唱戏告吹，改行搞舞美，画画弄弄。自此，季爹厄运四起。细念起来，他的倒霉跟我有着某种关联。记得那年，季爹自豪地宣布正着手绘制巨幅《千里江山红彤彤》。顿时，对他的敬意骤增，执意跟去，瞅他如何画。我俩爬上足有两层楼高的脚手架，季爹为江山打轮廓，画了半天还是黑乎乎的一片。败兴及顶。我忖思溜下去，到不远处一个挺大的养鱼池边玩耍。池已颓败凄凉，找得一根小竹杆，时而搅动水中几条可怜兮兮的小鱼，时而撩拨发枯的水草。后来，玩上了兴，试图踩着露出水面的玲珑石尖，爬上一顶撑着石伞的小桥，一失脚，跌进水池，大呼季爹。季爹嘶嘶哑哑地喊着，不顾不会水，跳进水池。

等他抓牢我的胳膊，水也灌了他半饱。他一把抱住我，这当儿才发现水仅齐腰眼。

撂下黑色的江山，季爹带我回家。路上，我为他的勇敢所折服。季爹笑着回答：你是闻家独苗，我不能断了自家香火。那年，正值季爹生了熊猫堂妹。

没几天，季爹丧失了绘制巨画的资格，黑色一片亵渎万里江山。很快，他沦为剧团的搬运工。他懒得去单位，装病猫在家里，一门心思向我传授画技。我为日后能画大好河山所鼓舞，学得蛮卖气力。可季爹尽教我画些小桥流水、孤村荒店、野花闲草之类。

我泄气，撒了手。好在那会儿恢复高考，我瞄上复旦、清华，季爹忙于绘制布景，无暇顾及。直到我自觉一切准备就绪，临去考场前，季爹大汗淋漓地赶来，为的只是关照我一句：闻家后人，可不能辱了祖先的颜面。那会儿，季爹真忙，不过据他自己说忙得够意思。

总算没辜负他的期望，进了一所三流大学。但毕业分配不尽人意。原先实习的机关被人顶替，只能跑到一家小报当记者，三日两头躲在家里写小说打发日子。季爹捧读我变成铅字的小说，拍着我的肩胛，“我们闻家文曲星辈出，上有文履善，下有闻一多”。说罢，比哭还难听地笑了。

世间的笑总是短促的。不久，我准备结婚，跑去请季爹喝喜酒，他把我骂了个狗血喷头，刚发表几篇小说，忙不迭地闹结婚，写到顶啦？才二十六岁，没出息。我不明白结婚和写作之间有什么关联。

灰着鼻子回家，轻描淡写地告诉爹爹，季爹拒绝出席婚宴。他脸红脖子粗，一拳砸在沙发扶手上，断定季爹不愿参加，是不肯出份子钱，故意不给他留面子。这天子夜，爹爹一口气没缓过来，心脏病发作，脚乱蹬几记，口中大呼季爹的名字，怀着对他的憎恨，走进阴曹地府，跪倒在阎王的脚下，一定告了他的状。

爹爹推测的原因，也有他的道理。季爹在我叔辈中小气出了名。他家有架气派的书橱，装有不少古籍善本，让人垂涎。然而，玻璃门紧锁，叮叮当当作响的钥匙拴在他的腰间，可望不可得。如果谁开口借，他的神情恶劣透顶。一次，我向爹爹诉说借书时的不幸遭遇，模仿季爹的表情。爹爹怒火顿烧，“叭”地把他一向钟爱的青花瓷杯摔在水门汀上，气哼哼地说，那口书橱里的宝贝又不是他独个儿的，祖传明初洪武年间刻制的《文山先生全集》便是一例。此后，爹爹向阿弟交涉，季爹以妥善保存为由，把爹爹顶回去。为此，他一直耿耿于怀。

打从爹爹谢世后，我几乎和季爹断绝来往。小堂妹偶尔来趟把，告诉我她家里的一些情况。说季爹常泡在家里，不去剧团，说没啥人肯花钞票看戏，自然也不用画布景了。小堂妹还告诉我她妈老跟他吵相骂，吵得蛮结棍，分锅过日子。最后一趟小堂妹上我家，约摸也是三四年前的事体。那回印象挺深，小堂妹浅蓝色碎花的罩衫上尽是墨汁，两手也是。她呜咽着告诉我，季爹硬紧不让她学画画，边说边拿小黑手抹泪，弄得眼眶四周都是墨汁。我拿过一面小圆镜，“瞧瞧，都成什么样子了？真成了熊猫”。小堂妹破涕而笑，忙到自来水龙头上擦洗。第二天下班，我蛮想去季爹那块劝说一番，熊猫堂妹的嗓子又不适合唱流行歌曲，兴趣也不在上面，学画画挺不错。可一转念想到爹爹的死，便倒车回家。何况，季爹不会不明白这个道理。此后，熊猫堂妹踪影全无，说不准是季爹阻止她上我这块，或者还有别的原因。对于他一家的事知之甚少。现在，他突然光临，总觉得多少有点蹊跷。

坐定后，季爹变戏法般从身后拉过个布口袋，递上两条纸烟，说“我知道你好这玩意，抽着玩”。

我拿手的是当一支纸烟抽到四分之一时，娴熟地续上另一支，连续不断，直到捏扁烟壳，扔进字纸篓。带嘴的纸烟，无法施展绝技。“季爹跟小辈客气啥？你晓得我从来不抽有海绵头的香烟。” 当初，连“老枪”的季爹也咧着嘴，嘶嘶哑哑叹服我的绝技。

我向季爹递去一支烟。“免免免。早戒了，早戒了。”

纸烟掉在水门汀上，我俯身拾起，叼在嘴上，单手熟练地衔接上烟头。

“季爹一支老枪，现在也保起身价来了。”我美滋滋地吸了一口手中的纸烟。季爹咧嘴笑了，笑声酷似老鸹叫。

“哪能呢，剧团揭不开锅，大部分人打七五折回家耗着。有办法的改行唱不伦不类的流行歌曲，剩下我这种人，又不肯画广告什么的。说实在的，想画没门道。”

这倒是大实话，季爹这个人容易得罪人，没什么朋友。即使有，也聚不长远。他多少有点古怪的举止，不能在解释声中变得完美。

“还是你好，在家坐着写写弄弄。”季爹有点羡慕。

“‘坐家’嘞。”我为自己坐在书桌旁施展绝技时想到的坐家而得意，不无调侃地回答。

“对，作家。我们闻家骚客文人辈出。”季爹不善解人意，莫名其妙地为我高兴，我的一声“坐家嘞”，在他耳里变得是我自豪的表露。而我觉得惭愧，如果真是文家或闻家传人的话，我愧对祖先。结婚后，不知是我的创作激情全无，还是文字过于陈旧不合时宜，反正验证季爹昔日的预言，江郎才尽。

过一会儿，季爹沉默不语，脸色凄惨，声音中拖着哭腔。黄蜡蜡的眼睛泛起血丝，他低下头说：“闻家后人，数我顶窝囊。”

我不愿看到长辈当着面垂泣，赶紧劝慰：“要不是嗓子出毛病，你早出名了。”

“一生一世别想。我们的戏演一场才二三十个观众，能走红？”

季爹停顿片刻，硬枪枪地说，“我把《文山先生全集》卖脱了”。说罢，他狠狠地在沙发上砸了一拳，就像爹爹听说他拒绝喝喜酒时，表现一模一样，毕竟他们是亲兄弟。

“爹爹在世时说过这套书。”烟蒂烧到手指，怎忘记在四分之一处续上？爹爹说起这本书后，我一直怀着敬慕之心惦记着读上这部家传古籍。那会儿，我是一个十五六岁的大孩子，背诵过“留取丹心照汗青”，但对文老先生的全部诗文肯定知之甚少。

“我一直视它为珍宝。”季爹哭丧着脸说。

季爹珍惜这本古版书无容置疑，他曾说过我们这支闻姓，祖上姓文，改为闻姓和文履善生涯有关。我没考证过。爹爹原先保存过蜡蜡黄的家谱，在大兴江山红彤彤的日子里烧掉了。说实在的，那时我不会迷恋一本破破烂烂的老黄历。直到今日，也根本无心弄清爽文履善或闻一多和我有啥关系。

突然，季爹眼睛一亮，信心百倍地说：“倩倩能唱出名，不能说我对不起老祖宗。”倩倩就是我的熊猫堂妹。

季爹从布袋里掏出一盒磁带：“你这块有录音机吗？我自家帮她录了一盘。”

带播放功能的录音机？我结婚时，算得上奢侈品，没舍得买。婚后妻子老是嘀咕，让我别再买书，对付着买一台。我迟疑不决，直到掏尽积蓄订购了一套二十四史，便就此死心。我说这玩意会跌价，日后讨得到便宜货。哄过妻子后，任她数落，只当作耳旁风，吹就吹过了。

季爹为我没有录音机叹惜。“小姑娘唱得灵光。”边说边把磁带塞进布袋里，小心翼翼地又摸了摸，生怕漏掉。

“当初，她不是想学画画吗？”我明知故问。

“小姑娘不懂事体。唱歌好，现成的词曲，唱唱就行了呗。”

“歌手要有自己的感受。”我说。

“小姑娘唱得嗲点就是啦。”

打从我自感有艺术细胞起，断定至亲中季爹懂艺术。现在他公然讲出这种话，心里不是滋味。“倩倩也有十六了吧？好几年没见。”我顺嘴问了一句。

季爹猴急起来，矢口否定，“没有没有。十五岁。十六岁生日还没过。户口簿写错了”。他从兜里摸出一张折叠得方方正正的纸片：闻倩，女，系我院接生。出生日期为 ×××× 年六月二十九日，非为该年七月二十九日。特此证明。骑年并日处盖有某某区妇女保健院的红印戳。

我笑着问：“改出生年月做啥？”季爹重叹一口气：“这是一桩顶要紧的事体。关系到小姑娘的前途。”我不由吃一惊。

“电视台举办全国‘萌芽杯’演唱大奖赛，规定 ×××× 年七月一日以前出生的小人可参加。这样小姑娘就轧进去了。听说这次大奖赛是为选苗子，弄得好可进有名的艺术团体，比如东方歌舞团。搞到这张证明不容易。预选时，小姑娘是赛区第二名，等两天要去北京。决赛查得极严，户口簿一定要改好。”

到底是文家后代，学啥像啥——有出息。季爹一直讲究家史。可不知为啥家谱保存在爹爹手里，而《文山先生全集》被他换了钱。

季爹面有难色，吞吞吐吐地说：“贤侄，问题是派出所没熟人，不知他们肯帮这个忙吧？”

“有院方的证明这事不难。”

“你真是书笃头，没熟人，他们会卡住的。”

我坚持认为：“只要院方证明属实。”

我分明看见季爹端着茶杯的手在哆嗦，嘴里不住地说：“属实的，当然属实……”

应该说季爹除了门坎精外，为人还算正派，不会搞啥花样镜。但这片刻，改变了我的印象。连作假都作不像，还演过戏得过奖嘞？

“你，大学实习的辰光，在我们那块机关工作过。”

我恍然大悟，季爹深夜此行是为此。我沉吟少顷，一个绝交长远的长辈，不顾面子低三下四地跑来央求，心绝非铁打铜铸。何况，如今忖思起来，季爹的那通肝火发得蛮有道理。

“我有个同学，后来分配在区政府当秘书，问问他。”

“就是那个顶替你名额，去政府工作的人？”季爹问。

“对的，我们还是朋友。”

“好好，这下子我放心了。总归是自家人好说话。弄出生证明时，耗脱了不少铜钿，托了不少人。”季爹一高兴，说漏了嘴。

“你什么时候要？”我问。“后天傍晚，带小姑娘上北京。后天中午我来取。”

我想了想，“我上火车站送你们，顺便就捎上了”。我挺想见见小堂妹的，一定出落成一个漂亮的大姑娘。别的不敢说，相貌总和遗传有关，可以自豪地说闻家的女孩都蛮出众，气质极佳，没出过窝窝囊囊的。这大概是名门之后的缘故。我耳畔又响起小堂妹那声充满天真和娇嗔的“像熊猫”的表白。

……

走进车站广场，径直来到与季爹约定好的地方。站住脚，朝可能出现季爹他们的那块张望。过了一支烟的功夫，背后窜出个姑娘，抱住了我。“哎唷，大哥哥。”随即便是个清脆的响吻。

“小倩？”我有些怀疑。

“大哥哥，怎认不出我了，东张西望， 瞧见我也不睬人。”

“真没想到是你。”

“没想到，没想到，可我一直惦记着大哥哥。”

堂妹做出一副生气的样子，撅着嘴说，“爹爹说你不会有出息，不准我上你这块。”堂妹咯咯地笑着，“大哥哥面孔上有口红印了”。我使劲地擦去。“是怕大嫂嫂骂山门吧。”

假使冷不丁地被妻子撞见刚才的一幕，说不定还真会拉我上法院离婚。

这般摩登的女郎亲吻自己丈夫，没有几个妻子会不动怒的。

“不是小姑娘了。”我难以想象面前的她竟是十六岁的姑娘，我的熊猫堂妹。“我在音乐茶座已唱了一年半歌”，她对着粉盒里的小圆镜抹口红，又舔舔了猩红色的双唇。“在那种场子里唱歌，不变才怪呢。”

“你嗓子沙哑。”我听出她说话的声音有点似季爹。

“现在流行沙喉咙，西北风、黄土地。”

少儿演唱大赛，她这失却天真的歌喉能获奖？然而，我又没有资格当评委，无需杞人忧天，不是也有少女歌手以一曲《死去活来》的情歌，唱红千里江山吗？堂妹照样是地区选拔赛上的银牌得主，我实在没兴趣琢磨这些，便岔开问：“季爹呢？”

“爹爹去买冰砖了，说哥哥大热天赶来不容易，肯定一身臭汗。”

这功夫，小倩便又讲开了她的演唱生涯，在地方上获过什么奖，音乐茶座唱几首歌就是多少钱，赶两个场子赚得更多如此等等。既然季爹有这棵摇钱树，何必把《文山先生全集》卖脱呢？疑云顿起。

“钢琴，买了钢琴。”堂妹兴奋。“当初你不是挺热心学画画的吗？”堂妹没回答，过了好一会才说：“唱歌挺不错的，带来许多许多。真的。”

我信。此时我看到她眼睛里泪水盈盈。这时，季爹跑来，老远便喊。我听不清爽他在喊什么。

“户口簿改好了吗？”他没顾上满手沾有冰砖乳白色的溶解液，赶紧接过户口簿，迅速翻动。

“快点谢谢大哥哥。”

“我礼物都准备好了，上火车前给你。”堂妹一个飞眼，令人心惊肉跳。

我挺不习惯在大庭广众面前吃东西，尤其是冰砖，一吃满嘴的流汁。勉强为之，边吃边擦嘴巴。“大哥哥真秀气。”堂妹手中的冰砖早已吃光，抹完嘴，又冲着小圆镜补口红。“大哥哥，我一定要出名。”她狠狠地说。

“出了名，像歌星一样有钱。爹爹就是因为没钱，妈妈走了。”

季爹沉默好一会，抬起头：“别说这些了，这趟北京之行成功后，你要走遍千里江山，唱红全国，这是我的心愿。”

我又忆及季爹绘制《千里江山红彤彤》的情景，心里不是滋味。

“会的。”这是熊猫堂妹坚决的声音。

我帮季爹他们提溜着一只精致的小皮箱，送他们上火车。列车渐渐远去。祝愿熊猫堂妹别像季爹吊嗓子时一样，唱到一半卡住了。我不敢想象那个纷乱喧嚣的场面如何收场。据说，电视台还要直播。

展开堂妹相赠的礼物，一张水墨画，上面画着一个身穿娃娃衫的小女孩，配上一张逗人发噱的熊猫脸，还垂着两根小辫子。我想到好几年前的那档子事，傻呵呵地笑了。凭我的直觉，如果那时小倩学下去，肯定比唱歌有出息，灵动的画充满着无邪的童趣。我边忖思，边拾阶而下，回到火车站的广场上。掏出一盒烟，抽出一支，准备施展绝技……

（原载《宝山潮》1989 年 9 月）

难觅佳境

1. 选定住所的那一刻，与妻子并没有把窗外的虬江跟往后的生活联系在一块，凭直觉长时间没人相中必有原因，这种预感敌不过位置上的优越，更何况结婚六载，靠躲在一道五彩布帘后维持夫妻生活，弄得膝下无一儿半女，妻子逼着我同她一道寻访市面上的不育门诊，医生终究说不出一个原因。

新居坐落在城市的西端一幢异国情调的两层建筑里，距我任教的学校不远，小楼掩映在浓郁的绿树丛中，红瓦显得格外耀眼，斜顶上砖砌的扁形烟囱模样像一面旗帜，久经岁月的磨炼，外表粉层大块剥落，一群鸽子正在它的顶端悠闲地时而俯首啄食，时而举目远眺，一副无忧无虑的样子，平添了不少生气。

妻子坐在搬运家具的卡车上望风景，兴奋地伸出双臂，不住挥动，“快活的日子来了”。话音未落，差点儿从屁股底下的纸板箱上跌落。一声惊呼，鸽子扑楞翅膀，直飞灰茫的天空，消失在树林的那一边。我努力克制自己的激动，不以举止言谈来表露心迹，总以为妻子这副腔调过于浅薄。不过，自己微颤的手还是透悉出了。

帮忙搬场的朋友多半知道我有过窘迫的起居，此刻为我雀跃。卡车刚停稳，他们纷纷跳下，劲头十足地卸下家具。我放开车斗挡板，对朋友说：

“先搬大件。对，大衣橱。”朋友们一拥而上，七手八脚抬起大橱。靠在橱旁的眠床架，哐当一声翻落。一个瘦小的朋友艰难地抱走它倚在门边。我冲妻子直嚷嚷：“喂，别愣着，去开门，看看怎么摆放。”平生头一趟搬家，场面有点混乱。

黑咕隆咚的门洞里，苏教授胳肢窝下夹着一叠讲义，柱着拐杖急步往外走，险些被眠床架绊倒。他一个趔趄，幸亏手杖撑住了身子，讲义散落一地。我纵身跳下卡车，跑到他跟前，搀扶已经站稳的他。我知道这样做已没必要，当务之急是帮他捡起讲义。

“苏教授，没摔着吧。”我不擅长课堂之外的言辞，总是笨嘴拙舌，开口便会得罪人。近来一反常态，努力学习说话，比如说一些废话，好应付各种场面，克服自己的弱点。如果苏教授真的摔倒了就没有轻易爬起来的道理，被绊我亲眼所见，一定是没跌倒。

他直起身子，扶正金丝边眼镜，“是你——小束。这间房子空关了好多年，没人入住，不想你慧眼独识。现在好了，终于有人搬来了”。苏教授用乌黑的手杖敲击地面，以示真诚。手杖并没有增添他的老态，反而使他多了几分洒脱。苏教授在我大三时主讲民国史，知道手杖还是他的教鞭。那会儿，我一改听课喜欢盯视主讲老师眼睛的恶习，目光一刻不离他舞动的手杖。

苏教授举起手杖，指点跟前的小楼，“这一幢楼历史悠久，留下了不少近代名人的足迹”。他眉骨两旁青筋暴涨，突突跳动，像有条条蚯蚓隐伏在那块，嘴角两侧的皱纹不住抽缩，这是他话痨发作的预兆。

他的话语吸引了我的朋友，停止搬运，目光聚集到他身上。苏教授不急于马上过话瘾，跑到卡车边风度翩翩地跟每个人握手，连驾驶室里的司机都没漏掉。之后，他站到小楼的台阶上，“这幢小楼营造于 1901 年，由中国人自行设计，造型、结构、设施都是一流，以后几经修缮。这几个一流，还不是它的特色，请注意，它的风格，大红斜顶一泻而下，烟囱高耸，山墙上端半露木构架，英伦乡间别墅风格，这不算什么稀奇，它的内部格局完全体现出我们民族实用的精神，中式天井，东西厢房。如果不是近代中西文化撞击，产生不了这样的建筑。它是近代建筑的代表作，谦虚地说沪上一流，其实在国内也是独一无二，绝无仅有……”

我的一班朋友傻乎乎地坐在卸下的家什上，津津有味地听苏教授讲述，忘记了自己的职责。他俨然把这块当作课堂，享受着比站在课堂上讲课更自如的愉悦。

妻子从窗户里探出脑袋，不耐烦地大叫大嚷：“朋友们，还搬不搬了？快点啊！”

我笑悠悠地拾掇起讲义递给苏教授，“教授匆忙外出，是不是去学院授课？”其实，我心里想的是没事早点走人，别罗里吧嗦，话到嘴边成了另外一种说法。

“下午有两个课时的大课。”原本苏教授笃定待在家里带博士，他执意不愿意，热衷开大课，向众弟子传道授业解惑。他不愿意离开讲坛，跟课堂里那班日益减少的学生。

手杖没有挪移，苏教授没有准备离去。我只能道声失陪，拔腿去搬大衣橱。

“朋友们一起干吧。干完了，请大家撮一顿。”

众人听罢，抬起大衣橱，哼嗤哈嗤地往沪上一流里搬。大概是抬得过高，橱顶碰到了门框，撞脱不少黑漆皮。苏教授低垂脑袋，手杖轻轻拨弄地上的漆皮，痛惜地说：“这是文物，应该珍惜，不能损坏。”他嘟哝了一会，一直监视着我们搬完大件家具，依旧放心不下地离去。我想，他一定打破了提前半小时进入教室的规矩。

2. 黄昏，妻子倚在窗前，眺望远外。江南暮春的落日被灰濛濛的水雾缠绕，成了一团橙色的棉絮，软绵绵垂挂在虬江的西端，一股黑色的水流蜿蜒流向灰蓝色的朦胧，缓缓地消失。河堤边，困惫的驳轮静卧着昏昏欲睡，篷顶上的一群鸽子，展翅飞向黑稠的水面，追逐浊流而去。

面对这副景象，自然有些陶醉，贬斥虬江的种种说法，早有耳闻，此刻总觉得苍白，敌抵不过布幔背后生活的尴尬和无奈。妻子眼眶湿润且微红，身子不住颤抖，她一把抱住我，脑袋紧贴我瘦弱的胸脯，不停地乱蹭，一头秀发弄成一团乱麻。这会儿，我明白妻子为啥一进门，不顾胡乱堆放的家什，忙不迭地让我架起眠床，不辞辛劳地爬上去，铺展一条雪白的床单。的确，从现在起，我们拥有一个属于自己的两人世界，充满着自由的元素。

这时，我发现夹着讲义的苏教授，手拄拐杖从容不迫地走下渡轮，站在栈桥上。他手扶铁栏杆，朝我们挥动手杖。显然，他看见了我俩，我赶紧掰开妻子的手，“教授来了”。

妻子老大不情愿地松开，整理蓬乱的头发。苏教授已经站到了窗下，大声说着什么。我推开玻璃窗，同他寒暄。妻子挤出几分笑，算是招呼。

“我说得一点不错吧，一幢好房子。”

我连声应和，夸张地点动脑袋。妻子见状，噗嗤笑出声。

心想他会来坐坐，我便拉开不知什么时候被妻子反锁上的房门。她愤怒地瞪了我一眼。

“按照习俗，要买一些糕点送给左邻右舍，同贺乔迁，日后好有个照应。”

“算了吧，我看这个苏教授就有点戳气，虚伪的样子。你以后成了教授，别和他一个腔调。”

“我是讲师，能不能做成教授，还是未知数。”我心不在焉地整理书架，等待苏教授的光临。妻子四仰八叉地躺在眠床上，默不声响。我知道她的目光一刻没离开我的后脑勺，那块火灼般发烫。她的那双眼睛闪动火花，这火花在她的瞳仁里已经消失许久。

打从婚后的第二年，妻子一直生活在我双亲的哀声叹气中，他们为媳妇不生小囡心焦。妻子毫不在乎，只不过她也钟爱小孩，为此常流泪。一天夜里，正当我们试图努力孕育新一代时，妻子一把搡下我，悲哀地说："躲在布帘子后面过日子，怎能激起性欲？"没等说完，五彩布帘的那边，父亲老慢支气管炎发足，咳嗽不止，弄得布帘子不住晃荡。我泄了气，蔫蔫然败兴至极。从此，下狠心非搞一间单独的住房不可，那怕仅够容身。想到这些，我不禁朝妻子走去……

"嘭，嘭——"砸门声四起，门框上的一道裂缝像撒胡椒面一般泻下泥灰。真没想到，瘦骨伶仃的苏教授蛮有把子气力，就是来的不是时候。我怏怏坐起，穿上衣服，扣上纽襻。妻子气恼地翻转过身子，脸冲墙隅。

门外站着的不是教授。一个手握亮光光三角形锯子的大汉，脸色阴沉地一步步朝我逼近，我吃惊不小，接连退却。汉子站在门槛上不再向前，身子严严实实地堵住门洞。他无视我的存在，两道刀子般的目光，越过我的肩胛，扫视我的家，自然也没漏掉眠床上妻子的背影。过了好一会，汉子觉得看够了，收敛起目光，藏于浮肿的眼睑后面，嘶哑的嗓子粗声粗气地说："灶披间的灶头柜摆摆好，看到'三八线'吗？"

"三八线"搬来时就看到了，红粉笔划得醒目。无奈从老房子搬来的灶头柜，约摸长出巴掌宽的一点，摆放时并没多大在意，锯掉也无所谓，解释一下就是了。没容我启唇，大汉甩出"瞎了眼"三个字，掉转身子蹬蹬地走脱了。

"世界上居然有这号男人，小肚鸡肠。"妻子冷嘲一句。她故意扯大嗓门，有意想让大汉听见。我赶忙关上房门，"邻居嘛，刚搬来。就那么一点，拾之不多，弃之不少”。我嘴上这么说，心里暗自讥嘲大汉。

“就数你心肠好。”

其实，我的心肠也不是妻子认为的那样，只不过是心嘴不一而已。做人嘛，哪能许多的心口如一？如果真是这样，世界将是一片宜辨的原色，人无需发明伪装这个词了。

“算了，有的是属于自己的时间，还是去拜访一下我们的邻居。”我这样说，故意强调我们两字。

3. 拜访的第一家，自然是那位不速之客，凶狠的他总不至于把我活剥生吞了。再说，灶披间的风波刚起头，有必要解释一下。谁叫我们是新来的呢？欺生，打从祖先未开化前便存在，融渗在血脉中代代相传，并没被文明吞噬。妻子不情愿同我一道做这桩事体，躺着没挪窝，使劲把被子绞在身上，觉得我又做窝囊事了。她做人比我放得开，也许是和幼儿园里的孩子打交道多了的缘故。

顺道拐进灶披间，灶头柜超过“三八线”的部分悲哀地躺在金黄色的木屑里。虽然，我不会有多大在乎，可真有人霸道地这样做了，心里不是滋味。我犹豫起来，还有必要去造访那邻人？最终，说服自己不改初衷。把真实的自我隐藏心底，戴上假面具应对外面的世界，对此我有一些信心。

说来也巧，没等到我去揿响汉子的家门，低三下四打招呼，那汉子下了楼来。他套着一身脏不拉叽的运动服，手里拎着鸽笼，一只鸽子探出脑袋，瞪大小眼畏葸地望着我，发出咕咕的声音。

“你好。”我招呼。真是打了你，还口颂漂亮，活得总是扭曲。

他见我准备与他说些什么，便放下鸽笼，右手小指娴熟地抠出耳孔里的什么东西。我好奇地凑近脑袋，想看个究竟，他迅速把那白色的东西攥在手心里。

“你说什么？”

我无从应答。除去先前招呼一声外，还没来得及说哩。见我没吱声，汉子不耐烦起来。

“没事体别挡道。”他冷冷瞥了我一眼。

“我说你好。”

“好个屁，是因为锯了你家的灶头柜？”

我哑然。

这时，楼上奔下一个小女孩，扽住汉子的衣襟，胆怯地央求：“别把小雨鸽卖掉。”

女孩嘴里含着饭粒，说话间喷出几粒。汉子抓小鸡般拎起女孩的细胳膊，“多嘴，滚回屋去”。

女孩挣脱大汉的手，低垂着头，好像在等待他回心转意。那只鸽子在笼子里，悲哀地注视女孩。

汉子替女孩抹去嘴角边的饭粒，手往运动服上擦了擦。

“养鸽子不是为了玩，不能总养着。”汉子的声音有点发颤。说罢，拎起鸽笼，步履沉重地走出了门。临了，他没忘记用眼睛剜我一眼。

“蛮凶哟。”我自言自语。

女孩伸出瘦伶伶的拳头，在我眼皮下直晃，“不许讲我爸爸的坏话。你们就喜欢看我家的白戏，你们坏！”女孩咬牙切齿。

我发现女孩乌黑的眸子里，流露出酷似那汉子的神情，几分苦楚、忧伤，还有痛恨和凶恶。

拜访第一位邻人，就此草草收场，转念想到了苏教授。

他好像知道我会上门，已经站在了家门口。此时，他没拄手杖，优雅地端着小瓷杯，津津有味地呷咖啡，香味弥漫了大半栋楼。他身旁戏剧性地站着一个丰腴的老太太，一定是他的夫人。苏太太眯缝起眼睛，不住东张西望，有点神经质。楼里的一切，本该是她熟悉的，我想我的到来不会使它发生翻天覆地的变化。我本来就是谨小慎微地活着，不想招谁惹谁，学会伪装只是为了在人间夹缝中求得一份安宁。

苏教授摆出热情欢迎的架势，端着杯子跟没端杯子的手，一道伸向我，似乎要拥抱。苏太太猛地扽了一下他的衣袂，杯中咖啡泼洒一地。他迟疑片刻，悟到了什么，转身回屋，紫绛色的橡木门在苏太太进屋的瞬间，呯然关上。

苏教授和太太的举动令人费解，莫非我得罪了他们？否则，无法解释。或许，搬家时不经意间撞脱一些门漆皮？这也不至于要这样对待我。做人真难，连学了一些伪装术的我，也会无缘无故地得罪人，大概是我的技术尚未达到炉火纯青的地步，伪装不是一桩易学的事情。

4. 这天夜里，我跟妻子陷入了婚后从未有过的亢奋和极度的疲乏中，一改往日每晚做梦的恶习，睡得笃实。也不知过了多少辰光，一阵阵苍老、平缓的喘息声弄醒我，紧接着传来令人胆颤心惊的声响，像有一双利爪撕裂开喘息者的胸膛，节奏均匀的喘息遭到破坏，拼命反抗、嘶嚎。我以为恶梦所致，睁开惺松的双眼，眠床边的窗户上，光柱透过窗纱投射到新居的墙壁上，如魔鬼翩跹，一派恐怖。

妻子一声惊呼，赤裸的身子钻进我怀里。实不相瞒，此刻我的肌体在发抖。我不是胆小鬼，莫名的惊扰会使我生理上的反应敏感，难以自制，我知道自己。

琢磨着响动和光影跟虬江有关，我坐起身，想去窗前看个究竟。妻子紧抱住我不放，一半是害怕，一半是撒娇地说：“不要离开我，哪怕是一歇歇。”

我无可奈何。

“这鬼地方。”惊悸把妻子积累不久的那份好印象，冲得精光。

我不愿妻子厌恶新居，它实在来之不易。可一时，无从找到恰当的词汇，打消她的害怕，新居毕竟使我们摆脱布帘子的束缚，心身获得自由的快感。

“我去找块厚布当窗帘，可以挡掉一些声光。老房子用过的布帘子呢？它厚实。”

“丢在老房子里了，看到它就戳气。”

“这可是好东西，有象征意义。象征我们从屈忍走向自由，这一步非常重要。”

“虚头八脑，又不是上课。生活，好就是好，坏就是坏。”

汽笛撕破黑暮，一缕熹光爬上窗，天渐亮。

妻子悄声说：“饿了。”

我打着哈欠，“下厨房吧”。我的肚皮咕哝直叫，胃里难受。

这趟，妻子不再阻拦。

“喂，蛋饼，做蛋饼。”妻子提醒我。所谓蛋饼就是小吃摊头叫卖的那种面糊糊上搁个鸡蛋摊成的饼。六年前，我俩去京城旅行结婚，站在前门大街上，看着头戴小白帽的胖大娘边做边卖。妻子狼吞虎咽，一气干下四个。我默记下制作过程，决计回家做。在老房子，曾弄过几回，味道不错。

我下了厨房。

厨房里已经有人在忙碌，满处是油腻的气味。这年头，已经不常有人用胆固醇极高的猪油煎炸什么了。青蓝色的油烟，缠绕着汉子的背影，他熟练地颠翻炒锅里的煎炸物，随后用炒铲把金黄色的油饼，置入白色的搪瓷碗里。

居然是大汉先开了口，毫无恶意地问道：“这一夜，过得怎样？”

“声音蛮吓人，还有那些灯光。”话一出口，我后悔不迭，怎能当着他的面流露出胆怯？

“虬江，完全因为虬江。断命的河浜。”

他笑着说，证实了我的猜测。

“搬入此地，本身就是个错，一定是苏老头用沪上一流诓骗了你们。这种噪声，除了他能忍受，别无第二。其他人都会变得神经错乱！包括他老婆。”

大汉的口气里分明挟带着挖苦。

“我搬来，与苏教授无关。”

“噢。你住久了就知道虬江的厉害，难保不弄出精神毛病。”似乎为了证实大汉的说法，江上声嘶力竭的嚎叫拔地而起，引来无数嘶嚎，汇聚在一块，四处飘散。我的耳底阵阵发痛，能耐地不用手捂住耳朵，调侃地说：“那你呢？”

“我？”大汉咧开大嘴，琅声笑了起来，“也是，彻彻底底的精神有毛病。谁能抵御这声声汽笛呢？”

“不至于这么严重吧？”先前我就没捂耳朵。

“信不信由你！”大汉挥了挥手里的炒铲。

我对自己的精神状况相当自信，从没怀疑过，跟大汉继续讨论这一问题，显然有些多余。我便拿话岔开，专心摊我的蛋饼。

“你怎么煎这么多饼。”

搪瓷碗里的金色煎饼已堆得老高。

“一天的吃食，恐怕还不够。”

“整天吃这东西不腻？”

“嘿，才不哩！黑琪喜欢，粘点白糖。”

“黑琪，你女儿？真好看。”

大汉开心地笑了，“谁都这么说，像她妈妈”。

除去神情，女孩和大汉毫无相像之处。不过，我怀疑大汉身边有什么女人同他一道过日子，龌龊的衣着、乖戾的性格、凶蛮的表达，足以为我的想法提供佐证。

“她妈妈？”我脱口而问。

大汉脸色突变，“你又不是包打听，要你晓得？”

我不知大汉为何发起怒来，也许是刺痛了他的哪根神经。

“你们这些人，就想看我的笑话。”

记得昨日，女孩也说过相似的话。我弄不明白其中的含意，更闹不清“你们”两字的内含，单指我和妻子，还包括其他人？

“什么？”我故意装傻。装傻是我用来窥探别人内心的绝招，我等待大汉的下文。女孩不知从哪儿窜出，抱住我的腿，狠命地用尖细的牙齿咬牢，非咬脱我腿上的皮肉不可。一阵钻心的疼痛，令我后背冒冷汗。

大汉站在一旁，双手抱在胸前，冷眼瞅着这一幕，嘴角露出一丝笑意，心里似乎得到某种满足后，才遏止女孩，“松嘴！”

女孩脸上露出害怕的神情，松开嘴，昂头站在我面前，眼睛直勾勾盯视着。那只灰蓝色的鸽子边走边扇动翅膀，兴高采烈地进入厨房，亲昵地在女孩脚边绕着圈。

我撩起裤腿，那块有一圈嵌入肉里的牙印，渗出血丝，很快变成青紫。

“揍你。”大汉吼了一声。

“不，爸爸，他昨天说你坏话，太可恶了。”女孩躲到父亲的身后，探出脑袋，一双大眼睛蓄满泪水。她没让泪水外淌，竭力抑止住。

“爸爸，我要妈妈。谁都问，妈妈在哪儿，还回来吗？”

大汉蹲下身子，抚摸女孩黄蜡蜡的头发。黑琪依偎在父亲的怀里，接受他的抚慰。

“她会回来。”

窗外，河道上传来一声勾魂似的汽笛，大汉搂住女儿，脸朝窗户，浮现出喜悦。仿佛这声音，带他到一个遥远的地方，看到久去未归的妻子，正打点行装……

小雨鸽徘徊在父女身旁，飞上大汉的肩膀啄着。好一会，大汉才缓过神来。

“你以为我会打她？你错了，我不会。”

这时，妻子踩着碎步，疏懒地由房里走来。“怎么，还没摊成？多半是弄砸了。”

女孩看见我的妻子，小鹿般撒着欢奔向她，一下子扑到她怀里。惊吓了小雨鸽，扇起翅膀飞出厨房。

“妈妈——”

汽笛莫名其妙地拉响，黑色的声浪伴随着气流，冲击我的身子，震得我的心直发慌。大汉垂荡着双手，怔怔地站着。

女孩梦呓般喃呢，“妈妈，妈妈回来了”。边说边害羞似地躲到大汉的身后。

“太像……”

大汉迟疑地移开停落在我妻子脸上的目光，不再是昨日的那副神情，异常的柔和。不知什么时候，他的脸涨得鸡冠一样通红，一直延续到脖梗，双唇翕动，试图说些什么，终于没表白。他慌乱地收拾起锅碗之类的炊具，端着做成的油炸饼，牵着女孩的手匆匆离去。

“怎么啦？”妻子一脸茫然，摊摊手。

苏太太提着大红咖啡壶，悄不吱声地擦门溜了进来。她目光狐疑，乜斜我妻子，流露出似曾相识的惊讶。良久，她自言自语，“真作孽，全怪这河浜，弄得人神经兮兮，眼花缭乱”。

楼上，传来女孩断断续续的哭声。

“总有一天，小囡会被打煞脱。”

苏太太一口纯正的吴语，即使说出打煞人的词句，听来还是酥糯。

妻子容不得孩子哭泣，“我去劝劝”。

苏太太对此不感兴趣，冷漠地说：“劝是劝不了的，自从他女人走后，这种事体时有发生。”

“孩子认错人是常事，尤其是想念已久的亲人。”妻子脸颊上出现两道泪痕，“不行，我要去”。

妻子上了楼。

苏太太冲着妻子的背影，“她们也太像了，真稀奇”。

汽笛回荡在厨房里，令人心力交瘁。早晨是虬江繁忙的时刻，百舸争流，岸边小树林发出的鸟鸣声，也许是宣战，也许是相互致礼……

5. 我没有告诉妻子被咬的事情。晚上，怎么睡不着，腿上隐隐作痛，加上一直被一个庸俗的念头纠缠。妻子无姐妹，更非双胞胎，而她婚前的那一段经历，又极艺术地留着白，让人遐想。我趴在妻子耳边，小声问：“你以前认识大汉？”

妻子忿忿地翻转过身子，“我看你的脑子，被虬江弄出毛病了”。

我也觉得自己鄙俚过人，荒唐可笑。已无勇气继续安卧妻子身旁，干脆起床，踱步来到窗前。

黑色的河流，不再是搬来时见到的那副动人的模样。黑夜里，河水显得格外凝重，河道里流动的不是水，而是酷似沥青一般的稠汁，有的已结成块状，拥挤在河道里，相互碰撞，发出阵阵节奏均衡的轰鸣；不时出现的驳轮，拖着一支长长的船队，交汇时发出撕心裂肺的嚎叫，好像是在作诀别。驳轮篷顶上的探照灯，射出刺眼的光芒，掠过黑漆的河面，照亮半片天空。光柱闪动在我脸上，晃得睁不开眼睛。

妻子一骨碌跳下眠床，“这鬼地方”。

“习惯就适应了。”

“见鬼，猴年马月才能适应。”妻子打着哈欠。

“白天去过老房子，阿爸讲没有看到过那块布帘子。”

“死人呀，不会到店里买一块？”

“去过了，店里没有。”

妻子好像记起了什么，急忙打开木箱，一头扎进去翻寻。

“找什么，深更半夜的。”

“布帘子。想起来了，好像是你摆进箱子带过来了。”妻子的脑袋埋在箱体中，嗡声嗡气地答道。

我既无睡意，又觉无聊，打开备课本，装模作样地准备明天的授课内容。

“真有你的，还有心思备课。”妻子嘲讽我。我古怪地笑了起，仿佛是自嘲。

“帮帮忙，拿把剪刀来。”妻子找到那块厚实的布幔。搬家时，她以为新居不需要它了，执意把它留给双亲做抹布之类的东西。大概是我无意间把它塞进箱子，不曾想现在又派上用场了。

“算了，别挂了，还是有点薄。它的能耐，我们不是没领教过。”

“暂时先挂上，挂总比不挂好！”妻子生性执拗，认准的事，非干不可。

“往哪儿挂？一颗钉子都没。”我不满地说。像这样的建筑应该有考究的窗帘架，大概后来被拆掉了。

妻子恼怒，“不可以敲上去？又不是戆大”。

“这辰光，影响人家。”

“虬江搅得人不能睏觉，这责任又该谁负呢？”

老大不情愿地找来榔头敲了起来，墙头是重新用水泥修过的，钉子有点疲软，连着几枚都折了。钉子况且这般，人呢？比如我，我想。

突然，楼上有人捅起天花板，震得本已老化的它掉下一大块石灰。妻子心中怒火顿烧，拉开房门，要去找人算账。我抓牢她的胳膊，“楼上住的是苏教授”。显然，他的手杖在发挥作用。

“教授又怎么样？请他下来看看。”

“这事我们也有责任。”一定是我敲榔头影响了他的睡眠。我不明白，黑色河道上发出的巨大声浪没打扰他安寝，敲击就惊扰了他访问梦境？

6. 清早，苏太太敲响房门，一再表白不进屋，就在过道上说话。可一双狐疑的眼睛，老是瞟向虚掩的门缝，“哎哟，怎弄成这样，跌下来介大一片”。妻子在门里大声挖苦：“问谁呢？还不是你老公力气大。”妻子为我阻拦她上楼找苏教授算账，折腾了整个后半夜不让我睡安稳，无所顾忌地乱掐人，发泄心中的愤懑。

“这房子老了，容易出毛病。”我陪着笑脸。

“陆老知道了一定心疼，他爱惜这房子。可你们深更半夜折腾，不作兴的！”

“挂块窗帘。”我双手垂于两侧，微躬身子，一副谦恭的模样。这卖相多半是装假佯。那日的闭门羹，吃得我心灰意冷，一直耿耿于怀。

“不要骗人。一来就和罗立联档模子，让我们不得安宁。有一个罗立就够呛啦。陆老，原本指望你们搬来后，能改变局面，没想到你倒向罗立一边。”

“没有的事。我一向敬重苏教授，他是我的前辈，更是我的先生。”

苏太太见我说得真诚，有点感动。我暗自好笑，高兴自己的表演还算小有成绩。

“我想你们也不是罗立那种精神病。可陆老，你应该知道，他固执、敏感，总感觉你们暗中联合起来对付他。”

此时，我方明白，冒然入住沪上一流，无疑卷入一场不知缘起的邻里纠纷中，这才有吃闭门羹、皮肉受苦的结果。

“我们一向是自顾自。”凄厉的汽笛，孤独徘徊在空中，就像我一声自顾自的独白。

坦率地说，我只想兑现自己的诺言，自顾自顾好自己。从老房子搬出时，的确这样想：关起门来做好自己的事情，包括生孩子。这是我的心愿，后者更是妻子的梦寐以求。愿望往往与现实相背离，就像搬入沪上一流，总以为自己将生活在一个宁静的憩园里，过着自由自在的日子。

为此，我装得越发谨慎起来，遮掩本来面貌，小心翼翼地生活在罗陆两家之间，避免自寻苦头吃。好在，我跟邻居无大瓜葛，乐得疏远。

大汉罗立忙碌，早出晚归，还要伺候那群鸽子。偶而，在过道上照一面，他不是拎着鸽笼，就是甩着那柄炒铲。至于，他时不时殴打自己的女儿，我充耳不闻。这倒不是女孩曾咬过我，伤口尚未痊愈的缘故。可是，妻子和黑琪建立起某种超乎寻常的友情，打破了我关起门来做自己事体的想法。我们的新居，成了女孩的庇护所和乐园。妻子就差没把幼儿园搬回家了，一有空闲就跟女孩搅在一道，弄得整个新居天翻地覆，满处玩具。妻子特多小玩意，单陪嫁时就带来一大纸板箱，而女孩黑琪完全误当她为自己的母亲，抱来心爱的小雨鸽，让它充当乐园里的居民。

妻子喜欢小雨鸽。然而，我总觉得，这鸽子带给沪上一流的是一场更可怕的骚乱。

“又不是自家的孩子起什么劲？”

妻子平静地告诉我，在这喧嚣中，女孩是她心中的一片宁静，给她一种静谧的美感，“和孩子一起玩耍，可以忘掉一切”。

“我们应该有自己的孩子。”如果是自己的小孩，我一定不会讨厌。其实，这种讨厌来自害怕把自己置入邻里矛盾的漩涡里。跟女孩搅在一起，苏教授以及太太会怎样想？我把想法告诉妻子。

她毫不理会，依旧我行我素。从幼师毕业后，她去了孩子中间工作。那时，她自家尚一身稚气未脱，离开成人世界太远。

大概是女孩的关系，大汉罗立时常出现在我家门口。他站在门坎外，不越雷池一步，客气地唤回女孩或招呼回家吃饭。不过，他已不再是我们初识时一副邋遢相，换一身崭新的衣裳，足以令人生厌。至少，我这样认为。

7. 苏教授对我冷淡，无论在学院还是在沪上一流间邂逅，总是故意别转脸孔，弄得我想打招呼都没法子。后来，每次相遇，我总点头致意，不管他瞧没瞧见，这些都无所谓。只是他再没用手杖敲击地板什么的，一定是他太太把那日的惨状描述给他听了。

居然有一天，苏教授做出邀请我和妻子去他家作客的决定，我倍感意外。妻子不屑一顾，勉强地跟我一道走进他的书房。

书房窗门大敞，雕花的窗帘架下连一块极薄的窗纱都没，果真验证罗立对我说过的话，这种噪声除了他能抵御外，其他人都会变得神经错乱。苏教授对周围的一切已经超然。对此，我不得不佩服。

没等他发话请我们入座，妻子大大咧咧地落进沙发。她就是这样的人，不愿做的事，迫于无奈做了，总是一副玩世不恭的模样。

妻子的举动提醒了苏教授，他忙不迭地连声请座，继而端坐到中间的三人沙发里，眼睛死死盯视捧着的咖啡杯，默不作声。他原本是一个话痨，不知为何一下子觉得无从说起，陷入了静寂的尴尬中。

苏太太一身玄色，雍容地来到我们中间，客气地在小茶几上摆上一碟粘着几瓣金黄色桂花的蒸黑枣。

一向偏爱甜食的妻子，一见甜食便没了性命，可此时食欲不振，睁睁眼猫在沙发里打起盹来。大概是搬进沪上一流后，一直缺少睡眠的缘故。

苏太太优雅地用牙签戳起枣子，搁在嘴边，停格不动了。

“你的妻子，真像罗立的老婆，难怪黑琪会认错。”

一群鸽子惊慌地掠过窗口，大概是先前的一声汽笛骇着了它们。妻子的身子，不自在地扭动一下。

“是吗？那他的妻子呢？”我打量妻子，竭力想从她身上找到女孩的影子。

“东渡扶桑，可惜如同出笼的鸟儿，一去不复返。听说她考入东京一家著名大学读博，与一个大家族的什么人好上了。他夫妻俩都曾是我们学院的学生，毕业后留下任教。罗立后来摊上事情，连上课的权利都没了，成了无业游民，好像是在火车站踏黄鱼车，替附近的小客栈接客送客。还养些鸽子，卖钞票养家糊口。这样，他完全疯了，一不高兴就拿女儿出气。”我以为教授是不会过问邻里间的琐事，听口气，他对此稔熟，如数家珍。

“不是，应该是虬江，弄得他精神出毛病。他和他妻子搬过来时，还是蛮正常的。”苏太太不以为然。

苏教授扶正金丝边眼睛，摆出一副侃侃而谈的架式。苏太太抢先说：“纯粹是这条河浜，弄他出毛病。我真搞不清爽，先人做啥把房子建在河浜旁边上，虬江又不是塞纳河。而你又不愿拆迁，爱惜得要命。就因为沪上一流过去是你祖上的家产？”

从没听苏教授说起，沪上一流是他的家产，一直以为他盛赞这幢老宅，只是久居之后产生的情结。

“虬江，老宅，有哪儿不好？我祖父，近代第一位跑到欧洲学习建筑的人，回国后亲自设计了这幢中西合璧的小楼，沿河兴建工厂。那些企业为什么会兴旺，就是靠虬江——水运呀。历史上一切发达的民族，都依水而居，它的繁荣与海、江、河有着必然的联系。”

“你可超脱，专心致志作学问，就是苦我们。”苏太太从兜里掏出两粒洁白的棉球，“整天介塞着这玩意过日子，不知你们用伐？”

我接过它，不过是普通的脱脂棉花绞成的小球，它有能力抵御来自虬江的侵扰？

苏太太似乎看出了我的疑虑，“罗立他们搬来时，也怀疑过。后来他才信，天天塞在耳朵里。可惜已晚，脑筋彻底搭错”。

记得搬来的那天，我去拜访罗立，他神秘地从耳孔里掏出的多半就是这玩意。

苏教授并不把这一切归罪于虬江，“如果噪声有这等威力，我岂不是早就聋膨了？有实验证明，人完全可以承受60至85分贝间的噪声，持续在85分贝的噪音中生活，才造成伤害。请注意持续，虬江又不是每时每刻都发出85分贝的声音，即使120分贝也如警笛，一歇歇就过去了。耳底膜又不是豆腐衣”。

虬江感激地送来一声空灵的鸣叫，仿佛回报苏教授的辩护。声音来自遥远处，让人追忆起很久以前的故事，迷失在美丽的故事中忘却一切的伤感。我猜测灌入苏教授耳际的虬江之声，一定是美妙的乐曲，自然不会有嘈杂喧嚣之感。

我的理智认同苏教授的见地，曾经在某杂志上读到过这样的实验结论。可我不得不承认，虬江以及持久的噪声，扰乱了我。我的思路时常出现不能集中到一处，思维逻辑被噪声撕裂，七零八落，不可收掇。

苏教授悠悠地说：“罗立搬来这里之前，精神就不太正常，过分激进。妻子离去对他伤害颇大，摊上事情入狱无疑击垮了他的精神世界。”

“为什么坐牢？”我好奇地问。

“不清楚。”显然，他是清楚的，而不愿奉告。“了解历史，便会理解现在。对罗立是这样，对虬江也是。了解虬江历史上对我们这座城市作出的贡献，即使今天它老了，仍然要热爱它。我想着手撰写这方面的著作。

可惜，人老了，力不从心。”他呷一口咖啡，呛着了，不住咳嗽，真像家父慢性支气管炎发足时的模样。他继续说：“我和罗立的分歧，我要保护这幢房子，成为历史优秀建筑，而他反对，几次写信给相关机构，要求拆迁，说已经老旧，且为危房；妄称相关历史都是我伪造的，构不成历史优秀建筑。信转到我在的建保委手里，找他谈话。他说我徇私，纯粹出于对祖屋的热爱。可是这房子，早不是我个人或家族的了，产权属于国家，我只有租赁和居住权。”

我的妻子若无旁人地打起哈欠，放肆地伸展腰肢，仿佛大梦初醒，梦中她一定劳累地忙活着什么。

“苏教授，你还有耐心为虬江和这房子竖碑立传？”

我搡了一把妻子。

妻子咯咯大笑，大有语不惊人誓不休的味道：“我有耐心的话，一定学学精卫，填了它；学学愚公移山，拆了它。”

苏教授脸色铁青，愤怒地举起咖啡杯。我想这下恐怕他会砸了杯子，“教授别……”

他根本没有此意。但见他缓缓收回手，把杯子靠在干裂的唇边，仰脖喝涸了杯中物。

苏太太被妻子的精神所折服，殷勤地劝妻子吃黑枣。一句话便把苏教授激怒，妻子显得得意，端起碟子，用手抓枣送进嘴里，一口气吃尽。我害怕枣核卡住她的咽喉。事实证明，我的担心完全是多余的，妻子悠然地吐出一堆含在嘴里的枣核。

我无法改变妻子，初识时，被她稚童般无瑕的气质吸引，总觉得她的性格，是我竭力试图掩遮起来的部分，对此我羡慕。不掩饰自己，需要勇气。然而，这性格无法跟错综复杂的成人世界抗衡，显然一击而碎。短暂的得意，换回的只是痛苦和悔意。

一声尖利的长啸，回荡在书房里，如针芒扎入耳膜，妻子痛苦地闭上眼睛，双手紧捂耳朵，一动不动呆立在书房当间等待汽笛散尽，终于憋不住了，“哇”地一声，吐出咽下的枣泥，弄得书房一片腐酸味。

顿时，我手足无措，“……怎么是好？”

这无疑在苏教授怒气未消的心田，浇上一勺油。没有想到他豁达地琅声笑起来，大概目睹了她先前的不敬，得到了惩罚。妻子一手抚着胃，一手捂住自己的嘴巴，含糊不清地道歉：“太对不起了。”

苏太太捏着鼻子，一副也要呕吐的模样。她一定后悔劝我妻子吃下她蒸煮的黑枣。

“我去找揩布。”

妻子蔫蔫地说：“这该死的声音，搅得人肠胃都受不了。”

“对，完全是虬江。”苏太太转过脸，得意地冲丈夫说：“事实胜于雄辩。”

苏教授端着咖啡杯子，怏怏地走向窗门。窗台上，小雨鸽低垂着脑袋，踱着方步，好像沉思什么，他奋力把咖啡杯砸向它。

“该死的畜牲，整天鼓噪，粪便腐蚀我的沪上一流。”

咖啡杯飞出窗外，楼下传来“当”的一声，它一定碎得稀烂，陈尸街头。小雨鸽早飞得不见踪迹，留下一片轻盈的羽毛在窗台上婀娜多姿。

“听，罗立又在打女儿了。”

妻子好像先前什么也没发生过，精神抖擞地冲出房门，我紧随其后，生怕她的胃再次痉挛。

女孩黑琪的手脚被严实地反缚在椅背上，她并不挣扎，垂头凝视着脚下的小雨鸽，不住喙啄女孩的鞋帮。一颗泪珠滴在它丰满的羽毛上，鸽子扭过头，伸长脖颈用细小的黑舌舔去。

“看你还去不！”罗立举起皮带。

小雨鸽勇敢地迎着皮带飞去，不时掠过罗立的脸孔，翅膀撩起他的头发。看见我的妻子，罗立尴尬地垂下手。

妻子跪在椅边，替女孩解开手上的绳索，捧起黑琪的小手，仔细地查看手腕上被绳子勒出的伤痕。

“太残忍了。”

罗立嗫嚅着，似乎想解释什么。妻子抓住大汉的手腕，推搡他，“你能解释什么呢？她是你女儿，你的亲骨肉”。

罗立长叹一声，声音有点像黑色河道上飘荡的汽笛。他蹲下身子，两条壮实的臂膀痛苦地抱住脑袋，呜咽起来。

黑琪依偎在我的妻子身旁，“阿姨，你别责怪我爸爸。他不让我去渡口等妈妈，妈妈不会回来了”。

小雨鸽停落在黑琪瘦削的肩头，女孩轻轻地抱过它，捧在怀中。

“如果，她是好妈妈，会回来。”妻子的脸转向罗立，“你把自己的痛苦往孩子身上撒，像个男人？不论你过去心里受过多大的创伤”。

“你晓得我的过去？”罗立显得慌张。

“过去已经过去，创伤也能痊愈。可揍孩子，她心里的创伤呢？”

“一定是苏老头他们告诉你的。”

“这无关紧要，要紧的是孩子。”妻子眼角闪动着泪花，一片真诚。结婚六年，妻子从未用这种口吻跟我说过些什么。

“我有点控制不住自己。听到虬江上的汽笛声，就觉得有人用棍子搅动我的脑袋瓜子。”

罗立臆念中的汽笛声像一根棍子，恐怕类似苏教授手中的黑色枴杖。他长期生活在与苏教授的敌对和虬江的噪声中，脑海里已经把两者混在了一道，不可分离。

“该死的虬江！”妻子咒了一句，引来无数声愤怒的吼叫，它们咆哮着，似乎在抗议对它的诽谤。妻子又要呕吐，赶紧捂住咧开的嘴巴。

大汉罗立“腾”地站起身，蹿到苏教授家的橡木门前，捶打结实的紫色木门。整个沪上一流都在晃动，天花板上坠落下无数的灰沙。

“苏老头，嚼烂你的舌根。总有一天，我要砸烂沪上一流。见你的鬼去吧。”

我赶紧拉开罗立，“冷静点，冷静”。

“这楼原本是要拆除的，可他说是历史文物，有保留价值。见鬼，他才是历史文物，出土文物，僵尸鬼一只。”

房里悄无声息，苏教授夫妇用沉默回击罗立的谩骂。我担心的事体，终于发生，被扯进了纠纷中，不能自拔。而且苏教授与大汉之间的矛盾日益尖锐，似乎是由于我们夫妻的介入所致。我曾小心翼翼地回避这一切，痛苦地伪装自己，一切的努力以失败告终，伪装毫无意义。

8. 天渐渐转成闷热，继续紧闭门窗，扯起厚窗帘，大有焐豆芽的味道。妻子穿着蝉翼般的吊带裙，表现出烦躁。她坐卧不安，时不时跑到窗前，凝视户外。每次都自觉不自觉去开启那扇临江的窗户，最终不得不砰然关上，不明不白地嘟哝一句：骗子，什么沪上一流！我猜不透，她嘀咕的骗子，指的是我还是苏教授。关于沪上一流的说法，纯粹是从他那块批发来的，当初不曾想到，他会掺杂私情。

她准备花去我们月收入的二十倍，购得刚面世不久的窗式空调机，请人看过后，发现老化疏松的墙体，根本无法承载机器的笨重。而仅有的两台电风扇，一台放在厨房，搞得油腻腻，一台风力有限地在房间里发挥作用。

我挪动籐椅里的身子，目光投向不住搧动手帕的妻子，“心静自然凉。找本有趣的书读读，分散一下注意力，周围的世界再纷扰，关你何事”。

妻子大叫大嚷：“书蠹虫才能在这等嘈杂的环境中读书，就像你。”

我？搬来时嘴上没表达对噪声的厌恶，内心充满嫌恶，现如今已麻木许多，面对窗外的声浪似乎到了准超然的程度。我照例备课、写教案，教案写得散乱，课堂效果甚差，连一些基本的常识都会出差错，引起学生哄堂大笑。我悲哀地揣测，不要等到苏教授这把年纪，我的学生早会减少到他目前的水平，面对三两只小狗小猫侃侃而谈，以此一过说话瘾。虽然，这一切令人难堪，但我总觉得这种麻木，足以说明我处在适应外界的过程中，进入了第二阶段，继续发展下去便可步入超然，完全可以跟苏教授媲美。作为女人的妻子适应能力明显差一些，从幼儿园下班回家，便昏昏欲睡，软塌塌地瘫在眠床上，同女孩黑琪一道玩耍也没精打采，无兴趣再逗弄小雨鸽。黑色河道上发出的声浪本已耳熟能详，在她听来依然陌生，仿佛永远是头一趟。更糟糕的是，自那日把苏教授的书房吐得一塌糊涂后，每每听到虬江传来的声音，她的胃就痉挛，直要呕吐，去卫生间的那点工夫也等不及。

开窗已成必然，焐着实在对不起自己散发汗酸味的身子。

“应该学学苏教授，它的书房，连一块窗帘布都没有。”

妻子抢白，“你完全可以弄聋自己，再把我也弄得聋脱”。

“我是说教授那种超然的境界。”

“我就是我。”妻子冲我挥挥无力的拳头。她的这一举止，大概是从黑琪那儿学来的，我从妻子身上，真还找到女孩的痕迹。罗立说过，黑琪像她生活在东瀛的母亲。

必然是一种趋势，不可抗拒，无谓的争论过于苍白。妻子勉强同意卸下厚窗布。不过，泡泡纱帘还要挂，“一点不挂不行”。妻子再三重申。

就在这天，沪上一流不远处，来了一队身穿咸菜色工装的人，在虬江堤岸边竖起打桩机，他们头上的橙黄色安全帽，在初夏的阳光下格外刺眼。一群鸽子好奇地盘旋在他们头顶上，观望他们的劳作。

苏太太告诉我，那截堤墙早该修了，如果不赶在汛期到来之前弄好，肯定重演去年汛期的悲剧。她没告诉我去年那一幕是何等惨相，我也无心盘问，担忧的是在汛期到来之前能否修好。瞧着那群橙黄色安全帽，做一会儿活儿，倒有老大一会儿坐着抽烟喝水聊大天。就这样，橙黄色安全帽照例日夜三班倒，弄得打桩声、吹哨声、叫唤声不绝于耳，加上黑色河道上的喧嚣，真是一部热闹的交响乐。

终于，妻子准备在耳朵里塞棉花球，宣布这项计划时，她极度悲伤。“桎梏，新的桎梏。让人受不了。”不过，她没有默守陈规，沿袭旧法。不知从什么地方搞来一只袖珍式单放机，除上班外，回家整天戴着耳机，黑乎乎的海绵恰好堵住耳朵。她听的摇头晃脑，如痴如醉，直到熟睡后，才允许我替她摘下，搁在枕边，早晨一睁开眼，便忙不迭地戴上。

打戴上这玩意后，她情绪好多了，胃也不像以前老是痉挛。我真弄不明白，这玩意居然有如此魔力。一次，妻子熟睡后，我替她摘下耳机，鬼使神差地把它给自己套上，按下放音键，竟然是些黑猫警长、聪明一休之类的儿童歌谣，真是童心未泯。话又说回来，这玩意还真行，窗外传来的声音几乎不复存在，儿歌伴随进入梦乡。

第二天一早，妻子醒来不见单放机，满床寻找，眠床成了狗窝。这玩意成了她的命根子。我这才记起，它套在了我的耳朵上。这天去学院上课，特地拐去了药房，购得一小包脱脂棉花。回家后，绞成棉球，乖乖地塞进耳孔。果真灵验，户外传来的声音轻了许多。我让妻子试试，她无情地把小棉球扔在地上，“这种东西，只有精神出毛病的人才用”。

我吝惜地拾起小球，吹去上面粘着的灰尘，“像你，太天真”。

“没了天真，能做好幼儿老师？”妻子反唇相讥，“连一点常识都没有”。

正是妻子的天真，跟黑琪怄起气来，以至离家出走。

那是一个下午，虬江上驳轮穿梭而行，繁忙一片。打桩的汽锤，一锤重似一锤，震得装饰柜里妻子的心爱之物那些小木偶、瓷泥人左右摆动，发出轻微的颤动声。

妻子戴上耳机，半依在眠床上，陶醉起来。女孩抱着小雨鸽走进屋来。

“阿姨，我把小雨鸽给你送来，让你解闷。”女孩把小雨鸽放在书桌上。它在书桌上散起步来，冲着我未出完的期末考卷撒了一泡屎。我懒得拭去，反正写得乱七八糟，物以类相聚。

妻子让女孩坐到身边，给女孩戴上耳机，“你听，好听吗？”

黑琪拉下耳机，“慢着，我把耳朵里的小棉球抠出来”。她把棉球放入口袋。“好了，开始吧。”

很快，女孩陶醉了。她被那些歌儿弄得如痴如醉，再也不愿摘下耳机。说实在的，搬来近半年，我还是头一次看到女孩如此开心。

妻子孩子般地说，“我也要听的”。

“偏不。”

“又不是你的东西，撒赖。”

黑琪像是遭了侮辱，摘下耳机，掼在眠床上，抱起小雨鸽，“等我妈妈回来了，我会有！”

女孩甩门走了。

妻子套上耳机，流露出几分顽童般的得意。我继续埋头在鸽屎上，给我的那班学生出期末试卷。

晚上，罗立提溜着空鸽笼，一手扶住门框，疲乏地出现在我的家门口，他喘着粗气询问黑琪的踪迹。妻子意识到问题的严重性，女孩赌气离家出走了。她没道出女孩出走的原委，自觉黑琪的出走与自己有关，有着不可推卸的责任。她当机立断，决定罗立和我们分兵两路，外出寻找。

妻子生怕人手不够，临出门前，去敲苏教授家笨重的紫绛色橡木门，想多一些人帮着去寻找。我拦住她。

“总不能见死不救吧？再说大人的恩怨，与孩子有什么关系。”敲了好一会儿，不见屋里有响动，妻子大为失望。

走出沪上一流，我抬头朝苏教授书房的窗门望了一眼，明亮的灯光照得通亮，一定是他正专心致志地撰写那本赞美虬江的史诗。我没敢把自己的发现告诉妻子，否则，她一定七窍生烟。

路上，我第一次听到妻子对自己行为的自责。我想这件事后，她会成熟一些。

妻子步履散乱，犹豫地问：“黑琪会待在哪儿呢？”

我记起女孩去渡口等妈妈挨打的事，“去摆渡口。她说过，她妈妈会从那儿回家”。

果然，我们在渡口的栈桥上，发现了黑琪。她站在锈迹斑驳的铁栏杆边，胸前捧着小雨鸽，鸽子温顺地匍伏在女孩的手掌中，一动也不动。

“飞吧，帮我找回妈妈。”女孩轻声地自言自语。小雨鸽留恋女孩，抖动一下翅膀，重又蹲下身子，柔软的羽毛贴着女孩的手掌。

黑琪脚下，黑色的浪潮拍打着栈桥的边沿，发出“逢刷”的轰鸣。一艘孤行的驳轮，艰难地逆水而上，声声凄怆，即使在这初夏的夜晚，也给人寒蝉般的感觉。

“回家吧！”

“待在这里，我清醒。你不是我妈妈，只不过是太像了些。”

“可我是你的好朋友。”

“不会。”女孩摇动一下脑袋，“妈妈一定会让我尽心地听单放机”。“看，我把它带来了。”妻子把它塞在黑琪的手里。我这才明白，妻子匆忙出门前为什么还不忘带上它。

“不，妈妈回来，肯定会带来的。”

……

这一夜，妻子失眠了。她仰脸平躺在眠床上，耳朵上戴着耳机，显然她根本没心思听那些歌曲，直愣愣呆视着被苏教授捅落下一片石灰的天花板，泪水顺着脸颊默默地淌到枕边。

9. 妻子像害了场大病，脸颊失去了原先的绯红，泛起贫瘠的泥土色。她胃口极差，连我精心制作的蛋饼也不动一筷。

“何必呢，苦了自己。”

妻子斜倚在眠床头，“你心里怎么只有自己？是我伤了黑琪的心，一个孩子的心，这等于犯罪”。

“有这么严重？”

妻子无心答理我，捧着那架单放机想心事。我坐在书桌前，修改期末考试的试卷。系教研室认为我的试题出得过于容易，没达到教学要求。教研例会上，苏教授狠狠地剋了我一顿，唾沫星乱飞，手杖忽指向天花板，忽敲击地面。有人提醒他爱护公物，手杖几乎要敲碎了日光灯。当然，这是我没在场时，否则，他会平静委婉许多。

女孩端着紫砂锅，径直走到我的妻子跟前，像什么事也没发生过，亲昵地对妻子说：“爸爸说阿姨身体不好，特地要我送来。”女孩揭开锅盖，里面盛着鸡汤。“我爸爸炖的鸡汤特别香。”果然，房里荡漾开一股诱人的清香。

“阿姨，我妈妈要回了。”

“是吗？”妻子一把揽过女孩。

“妈妈写信说，非常想我。说等她学业结束了，一定回来。”

“啊，这下好了，可以不生阿姨的气了。”

“不啦。我让爸爸写信，要妈妈带个小录音机回来。那时，问你借磁带，你可别小气。”

妻子脸红了。

“阿姨，我要走了，等妈妈去了。”

妻子没阻拦她，“谢谢你爸爸，让他费心了”。

罗立没纵容女儿频繁地去摆渡口等待母亲归来，她的举动依旧遭到父亲的惩罚。

妻子大惑不解。

那天，罗立下楼进厨房，妻子迫不及待地悄悄跟进去。手里还装模作样地端着一只锅子。搬入沪上一流，我们告别双亲，独立升伙仓做人家，妻子很少走进厨房，更甭提烧煮什么。我疑虑顿起，尾随着妻子。住进沪上一流后，我一直劝告妻子少跟罗立一家交往。这是为了避免卷入邻里矛盾，似乎还有另一层含义，这含义我不便直截向妻子挑明。我知道她对罗立并无好感，但人是会随时间的推延而变化的。何况，罗立的妻子已有年头不在身边，显然他对我妻子有一点特殊。

我不会愚蠢地闯入厨房，在厨房门外迅速掏出耳孔里的棉球，耸起耳朵听里面的说话。我知道，这样做有点卑鄙。

“我不愿她回来，她的导师要留下她，回来了她会后悔的。跟我这样的人做夫妻，永远没前途。这里的一切我能对付。再苦，我也能挺过去。”

“可孩子不能没母亲。”

“反正我决定了。她回来我也要赶她走。”

户外沉闷的打桩声衬托着高亢的汽笛，形成一股巨大的声浪，使我不能听清后面的交谈。我凑近厨房门，很想像狗一样撅起屁股趴下，听个真切。苏太太不知什么时候一声不响地站在我身后，冷不防拍了一下我的肩膀，我浑身一激灵。

“你怎么在这里听壁脚？”

我脸发烫，浑身不自在，拼命装得若无其事，古里古怪地冲她做了一个鬼脸。

“嘘，没什么，我正准备进去烧饭。”

苏太太笑了，“乱话三千，瞎讲”。

的确，装得一点不像，连苏太太这样一个不常出门的老妇人都没骗过，而我总以为自己是个好演员，自我感觉太好。

10. 苏教授邀我去他的书房，商谈联袂撰写暂名为《黑色河流——沪上现代文明的摇篮》的事情，我猜个中必有其他原因。他在系教研室例会上对我的攻击，早有同事转告我，那才是他对我真实的态度。显然，他试图通过所谓的联手写书，达到联络感情的目的，使沪上一流三足鼎立的僵局发生变化。这样，我不会对他的邀请抱有兴趣。至于我后来还是毕恭毕敬敲响他家门，完全是违背自己意愿的举措，念着他毕竟是同事、邻居。我不想得罪任何人，可我又会无缘无故地得罪任何人，这是我的性格所致。如果我学不会装疯卖傻、弄乖玩巧，早就失去了在这成人世界里生存的资格。

很快，橡木门开了，苏教授等待我的到来。他一手托着咖啡杯，伸出另一只手，热情地欢迎我。我忖思，这情景发生在我迁入沪上一流的那天效果会好得多。

户外，修筑江堤的汽锤发出的冲击波，动摇苏教授的书房，正襟危坐的他努力保持身子的平衡，不让杯中的咖啡泼洒。他忿忿不平地说：“这样搞下去，动摇沪上一流的根基，真是惨无人道。我以建保委的名义，向有关部门发出警告：这是摧残文物。如果，这建筑毁在我们手里，将是历史的罪人。我们委员会要对沪上所有优秀历史建筑挂上保护牌，沪上一流已列其中。喏，这就是牌子。”

他从沙发背后拎出一块锃亮晃眼的大铜牌，高举在头顶上，迟迟不愿放下。

“你如果有空，帮我把它钉在门口。”

“噢……”

终于，举着的手有点微颤，他把铜牌放回原处，递来一叠文稿。

“这是书稿的提纲，请你提提意见。我老了，力不从心，要靠你们年轻人。”

老厚一叠，虬江真值得教授大书特书？对虬江，我有自己的感受。我装成认真的样子，埋头阅读。

苏教授端着咖啡杯不停地在书房里踱方步。我想，此时他握住那根手杖迈方步更稳当。他停住脚，在不远处审视阅读中的我，也许他觉察到我的心不在焉。

“很好，很好！”

我赶忙这般说，想掩饰什么。其实，提纲写了些什么，都没印进脑子。

“你愿意不愿意，一起来参与呢？”

我努力寻找词汇，告诉他不愿意。还没有理顺句式，苏教授手里的咖啡杯掉在地上，幸好咖啡已被喝尽。他气愤地落入沙发，仰脸躺在椅背上，过于发达的喉结，在颈项皱拉拉的老皮里不再游动。

汽笛像一股黑稠的浓烟，倏然从虬江上升起，黑色的音符纷纷飘坠在苏教授洁白的衬衣上，打桩的汽锤颤动着他，他再也不能有效地控制自己。看得出，他对我非常失望。

苏太太蹑手蹑脚地走进书房，走到我身边，套在我耳朵边神秘地说：“罗立钻进了你的家，正跟你妻子……”

黑色的音符坠落在我的身上，敲击我的心。我平息激动的心，不想再出丑。那天，躲在厨房门外偷听妻子和罗立的交谈，纯粹是精神出毛病的表现。搬来时我对自己的精神状况相当自信，现在看来实在低估了虬江的能耐。

苏太太试图再一次目睹我的丑态，“蛮坦然哟。你妻子近来妊娠反应越发厉害了”。

“噢？”

“女人怀孕都这样。”

“我一直以为是虬江……”

“面色蜡黄，呕吐结棍要生儿子啦。”苏太太诡秘地笑了，“你结婚好几年没小囡，怎么搬进沪上一流不过几个月就怀上了呢？奇怪”。她分明暗示着什么。

她的想象力实在丰富，可是她怎么也想象不到，搬入此地之前，我们是怎么维持夫妻生活的。同样，她不会知道，我们曾走遍沪上不育门诊，医师一致认为，生理上没有任何缺陷。

“你妻子跟罗立的老婆像透了，是姊妹？黑琪拿她当姆妈，罗立不要也把她当成……”

卑鄙！

窗外，汽笛四起，气势恢宏，震撼人心，给人巨大的力量。我直起身子，迈着步子，走出苏教授的书房，连瞥都没朝他们夫妇瞥一眼。人的伪装是有限度的，以伪装与这世界相抗衡，是懦夫的手段，软弱的象征。

门里传出他们清晰的对话。

“他拒绝合作。”这是苏教授苍老的声音。

“第一步不成功，第二步准行。他会吃醋，自然疏远罗立，说不定还会同罗立打上一架。等着看好戏吧。也为你出口气。”

“他恐怕不是罗立的对手。”苏教授干笑着。

踏进家门，妻子正懒洋洋地倚在眠床上，她变得越发喜欢慵懒地蜷缩在眠床上，双腿好像不能支撑住自己的身子。

“气哼哼，他们虐待你了？”

“罗立来过了？”我冷冷地问。

“来了，又走了。一定是苏太太告诉你的吧。罗立一进门，她就鬼鬼祟祟地躲在门外偷听。”

苏太太的这一招，一定是从我这块学来的。

“说了些什么？”

“谈情说爱，瞧你一副酸相。”

“酸相？”

“能假？没有一点丈夫的味道，对自己的妻子不信任。我们谈什么你应该知道。”

“为黑琪，也太劳神了。毕竟是别人家的孩子。”我重复了一遍，“别人家的孩子”。

妻子听罢，抱过枕头，脸埋在松软的枕头里，伤心地呜咽起来。

“你是说我至今没怀孕。我不会生育，我是不会下蛋的母鸡。”

我急忙解释：“不是这意思。你和他们来往越多，别人的闲话就越多。”

“让他们嚼舌根去。我心中无鬼，不怕鬼敲门。”妻子把枕头掷到我脚边，我捡起它，拎在手里。

“好吧，不说这些了。说正经的，我们可能马上会有孩子。”

“活见鬼，去领一个？”

“不，你精神不振，食欲极差、呕吐厉害，不单是虬江的关系，可能是妊娠反应。”

妻子跳下眠床，很想拥抱我。我把枕头塞给她，她搂住枕头，高兴地跳起舞，舞姿有点像儿童剧里小兔之类，她擅长这些。妻子停止蹦跶，转脸望着我，“不会，那是因为虬江”。

“让医生验一下，明天去趟医院吧。”我自信地拍拍妻子的脸蛋。

夜里，妻子贴着我的耳朵，轻声告诉我："说来也是，我的大姨妈快两个月没来了。"妻子踢掉盖在身上的毛巾毯，抚摸自己的肚皮。"嘿，它真大了不少。你也摸摸。"

"听见风就是雨，等去医院检查后再高兴吧。"

"我不！"妻子不住用手掐我。

"住手吧，看我遍体鳞伤。要不我就去穿棉毛裤了。"

"发神经，这是夏天。"

这一夜，虬江仿佛温柔了许多，汽笛声也不再像以前那般刺耳，汽锤动摇沪上一流，摇篮般晃动着把我和妻子送进梦乡。这是我们迁入沪上一流后，第一次睡得踏实。

11. 妻子双手捧着肚皮，耷拉着脑袋，一副霜打过的模样，从妇产科医院回来。出门时，还是精神抖擞，甩膀子迈大步，欢声笑语。回家竟像换了一个人。

"医生说二个多月了。我真傻，怎么这样粗心？连大姨妈不来都没放在心上。"说罢，她倒在眠床上，拉过毛巾毯，连头带脚裹了起来。

"该高兴啊。"

"高兴什么，噪声这般厉害，影响胎儿生长。生出一个戆大，跳楼都来不及。虬江什么时候能安宁，那帮见鬼的修堤人什么时候才滚蛋？"

"那也犯不着这样，会焐出毛病。"

"懂吗，生一个脑子不灵光的小囡，才作孽呢，我们不能再在这里住下去了。"

我哭笑不得。不在这里住下去，又能搬到哪里去呢？重返老家，继续躲在那道布帘子后面过日子，好像不现实。

"可以戴上耳机嘛。"自从黑琪离家出走后，妻子已经很少戴上那玩意。这些日子，也不知她靠什么熬过来的，她曾视单放机为命根子。

妻子挺高兴，“对，这样可以一举两得，胎儿音乐教育”。

她从书架上拿过已经积灰的单放机，擦拭起来。她擦得仔细，连落进缝道里的灰尘都没放过，用柄旧牙刷刷干净，说是对胎儿负责。干完这一切，她并没戴上耳机，把它放在自己的面前，臂肘支撑着桌沿，双手托着两腮，呆愣愣地端详着，自言自语：“她还是那样子，老是去摆渡口。罗立想把她带在身边，书也不想让她去读了。”

“这有点不像话，不读书怎么行呢？”

“他认为读这些书没用。”

“毁了孩子吗？”

“脑子有毛病的。”

“别想这些事情，劳神伤身，你肚皮里还有孩子。”我走到妻子身后，双手搭在她肩头。妻子仰起脸，痴痴地望着我。

这天，打桩声突然消失，颤动多日的沪上一流，安然屹立在虬江边。妻子困顿地睡熟。我带上房门，来到户外，悠闲地在虬江边散起步来。

小雨鸽领着一群同伴围绕红顶上的那面砖砌的旗帜翱翔，红瓦上停落的几只幼鸽，很是羡慕地翘首仰望，无可奈何地扑楞羽毛未丰的翅膀。不少头顶橙黄色安全帽的人扛来沙袋垫高扒开的豁口，做临时防潮措施。我想一定是苏教授以他的委员会名义发出的警告起了作用，橙黄色安全帽不得不暂时停工，另图他谋。

苏教授出现在沪上一流门前的台阶上，指指点点对苏太太说着什么，她麻利地走进黑乎乎的门洞。不会儿，搬来一张骨牌凳，放在门柱下。随即苏教授进了门洞，不刻又出现在台阶上，手里多了一把榔头，继而苏太太又进门拿出一些工具。远远望去，他俩像一双辛勤劳作的小蜜蜂，不停地操劳。

苏教授擎起那块建筑文物保护牌，吃力地抬腿跨上骨牌凳，脚跟站稳，苏太太放下搀扶他的手，抱住他的腿，生怕闪失。夏日的阳光下，那块铜牌像面镜子一样熠熠闪光，衰败中的沪上一流光彩倏增，像注进了一股青春的血液。

他俩并无能力把铜牌悬挂到墙上，我不想去做自己不愿做的事情过去帮忙，打消了回家的念头，故意沿河闲荡，这对白发苍苍的苏教授来说过于残忍。但假惺惺地去做了，我心里会受煎熬。

傍晚回到家，没见墙上有铜牌。我会心笑了。吃晚饭时，与妻子说起这事，“他俩就像辛勤的小蜜蜂，忙上忙下。”妻子告诉我，牌子是挂上了。无奈之下，他们求助那些橙黄色安全帽的工人，没想罗立回家见后，一把拉下它，扔在地上。这倒不是他劲道大，而是墙体老化，吃不住膨胀螺丝。随即，吵起相骂。苏教授说是破坏公物，报了警。110来了，现在，人都在警署。

“这又不是什么大事，做个笔录了事。”

“应该是这样的。”

“是不是历史保护建筑，苏教授不能独个说了算，要公示后才能决定呀，理由充分才可信。”

“现在听他一个儿说了算，不对的。”

12. 汛期终于来了。沪上一片风声鹤唳，大大小小的媒体反复告诫人们，准备抵御台风暴雨和大潮汛的破坏。我想这种抵抗只能减少一些损失，就像沪上一流里的人耳塞棉球，抵抗虬江噪声一样。

沿虬江冒雨骑车赶往学院，参加期末总结会。烟雨笼罩虬江，雨点密集地抽打河面，黑色的水上泛起无数的白色水沫，泛黑后，新的水沫很快涌现，还是白色的。真不能想象，黑色的水流竟能孕育出如此洁白的水沫。

我俯身在堤墙上，伸手撩起水沫，水沫即刻消失在我的手心里。这天，河道中的黑水暴涨，水位极高。

我实在无心继续聆听慷慨激昂的期末总结，心里惦记着沪上一流和有孕在身的妻子。反正，这一学期课上得一塌糊涂，学生怨声载道，几次派代表向系里交涉，弄得我有苦难辩，狼狈不堪。

雨在风的挟裹下，有力地抽打会议室的窗玻璃，玻璃上爬满雨珠，朦胧了不远处教学楼的轮廓。照这般落法子，说不定虬江会满溢。更可怕的是，那截修建中被迫停工的堤墙，只是用沙袋堵上缺口，黑水容易反灌倒溢。如果这样，地处低洼的沪上一流，将是汪洋中的孤岛。我仿佛看到妻子懒洋洋地躺在眠床上，双手捧着隆起的肚皮，眠床成了方舟，随波漂流。河水涌入的瞬间，她一定会唤来女孩，让她端坐在床头，自然女孩不会忘记带上她的小雨鸽。它不会害怕，因为会飞。

幻景反复出现在脑际，我离开座椅，朝外走去。苏教授端坐在不远处，手杖得意地敲击地面。他盯上了我，鄙夷地冲我一声干咳，惹起全场人对我擅自离场的敌视。他住在沪上一流的二楼，笃定安坐于此，开会接受褒奖，我就不行了。众目睽睽之下，我移步出会场。以前，我会佯装成去厕所方便的样子，不招人注目地溜出会场。

一群头戴橙黄色安全帽的工人身穿雨衣，正用沙袋堵住涌水的豁口，也有工人撬开阴井盖排泄积水。不过这样的努力，没能敌抵凶猛的雨势，沪上一流的台阶已经淹没在水中，黑水泛着白沫一股劲地朝里涌。

我掮着自行车，拎着雨鞋，狼狈地出现在家门口。妻子蹲在地上，正用脸盆往外舀水。看见我，她手撑膝盖，缓慢地直起身，气派十足地双手插腰，显示出丰硕的肚皮。她的脚边浮动着我的一只海绵拖鞋，没找到航道似的胡乱游动，一个劲地朝妻子的脚脖子那块碰撞。

她蹚着水，向我走来，咧开嘴笑了：“瞧瞧，我们的沪上一流吧！”

既无恶意又非怨言，仿佛先前的劳作纯粹是一场水中游戏。

“我以为你会安卧眠床，任其泛滥。”

妻子笑着啐了我一口，继续蹲下身子舀水。

我瞅见她一副艰难样，心里内疚，“上床吧，由我来”。

“你又不是东海龙王，一口能汲涸。”

“龙王也不愿汲这种龌龊水，乌贼鱼倒欢喜。”我夺下她手中的脸盆。

楼梯上传来嗤嗤的窃笑，苏太太站在贴近水面的梯阶上，探头探脑地窥视。妻子尴尬地冲她一笑，引来她一串笑声。

“真够意思，门坎那儿不用东西堵上，光往外舀有啥用？”说完，踩着皮拖鞋上了楼。沪上一流间，充斥着她的笑声。

“笑话看够了，才点破。”我说。

“怪我们没经验。”妻子反倒安慰我，“头一趟嘛”。

的确，头一趟。在老家虽然布帘子碍事，但从未碰到过水漫金山的事情。

“头一躺遇上这样的邻居，住二楼，没事人一样。”

“罗立在就好了，他会帮忙。”

又提罗立。我说：“靠自己，别人靠不牢。”

“一提罗立你就变脸。”

“好啦，现在提谁都没用，找点东西堵上吧。”

妻子总是那么果断，不管三七二十一，顺手拉过床单、毛巾被，扔在黑水中，“湿布挡水最好”。

“喂，还差些。”

她又把枕头扔下水。

“还差一点。”

“窗帘，卸下窗帘。”还是妻子的反应快。

那块五彩泡泡纱窗帘，被揉成一团，塞进了空档。

“那块用老房子布帘子改的窗帘，放在哪里去了？”

“现在怎么想得起来。够了，就可以。”

家里的水舀得差不多，海绵拖鞋在眠床脚边搁浅，不再游弋，安静地歇息下来。我直起身子，不住搕捶发酸的腰眼。抬头时，看见窗外不时有鸽子掠过，天空奇迹般放了晴。西边映现一尾璀璨的残阳，一扫气象预报的神话，原本经科学预测的持续恶劣天气消失了。

妻子格外高兴，“走吧，到外面去吃饭，我的肚皮咕咕直叫”。

“家里一片狼藉，好像没有兴致吧。”

“这不是兴致的事情，是肚皮里的孩子想吃好东西。”

“你馋了。”

妻子否认，声言是孩子想，她无能为力。

13. 经过狂风暴雨的洗礼，我和妻子似乎习惯了沪上一流，或者说有了身孕的她需要适应外界的环境，有益腹中胎儿的成长。以后的日子，我都会陪同她去沪上一流不远处的小树林散步，那里有草坪和人工湖，有不少人在散步。人去多了，形成一个不大的露天集市。妻子挺着个大肚皮，晃荡着双臂，左顾右盼，不少行人都给让道，她索性大大咧咧地放开手脚行走。突然，她站住不动了，“你看黑琪”。

小树林边的一块巨大的广告牌下，小商小贩摆着各色各样的小摊，人来人往蛮是热闹。黑琪倚在大汉罗立的身边，手里捧着那只小雨鸽，它的那双圆圆的小眼睛不停地转来转去。他们的脚边放着两只鸽子笼，几个小孩蹲在地上，饶有兴趣地逗弄笼中的鸽子。他们身后，站着不耐烦的大人，等待孩子尽兴。一个穿水兵衫的小男孩，站在黑琪的面前，眼睛盯着她手里的小雨鸽，黑琪紧张地用手遮住它。

罗立躬身，笑容可掬地对那孩子说：“小朋友，你不买？”

“我要这只。”男孩手指小雨鸽。

女孩挥动小拳头：“它是灵鸽，不卖！”

“我要买！”

罗立抢过小雨鸽，抓在手上：“好。卖了，卖了。这可是灵鸽，神鸟。”

黑琪趁罗立不备，冷不防从小雨鸽身上扽下一根羽毛，它浑身抖动，展开翅膀直冲天空飞去。它并没飞远，孤零零地停落在不远处的电线杆上，悲伤地望着女孩。女孩跑到电线杆下，不住挥动双臂驱赶它。

“恨我！飞吧，永远别回来。”

目睹了这一切，妻子挣脱我的手臂，想去安慰女孩子，在我的劝说下，终于没成行。

我们沿着小树林款款而行，林边碧绿的小湖中，水波潋滟；如毡的草坪上，两三对恋人，喁喁私语。一个孩子在草坪上追逐飘动的红色气球，他伸展胳膊，试图抓住宛似一轮太阳的红气球，气球随风飘动，忽上忽下。孩子的奔跑惊动了一群觅食的鸽子，它们腾地飞起。小树林把虬江隔开，挡却了来自虬江的嘈杂。

“这里，竟然成了另外一个世界，空气清新、环境优雅，没有干扰。”我感慨地说。

妻子没接我的话碴，低头看着路面，一遇上小石子之类的东西，用力踢得老远。良久，她冒出一句“罗立真是怪人，心里念着妻子，可又不愿她回来。就苦了黑琪”。

“自顾自吧。这该死的沪上一流，太闹心了。”

我们行走在一条窄窄的鹅卵石铺成的小道上，和迎面走来的苏教授夫妇相遇，他挥动着乌黑的拐杖，正得意地叙述什么，苏太太的眼线随着那手杖不住移动。我并不想跟他们打招呼，假惺惺地寒暄一番。苏教授没因为我的无礼，同我一般见识，不管我看没看见，不停地向我们点头致意。

生活就是赋有喜剧色彩，过去，我曾故作此状，现在轮到苏教授。出乎预料，妻子热情地张开双臂，大企鹅般摇摇摆摆地迎着他们走去。“苏教授，你的那本史诗写得差不多了吧。”

“惭愧，已经搁笔不写了。人老了，没有年轻人参与，一事无成。”

“你应该写完它，很有意义的。我想拜读，非常想。”妻子说得虔诚，神情动人。“你是我丈夫的先生，自然我也是你的学生。”

“快要生小囡了吧？”苏太太关切地问。

“早哩，还有三个月。”

“恭喜。你们这些年轻人就是粗心，还是我提醒你丈夫的。”

“嗳——”妻子点动脑袋，脑后马尾巴式的长发不住晃荡，“谢谢，我们没经验，请多关照”。

我冷眼望妻子的表现，大为惊讶，第一次发现她有如此高超的演技。过去，完全小瞧了她，还一直自以为是。女人是天生的演员，这句话我记不得是哪位哲人说的。不过，我已准备卸装，恢复自己的本来面目。伪装自己是桩痛苦的事。而我的妻子却要重蹈我的覆辙……

“这样做，不是你所希望的吗？邻居嘛，何况是你的同事老师。”妻子惟妙惟肖地模仿当初的我。

哑口无言，在妻子面前，我始终是输家。

她有些疲乏，一屁股坐在小道旁的一张粗糙的石凳上，我与她并排坐下。在这里，能望到掩映在绿色中的沪上一流房顶上的烟囱，破损的它沐浴在夕阳的余辉中，染上了一层宁静的金黄。此刻，没有鸽子的踪迹，即使晚霞赐它一身美丽的装束，也掩遮不住它的沉沉暮气，没有丝缕的生气。

妻子倚在我肩膀上，温柔地抚摸隆起的肚皮，一字一句地说：“我原以为，你带我到了世外桃源。”

我默然。

小雨鸽领着一群鸽子远远地飞了回来。

（1988年2月初稿，1990年5月定稿于沪上曹村）

遥寄远山三章

树摇曳

1. 男人说要上黑林子，女人打初一起便烙饼，直到这一刻男人腿搁在炕沿上打绑带，她埋头依旧在烙。她烙得麻利，灶膛里的火苗一窜一窜，映在她脸上不安分地跳跃，照出脸蛋的细嫩。女人知道亮处的自己很好看，男人说过。里屋，男人咳嗽。女人想他会跑出来，坐在自己身旁。女人解开领扣，露出白白的胸脯。男人在里屋不住地跑动，没有像以前一样跑来抱住女人，而是一刻不停地在里屋活络胳膊腿。

男人又咳嗽，女人赶紧起饼子放进盆里，折断大葱搁在饼子上，又放了几片极薄的油膘卷起。饼子极烫，油膘吱吱地烊开，味儿好香，弥漫整个屋子。大概男人嗅到了，女人忖思。

“趁热吃了吧。”女人说。

男人抚摸着猎枪，眼睛一直没挪开。猎枪锃亮，寒光晃眼，不知擦过多回，抚摸过多少趟。

“蹦儿吃了吗？”男人瞅着腿上的枪，冷冰冰地问。他知道女人早起了床，弄得门外的狗窝乒乓直响。原本她是轻手轻脚惯的，一定以为他还熟睡着。其实，很多个夜晚男人都没睡安稳，光个脊梁冲着女人，独个想心事。几次女人用滚烫的身子贴住他，男人都挣脱了，身子退让到炕沿边。女人索然，瞪大眼睛瞅灰黑的房顶。男人知道她没睡，嗡声嗡气地说：“初四上黑林子。”女人没回答。她知道男人的心事，跟男人过日子前，他是远近闻名的猎手，后来他再没能猎获些啥。日子一久，屯里人怪罪她，说是白虎星。她好犟，任人嚼烂舌头根。男人受不了，整天阴沉着脸，心里憎恨屯里人，好端端一个外来姑娘招惹了谁？

男人盘坐在炕上，开始嚼饼子。女人背朝男人，站在柜子前拾掇行囊，大概往口袋里放烙饼。屋里静极了，只有男人发出的咀嚼声。突然，柜子那块传来瓦盆掉地上破碎的声响，男人心想，女人今儿咋了，挺细心的人变成粗心婆。女人疯疯颠颠跑到男人跟前，揽过他的脑袋搓揉硬直的头发。男人没挣脱，听凭女人怎么弄，眼睛死盯住女人敞开的胸脯。女人解开衣襟，露出白花花的奶子，塞进男人的嘴里。男人吮吸。

“你咬！”女人快活。

男人咬了，吐了出来。粉色的奶头四周，有一圈浅浅的牙痕，渗出血丝。女人知道，血是从男人牙缝里渗出的。她撩起衣襟，轻轻擦拭。

男人出门，边走边把没嚼完的饼子揣进怀里。院当间，他跺跺脚，伸个懒腰。狗子蹦儿欢跳，跑到男人的脚边嗅嗅，随后前爪搭在男人的肩头，伸出舌头舔男人的脸颊。男人顺着蹦儿的身子往下撸，直到它结实有劲的腚子，亲昵地拍了拍，随即掏出饼子，塞进蹦儿的嘴里。男人颠一下肩上的猎枪，朝前走去，连头也没回。女人暗想，这次如果没打着什么，男人一定会发疯。

倚在门框上，她无力地垂下手，怔怔地瞅着蹦儿。它缠着男人的腿往前走，撒欢不停。女人鼻子一酸，眼眶湿润。良久，她惊诧地发现，自己一直挥着手向男人告别。

门前的土岗上，独棵儿树在摇曳。

2. 女人回到屋里搓绳子，不一会儿，停止操作，撩起衣襟细瞅奶子上的痕迹。她捏捏，疼兮兮。她边瞅边捏，想着蹦儿。女人抽泣起来，捂着脸，肩胛一耸一耸。里屋不再会有咳嗽和呛人的烟叶味。她惦记着男人回到身边。

女人又搓起绳。

屋里冷清，女人想着搬到院里搓。院里极冷，片刻冻红手。女人觉得这比屋里好，搓上劲手就热乎了。女人仰脸瞅黑林子，黑压压好大的一片林子，顺着地势爬上老君岭，无边无际。男人会在哪块呢？哪儿有枪声那儿就有自己的男人，蹦儿也在那儿。听男人说，枪一响蹦儿来劲，几乎随子弹打中的同时嘴已经衔住了猎物。她笑了，怎这会儿才想起这碴？女人冲着黑林子竖起耳朵。此刻，女人越发觉得在院子里搓绳的好处。

过了好几日，搓成的绳子没比大姑娘的辫子长多少，男人走的那个晚上，她躺在被窝里还想每天搓上五六十米。仗着搓绳的手艺，她给自己定目标。不曾想，该死的走神，让自己手中无措。

黑林子好静。

阳光下，女人端坐在院当间，绳一头拴在院外的树杆上，一头拿在手里头。她一会儿想男人，一会儿想蹦儿，要不就想黑林子。想得最多的数蹦儿，她不明白为啥。男人说，他离不开它，每次发现猎物，蹦儿便扑上去，猎物跳起来反击时，男人扣动扳机。他喜好猎物反扑时结果它，用性命换来的东西有嚼头。蹦儿胆大，连比它大几倍的猎物也不害怕。其实，女人疼爱蹦儿，就在男人出门的早上，她把昨晚上没舍得吃的膘子肉塞进它的嘴里。可不知为啥，就在那个清晨，她暗暗发誓，再也不省什么给蹦儿吃了。

绳子搓得老长，女人解下拴在树上的那头放在地上，嘴里一圈两圈地数叨。烙饼快吃完了，男人食量大，如果没打着什么，还要分给蹦儿一半，兴许压根不只这数，男人宁肯不吃，也要喂饱它。怎到现在还没听见枪响？恐怕男人越过了岭子翻到了那边。女人臆断。黑林子真大，自己没去过。春上，屯里的老娘儿们上林子摘蘑菇，女人怏求跟去，男人不让，说里有狼；秋天，她们又去拾柴禾，男人也这般说，只是把狼换成了野猪。然而，在许多的日子里女人从来没听见狼嗥野猪嚎，连别的什么野兽的叫唤都没听到过，只有单调的老鸹叫，令人烦心。女人甜甜地对男人说，“恐怕全被你打光了。”男人坐在炕上耷拉脑袋。打从女人来家过日子，黑林子里的兽儿少了许多，许多回都空手而归。真的像屯里老娘儿们说的那样，自己的女人白虎星转世？

绳子已搓成老大一捆，躺在墙旮旯里。女人眯缝起眼睛细瞅，瞅累了，拉灭灯，脱去小褂子，钻进被窝，双手轻轻捏着胸前的两垛肉。男人总是捏得重，双手很有劲。女人坐起，凑近后窗射来的月光，细瞅奶子，牙痕早已退尽。她拉过褂儿，擦了擦，总觉得留有男人的血腥味。女人脑海闪现一个古怪念头，蹦儿一定躺在男人身边吧？男人从来就是光身子睡觉，还让女人照样做。

夜好静，她进入梦乡。

3. 天放亮了。

女人揉着眼，慵倦地拉开门，发现男人倒在台阶前，趴着一动不动，死了过去似的。女人惊慌，脸孔贴住男人的脸，尚有鼻息。女人赶紧摘下男人腰间的酒囊晃了一下，里面是空的。女人返身回屋拿来酒瓶，扒开男人的嘴往里灌。男人动弹一下，又晕厥过去。女人翻转男人的身子，准备搰进屋，发现他怀里抱着一头血肉模糊的死兽。男人打着猎物了，女人身上的血往脸上湧。她费大劲拉开猎物，男人抱得太紧。这时，女人瞅见的是蹦儿，身上被子弹打出许多窟窿。女人不明白是谁杀了蹦儿。男人呻吟，

“林子里真没猎物了。它愣学着猎物样儿，窜了起来……”说罢，淌下两行泪。

女人瞅着蹦儿，哭了，肩胛一耸一耸……

这天，屯里传说，男人不枉为高手，打到了猎物。就在家家窗上的灯光熄了后，男人趁着月光在院里套上骡子，女人把一包包行李搬上板车。他们要离开屯子，去一个不知名儿的地方。车子动了，女人让男人停车，说忘了东西。她气喘嘘嘘地抱着一大捆绳子从屋里出来，男人撂下鞭子，想接过绳子。女人没吭声，径直往车斗那儿走去。车子启动。女人坐在绳子上，双手捧着脸蛋儿，眼睛直勾勾瞅着远外。

土岗上，那棵孤零零的树儿在摇曳。

不一会儿，树下出现一长溜的野猪，雄赳赳、气昂昂，气派地通过土岗。女人扭过脸，想唤男人停车。男人驾车，嘴巴不住地吆喝着……

出殡

1. 屯里人忌吃老鸹，说它贪食死娃，人吃人倒霉。屯里人的说法，兴许出于怜悯夭折的尕娃，兴许压根儿害怕招惹这些鸟儿。约定俗成，老君岭的老鸹越发多了起来，遮天避日地飞过屯子。

那年春上，全屯几十户两百多口家家断顿，老少个个肚皮贴住脊梁骨，屯里人死守乡俗，不破一例，宁愿吃野菜、啃树皮，宰骡杀马充饥填肚，就是不碰老鸹的一羽一毛，瞪眼瞅着它们黑压压掠过屯子，旦出暮归。

这一天，老鸹熟门熟路地飞来，不知啥的，噼噼啪啪像下饺子一样摔下不少，屯口的晒谷场一片乌黑。屯里人说是饿着了，也有人说老鸹没有这个死法，死在林子里，尸首被同类拖到隐蔽处吃掉。这是个不祥的兆头，恐怕要出事，至少还得死人，尤其是尕娃。

老队长勾耷脑袋，站在横七竖八的尸首前，约摸一袋烟的工夫缓过神，派了薛爷的差，“拾掇起来，赶紧埋到黑林子里”。

这差使派得薛爷叫苦不迭，甭说上了年纪，还是个残人儿，即使好胳膊好腿的壮汉，收拾它们背上山埋了，也是老马赛壮骡出汗的累活。薛爷晓得，他在拿自己，连个帮手也不派。他咽下一口唾沫忍了。干完活儿，薛爷觉得腰腿都快不是自己的了，使唤不得，回家一头栽倒在炕上，喘着粗气哼哼大半夜……

熹色抹在圆鼓鼓酷似女人奶子的老君岭上，迷糊的薛爷听到一阵女人嘤嘤的啜泣，估摸在炕旮旯那块发出。他纳闷，屋里少说三四十年没了女人的腥臊味，也没了女人一根毛发，莫非遇上狐仙？他利索地坐起，顺着哭声迅速摸去。别以为薛爷是为了女人变得麻利，想当年闯关东，住骡马大店，那等俏姑艳妇没沾过，连屯里头一挑水灵的白姑还赤条条偎着他睡了，直到被当年还是小伙子的老队长砍去一截胳膊。不过，那时老队长只是赶骡马的伙计，愣头青一个。如今，人老了，没了那份荒唐劲，不在乎女人不女人的了。

旮旯那块的小窗，女人的抽噎传来。薛爷弄出窸窸窣窣的声响，女人中止啜泣，隔着窗户怯生生唤了声：“他大爷，你醒着吧？俺给您送老白干了。”薛爷浑身一激灵，像被野蜂蜇了一下。

“小星子……”小星子娘没说完下文，踉踉跄跄一头扎进灰茫雾气的小道上，没了身影。薛爷心里猜出个八九不离十，却又想别真是那回事。他盘腿坐在炕上，脸冲窗户，摸过柳条烟丝篓，就着大腿搓起烟，衔在枯黄的唇间。这年头连壮汉都难熬，就甭提尕娃了，饿得只剩下一把骨头一张皮——不成人样，何况星娃子还整天病怏怏的。如果单是这码事，小星子的死兴许不往心里去，毕竟经他手埋到黑林子的死娃不少。星娃不一样，全屯唯一上县城念书，小脑袋瓜子好使，出点子让全屯家家户户用上了电，安上电灯泡。县里来的老师说这娃聪明过人，前途无量。记得来电的那天，薛爷叼一支烟，凑到滚烫的灯泡上，吸了半天没点燃。星娃双肘支撑炕桌上，捧着硕大的脑袋，吃吃笑了起来，“大爷，这不是油灯”。他笑起来好看，腮帮上有两个深深的酒窝，酷似白姑。白姑一笑也有这般撩人的玩意，她老爱挑逗说：“给你喝，醉死你。”不过那是过去的事情，如今她的老脸皱巴巴、松垮垮，绽不出好看的酒窝。

窗外，一群老鸹扑楞着翅膀，飞出黑林子，冷不丁儿瞅见，以为黑林子上冒出一股黑烟。这会儿，老君岭上慢吞吞升起一轮火球，害羞似的半露出脸。火球敛走了星娃子——这是个灵娃，薛爷这般思忖。

薛爷脚探进鞋，拖沓着顺墙出了后门，冲着墙根撒尿。心里一激动便上火，就觉得憋不住。不知咋的，小星子娘站在那块，脸臊得通红，怀里紧抱着深褐色的粗瓷罐，显得有些偈促不安，语气不再是先前那样悲戚，平和许多：“求您老趁天没大亮，赶早收走他。”她乞求。屯里人信死娃不能过了卯时送葬，否则阴魂不散，老在屋里转悠；搁过白天，说尕娃来世投不了人胎。“劳您驾——”说罢，小星娘把酒罐往他怀里一塞，掉头下了岗子。薛爷提溜着酒罐颤微微挪步进了屋。

他拉开柜门，取出折叠得四四方方的行头，一套干活时穿的黑衫裤，捧到胸口，站在后窗前，朝老君岭默默作揖鞠躬。然后，麻利地套上。今儿，他做得虔诚，临了眯缝起眼睛细瞅哪块蹭脏没有，努力去擦干净。他明白待会儿还会被弄脏。

2. 就在这当儿，山屯喧闹起来，紧接着是老娘们直起嗓子的哭嚎，惊得原本悠然飞过屯子的老鸹一个劲地惊叫，极速飞往远处。这哭嚎不是为星娃，又死人了。屯里人不会为一个学生娃抢天呼地，尤其在这荒年。即使星娃给大伙儿带来照明，家家户户屋樑上垂挂下灯泡，可又有几个能记牢，为他哭几声，掉几颗眼泪，早揣进胳肢窝忘了。

老队长风风火火撞开板子门，站在门坎上没往里，傻里巴几地一动不动站着。良久，开了口，一反往常，居然跟薛爷称兄道弟。“兄弟，独臂兄弟……”

这会儿轮到薛爷犯傻了，一贯吆五喝六的他，吃错啥药了？

老队长哭丧着皱巴脸，“白姑老掉了”。

薛爷没吭声。

“白姑死了。”老队长以为薛爷没听明白，又重复了一遍。

薛爷没吱声，木桩般坐着。死了就死了呗，咋唬啥？这骚婆娘吮干了屯里多少男人的精血，损了多少男人的心，毁了多少男人的前程，把人拴在山屯里，随后转悠到别的男人炕上。

“你聋啦？”

“队长嘞，星娃死了，他娘让赶早……”

“扯鸡巴蛋，一个学生娃算不了啥。”

“星娃可不是一般的学生娃。”

“毬，没白姑能有俺屯的兴旺？她那肚子下过多少壮劳力，亏你还在她肚子里放过。”薛爷不吱声，那会儿为这烂婆娘变得疯疯颠颠，还被砍去了半截胳膊。老队长赢了，也照样没揽住她，晾他在炕上干瞪眼。细念起来大老爷们真熊，熊极了。

“星娃，他——”

“她，论辈分是他的奶奶。”老队长唬起脸，眼睛瞪得铜铃大。“你想拿俺？”

“不敢，队长嘞！”

“告诉你，白姑临死前还念叨你。连俺对她的情份都搁在肺上，没当一回事。唉——”老队长眼圈一红，声儿跑了调，受委屈似的。

话说到这份上，还能啥言语？薛爷不是铁石心肠，思忖白姑给自己焐过脚，如今命归西天，就不计较了。薛爷离了炕，拾掇拾掇，颠颠地跟在老队长的屁股后面出了门。

3. 白姑住在屯西头的岗子上，独门小院，朝阳并排一溜几间不算宽敞的小屋，青瓦盖的顶，红砖砌的墙，数得上屯里头一挑的住所。这是不忘旧情的老队长，动用队上的血本替白姑盖的。年轻时，白姑撒下不少野种，她没留一个在膝下，照着小肉蛋的模样挨个给男人送去，剩下窝囊的扔进黑林子喂老鸹。她好独个过日子，和野汉子交往没拖累。可一旦上了年纪，再也没男人愿碰她一身的肥囊子肉，日子难捱。虽有念旧的男人不时捎这送那，少了水替打满了，少柴给堆上了。那年，土改工作队下到屯里，老队长给全屯的人暗中递话，白姑是一个早年流落屯里的外来户，无依无靠，仰仗屯子里的人施舍过活。居然，屯子里没有一个人说漏嘴。她得了个贫农，分得土地。老队长一瞧，便对白姑说，你一个人怎弄这些地，不如交给屯子里，你领口粮。白姑无奈地接受了，吃、喝、住全仗着屯上。屯里不少后生敬重她，隔着大老远，忙不迭招呼“大娘”。白姑背着手，站在土岗上，扯起那双松了巴儿的凤眼，笑模悠悠地瞅着过往，心里暗自数着数，这一个，那一个，瞎子吃饺心里有数。尕娃见了她更热乎，总要让她抱过才愿离去。唯独星娃不，见她便扭去脸，绕道一溜小跑。白姑气恼，这么多尕娃就数星娃模样酷像她，可就是没缘。据说，白姑每次数后，一回屋便哭嚎，满炕乱滚。有一回，实在忍不了，摸黑跑到薛爷的破屋前砸门。薛爷没开门，转回炕上，掉过脸冲着墙，故意打起鼾。

白姑肥胖的身子像座小山，搁在一张大门板上。几个年轻媳妇脸上挂着泪水，给她套大红缎子寿衣。白姑一身老肉，绷得寿衣绽开了针脚，几个小媳妇还一个劲地把她的手臂往袖筒里塞。老队长一瞅上了火，“小蹄子，浑！你们当她是谁，俺屯的祖奶奶，没她兴许没你家男人，你们就甭提了”。

白姑的脚后跟停着一口棺材，前首翘起，像南蛮子使唤的打渔船，徐缓而下，临了是个圆溜的收头。料子厚实，光漆就刷了三遍，绛红色，油亮亮。老队长给置备下的。

“队长嘞，下埋一丈四吧！”薛爷说。按屯里规矩死了德高望重的老人墓穴下挖一丈四尺。地里一丈四尺，终年不化冻，尸首不会烂。

“一丈六尺。我给你派壮劳力。”老队长阴沉着脸说。

小星子娘抱着一捆白细布，打屋里出来，预备铺棺材底，见了薛爷恭敬地叫了声。他没敢拿正眼瞅她，觉得亏了她娃。这时，一群老鸹飞经小院，小院黯淡下来。薛爷觉得眼前一黑，天眩地转，星娃，星娃——星娃双肘支在炕桌边，手指伸到耳后稠密的黑发里，托着脸蛋，酷似白姑年轻时的一双凤眼一眨不眨望着他，专心听他讲过去。他说：“那些娃子，一早便提溜着兜子，里面放着课本去上学。记得俺偷瞧过一次，不少与俺一般大的娃叽哩咕噜不知念着啥，羡慕死俺了。”星娃说，“我也去”。

一只掉在队尾的幼鸹发出几声凄切的哀鸣，一头扎下，翅膀擦过薛爷的头顶，瞬间又倔犟地昂头高飞。他心里哆嗦，口中振振有词，念叨不停。

“嗨，犯啥愣。山里你熟，下葬的事你揽了。”

薛爷根本没听明白老队长说啥，捣蒜般点脑袋。

“嘿，你仨，”老队长冲着拾掇完白姑的小媳妇直嚷。“上库房，把社里配发的白面抬来，预备晚上大伙儿的吃食。”白面下发个把月，老队长囤着不派发，说没到时候，虽然他知道屯子里已经有人饿死了。

几个小媳妇听说有白面，跟着老队长下了山岗。老队长嫌她们手脚不够麻利，骂骂咧咧，“操你×，磨蹭啥”。他过了土岗不见影儿，骂娘声依在。小星子娘转过脸子，低声问，“他大爷，你去了？”

薛爷没应。

“大爷，收走他吧。搁在屋里不安生呀！”

那只发出哀鸣的幼鸹，它的魂能安吗？薛爷忖思他才十三岁，世上好些事儿没经历，便成了饿死鬼，算怎回事？大老爷们就护不了个尕娃。“大爷，得闲俺再听你说过去。”每次临别时，星娃站在半拉开的门外，若有所思地转过身子，脸上挂着笑儿，轻轻摆着手，像一页纸片悄悄飘去。屋里静极了，一片寂寞。

远处，又有老队长恶声恶气的训斥，今儿他邪了门。

4．几盏光秃秃的大灯泡悬在四周，小院如同白昼。整个下午，全屯人差不多都去送葬，纸钱儿飘舞，白练子摇曳，哭哭啼啼的送葬队伍拉了几里地。此时，大伙儿聚拢到白姑的院子里，屋里容不下，盘腿席地坐在院子里。人们吵嚷、喧闹，等着开饭，很长时间没闻到饺子香了。一大帮婆娘在炉灶前忙活，不时发出锅碗瓢盆的撞击声，像做大寿一样热闹。

上了年纪的男人坐在石碾上唠嗑，唠着唠着，爆发出一阵大笑。老队长歪着嘴儿，笑悠悠地说：“嘻，独臂兄弟有体验，让他说说白姑的厉害。”

薛爷盘腿坐在石碾旁的地上抽闷烟，没理这碴。老队长不死心，一把拽住裤腿，“嗨，人都埋了，入土为安还惦啥！白姑够劲吧？”

“甭逗啦，白姑再厉害也没斗过他。要不临了还忘不掉呢？”有人说。

“嗳，怎把这碴忘了！连俺的情她都……”老队长摸摸腮帮子说，语气中没了早上的酸劲，像是在说笑。

“她年轻时，小模样真俊。”

“听说是大户人家的小姐，淘金起的家。”

“我也听她说过。”老队长接过递上的烟袋，抽了一口。“遭胡子打劫，一家人打散了，她落在关外，四处游荡，转到俺屯就再也没离开一步，这女人！”

薛爷没心思听这些，他知道的白姑经历，要比他们多得多。

突然，一个尕娃奶声奶气地叫唤，“娘——俺饿”。薛爷心头一哆嗦，小星子的声音？他起身，拨开人群寻去。

“大爷，你找啥？”小星子娘从炉灶后探出一张乌黑的脸。

薛爷记得早晨的事儿，小星子死了，确确实实。他娘不会开这个玩笑。几颗火星溅出灶膛，落在小星子娘身边的干草上，她用脚踱灭，拢了拢头发，“大爷，你怎啦？”

“噢，我听到小星子的声音。”

薛爷挤出院子，急急地下了土岗，回家又换上先前脱去的行头，见小星子家窗子敞开，麻利地跃身跳进屋，稳稳地落在屋当间。几十年练就的绝活——收尕娃从不走门，全打窗子出入。屋里黑咕隆咚，什么也辨不出，他摸索起来，寻找屋里灯泡儿的开关，终于在门边拉着了。

星娃直挺挺躺在炕上，身上盖着一张凉席，露出一双瘦脚儿，可怜巴巴。薛爷想掀开瞅一眼，唉——还是让他安稳地睡吧。他恨自己来迟了，过了白天儿收走他，来世会变成啥？他不敢继续往下思忖。好沉哟，这般尕娃不会有这般分量吧！薛爷使上劲，掮着小星子往黑林子的方向奔去。

白姑的小院亮堂，薛爷没滞留。身后传来小星子娘的哭声，就短促的一声，喉咙好像被啥东西堵住了。薛爷把小星子放在土岗上。

“你再瞅一眼。”

小星子娘没挪窝，无力垂着手，愣怔地站着。良久，从怀里摸出一个白馍，塞进草席，扭头朝灯亮处跑去。

远处，有人吆喝，“开吃喽！开吃——”是老队长的声儿。

难说远行

那个上午，我终于回头迎着父亲的目光，去捕捉他的视线。他浑黄的眸子里，闪动着莫名的焦虑，流露出几分不安。他愕然移开视线，咕哝了一句什么，试图分散我的注意力。良久，他瞌下眼睑，抱过粗瓷茶壶，回到门槛上的阳光里，无语地呷一口茶水。远外，群山背后的世界不会激起他的遐思。

我不明白父亲为什么要用这样的目光注视我，想对他说句宽慰的话，话到嘴边又咽了回去。生怕他告诉我隐含在目光深处的苦楚。

“爹，我走了！”

父亲没挪窝。

“这趟，什么时候回来？”

我没回答，连我自己都不知道归期。我跨过门槛，走过纹丝不动的父亲，一直朝远山走去，去看山那边一个陌生的世界。我知道门槛这边，父亲还在望着我渐小的背影。也许每次走向远山，背后总有一双嵌刻在皱纹中的眼睛。心中一个强烈的愿望促使我，走出父亲的视野。

终于，我发现自己的愿望难以实现，无法摆脱父亲的视线，脚印没能留在山巅的那一边，仅在地平线上完成一个封闭的曲线，恰是父亲的目光所及之处。我踉跄地回到门槛前，父亲收回目光，侧目打量我。我没勇气迎着他，道出梦中的山那边的景象。

“你好受些了吗？”父亲声腔苍凉。我不明白他指什么。父亲抖去褂子上的土碴走到我面前轻声说：“孩子，我放心了许多！”

在四目相视的瞬间，我看到父亲的眼睛平静如无波的水，昔日的焦虑不安荡然无存。我猜想他一定看到我眼中的一片白茫，失去了曾经期望的缤纷。

“吃食在桌上，给你留了。”

打从我走向远山，父亲天天留饭。他知道我一时半会回不了家，依然执着。我径直走到饭桌前，捧起海碗吞食。身后，父亲又蹲在了门槛上，抱着祖传的茶壶在阳光里远眺隐约的山峦，轻声说：“那边兴许精彩，这边实在”。

（作于 1988 年 10 月—1989 年 4 月间，沪上曹村）

红泪无痕

人之初，性本善……

1. 尖啸的汽笛声像一道犀利冷酷的蓝色闪电，划破阴沉的苍穹，肮脏的火车头吃力地拖着一节节灰黑色的闷罐子车，沉重地碾过两道铿亮的铁轨。

他伫立在路基旁，距离火车极近，空气磨擦生成骤风，扯起他浓黑稠密的头发，不时掠过一双漂亮的眼睛。陷入沉思的眼睛，眨也不眨地凝视飞速旋转的铁轮。如果，静静地躺在轨道上，那坚硬冰冷的车轮接触肉躯的瞬间，脑海里会闪现怎样的念头？不，也许什么也不想空白一片。清癯的脸上荡漾出笑微。

颤巍巍的火车尾节稍许倾斜，渐渐消失在他的瞳仁里。不远处，两根极长的竹杆高高翘起，行人车辆缓慢通过狭窄的道口，传来嘈杂的喧闹。它驶向哪儿？天堂？地狱？沿着它消失的方向走去，迎来的是个灿烂的世界吧？

“嘿，小伙子，人生刚开始——”铁轨那边，身穿藏蓝色铁路工装的老人，艰难地爬上路基，用橙黄色小旗指点他。

也许是被人窥探到内心的隐秘，他的脸上升腾起红晕，咬住下嘴唇抑遏自己，直至渗出丝血，嗅到一丝血腥。他憎恶那铁路人，伸出瘦弱的拳头愤怒地冲他挥动，低沉地吼了声：“多管闲事，滚开！”

他沿着铁轨信步，不再注意周围，喃喃自语。不知什么时候起，他有了自言自语的习惯，这衰老的迹象和他诗般的年华相悖。他年轻，唇上第一次长出浓稠细密的唇髭，没敢动用父亲的剃须刀剃去。他曾无数次打消这念头，收效令人寒心。他自觉体内有一股强烈的潜流冲击自己尚未发育健全的大脑，脆弱的堤岸经受不了崩溃的险恶，令他骚动、焦虑、忿懑、痛苦……

不知不觉来到街区商业中心，他侧身站在铸有巨大红十字的医院围墙边，眺望熙攘喧闹的街市。无意间，他的目光停落在远处茂密浓郁的小树林上。那个气息清新夹带几分凉意的早晨，父亲把爷爷从树上轻轻放下，早已僵硬的爷爷直挺在人行道板上。生机蓬勃的树林间，那根惨白的织带随风飘荡，像一缕白色的烟雾。他没有哭，只是默默地把上衣第三枚纽扣扽下，放进裤兜里，似乎害怕它漏掉似的又摸了一下。他不明白爷爷为什么要这样做。没有大人告诉他，他隐约地觉得父亲在忏悔。爷爷再也不能尽情地逗他玩耍。他告别了爷爷的遗体，被父母领回陌生的家。

许多年来，这繁华的商业中心对他有着神奇的吸引力，却没能敌抵他的倔犟。他把这里视为禁区，不敢越雷池一步。否则，是对爷爷的亵渎。那缕白色的织带像烟雾，永远缠绕在绿叶茂盛的树林间袅娜徘徊。他憎恶自己，朝相反的方向走去。

路边，卖茶叶蛋的小摊飘出一股诱人的香味，他的胃一阵难受，感觉饿了。老阿婆翕动干瘪缺牙的嘴，操着一口柔软的吴语，小心地试探：“小阿弟，奈格要来两只？”

他的手在裤兜里摆弄几个硬币。早晨出门时没拿妈妈塞在他枕头下的两元纸币。不知为什么，面对那张纸币，他第一次感到羞愧。窄小漆黑的烟纸店，妈妈像一头困兽，可怜地给人递上一盒纸烟或手纸。该是自立的时候了，给予亲人许多许多。一味的获得，瘦弱的身子承受不起。

小皮蛋一把按住他的肩头。他侧转过脸，注视那指甲嵌满脏垢的手。当然，他也注意到了无名指上戴着呈暗黄色的粗笨戒子。他没怀疑戒子的质地，小皮蛋初中肄业后跟着父亲开水果店，发了财，决不会用铜戒子来诓骗人。

小皮蛋咧着嘴，把最后一小块蛋白扔进嘴里，吮吸手指上的汁液，有滋有味。

“白呆，他妈的，犯啥戆，想偷？”

他不愿被人瞧出自己的兜里空瘪，故意装出一副悠闲的神情。小皮蛋在挂在脖颈上的脏手巾上擦手，从牛仔裤兜里掏出一包挤扁的纸烟，抽出一支叼在嘴上。“白呆，在兄弟面前装啥？老子能垄断市面上所有卖茶叶蛋的，钞票麦克麦克。”小皮蛋潇洒地点燃纸烟，美美地吸了一口，吐着圈儿。

他没吱声。

“白呆，兄弟请客。”不一会儿，小皮蛋拎来一只塑料袋给到他。他没伸手去接。

小皮蛋脸上的那块青胎记抽搐，结巴起来，“瞧……瞧……他妈的，瞧不起咱个体户？不算白吃，帮我推一趟车，抵工资”。小皮蛋指着路边停着的一辆装满克皮甘蔗的黄鱼车。“五百斤，他妈的，拉得我……还给人打了一架”。

他依然无动于衷。

“算阿哥请你帮忙。”小皮蛋捶着先前打架扭伤的腰，脸上的青皮蛋歪扭着，发出一阵哼呀声。

这时，他狼吞虎咽地吃起来。

小皮蛋跨上黄鱼车，他在车后推。车子极重，小皮蛋裹在花格子衬衫里的身子，起伏挪动，力气蛮大。他不想让小皮蛋觉到自己窝囊，暗中使唤上劲。他年轻，不愿服输。

“从 2 号桥踏过来的，乖乖。”

“发财了吗？”

“发。我买了一部轰哒。铃木的。老头子不让开，说等二十岁生日那天，一定开出来，带小娟兜风。我让她留一把马尾巴，风一吹漂亮。”

“你和小娟在一起？”

“常来我家。嗲妹妹，把我老头子也花得头头转。羊蕾呢？”

他微瞌上眼睑，眼前出现了校园绿茵茵的草坪上，洁白网球裙下的那双结实有力的腿，奔跑、跳跃、旋转，伴随那一阵阵琅琅的笑声。她爱笑，每次总坦然地露出一口被破坏了珐瑯质的牙齿，丰满黝黑的脸颊上映出一对深深的酒窝。即使面对挫折和困难，她总是抱以深深的酒窝……他黯然伤神，“毕业后，只见过两次。”

“白呆，呆子。你去找她，说想和她睏觉。”小皮蛋坏笑，笑得上气不接下气。他止步，愤怒地盯视着他，拳头紧攥。真想痛揍他一顿。小皮蛋止住笑，“说着玩的。有一次我对小娟说，吓得她屁滚尿流，三天没来，我去求她……”

他平静下来，重又推车，没听小皮蛋再说什么。他想到了她，她的笑。一切仿佛在梦中见过，过去遥远，已经不能记得真切。

2．小店没打烊，光秃秃的灯泡从门楣上垂直挂下，照得货摊上并不新鲜的水果闪闪亮。他的目光向昏暗的店堂看去，里间有人伏在桌上狼吞虎咽地吃喝，扒拉声极响。小皮蛋甩手扔给他挂在脖上的手巾，手巾发出一股冲鼻的汗臭，他拿在手里没擦。小皮蛋挠挠头皮，嘟囔了一句什么，拔起嗓子嚷嚷，“喂，朋友，货到啦——”

不会儿，里间有凳子移动的声响，一个魁梧粗壮的身影一闪，背光站在低矮的门洞里，他腆着大肚，大概在剔牙，说话声有点含糊，“挑得是上等货吧！”

小皮蛋脸上的青胎记拧到一块，挤出得意的笑，“能假，在货场抢货，给人干仗了，抢来的”。

汉子大大咧咧地走来，信任地没看车上的甘蔗，关切地问：“全赢？”

“赢。闪了一下腰，不过这一车能卖个好价钱。”

汉子裂开嘴，嘿嘿大笑，拳头擂在小皮蛋结实的胸脯上。“有种像种。”

“这货给不给我赚点？”小皮蛋蹙着眉问。

汉子气魄地一挥手，“蝇头小利，给你一笔大生意，明儿有一批时鲜货，在十六铺，你一手包办”。

他一直注视着汉子，粗俗的模样令人生厌。不过他还是喜欢上他的豁达，汉子像一座铁塔，可信可亲。他第一次遇见这样的大人，用平等、信任的口吻与自己年龄相仿的人说话。

汉子“克勒”一声打开拴在腰间的钱包，“今日的运费，清账”。

小皮蛋弹一下纸币，顺手塞给他一张票子，“你帮我推了一大半路程，扣掉四只茶叶蛋”。小皮蛋像老练的生意人。

他接过钱，心里坦然。这是用自己劳动换来的，能像大人一样挣钱，如果每天有这样的进账，再也不用母亲的钱了，甚至连她也可以不上班养活她。

“爸，这是我过去的同学。半道上让他帮忙。”

爸爸？他愣怔，眼睛疑惑地打量汉子多肉的脸孔。他想起自己的父亲，那哀声叹气和凶神恶煞，像两座沉重的大山压在自己脆弱的心上。他从没在父亲那儿获得像面前这位父亲给予自己孩子的东西，而他渴望获得的正是这些。他的眼睛里噙着泪水。

汉子亲切地说：“进来坐吧。阿皮说起过你，班级里的高材生。”

他脸涨得通红。不错，那会儿的确是班上的尖子，可是会考时以两分之差没进高中。父亲的责骂，是那么恶毒，以致一向不管闲事的左邻右舍，把门口围得水泄不通，看耍猴一样。他哭了，冲出了屋子，沿着死寂的铁轨漫无目的地行走……

他随着他们一起进了店堂，掸去椅子上的一根鱼骨头，靠着桌子坐下。桌上的残羹剩肴还没拾掇，铺了一台面。小皮蛋操起一只还剩有酒的搪瓷茶缸，灌酒下肚。汉子背过身，在五斗橱的抽屉里翻弄着什么，转身把一刀纸币甩在小皮蛋前面。

“喏，拿着。明朝进货用，进五百斤。”小皮蛋刷刷地点着钞票，“进得太多了吧？”

他长到现在从来没摸过这么多的钞票，有点惊讶。

“菠萝易藏。我们留一半，其余转手给别的摊档。滑爷搞来的便宜。”

“哼，这滑爷，中间又赚不少。”

“嗳，我们还用得上他。”

“白呆，明早上能帮忙吗？我们一起去！”

他迟疑没有回答。

门外，传来一个尖细似女人的声音，“谁在背后说我的坏话？”滑爷“叭”地跨进门，亮出一双照出人影的三节头皮鞋。他目光移向皮鞋的主人，这是一个六十岁上下的老头，干瘪的脸黝黑，布满刀子般砍出来的皱褶。黑色的圆领衫，颈间挂着一根黄灿灿的大金链子，稀疏的几根头发，梳得一丝不苟。

“晚上搓麻将。”瘦巴老头贼亮的小眼睛瞄到了他，上上下下仔细打量一番。良久，朝他走去，伸出鸡爪般的老手，抚摸他细嫩的脸蛋。

“好漂亮的小囡。”

他木桩似的站着，仿佛听凭老头的抚弄。突然，他敏捷地抓过老头的胳膊，狠命咬了一口，迅速扔掉。老头冷冷地看一眼牙印，微微一笑，“好玩，野性得很。好！”

汉子陪着笑：“滑爷，算了算了！晚上玩刺激大的。”

老头嗲声嗲气，“真是招人疼”。邪恶的目光一直盯视着他。他握紧拳头，想着打过去。他恨自己刚才没把老头胳膊上的皮肉咬掉。

汉子让小皮蛋送他出门。

3. 他吃力地推开家门，父亲扭头机警地朝门口望了一眼，迅速把什么东西塞进五斗橱的抽屉里，“叭”地锁上锁，习惯地试一下是否锁牢。父亲像什么也没发生似的，坐在靠窗的椅子里，纸烟发出忽明忽暗的光亮，昏暗的屋里弥漫呛人的烟味。他知道，那抽屉锁着家里的钞票和存折，隐约地记起今天是父母发薪水的日子，先前父亲慌里慌张锁进抽屉的一定是钱。他问自己，我是贼？不，从孩提时起没拿过别人一张纸一块橡皮，连别人的赠予都不轻易接收，可在父亲眼里自己跟贼差不多。突然，他眼前浮现小皮蛋和那汉子的身影，眼眶充满了泪水。

妈妈一骨碌跳下床，蓬乱的头发，一张慵倦微肿的脸。她的胳膊使劲箍着儿子瘦削的肩胛，不住地用脸贴着他苍白的脸颊。喃喃地说：“勇儿回来了，回来了……”

他木然站着，眼睛直勾勾地望着父亲细小的眼睛，那眼睛发出的光，酷似忽明忽暗的烟头。父亲呛了一口，咳嗽起来，长叹一声，颓然倒在椅子里。这几年，他几乎用尽了一切所能想到的办法管教儿子，收效甚微，以致越发古怪起来，悲哀自己的黔驴技尽。但他执拗地不改变自己对儿子的期望，不重蹈自己的旧辙。自己只能是一把臭汗一身油渍地混日子，儿子是他的希望。绝望之后，在那个金风送爽的季节，送儿子去了职校。未来他同自己一样是个机修工，浑身散发出一股油腻混合的臭味。

妈妈低声抽泣起来，“勇儿，你倒说呀，去了哪儿？”他双唇紧闭，不想回答。

“一天都没吃饭吧？”他冷眼看着妈妈，想着睡觉，走去搬折叠床。

“混蛋，不说就滚！”父亲提高嗓门吼道。

他没有止步，好似没听见，也许是不屑一顾。他从五斗橱边拖出折叠床，默默铺床。

妈妈抢过他手里的被单，“妈妈来吧。你去吃饭，全给你留在桌上。”

他站在桌边，呆怔怔望着桌子上的菜肴和一碗雪白的米饭。如果现在有酒就好了，一定一口气灌下。从未沾过酒的他，生出喝酒的念头。遽然，他转过身一下子倒在刚铺好的小床上，蒙上头抽泣。

父亲怒不可遏，妈妈苦苦哀求……

春夜宁静。柔和的风吹进虚掩的窗子，吹拂窗纱，抚慰着睡意朦胧的脸，一直把父母送入梦乡。轻轻的鼾声，窃窃的梦语。唯独他在那薄薄的被子里折腾，抽泣已经停止，心的骚动和痛苦一刻没停息。他掀开被子，坐起身，脚探进鞋里，蹑手蹑脚地朝那锁着钱的抽屉挪去。一个念头支配着他，证实先前父亲锁进去的是否是钱。抽屉锁得严严实实。他知道父母的床底下有一只工具箱，里面有把斧头，用它砸开？他挪向大床。

梦中，妈妈惊叫一声，翻身又熟睡过去。

他惊骇，一身冷汗。借助窗外投来的一缕月光，瞧着妈妈那张过早衰老的脸孔，他双手捂住脸，久久地伫立着，像在忏悔。

4. 梧桐绽出新嫩，在阳光里宛似蝉翼一般透明。淡淡的树影投在如洗的柏油马路上。这时新村的街坊格外幽静，偶尔有行人经过，大半是一些提着小板凳在居委会听完读报的老人。学校打铃放学，就会热闹起来。他沿着学校白色的围墙，边走边想。羊蕾的模样在他的记忆里朦胧，担心相遇时无法相认。这念头在他脑海里一闪便消失了。他处在亢奋中，渴望见到她。早上，不知为啥，改变回校上学的念头，装模作样地挎上书包，直奔小皮蛋的水果店，卖力地从十六铺拉回满满囤囤的一车菠萝。小皮蛋拧着青胎记，给了五十块钱，那汉子意外送了他两只菠萝。他想用自己赚来的钱请羊蕾喝些什么，甚至极富男子汉气地请她吃一顿晚餐，只要她愿意。送她一只菠萝，另一只给妈妈。不行，如果父亲追问起来如何回答？全送给羊蕾，她肯接收吗？他犹豫起来，怀疑羊蕾不会跟自己一起去喝味道极好的咖啡。

络绎不绝的同龄人，鱼贯而出。如果不是两分之差，自己也会出没在这扇校门间，和她在一起。

一群姑娘嘻笑，喋喋不休地谈论着什么，从他身边擦过，仿佛他根本不存在。一个少女边走边调皮地模仿令人发噱的动作，逗得女伴捧腹大笑。他眼睛一亮是羊蕾。他追上去。姑娘哄然大笑，一个尖细的声音似乎在骂他是神经病。他气恼，如果确定骂声出自谁的口，一定报复她。他灰心丧气，嘴里莫名其妙地嘀咕什么。

渐渐地四周恢复了平静，大概不再会有学生出来。也许没认出她来？不，他否定。也许她病了没来上课？他觉得自己等得太傻。他有一些绝望，决定离开这儿。她也许早忘记了自己，而自己的心快等碎了，一股愤怒在胸腔里升腾……

5. 晚霞沐浴在羊蕾身上，她歪着脑袋，嘴里抿着一柄塑料小勺，饱满的两颊上深嵌着迷人的酒窝，她眯缝起眼睛专注地望着窗外，扭过脸，冲木纳端坐着的他莞尔一笑，“你说什么？”

其实他什么也没说。憨笑着端起杯子试图喝一口咖啡，又放下。他害怕喝得太快。他不想说话，只求这样静静地面对面坐着，一颗焦虑骚动的心获得一份宁静和松弛。

“你说是用自己赚来的钱请客？”

“嗯，早上帮人去推车了。我还可以请你吃晚饭。”他的脸涨得通红，有些自豪。

羊蕾格格笑了起来，“我们不能老吃赖安酸、钙片，还要妈妈喂，成人了”。

他拘谨摆弄着手里的勺子，喃喃地自语：“大人不理解，只知道给给给，给的又不是我们想要的。”

她站起身，豪爽地举起杯子：“为青春干杯，为男子汉！”他举起杯，极小心地抿了一口。

“男子汉，我饿了。”

他顿时明白过来，兴奋地朝门边的账台跑去，差点被椅子绊倒。

羊蕾吃吃笑起来，“坐着，我来。如果男子汉仅在付账时有派头，那也太不够格了”。她轻轻推开椅子，从容地走向门边。他呆呆地注视她的背影，被她突如其来的举动弄糊涂了，搅乱了他的预先设想。

不一会儿，账台那边传来羊蕾高声的斥责声。他回头望去，见有一个腰间扎着宽皮带的胖子，一脸邪笑，一手抓住羊蕾手腕，一手晃动着一叠钞票。她竭力挣脱着那人。他慢慢地从书包里掏出菠萝，在手上掂了一下，绕过面前的几把椅子，悄然跑到胖子的背后。突然，他豹般扑倒胖子，用菠萝朝他的头上砸去，汁液四溅。他抓牢一爿砸烂的菠萝，像擦脸一样在胖子的脸上搓揉。胖子的手在空中乱舞，“哥们，饶一码”。

羊蕾拍着手，“太好了”。

“哥们，饶过算了。我不晓得，她有男朋友。”

他没有理会，双手死死掐住胖子肉囊囊的脖子。她轻声说了一句，他松了手。

“过去你不打架，现在锻炼出来了。”

“不。想打，总能打赢。”

“嗯，有点男子汉气概。”

他笑着给她一颗菠萝。“他再来，请他再吃一个。不来，就请你吃。”

她接过菠萝，嗅嗅上面的香甜味，“你不给你妈妈？”

他无语对答。之后，不知为什么这样说：“别人送的，上午推车的酬劳。”

“你没去上课？”

他默认了。

“没意思？枯燥？”

“不，太沉闷，压得喘不过气。老师一本正经说教，同学没有几个想学的。”

她摇着头，“我们可是学生呀，读书是正道”。

“可我笨，连高中都没考上。现在也就这样了。”

“不，你过去一直是班上的尖子，不笨，懂得很多。”

“可是会考时，差两分，连普通高中都没考上。大人说我没出息。你知道小皮蛋，初中肄业，现在有许多钱。我想有钱。能自立。”

“职校毕业后也能自立。”

“不，我现在想……”

“可不能不读书。我也想自立，想有钱。我每周帮爸妈擦一次皮鞋，他们给我一角，洗一次衣服给二角，考好试他们给我奖励，我拼命劳动，学习，我也能请你客。”

“我爸妈，他们不会这样做。他们不了解我，怨我。”

“真的，听我话回学校去。”

女服务员送来炸猪排和罗宋汤。

望着她的眼睛，他没有动盘子里的食物，心泛起涟漪。游荡了两天，真想回校坐进教室。当然，这不是想去听老师絮叨不停的叙说，说一些古怪难懂的公式和定理，而是求得一种心理的安慰。这时，他苍白的脸爬上了泪水。为了不让羊蕾察觉，用肘支撑着脑袋，整个肘臂挡住了她的视线。良久，问："怎么啦？"

"不，没什么。"他掩遮，露出几分僵硬的笑。他用小勺搅动着茄汁浓汤，"吃吧。"他已经决定了，明天去学校。他的心轻松了许多……

刚踏进家门，父亲掷来一只沾满油渍的翻毛皮鞋，重重地砸在他的脸上，鼻孔流出血。他竭力屏住，不让它流出，但是无济于事，还是一滴滴沾在漆成绛红色的水门汀上。妈妈惊叫起来，慌忙找来药水棉塞住他的鼻孔，又仔细替他擦去脸上的血迹。他像一尊石像一动不动。打吧——打死我上帝会惩罚你。你永远进不了天堂，在地狱熊熊烈火边接受燎烤。他想着，宛似看到父亲受煎熬时一副痛苦不堪的模样。他笑了起来。

"勇儿，讨饶吧。老师都上门来告状了，两天没上学呀。"母亲托着哭腔，哀求着儿子。

他盯视着父亲。

"勇儿，你怎么啦？"母亲发现儿子眼睛里射出一股异样的光芒，令人害怕。

父亲嘶哑的嗓子响了起来，"你把这小赤佬惯坏。瞧他的眼神都快把我吞下肚皮啦"。

"我惯他，可你呢？碰一碰就打，叫我咋办！"

"是我真想打他？"父亲剧烈咳嗽起来，"这个没出息的东西，让人失望，我们老了都没人依靠"。父亲说得痛苦。这话像一块巨大的陨石压在他的心上，比打他骂他还难过，自尊心受到伤害。两分，会考时仅以两分之差，决定自己的命运。

“别说了，孩子难过死了。”

“他会难过就不会逃学。”

逃学,他觉得这两字刺耳,两天的行踪就是自己以往一直谴责的逃学?他几乎不敢相信。转念，他意识逃学也不是一桩可怕的事体。这两天，自己学到许多，见识了许多，体验到了许多，而这些正是以往从未碰到过的。明天，明天我还去学校吗？已经答应羊蕾。他面前浮现她真诚的眼睛，他动摇了。

“唉，这样下去杀头坐牢由他去，算白养了。”

父亲的哀叹，他反感。逃学的必然后果就是杀头坐牢？他固执地想，走自己的路，结局一定和父亲的预言相悖。那么，怎么跟羊蕾说呢？

6. 他大模大样走出家门，不晓得往哪个方向去，漫无目的地走着，脚步有点打飘，十分散乱。他不禁又想起小皮蛋，去看看他的水果店，还有那个像父亲样子的汉子。

“白勇——”羊蕾像一阵轻风来到他面前。“上学去？”她微笑的眼睛望着他，面对这样一双眼睛能撒谎？他脸红了，埋下头。

“你变卦了。”

“不。”他结巴，想敷衍过去。

羊蕾眯缝起眼睛，凝视着他，“白勇，回校上课吧”。他的心动摇起来。如果不是昨夜父亲的话语，他一定会毫不犹豫地回学校，静坐在课桌前。羊蕾看出他的心在波动，握住他的手催促他。

“侬格只小拉山（沪语，女流氓），勾引他走邪路！”父亲骑着自行车从红桥上直冲下来。他气得牙床打颤，对儿子的失望引起的痛恨转移到羊蕾的身上，抓住她的头发。她尖叫一声，双手抓住对方的手腕。

“放手，放手。白勇帮我一下。”

他愣怔，不知所措。面对自己的父亲他失去勇气。他僵硬地站在边上，一动不动，仿佛面前什么也没发生。

“白勇……”她哀求。

“你还敢叫？你这小烂货。”父亲狠狠掴了羊蕾一记耳光。

“爸爸——”他扑向父亲，父亲用力推开他。他踉踉跄跄，跌倒在路边。

父亲瞅着羊蕾脸上几道紫红色的指印，解气地大笑。

他捂住脸，眸子淌出眼泪。这泪不仅为羊蕾遭受的侮辱，更为自己未能保护她而痛苦，为啥没像昨晚一样勇猛地冲上来，男子汉一般保护她，回击欺凌她的人？

“一下子觉得不知做什么好。”他目睹远去的父亲，喃喃地说。

“懦弱！我没想到。”

“可他是我爸，不知道哪能做。”他边流泪边哭着说。

“你走吧！”羊蕾孩子般抹去脸上的泪，揉着眼睛，“我不想见到你。懦夫”。她踉跄地离去，身影孤零。

他没勇气唤住她，或追上去。脚下的马路仿佛在倾斜，随即旋转起来。他倚着梧桐，蹲下身子。眼前漆黑一片，时而溅出耀眼的金星乱舞。无法解释先前的怯弱，心中隐藏着对父亲的爱？不，爷爷的死与父亲有着某种关联。从那时起，他幼小的心灵便埋下一颗不可名状的种子。或许畏惧父亲？他搞不明白也许是融合在血液中的密码，血脉无法割裂。

夜已经深，惨白的月光洒在那片林子上。整个白天，他一直在游荡，等待羊蕾的出现。他忍受饥饿，久久徘徊在她的校门前，等候她的出现，不愿找地方坐下歇息，生怕错过。该惩罚自己，以偿还欠负她的那份情愫。她再也不会回到自己的身边，绝望的念头几次三番掠过脑际，他真想像爷爷一样用一根织带吊死在那泛青的老树上。当然，那根织带是白色的，随风飘扬。他隐约理解爷爷为什么要在那个充满生机的早晨离开人间，人间一定给了爷爷什么罪恶。他猜想。

这时，他已进入树林，看到了那棵树。他无法确定爷爷吊死在哪个树杈上，哪都有可能。他在树下徘徊。

有双黑影子在石砌的花坛上，搂抱作一团。他看不真切。黑影发出一阵吮吸，那是嘴对嘴发出的声音。柔软的女声欢愉地发声。他听不清楚，觉得这声音酷似羊蕾。

“我都等急了。”女的说。“你还……”女的嘻笑“臭手，你坏”。“嘘，有人，有人来啦。”小皮蛋从黑暗处钻了出来，身后站着身材修长的小娟。她脸绯红，一定红到了脖颈。

“白呆，你他妈的在干啥？”

他眼睛盯视不远处晃动着的树杈。“你说现在死掉值得吗？”声音好似来自一个空旷的山谷。

小娟跳了起来：“白呆，你怎么会这样想？”

他继续喃喃自语：“死，是容易的。我会游泳，只有像爷爷或者卧轨。”

“太不值得。给我一大笔钱，痛痛快快玩上半年才值。”小皮蛋想了半天，逼足劲说了一句。

小娟生气地撅嘴，“不准瞎说”。

“我瞎说。他妈的，想死？给羊蕾蹬了吧？”

“只能在梦里相见。”

“哟嗨，真还是这档子事。”小皮蛋得意起来，“跟我走，兄弟我帮你消消愁，散散心。我老头子还让我找你嘞”。

“白呆，真是的，世界上又不只羊蕾独个，她又不嗲。”小娟挺起胸脯，卖弄地朝他挤挤眼。他真想扑上去，撕烂那张抹得血红的嘴，他不愿听到有人说羊蕾的坏话。

他闷头闷脑地跟着小皮蛋他们来到舞厅，在眩目的灯光下，有许多男女扭动身躯。他们在靠墙角的一张空桌前坐下。

“白呆，这地方有不少漂亮的娘们。”小皮蛋扔给他一罐啤酒。

他根本没注意面前的一切，脑海里只有羊蕾和她孤伶的身影。

这时，有一个姑娘手持话筒，扭动肥臀，唱了起来，不时摇头扭胯，舞池里的人着魔一般手舞足蹈。

“阿蛋，我们跳一个。”小娟随着节奏抖动着腿，极兴奋。

“你带白呆吧，帮他散散心。”

“他要来请我的。”小娟撒起娇来。

“算了吧。”小皮蛋吐出一口烟。

小娟调皮地冲他鞠了一个九十度的躬，洒脱地一摆手说：“请——”

“不。我不会。”他回答。

这刺伤了小娟，不满地叫嚷，“哟，好大的派头，请都请不动”。

他吼叫一声，“你自己去扭屁股吧”。

“瞧你这呆子。”

“算了，我们跳吧。”小皮蛋捻灭烟头，打着圆场。

疯狂的迪斯科。

突然，他眼前闪过一个旋转的身影，两条健美的腿在白色的网球裙下，不停地舞动。他的目光一直追随着那身影，她时而出现，时而隐没在舞蹈的人群中。她靠近一个蓄长发的男青年，挥动裸露的手臂，终于俩个脸对脸舞了起来。她一个亮相，身子往后倾倒，男青年托她的腰肢，引得满场喝彩。她——羊蕾。

羊蕾在男青年的伴随下来到一张桌子旁，优雅地吸吮着饮料，不时与男青年说笑什么，发出咯咯笑声。

“你见到她了吗？”小娟回到座位上问。她自告奋勇，“我去叫她过来！”

他悲伤地回答："不，她不会理我。"他意识到羊蕾不会再与他见面，即使小娟去叫她，也不会过来。他渴望与羊蕾见面，心中的绝望在蔓延，迅速占据整个心。

在沉思中，他没有意识到羊蕾已走到了面前，当抬起头时，她已近在咫尺，他脸上露出了惊喜。她神情冷漠，"这世上多了一个没骨气的人，少了一个男子汉。真难想象"。

他的惊喜在她的话语声中变成痛苦，瘫坐在椅子里。

这时，那长发男青年走了过来，拉起羊蕾的手，说："小妹，别跟他废话，我们回家。"

7. 他脑袋昏沉沉，在小皮蛋的搀扶下，来到水果店。

小皮蛋撩开布帘进入里屋，把他放倒在床上。他昏然躺在床，隐约听到小皮蛋跟人说着什么，好像在等一个人的到来。"这事办成了，滑爷不要赖账。"

"不会的，他喜欢他，像猫嗅到腥气味道一样。"

"好吧，我走了，小娟在等我。"小皮蛋出了门。

过不了一会，像似老滑爷撩帘进入。他隐约地觉察到，迷糊地一直想睡觉……

也不知过了多少时间，他踉踉跄跄冲出店舗，行走在晚春依然挟带着几分凉意的马路上。路上静谧，连行人的踪迹也不见。他不知道自己将往何处，迷茫中他的腿本能地朝家所在的方向走去。惨淡的路灯，透过摇晃不止的树叶，洒在他苍白的脸上，脚下是一片试图吞没脆弱生命的魑魅魍魉。他惊惧、孤独，被扭曲的心灵在痛苦中煎熬，恶狼般的老滑爷侮辱自己的一幕又浮现在面前，他不敢继续回忆，那是罪恶和耻辱。在老滑爷搂抱他时，想着如果怀揣着一柄刀一定会刺去。但是，昏沉沉的大脑，无法驱动无力的手脚，最终还是像一头可怜的羔羊任那双罪恶的瘦手玩弄。心受煎熬，却一刻没停止呼叫，杀了他！他想到家里床下的那柄寒光碜人的斧头。

不知不觉来到了铁路边。此刻，这里一片寂静，没有火车驶过时的轰鸣。路基旁的信号灯映照得锃亮的铁轨血红，两道血色消失在漆黑中。如果，静静地躺在轨道上，等待那车轮接触肉躯的一瞬间，脑际会闪现怎样的念头？一个来自遥远幽谷的声音在问。他想起那天遇到的工装老人，似乎又在警告自己。不，我不能自杀。如果那样，羊蕾会怎样想，她会发出一阵狂笑，预言得以验证。要像男子汉一样活着，杀掉一切憎恶，比如老滑爷。然后，沿着铁轨走下去。那会是什么地方？一片铺满金子的辉煌之地？做淘金者，会有许多钱，比如小皮蛋，他爸爸更富有。回来带走羊蕾。想到这儿他笑了，深信羊蕾一定会跟他走遍天涯海角。因为，那时出现在她面前的是一个脸色黧黑铁塔般的男子汉。

不远处，铁路值班房的小窗上有橙色的灯光。他朝灯光走去，扒着窗台朝里张望，俩穿铁路制服的男人抽着烟坐在一张肮脏的办公桌前聊天，那天遇上的老人并不在。当时，他恨老人窥探到自己的心事。此刻，他感到正是他的忠告，才有现在的他，像男人一样地思考问题。否则，也许此时正卧在铁轨上等待奔驰的火车。

“唉，真没想到这样善良的老头，竟被儿子砍了。”那个坐在桌边的瘦巴子狠狠地抽一口烟。

另一个稍胖的男子打着哈欠，不无伤感地说：“他一辈子疼儿子，落得这样的下场，天地不容。”

“如果，老头子凶来兮，整天打骂小人，小人反抗还有可能遭人同情。偏偏老头儿是善良的大好人，这不是罪过吗？现在真不晓得如何教育小人。”

“遭殃的尽是好人，恶人总是活得自在。”

“好人没好报。”又是瘦巴子的声音。

他离开窗台，脚碰到一个废弃的铝制空罐，发出“哐噹”的声响。“有人——”屋里的俩人不约而同地站起身来，朝门口走。他猫腰钻进灌木丛，屏息不出一丝声响。

“活见鬼。”瘦子骂了一句。稍胖的铁路人又打起哈欠，大大咧咧地走进值班房。

屋里的谈话给他震撼，“好人不得好报”，善良老人死了，而恶人——老滑爷呢？有谁来惩罚他？

他迷迷糊糊在灌木丛中睡去，直到一阵摧枯拉朽的汽笛在耳畔响起，他惊醒，揉着惺忪的眼睛，记不起自己怎么会睡在这里。天已放亮，东方布满绚丽的朝霞，映照在他坚毅的脸上。

他奔向火车，跃身上车尾，双手死地抓住栏杆。火车带他去远方，也许那里有他想去的地方……

（作于1988年9月沪上曹村观旭楼）

挽歌

1. 当那轮火球散发出的光泽越发吝啬地投射在浑黄的眸子里，浓稠的眼眵缓慢地爬过脸上的沟道深壑，以致刻下依旧怀疑自己打着绑腿的瘦腿，能撵着旅长漂亮的枣红马越过重峦叠嶂的大山、浩瀚无垠的平原及硝烟弥漫的集镇，闯进喧嚣的都市。耳畔不住回响起流弹的呼啸，震憾心灵的呐喊，小号的激昂伴随着刀刃相击的铿锵。这些，不仅在梦中跌宕回旋，撞击出耀眼的金星，弧光四处飞舞，即使此刻——一个绚丽华美的黄昏，也令人费解地缠绕周身，歇斯底里地抗争显得格外软弱无能。

花园里充斥着桂花绽放的甜腻，他在躺椅里睡意深浓，梦魇如怪兽吐出的信子，肆无忌惮地伸进脑壳去吮吸粉色的浆液，贪婪中感知它的甘美醇酽。而待到干硬时，将是何等的悲惨，何况古老家族标志性的平窄的脑壳里能装进多少玉液琼浆，敌抵几日的烘晒燎烤？

于是，他孜孜不倦地钻研关于抗脑衰的书籍，几乎到了废寝忘食的程度。新近出现在书架后的她，如一朵吸足夏日晨露和金晖的苞蕾，丰盈的额头下一双刀子般的眼睛无疑窥探到他脑壳深处的隐秘，恍惚间倾斜的书架砸碎先前刚购得的健脑素，脚下蔚蓝一片，圆弧形的瓷碎片儿似鼓满劲风的白帆。她嘴角露出一丝笑意，似乎在讥讽。真不该在调令上签下名字。俯视百舸争流的世界，威严的脸庞泛起一丝凄楚的笑意。怎忘却老祖母“吃啥补啥”的训导？不论现代科技多么发达，提炼出健脑素之类，都无法敌抵古老的家训。油灯下，祖母惨淡的身影在黑乎乎的泥墙上晃动，青筋隆结的手捧着冒着腥膻味的海碗，“娃，吃了吧！吃啥补啥哩”。

一轮血色火球挂在不远的半山腰上，站在土岗上的祖父似乎能伸手摘取。他赤裸古铜色的上身，乌黑油亮如莽蛇般的辫子缠在公牛似粗壮的脖颈间，双手拄着一柄闪烁寒光的大刀，像一尊铜像纹丝不动。刀柄端一绫红彤彤的绸子在野风吹拂下飘动，显示出无穷的活力。四个白衣族人抬来青石碾子，哼呀嗨呀地压实刚填上的新土，黄褐色的土地中央露出长满金鬈毛发的头颅，硕大的脸孔上爬满求生的乞怜。祖父虔诚地捧刀齐胸，嘴里振振有词。白衣二叔公捧着酒罐朝祖父走去，洒酒在大刀上。“传——”酒罐迅速在白衣人手里传递，每张嘴套着呷一口。不一会儿，酒罐回到二叔公手里，他把剩下的酒泼洒在祖父身上，顷刻间祖父周身冒出淡蓝色的水蒸气，他仿佛被灼伤，猛然掉转身子，潇洒地挥舞大刀。寒光撕裂了恐惧的瞳仁，小黑手拖住祖母的青布衫，巴望她赐予一丝慰籍。祖母毫不理会，提着海碗默默地走向那朵盛开的玫瑰，一双小脚走得坚定。“娃，咽了吧！”祖母老泪纵横，乞求的眼神和黄土中的生命终结时的瞬息别无二致。倔犟、反抗、哭嚎、挣扎在祖父的话语声中变得软弱起来，如冬日里一株枯黄的蒿草蔫塌。祖父盘腿坐在炕上表示，生在家族里的男娃谁也甭想逃过这一关，打从呱呱落地时就承担着家族赋予的重任，免除家族的衰败。他吐了，吐得死去活来不省人事。

后来，一个同样的黄昏，天边无数璀璨的金丝嵌刻在黛色的云间，闪耀着光芒，染得妇产科医院的大草坪一片辉煌。他悲哀地踏过辉煌，不堪回首那白色的建筑物，一个静谧安全的生命港湾。老战友柳毅让小护士抱出一团血肉模糊的肉块，宽阔的脸上掠过一丝狡黠的笑意，“这孩子长大了是个废物”。充满生命力的肉垛子发出凶狠的怒吼声“吼噜——”。无法找到婴儿的额头，粗大笨拙的眉骨上便是平平的发根。无须争辩，柳毅的预言多半能被往后的岁月验证。他踉跄地离去，在医院门口徘徊，就此废止家族的努力，岂不是愧对祖先？何况，大脑的演化需要几代几十代人的努力，方能出现明显的效果，就像人类的演化漫长且曲折。当我们还是单细胞的海母时，泛游于沧海的生命何等的苍白脆弱。人，除去信念还有什么是坚不可摧的呢？除非消灭了肉体。

翌年的秋日，次子幼浦舒坦地躺在临窗的摇篮里，沐浴窗外投射来的阳光，他紧闭眼睛，舞动双臂，欣喜地试图拥抱那缕神奇的光束。妻子轻轻地抱起他，端坐在阳光里让他吮吸乳汁，一幅充满母爱的圣洁画面令人陶醉。很多个清晨，他骑车赶往郊县偏僻的村庄，在一家设备简陋的屠宰场里买来一盆血丝淋漓的猪脑，炖得半生不熟地一勺勺喂进幼浦红嫩的唇间。每次幼浦含在嘴里不肯下咽，瞅着没人注意的空隙吐得满下巴颏都是白色的糊状，淌遍整片胸襟。发出“吼噜——”声的大浦眯缝着一双小眼，贪婪地总想吃上一口，被他无情地拒绝，因为给他再多的滋润也是浪费。终于有一天，幼浦畏惧了那双冷峻盯视的眼睛，无可奈何地让那糊状的脑髓缓慢流过细小的食管。那颗未泯的火种，蔓延成燎原之势燃烧荒野，烈火中必然诞生一个崭新的生命，他自信看到了。

之后，一个刻骨铭心的星期五，他沮丧地走下高招办笨拙的台阶，一上轿车便“哇”地一声吐得猩红色软垫脏不可言。家族古老的遗训连同尚未消化的午餐一起被司机拭去，倒进路边的阴沟里，流动的污秽泛起泡沫，酷似古老的海母随波浪飘泊，只是颜色丰富了许多……柳毅兴高采烈，“一切证明你和你祖先的努力没用，智慧的奥秘绝非在此”。

祖母的信念，在令人眩目的当代科学面前是那么苍白，换得的仅是幼浦身上散发出的机械厂特有的油腻和汗臭的混合味道。

2. 此刻，客厅里弥漫着幼浦身上的气味，他瘦削的肩膀上斜荡着油亮皱巴巴的书包，疲惫地倚在门框上，无力地瞌垂下眼睑。俄顷，他抬起那双清澈的眼睛，打量客厅，眼神和族人小幺子差不离。小幺子鼓起两腮，冲着火球吹奏出一串金亮的音符，脚下横卧一具未死透的肉体，一面残破的膏药旗呜咽着飘坠而下，打烂的头盖骨里淌出粉色的酝酿了千百万年的琼浆，一直淌到那截燃烧的树杆旁，丝丝冒出焦臭的味儿呛得人直咳嗽。士兵跨过覆盖着旗帜的尸体，伴随着小号的节奏冲锋向前。他瞅着没人注意的间隙，迅速趴倒在地，小心翼翼匍匐爬去，伸出乌黑油亮的瘦手。旅长的枣红马冲破黑浓的硝烟，亲昵地跑来。泛白的瘦手灵巧地牵住肮脏的缰绳，唱起军歌。少年的嗓子金子打的片儿，山岗上枣红马、旅长及浩浩荡荡疲惫不堪的队伍石化了，宛似荒凉的大山上顷刻栽上了一棵棵挺拔伟岸的白杨。

幼浦的瞳仁里流露出梅雨时节花蕾的忧伤，这恐怕是小幺子不会有的。他看到了绛色大皮沙发后面探出的毛绒绒的脑袋，大浦的毛发厚密纤细与胎儿相差无几，淡褐色如绒，仿佛在告诉别人自己是一个永远躺在襁褓里的生命。然而，他的身子已发育得魁梧健壮，站在铁砧子前挥舞铁锤一准会被人误以为是曾祖父转世，可惜他窄小脑壳里贮存不了淬火的口诀，凸鼓的嘴唇，令人联想起博物馆中陈列的那尊金灿灿的猿人复原像。他一蹦一跳，蹿上去一把死死扼住弟弟的脖颈，脸憋得通红的幼浦没有叫唤，只是企图掰开粗壮有力的胳膊。他知道任何的呵责反抗只能刺激兄长不健全的脑神经，招致强烈的暴力。何况，他绝不是他的对手。

“幼浦闹什么！你知道他要什么。”声音穿过洁白柔软的落地窗幔，磨破四壁，变得苍老，威严永远不会老去。大浦发出的“吼噜”由急促转为欢欣的跳跃，扭曲的脸上呈现出胜利者的微笑。整个细腻的心理活动，准确地通过丑陋的脸表现出来，丰富的表情连具有正常思维的人，都不一定有他那么生动。

幼浦的眼眶里噙满泪珠，他抑制住没让它夺眶而出，顺从地从书包里抽出一叠空白稿纸，撕下几页。大浦“吼噜”一声一把夺过去，激动地挥舞，回到沙发背后，在那个属于他的领地里，安静地用剪子铰成青鱼鳞一般大小的纸片，装进大圆蛋糕盒糊成的纸盒里。大纸盒是妻子特意置备下的。大浦爬得老高，像一座灯塔，无数的碎纸片从肉肠似粗短的手指中飘落，在死寂的海上飞舞，诉说着悲伤。幼浦默默地走向自己的卧室，绿色的房门虚掩，一道惨淡的光亮悄然爬上蓝色的地毯，朦胧了蓝色的海洋。他的卧室永远寂静，无声地消磨他孱弱瘦小的身躯，生命恰似书桌上一叠永远铺开的稿纸，苍白、孤寂……

3. 老战友柳毅浮肿的脸涨得通红，像一张灌满水的猪肺，他笑得很累，有些伤神，得意自己曾经的预言已被验证，脑血栓般猛然倾倒在摇椅里，摇椅发出一阵吱嘎欲碎的颤音，削刮心肺般令人难受。

电视荧屏上出现衣冠楚楚正襟危坐的人们，他们中间不少人在乌黑油亮的肤色外套着精致的西装，与坐在巨幅松鹤图下的老旅长亲切地交谈。镜头开始推近，老旅长可掬的笑容激起无数的如花瓣的皱褶。图腾般的松鹤下生命依然变得衰老，闪耀着青春火焰的青丝是焗油膏体的再造，粗心的染发师疏忽了鬓角处几缕银丝；手势虽然潇洒，没能掩遮住手指的颤抖。

“小亮，小亮子——”柳毅喊了起来。端坐在老旅长身后的年青人，专注聆听叙述，随时准备翻译。他稀疏的头发企图遮掩与尖颏极不相配的硕大脑袋。这过于发达的脑袋，是从在一家教会医院里做了十年护士的老处女那儿继承而来，柳毅接管这家医院三个月，便轻而易举地搞上了她——行动刻板机械，脸色阴郁冷酷的半老女人。记忆中她总把自己瘦小干枯的身子裹在玄色的西服套裙里，神秘地出没白色的院长室。突然有一天，她变得滋润起来，脸上绽放出玫瑰般的鲜艳，原本干瘪的乳房，撑破了束胸的上装，而柳毅似乎瘦脱了一圈，脸上两个巨大的黛色眼袋盛满贪欢的快愉。他遗弃了沂蒙山沟里那个剪着一手好纸花的女人，平窄的脑壳里唯一焦虑的就是丈夫何时归故里，纤手剪下的鸳鸯蝴蝶化成一双双能长途飞行的候鸟，满山坡地飞舞，自信手中攥着一根久经风吹雨打的红线。可怕的是直到临终前她始终抱守这一念头，焦虑、急促地呼唤他的名字，即使在九泉之下，还不辍地哭泣哀求。她无法知晓自己的希翼也将不会实现，丈夫百年之后会被送进绿荫环抱、庄严肃穆的陵园，在忠魂舞巨大的塑像一侧，一幢低矮的存灵处占着一格狭小的空间，可怜委屈了他硕大的身躯，悬离大地，无法眺望蔚蓝的天空以及寻找游子的飞鸟。

柳毅双手捂住脸，泪水顺着指缝流淌，粗壮显得几分笨拙的双肩抽缩，孩子般呜咽着就像与他第一次相见时一个模样。无数战马离箭似跨过战壕，冲向前方敌人的防线，消失在刀刃相击闪出的弧光里，战场一片死寂，浓烈硝烟不愿散去，朦胧了横七竖八的一俱俱尸体。他蜷缩在一堆尸体中双手捂脸抽泣，怀里抱着一支三八大盖枪，滚烫的枪杆上系着一条长长的白色绑腿带，穿过黑烟扬得老高老远，告示着生的渴望。“嗨，站起来，缴枪不杀。”真想扣动小马枪的扳机。定神打量那平窄的脑壳，里面能贮藏多少的玉液琼浆？旅长在枣红马上，大声制止。

大浦蹭地一下窜到柳毅的怀里，发出喜悦的声音，亲昵地拍着柳毅红润的脸颊，摇晃他宽厚的双肩，“吼噜——”。

柳毅摩娑着他柔软细稠的毛发，“一个伟大的生命！”口吻中带着轻蔑和嘲讽。

捧着的青花瓷杯重重地掉在地上，他颓然瘫倒在柔软的沙发里不能动弹，妻子安详地放下手里的编织物，清除支离破碎。她总以为这是受到回忆战争的刺激，每次老战友聚会时她巧妙地左右话题，一涉及战争便扯开去。她并不发达的大脑，没有想到前先的谈话没有言及战事。

硝烟在那轮火球的照耀下成了一朵朵怒放的紫玫瑰，小幺子站在紫色的花朵上，吹奏出金亮的音符。那轮火球在他瘦巴巴的腿胯间，显得尴尬可笑。他慢慢地倒在那朵柔软的紫玫瑰中，盛开的玫瑰托举着他，游向那轮万物之源的火球，留下一道七色的彩虹。

他踉跄地走进浑黯的盥洗室，拉亮电灯，狭小的空间明亮起来。猛然，镀镍的水龙头反射出一道强烈的白光，刺激他的老眼。一阵天昏地暗的眩晕，身下是一朵玫瑰？摇晃站立不稳，颤抖的手紧握住那道白光。面前的玻璃镜里映照出一尊复制的古老生命的胸像。妻子闪了进来，像往常一样顺手摘下一方白毛巾递了过去。不——他推开纤细柔软的酥手，装模作样地拧开眩目的水龙头，粗鲁地汏洗并不龌龊的脸孔。多少揪心似的痛苦只能深埋在心底，即使每两三天下乡一次带回血淋淋的猪脑炖熟喂进儿子柔弱的肠胃里，也没给妻子解释为什么。她眼睛里充满融化冰雪的深情，而心灵的冰封岂能以此而消融？含情脉脉，柔情似水，竟在新婚之夜，也没能察觉她致命的弱点。抚摸她羔羊般的身子，亲吻构成美丽图案的容颜，生命在适度的温暖中溶解，直至成了一股冉冉升起的水气。此刻仿佛醒悟，面前的她和先前映在镜子里的头颅一样，整个前额像似被锋利的刀削去了一大片。端坐在散发幽香的阅览室里，潜心研究人脑和生命遗传学时，这种痛苦到了肝胆俱裂的程度。罪孽在儿子，祸根属于他和父辈乃至祖先。这会儿，一下子领悟了柳毅为什么在转业不久便急匆匆把那个有着硕大脑袋的丑女人搞到手。

“小亮子将陪同老旅长出访。”柳毅说。

妻子语气里夹杂着一丝酸涩，“三岁看到老，亮子这孩子从小就聪明伶俐”。

“他妈给了他个好脑袋，我给了他好前程。”柳毅为了儿子，穿梭般往返于京城与自己居住的城市之间，几乎踏破了老旅长家的门坎。每次接待他的总是坐在轮椅里的何大姐，以魅力无限的微笑，给他一丝甜蜜的希望。直到她寿终正寝的前一个晚上给失望、痛恨、憎恶交加的柳毅一张皱巴巴的纸片。梦寐以求的柳毅如愿以偿，但逢人便诅咒这位已作古的老太太。

他清晰地记得头一次看见何大姐的情景，宛如昨日。何大姐笑着，笑声恰似早年舅父家饲养的那头系着铃铛的小牛犊颠颠奔跑时发出的声响，她骑着旅长的枣红马，健美的双腿挟住马的肚档，奔跑在死寂的战场上。跑热了，摘下灰军帽，散出一头极长的飘发，亮出爬满汗珠的饱满前额，恋恋不舍地溜回营地。她模仿着旅长的声腔：“嘿，接住缰绳。”后来，旅长在一座破旧的小庙里请大家吃了一顿狗肉，还有几坛红薯酿制的烧酒。大家正吃到兴头上，旅长火烧火燎地撵走大伙儿，关上破门，油灯熄灭了，大殿里漆黑一片，美好被漆黑吞噬。

这时，一个孤零的身影屰立在村东头的坟地里，天上残存着几颗并不明亮的星星，朦胧了他的脸孔，更看不清脸上的泪珠，滴落在雪地上。许久，他回到庙门前扒着门缝窥探，里面不见丝缕光亮，只有旅长的鼾声像锤子敲击耳膜。和衣斜靠门前残破的石狮，在狰狞中睡去，怀里的小马枪子弹顶上了膛。

拂晓，旅长拉开大门，双手插在腰间站在门洞间，何大姐温柔地抱着旅长的胳膊。少顷，他不耐烦地挣脱，甩手走到广场上。突围即将开始，“集合敢死队”。他手持一簇枯萎的矢车菊，走向呆愣在那里的何大姐，“送给我？”诧异的眼神带着几分喜悦。“警卫排打头阵，旅长带头组成敢死队，谁能保证活着回来？”何大姐哭了，把枯萎的花儿贴在胸前。“备马，警卫员。”旅长大声命令。他一溜小跑，牵来枣红马。“混账，拉回去。我和大家一样。”旅长转念，脱掉灰色棉袄，袒露出干瘪的胸脯，把大刀插在背后。门洞里何大姐放声大哭，捂住脸跑回破庙……晚上，旅长手提一柄镶嵌蓝宝石的日本指挥刀，把冰冷的刀刃搁在他伸出的舌头上。他蜷缩在棉疙瘩里的身子颤栗不止，刀刃相碰的舌头冻住似的不敢有丝毫动弹，平窄的脑门子上渗出密密麻麻的汗珠。旅长怒吼："以后再敢偷看啵？"门板外传来柳毅的窃笑声，此时他已是医疗队的护理。后来，去秋意正酣的京城，走进火红枫林掩映的古朴别墅，在宽敞的客厅里与老旅长相见旧话重提，居然为当时的举动解释了一番，似乎在请求谅解。老旅长瞬间恢复了活力，如同当年作战前动员一样挥挥手，叙述的主题是历史的经验告诉人们不具有先进科学文化知识的执行团队，成不了出色的群体，即使一度他们处于高位，终归要失败。听罢，他泪如泉涌。一次在大会上宣读红头文件，竟把"隅"念成了"偶"。整个会场鸦雀无声，没有嘲讽和挖苦，痛苦的是会后许多双眼睛发出一种令人难堪的目光。从此，经常被梦魇搅醒，心里堵得发慌，直想呕吐。

再次走进漆黑的盥洗室，脸贴着白瓷盆作呕，没能吐出什么。妻子接踵而至，顺手用毛巾替他擦脸，白色的手巾格外眩目，宛似一朵洁白的孤云在脸上游动。

4. 破例老旅长款步送他到花园门口，在一棵茂盛的红枫前驻足，摘下一片叶子，放在细嫩如女人的手掌里，眯起一双浑黄的眼睛凝睇许久。"枫叶，人称聪明叶。带给孩子们，让他们好好学习。"

已经无法忆及怎样与老旅长告别，回家后他没有把叶子送给孩子，而是请人制成一个带玻璃框的标本，放在客厅的茶几上。大浦一见便发出愤怒的"吼噜"声，趁没人便狠狠地砸碎，破碎的标本一片哀鸣。妻子下班后爱怜地帮他包扎好血淋淋的伤口。大浦倚在母亲的怀里呜呜哭了起来，在他的生命历程中，又多了一种表达情感的方式。幼浦针锋相对，绘制了一张巨大的枫叶悬挂在自己的床头，巨手般的枫叶时刻准备把那瘦弱的生命攥在掌中令他无法喘息。从此，幼浦的卧室紧闭着，厚实的窗帘遮住了外来的光线，谁也不知道他在做什么，安静得令人害怕。一天，他从光亮中走出来，逆光中的举止酷似吹号的小幺子，好像说他将乘坐一朵玫瑰色的云彩去飘游。小幺子也是由一朵玫瑰色的行云载去的。

幼浦真的走了，是从机器厂被送进柳毅的医院，而他爬上急诊大楼的台阶时步履沉重，双腿好像注满了铅，无法让他忍受的将目睹年轻的生命飘离人间。

柳毅大步流星，带着军人的庄严，谁也不会猜到他曾是个俘虏兵。白色的走廊漫长曲折，时而有几个白衣人擦肩而过，酷似天使。通往天堂的长廊本该此番景象。柳毅推开印有鲜红十字架的玻璃门，像一位引导人步入天堂的神灵。幼浦直挺在白铁架子床上，身上盖着红十字的被子，一条长长的胶皮管，一端插入他的鼻孔，像一根拴住生命航船的缆绳，即使刹那的狂风暴雨也不会使它断裂，飘离生命的港湾，消失在茫茫大海中。可是，它较之那个沂蒙山沟里的女人手中的长线脆弱许多。他这样忖思。这天，大浦异常地平静，站在铁床边双手死死攥住床架，极想捏扁它的样子。他那双淡褐色的眼睛变得炯炯有神，射出两道古怪的光芒，一刻都没有离开那魔力百般的胶皮管，说不准什么时候他会敏捷如豹子般蹿上去不费吹灰之力地扯下，让生命远去。

“带他出去！”

“不，爸爸。”幼浦含糊不清地说，又昏睡过去。

医生没任何表情地告诉他是脑癌。

“没救了？”

“没了。”医生似乎在亡灵簿上慢腾腾写着什么。

“爸爸——”幼浦从被子里，推出一本极薄的蓝色封皮的小册子，是本诗集。很快诗集滑落到地板上。大浦箭一般扑向它，一下子紧攥在手里，嗓子里发出急躁不安的“吼噜”声，撕下散发油墨香的书页，随后和往常一样专注、细仔地把它撕成鱼鳞儿一般大小的碎片，撒向幼浦盖在身上的被子，印着的红十字开始变得残缺不全，继而支离破碎，有的似枪眼咕哝哝泛着血泡，鲜红的血染红了胸膛，小幺子“咕咚”一头栽倒在他脚边，金亮的小号滚得老远。“小幺子，小幺子！”他苍白的嘴唇四周有一圈焦黄泛白的痕迹，长时间的吹号增厚了他的双唇。旅长在不远处怒吼，“冲锋号，冲锋号！”柳毅猫腰不知从什么地方钻了出来，夺过小号，爬上土岗双腿颤抖着吹出冲锋的音符。

金色的音符坠落在小幺子的身上，像一俱披着金镂衣的尸体，被掘出千年陵寝陈列在灿烂中耀眼夺目。人除去冲锋还有迂回和安息，这位一生短暂却吹奏出无数次冲锋号的战士，死沉沉地安眠在战友的怀中，虽然临终他还试图做最后的冲刺，毕竟逃脱不掉命运的安排。

幼浦懂得这些吗？那死寂的小屋熬枯了他的生命。又一本诗集坠落在地板上，蓝色的书皮上印着一艘满帆的三桅船，搁浅在褐色的打蜡地板上，再也不能驶进沧海，一展高傲的雄姿。大浦抢前一步，抓起诗集。

“不，这是送给爸爸的。”幼浦轻声地说。大浦听不懂，依然重复起先前的劳作。满天弥漫的纸花，飘落在幼浦的身上，残存的红十字掩埋在灰白色下，逐渐吞噬仅存的红色，恰似一派北国风光。那轮火球在一朵紫色的玫瑰背后，闪耀出丝丝光芒。

幼浦轻声地说：“爸爸，你听这首诗。”

（作于1988年2月曹村观旭楼）

纤绳

天空蔚蓝，黑褐色的老鸢盘旋，坚硬的双翅不时割断麦芒般的阳光，影子掠过英俊的脸庞。耀眼的白裤衩，裸露出壮实的双腿，迷人的古铜色皮肤。疯疯癫癫的老鸢怎恋上自己？停住脚，昂脖，凝视。身后有胳膊肘捅一下，一双浑浊的眼睛瞪得铜铃般大小，多皱的嘴嘟哝。蹙眉，梗脖，终究还是埋下了头颅，双手抓住勒在胸前毛碴碴磨损已旧的纤绳。

沙滩滚烫，钻心疼痛。去县中读了三年书，已经不习惯了！回船取球鞋，那是毕业时从县城带回的。唉，兴许就是命，要不早去了省城，那个樱花缤纷的学府，聆听教授的侃侃而谈。可现在……一眼望去，身边全是光脚板。

多皱的嘴敞着脏兮兮的坎肩，袒露出刀刻般的胸脯，“喂，吆喝几声”。

一副极好的嗓子，父亲的遗传，吆喝一声几里外听得真切。矜持颔首，使劲压下舌头，分泌出唾沫润嗓子，喉结颤动，猛仰头，迸出一串高亢的音符。十来张嗓子嘶哑低和。古老的船夫谣，充满粗犷、雄浑、悲壮……

这歌，孩提时跟父亲学得。父亲撑驾的大木筏子撞上暗礁，山洪吞没他的歌声。

歌声弥漫江岸，像阵苍劲的江风。赞许、羡慕的目光汇在古铜色的脸上，暖流滋润心房。

老鸢目光愤怒，翅膀擦过鼻尖，撩起他浓稠黑发。他举目搜寻——蓝天，老鸢？

船桅杆上三角小旗迎风猎猎，随流而下……

纤绳不知什么时候嵌进肉里，人们沉浸在迷人的歌声中，忘了一切。

（作于 1987 年 10 月，原载 1988 年 1 月《小说界》）

圣果

办公室的四壁刷得雪白，遮掩住墙体上无数嘴的痕迹。当我装模作样端坐在椅子上，面对身穿廉价西装或大兴牛仔裤的同事，我性感的嘴巴会悄然飘向墙壁，悬挂起来。面前的办公桌同样的洁白，虽不能挂嘴，掀开洁白的台布，恶心人半年的是漆水剥落的斑驳，恰似嘴滴下的涎渍。

这时，同事J急匆匆从我的左侧走过散发霉烂气味的走廊，以便第一个出现在神圣的盒子——办公室里。他难以忍受屋子里的酸腐味道，喜欢医院空气里的福尔马林味道。我尚年轻，无需依靠免除生命腐烂的液体以维持自己的活力。太自信了，你已经衰老枯萎，每天浑浑噩噩，虽然认真地阅读各种报纸，连夹缝里的支票挂失都不放过，可是从未在脑子里记下什么，衰退的记忆，陈旧的思维。我不承认这些，因为清楚地记得三个星期前某报某版载有廉价卡普隆连体丝袜出售的信息。每天从那热闹的商场经过，而B昨天还光脚蹬着一双磨破的黑色高跟鞋潇洒地迈步在空旷阴森的博物馆大厅里，风韵十足。她羡慕玻璃柜里一具出土不久的僵尸，向往两千年后重见天日时，还能让人一睹风采。

衰老与年轻搏杀在生命的舞台上，遭殃的永远是生命，无怪乎年龄。每次和B分开后，装饰橱顶上的蜂皇浆都会减少两三支，浑然间忘了用小砂片割开玻璃瓶颈，便陶醉地吮吸起来。这样错误，是你在回味和B一起度过的良辰美景。

眼睛搜寻报纸，瞳仁里一片白茫，连一张印有字迹的纸片都没有，而每到征订报刊时与行政科长大吵大闹，以致彼此告状打笔墨官司，闹得沸沸扬扬不可开交。直到废品站的胖妈气魄地拎起粗壮的秤杆，行政科长泄了气，自甘认输。说实的，此时他纵有满腹牢骚和愤慨，无奈嘴跑到墙上，垂涎老长。

我无聊，两只硕大的手死抠住办公桌的边沿，呆呆地盯视端坐在对面的J。J一反常态，笔挺的毛涤西装破天荒没穿，套了一件白色的罩衫儿，大概是上班时穿错了女儿的工作服。据传，她在熟食店专切红肠，一直埋怨J没有能力调她到熟食厂灌肠。更反常的是九点上班铃响过后，我刚跨进洁白的空间，他没抬头用往常的眼神打量我。打量了，你没在意。他不会放过你的一举一动，包括你掏尽鼻垢抹在办公桌肚里的细节。博物馆早关门了，活泼的B会有兴趣于僵尸？晚上在街心小花园干什么啦？太晚了。他根本没问。他想问，可惜干瘪的嘴挂上了墙壁。好吧，就算这样，我认输。这时，他一本正经端坐着，面前没有一向钟爱的瓷杯以及没看完的报纸。他深嵌在鱼尾纹里的那双浑黄的眼睛，直勾勾凝视着办公桌中间的玩意嘿——我说你老了，死皮赖脸不肯承认，连反应也木讷迟钝。

那是一只黄澄澄硕大的果子，模样酷似雪梨，又肯定不是。我痴迷地望着，无窗的盒子里怎会飞进这玩意？J挟带进来的？J和我显得同样好奇。你判断正确，为什么不问一下？当我跨进办公室，顺手把嘴挂上了墙。以往你对什么都充满好奇，向人请教，百慕大三角、飞碟、喀纳斯水怪、神农架野人，不是B阻拦，你早已去找野人，赢得巨额赏金。那时，你背上行囊，对B说一声沙由娜拉，自信中包涵着坚定。B抱住你，泪水口涎鼻涕一切粘乎乎的液体全抹在你的脸上。

白壁上无数的嘴窸窣作响，似乎在议论什么，它们像一条条丰腴的蛆蠕动着，大概也在猜测果子的由来。我屏息静听，不知所云。愤慨地瞪大眼睛企图干预，嘴没有理会，声响变大，越发亢奋起来，依旧是一片不可辨听的分贝。J 的注意力丝毫没受到干扰，目光在梨状果子上转动，每转一下都晃动一下脑袋，大概在清点果子上褐色的斑点。

我记得自己也数过，数得激动，当然不是现在。那天闷热，新娘新郎汗如泉涌，亵衣湿漉，依然衣冠楚楚地端坐在一张海绵床上。新娘的妹妹，妹妹的好友是 B 的小学同学，我始终弄不明白她为啥对婚礼格外热衷，拉上我跑去闹新房。闹新房具有特殊意义，激发新婚者的性欲，让人重温部落时代祖先的本能，而对于未婚者来说恐怕是一种预习，我猜想 B 的用意多半在此。我借着烧酒的魔力，违背她少胡来的警告，在梨上插了十六根火柴，说服新人用纸烟点燃。他俩面面相觑，各自嘴里噙着红丝带的一端，纸烟拴在中间不住晃荡。点燃一根！我琅声宣布，语调里挟带一股溜酸。那是你第一次做白日梦时见过的把戏，和 B 的婚礼上，有人使出了这一招，结局便是热吻。B 矢口否认会有这一天。她听完我的述说，莫名其妙地放声大笑，表示八字少一撇。我噎住了。可是我的父母在我毕业时已经准备悲壮地把自己贴在墙上，腾出房子让我和 B 安个窝。这一惨不忍睹的景象刺痛了我，于是找到行政科长。他庄重地戴好嘴，不紧不慢地宣读规定：男 30 岁结婚才能住进鸳鸯楼，两年后分配新居。B 满眼含泪，挥着拳头，大叫大嚷，那住大水管去。地下排水管直径 1.6 米，陈列在途经的工地上，一排排如公寓似的煞是气派。J 也羡慕水管公寓，一个星期天的早晨，我看见他捉迷藏一般转悠在那里唉声叹气。他的住房拥挤，可是他的嘴没勇气走下墙壁，去说服行政科长，给自己换上二室一厅。而行政科长永远不会做雪中送炭的事体，擅长锦上添花。

J 的眼皮松弛垂耷，萎靡瞌睡起来。在这纯洁的盒子里打瞌睡，不能趴在桌子上，得用技巧，双手支撑着脑袋，装着阅读的样子，令人不觉得在瞌睡。否则，墙上的嘴会纷纷被主人摘下戴好，群起攻之，使人体无完肤。J睡意正浓，一定是干咳不停的妻子昨晚没让他睡安稳。起先他无动于衷，又加上切红肠的女儿躺在大沙发上呓语连绵，J无法入眠，也不作抗议。我知道他的嘴永远搁在墙上，从不摘下带回家。你应该努力学会这一点。你同B在一起时，把别人的嘴摘下贴在脸上，用五十张嘴说话，五十张嘴接吻，以致B一跳下公共汽车便不辞辛劳地吻五十下，随后聆听五十张嘴连珠炮般的倾诉。B抗议，大叫大嚷，极伤优雅地边走边捂住耳朵。送到她家门，B逃似地离开，转眼又蹦回你身边，在你贴满嘴的脸颊上吻一下，算是回报，没等你明白过来便消失在黑色的门洞里。噢——你不能学J，八小时不戴上嘴的洋罪已经受够啦。何况，谈恋爱最派用场的就是嘴，否则无从谈起。如果一趟不戴，B一定会离开你。虽然，她讨厌你拥有世界上最多的嘴。

J发出了轻微的鼾声，声音过于机械、单调，听久了让人生出瞌睡。可以玩玩J的游戏。你不会有这样的耐性。谢谢你的告诫！别生气，数到第四十七颗时，你一定数岔了。别犟啦，知你者莫如我。记得那次你同B去海边，她头埋在你怀里，嘻笑地让你数一头乌发。你一根又一根数得认真，数到第四十七根时，一羽鸥鸟扯着翅膀冷不丁擦着你的头皮掠过，你放弃数下去的念头。直到黑白相间的鸟儿消失在水天一色处，你依然傻楞着。B鼓着两腮生气，抽出攥在你手里的四十七根头发，一溜烟跑到绿茵茵的草坪上，你撒腿去追。后来，你看到她懒几几瘫坐在草地上，像头大猩猩吞噬红色背包里的梨子，大口咀嚼。等你赶到，一旅行包的梨被她吞下了肚子。B眨巴眼睛，问一共吃了多少？你茫然摇头。不是不想回答，根本答不上来。可在水果摊前你是一个个挑选后放进包里，嘴里振振有词。买这些梨花去了你月薪的百分之十三点五，抽出一张崭新的纸币，抖抖地递给腰间拴着牛皮小包的大汉。你想奢侈一下，当梨搁在嘴边的刹那，竟没咬下去，重新放了回去。

现在，我真想伸手夺过面前梨状果实，一口吞下肚。这个念头一直支配我，越发强烈起来。转念一想，细嚼慢咽才能品出鲜美。怎么个吃法，使我犹豫起来。

此刻，J 松弛的眼皮一跳，慢慢醒了，视线重又回到梨状果实上，有点贪婪，应该是很长时间没有尝过这般滋味，猜测在妻子发烧到 40℃，他才买过两梨，其中一个妻子不舍得吃，直到烂出大疤，他用刀剜去腐烂部分。他哄劝妻子吃下，转身敏捷地把剜去的部分一口吞掉。一定是这样。当然，他的故事不会有你的浪漫，但你能确保他年轻时没你现在浪漫？好吧，那总不能像昔日土财主一样坐在米袋上饿死，对着它馋死。一人一半，分享算了。我开始在墙上寻找我的嘴，准备戴上它，把自己的想法告诉 J。我的嘴正起劲地和同伴争论，扬言说梨状果实是上苍所赐，非一般人可食，它也许生长在外星球上，自带光环。我一把捞过它，嘴粘在墙上不肯回到原本属于它的位置，竟然干嚎、撒泼起来。我执意，它扑楞一下站起来，双唇紧闭，一副怒发冲冠的模样。它指谪我，还没搞清楚果实的来历，吃了别人会怎么反应？说你吃贿赂，说你公私不分。我颓然倒在座椅上无言以对。J 眼睛里闪烁的一丝希望随即消失，他希望我发出倡议，如果有人追查起来，我判两年徒刑，他只是个缓期，还可守着妻女，而 B 不会等我到海枯石烂，现在不是为爱情牺牲一切的年代。

嘴得胜了，神气活现地漫游在白壁上，不时与这个聊几句，跟那个窃语。它成了宠儿，仿佛是星空中最亮的那一颗，得意自在。它停在一张干瘪枯黄的嘴面前，没有言语什么，对方有些畏缩。我认出是 J 的嘴。我慌不迭地瞥他一眼。他又继续默默地数着果实上的斑点。是重新数，刚才数过的他忘记了。他数得急躁，露出了不耐烦的神情。应该让 J 先道出分享梨状果实的规则，这样结果就会发生喜剧性的变化，他坐两年监牢，我弄个缓刑，B也不至于另攀高枝。J不会冒这险，因小失大。否则他损失惨重，连到手的主任科员也会丢脱，因为评职称已经开始，他在这洁白的房间里已干了三十二年。不，他挡不住果子的诱惑，渴望品尝，何况面前出自神奇的果子味道一定非同寻常。他的欲望和我一样。

我清点果实上的褐点儿，“1”是一头小母鹿；“2”是一束阳光；“3”是一把镰刀；“4”是一个秃头……B喜欢乱唱，再美妙的歌曲从她嘴里唱出来令人生厌，唱毕她自个儿捧腹傻笑一气。J也乱唱过。有一次开什么表彰大会，J负责播放音响，当获奖者上台领奖时，J把《运动员进行曲》错放成一支古老且充满宗教之情的颂歌，领奖者左右为难，上台领奖不行，肃然起敬也不是，全体不知进退，现场大乱。J高烧三天，第四天医生开了一周病假，他死撑着上班，却害怕得连与人照面都不敢，贴着墙根顺走廊进厕所，唯恐遇上别人提及此事。终于，J住了医院，在一间充满福尔马林气味的盒子里抽了血，呆了整整四十七天。我曾去探视，捎带去一袋又干又硬的小国光，偏没买他喜欢吃的梨子，梨似乎不应该是他的享用，虽然我深知他喜欢食它。

J遽然站起身故作镇定，反剪双手走到白壁前，一下子逮住自己的嘴。他将对我说什么，说一个童话……他端庄地抬起手，认真地戴上嘴，手激动得打颤，没戴准，又拨了一下。他盘桓盒子，以迅雷不及掩耳之敏捷一把抓过梨状果实，使劲掷向办公室的一隅。我大为惊讶，瞅着被砸烂的果实，不无怜惜。无数的果汁溅在墙上，变成米黄色的小蛇蠕动着缓缓地往下流淌。我紧握双拳，怒不可遏——揍这家伙。冷静，你考虑后果吗？我的嘴慌忙赶来警告。J慢慢转过身子，大模大样地拉开洁白的门，走了……

（作于1987年9月沪上大自鸣钟）

心水

硝烟笼罩在巨大的弹坑上，充满呛人的火药味和尸体燃烧发出的焦臭，新兵撕开衣襟，喘着粗气，胸膛一起一伏，随即猛烈咳嗽起来，他抓住斜歪在身边的水壶，使劲摇了摇骂了一句，发泄似的把水壶甩出弹坑，摘下头上的钢盔，扇了几下。突然，他眼睛一亮，贪婪的目光停落在老兵腰间沉甸甸的水壶上。

老兵疲惫地靠在坑壁上，一动不动，夹在右手食指和中指间的半截纸烟已熄灭，只是在烟瘾犯时猛吸一口过念头。没见他喝一口水，就像纸烟能止渴一样。

新兵伸出手，牢牢地抓住水壶，老兵粗鲁地推开，浓眉下闪出威严的目光："就这些，还没到非喝不可的时辰。"鬼话，新兵心里窝了一团火，什么"没到非喝不可的时辰"，全是你妈的死抠。平时，连别人扔在烟缸里的烟蒂都捡起来卷巴卷巴地抽，如今有几个大兵这副穷酸样？山沟里出来的，血液里渗透着从娘老子那儿继承来的吝啬，更何况在这没水的弹坑里？新兵眼睛充满血丝，真想扑上去，惩罚这说得好听的家伙。

暗堡里喷射出火舌，朝着"叮当"滚动的空水壶袭来，子弹冰雹般地泻在他们隐蔽的弹坑前，有的从他们头顶掠去。

方位暴露，正在射程里。老兵敏捷地跃起，扛着四〇火箭筒，僵直的腿打颤，站立不稳。新兵赶忙扶住他，“轰隆”一声巨响，暗堡的混凝土钢筋条随着升腾的烟雾飞上了天，顷刻噼里啪啦倾泻下。

“卧倒——”，老兵声嘶力竭地大喊，新兵迟疑须臾，身子像沉重的麻袋倒下。

……

新兵苏醒，发现自己的胳膊紧勾着老兵的脖子，被老兵压在身下。他一骨碌翻身站起，老兵躺在地上，一动不动。新兵俯身，叫唤几声，没有回应。一个可怕的念头闪过脑际，新兵痉挛。急切地翻转老兵的身子，身上满是尘土，军装许多地方划破，小腿上的窟窿流血。他迅速做了包扎。没有致命的伤口，新兵轻轻舒了一口气。无意间瞥见老兵四周发白的嘴唇，像松树表皮枯裂开，深深的裂纹中渗出鲜红的血。渴晕的，新兵嘴角露出一丝讥讽的笑，渴死也不愿喝一口水，世上还真有这样的人。新兵抓起水壶，准备给老兵灌几口，倒不出一滴水，反复几次都是一个结果。他不信，洒了？

弹坑里满是乱石、血污、尸体，没有被水打湿的迹象。新兵攥着水壶，呆楞着。突然感到自己胸脯上痒酥酥，像有虫子在爬。他去抹，掌心上黏乎乎，衣襟上有水渍，下意识地舔一下嘴唇，新兵明白了。

他垂下眼睑，凝视摊放在胸前的手，空荡荡的手里，恰有一块沉甸甸的铅。不，那是老兵的心。

新兵哽咽，隆起的喉结蠕动。

（作于 1987 年 2 月上海）

破碎的瞬息

阳光映照在已经倾斜的镂花瓶上，站在它面前抱着双臂若无其事的他便是我，那上面无数不规则的几何图案耗去许多精力去琢磨，到现在也不敢断言那就是盛开的玫瑰。终于，他承认自己愚钝，害怕葬身于古希腊神灵的大腹里，成了一道美味。我开始提醒他，它将是一具支离的碎尸。46°，它继续往下倾斜。该扶它一把。不——他毫不怜惜地回答，依然是先前的神情，眼角无意地瞟向站在身边的她，一尊漂亮的蜡像，风扯着一头直泻的长发，发出轻微的窸窣。她不会伸手去扶，丰满的手垂于两侧。他这样思忖。我恼火，那你呢？他冷冷地反问我花瓶的主人是谁。

我记得，收到它时你曾狂喜。抓牢纤细的瓶颈，有力的手不费丝毫的气力。他无动于衷，悠然捻着昨晚没剃净的一根极短的硬须。既然它的主人漠视，我何必呢？如果有条鞭子，一定凶狠地鞭笞你，我咬牙切齿。它折磨我太久，他回答，玩世不恭地摊摊手，露出一副无所谓的样子，似乎在说碎就碎了罢。我迫使他平静下来，帮助他追忆草坪上那白色的秋千和曾经的欢愉，试图用过去勾起他的眷恋。他沉默着重又捻起那根黑须。我惊叫，它正以一个 G 下坠。他不屑一顾，反倒想用力扽下那根黑须，疼痛会遽然消失。他的目光投向她，惨白的嘴唇在抽搐，整个身子颤栗，恰似秋风中的残叶。想激起我的怜悯？她在表演，这是她的天性。不——她痛苦不堪。即使这样也罢，他有点幸灾乐祸。我失态、怒吼、疯狂。他嘴角露出一丝轻松、舒坦的笑意，当那缤纷的尸体静静地僵卧在血浆色的水门汀上，我会潇洒地离去。

一声尖利的嘶叫划破了死寂已久的空间，她像一头疯狂的母豹，敏捷地窜上前去，死死地抱住那镂花花瓶，无力地跪伏在地上，呜咽着道出了花名……

（原载《满庭芳》1987 年 1 月、《生活周刊》1987 年 9 月）

泥俑

路灯下一双嵌满褐色粘土的手，在鹅卵石路面上摸索，寻找一截炮仗的捻线。寂静中传来她怯懦的提醒“划根火柴照一照，看得清爽”。乳白色的火柴杆上顶着一粒绿豆大小的橘色火苗，柔和地照亮阿哥轮廓模糊的脸孔。于是，她看到阿哥的指尖抠进石间的缝隙，曲指一挑，捻线跳弹出来，横卧在青寒光滑的鹅卵石上。他单腿跪下，就着膝盖捩平，鼓起双腮吹去粘着的尘土。自上个除夕过后的三百多个日子里，她期盼能得到一枚炮仗，点燃它聆听黑夜中嘹亮的歌唱。她走近路灯，迎着一道幽暗的光亮举起炮仗，捻进导火索，无数的火星天真烂漫地蹦进炮仗，一个矫健的身影如春天的云雀凌空跃起，奔向苍穹，在远处一展歌喉。

她看不清绝唱后炮仗的归宿，辫梢上沾满了飘坠的碎屑，一阵惊悸袭上心头，害怕沾着火星的纸屑燃着头发。她撞开屋门，屋里的泥腥味扑面而来。转盘上站立一尊泥俑，眼窝处空白一片，没刻上眼睛，仿佛散发出如她一样的恐惧。良久，她移开视线，温顺地垂下头，接受阿哥拿去她辫梢上的炮仗残骸。她始终弄不明白，阿哥为啥终日塑造泥俑，却不雕刻眼睛。每次启唇欲问，迟疑间勇气丧尽。

这是发生在很久以前的一个片断，那时应该与现在一样，也是一个寒冷的除夕。她垂下挑开窗帘的手，原本堆积着的皱襞一泻而下，帘子割断她眺望远外的视线。她面对窗帘呆伫，耸耳捕捉窗外零星的炮仗声，耳底似乎有钢针在扎刺，疼痛难捱，晕眩呈流线状由脑部透过胸腔流到趾尖。她本能地抓住无力支撑自己的窗帘，好在她还清醒，趁势侧身跌坐在柔软的沙发里，慌乱中碰倒了茶几上一座风姿绰约的泥俑，躺在凋谢的玫瑰花瓣间无声哭泣。她努力不去注视面前的画面，不让痛苦的狂澜冲破神经的堤坝。平静地仰脸倚着，做了几回深呼吸，谙练地按摩脸面，准确地点到每一个穴位。她轻松了许多，汹涌的追溯不再湍急，水天一色处回忆貌似停息，坦荡无波褶。

她拿起铸有雄狮浮雕图案的纯银烟盒，挑出一支雪白的峰牌纸烟，优雅地衔在唇间。曾相信已经彻底戒掉银座逢场作戏时养成的习惯，嫌烟味刺激胃蠕动招致痉挛。此刻表现出对烟的渴求使她大为吃惊。急切地点燃台式打火机，气体直喷，靛色的火苗窜得老高，她侧脸让纸烟接触火束，烟端出现一圈灰黑，暗红的火点掩映在焚尽的烟丝中死气沉沉。手指没有松开打火机，瞳仁里颤动着一簇火苗。遥远的那个除夕，眼中一定也噙含着它，照亮了阿哥模糊的脸，感觉到他酷似泥俑，椭圆形的脸盘上难分五官和线条、块面，混沌中似有似无模棱两可。阿哥始终不愿雕刻泥俑的细节，倾注自己的含混在它身上。终于，她做了决定，在一个黄昏，蹑手蹑脚潜入阿哥的工作室爬上操作台，虔诚地跪在泥俑面前，颤抖抖地伸向泥俑的眼窝处，赋予它光明。一双飘舞的媚眼，隐含难以描述的神韵，迸发出无可抗拒的力量。她端详它，似乎看到了古驿道上的风尘，田野悄然直起的炊烟。阿哥拎着一把蒲扇无语走来，用一小团泥巴填平眼窝。很多年以后的一天，与阿哥在空港的大厅里道别，他说起了炮仗的歌唱，还有那被她刻上眼睛的泥俑，禁不住抹了一下眼睛。起先她以为阿哥在擦拭泪水，细嚼后品出他抬手时隐含的洒脱。阿哥害怕那双眼睛的凝视，喜欢在霏霏细雨中独行的他，面对氤氲的乳白色水雾恍惚地意识到它的存在。

街坊邻居都说阿哥憨厚老实，宽阔的胸膛能融进世界。自那个暮春从东瀛飞抵故地，才知道人们的说法近似荒唐。阿哥虚弱地瘫躺在门边的竹椅里，捏着月牙形嵌刀的手垂荡在竹椅边，小刀曳带一道碜人的寒光跌落在鹅卵石上，碰撞声使她随之一颤，储存胸间久远的辉煌蓦然全泄，阴冷袭上心田。为了这份辉煌，她苦盼了不少春秋，献出了一份珍贵。她知道自己执着，否则，漫长的日子里不会挂念一只并无实际意义的炮仗。

阿哥伸出一条粗短的腿挡在门坎上，像一截拦路的原木纹丝不动，阻止她前行。她预感阿哥已得悉了什么，身子不由自主地往后退缩，耳畔响起他梦呓般晦涩的表述，好像说她带回家的全部家电和金钱沾满肮脏的汗渍和血垢。她悟懂了阿哥的意思，急速转身离去，就在当年寻找捻线的地方趔趄一记摔倒，抬头无意间看见竹椅和门边一群晾晒着的俑坯，姿态优美地向外窥探，神情庄重且冷漠。她意识到无论天涯海角，自己无法躲避这视线，它无情穿透自己的胸腔，阅读一颗滴血的心。她不再等待阿哥的搀扶，缓慢地站起身，深情望一眼门边的竹椅。童年奔跑时身后总有阿哥的双手，时刻准备着搀扶自己，现在这一幕不会重演。后来，她常忆及这情景，总觉得自己的脚步零乱，行色踉跄，好像在遁藏竹椅后那群泥俑向外张望的视线……

一股线状的直烟呈喇叭形四处散去，弥漫在屋里，视线追踪虚缥的青烟。这时，她看到磨砂玻璃上雄狮的影子在浮动，眼帘急速瞌上生怕灼伤，眼窝处渗出泪水，融化了黛色的眼影，一道灰黑的泪痕撕裂她的脸孔。

她挟住纸烟的手伸向水晶烟缸，掸去烟灰。她迟疑了一下，果断地拧灭残存的纸烟，烟头无力闪动星点的暗红，依然没有放手。那天，离开鹅卵石铺设的深巷，来到大街上，前面的景色震撼了她，空中飞絮尽情地在余辉中漫舞，自由自在，脑际闪出寒冬过后便是阳春之类的诗句。每个人都说过去的就让它过去，叙述时伴随洒脱的耸肩，好像过去真的会随着肩胛耸动撒落于地。她翕动嘴唇，不住耸肩抖落飞絮，轻盈的飞絮朝远外飞去，在空中游荡。一切依旧，扯不断记忆的连接，只能把痛苦和屈辱深埋心底，无需他人分忧，挤出虚伪的怜悯。于是，她以一个女人的细心，仔细抹去银座爱の屋残留下的痕迹。

窗外的炮仗已不再是偶尔的二三声，似秋蝉作集体的吟唱，听到了隐含的悲伤。她总能在喜悦后品出几分异样，不像孩提时那样的纯真，即使阿哥五音不全的歌唱也成了快乐的绽放。也许是岁月的流逝，生命的短暂以及留不住的艾怨？近处一声崛地而起的孤鸣，响得人胆颤心惊，她搜寻孤鸣之后的归宿，失望地收敛起目光。这时，她看到裹在睡袍里的雄狮站在床边，睡袍上一条条凝固的陈血条纹，栅栏般挡住了他敦实的身躯，弄得支离破碎。他走到她面前，沉默无语，滚烫的目光灼伤犹如赤裸裸的她。她蜷缩身子，压低眼线，看到一颗混浊的水珠艰难地爬过粗黑的腿毛，缓缓淌到踝骨处，再也不能蠕动。睡袍下的那双腿带着水珠走向酒柜。

雄狮抓起标有1878封口条的酒瓶，用并不熟练的汉语询问她是否需要。她摇了一下头。其实，她知道酒能帮助自己镇定下来。

“砰”的一声酒瓶开启，雄狮斜握瓶颈的手自信地上下摆动，金黄色的酒体清脆地注入高脚杯，无色透明的杯体一下子夺目起来，仿佛是金子铸成的工艺品。他贪婪地望着酒杯，不住晃动酽醇的酒汁。“看上去你有些忧伤。”雄狮刻意露出几分神秘的笑意，冲她举起酒杯，做邀请状，可她先前已经拒绝了对饮。

雄狮仰起粗短的脖颈一口气饮尽，喉管发出一阵满足的吼噜声，回味似地舔舔双唇。

“有点头晕，窗外的炮仗……”她语无伦次。

雄狮转动酒杯，双目流露出不可琢磨的神情，“再也看不见初识你时的笑容”。

这话他曾反复地说了许多遍，总在暗示什么。她明白其间的隐意，不想去挑明。初识是在一家株式会社招聘时，当口试完毕与雄狮道别，一不留心露出了当年的笑容。雄狮捏着她的手，眯缝起眼睛含笑说起了银座。她害怕有人提及岛国的一切，仓皇抽出手，走过一道玻璃隔栅，险些儿绊倒。她回到寓所，对着镜子愤怒地撕着自己的脸腮，“那笑留在了过去。”她喃喃地小声表示。

自从被阿哥拦在家门外起，她便刻苦操练古典式的微笑，试图取代东京夜店的浪艳。以后的日子里，S 市繁华的大街上，人们会看到她驾驶一辆火红的跑车，停泊在银行、领事馆、宾馆门前，这一系列对于生活在鹅卵石深巷中的人们颇为神秘的地方，优雅地递上一张印制精美的名片，掠过高雅的笑容，创造一份抹不去的记忆。不过，雄狮还是窥视到她蕴藏在心灵深处的伤痕。她始终没弄明白，他在面试的当天就发出了高薪聘请的邀约，是因为自己流利的日语还是那临别时的笑颜？那笑从此再也不属于自己了。

雄狮倚在床头，腿搁在席梦丝边沿，腂骨处的水珠已经干涸。他拿起床头柜上的泥俑玩赏，粗短的指头触摸眉骨下的空白，也许他会像自己一样刻画出眼睛？玲珑的泥俑在他掌心间无力地转辗，没有呻吟和挣扎。她似乎听到雄狮喃呢地说泥俑优美的造型是凝固的音乐，讲述着一个遥远且神秘的故事。

“你是懂日本男人的女人，”雄狮说。“我不懂。”她否定。“你懂。知道爱の屋。在日本，有许多与你一样笑容的女子。”“那恐怕是你的错觉。”她打消他的念头。“你把茶几下的那份旧报纸递给我。”

她听明白了，拱身抽出报纸，迅速瞥一眼，巨幅照片上叠印着一条反映女留学生在红灯区生活的黑字标题“森の妖精”“歌舞伎町一番街支那支”，有一幅酷似她的侧影。报纸从指缝间滑落，朝猩红的地毯飘去，停落在她脚边，一股刺骨的寒意透过脚底升起，急速扩张，每处的软组织仿佛麻木、僵硬、脆化，整身子变得酥软起来。她觉得自己就是一座泥俑，被一双粗短的手冷酷地玩弄后抛进沸水，细腻的肌肤上生出鳞状的裂纹，细密似蜘蛛网布满整个躯体，泥块缓慢剥落漂落水中，激起无数的白色水沫，干硬的泥片迅速融化沉入水底。泥俑接受这样的命运安排，不再诉说痛苦，无声无息地沉入水中。白沫禁不住崩溃时掀起的波澜飞溅而出，在空中酿成棉白的水雾，白茫茫什么也分辨不清。

“你不用装假，我懂。”雄狮揽住她入怀。她有些麻木，如一具僵硬的尸体，听凭那双手在移动。

“像在东京一样。你能做到。”雄狮如梦如痴。 她感到窒息，似乎有一双手捂住自己一颗孱弱的心。她的身子挣扎着倒向窗户，无意间推开。辛寒的夜风迎面吹来，吹动她蓬乱的长发，似无数的纤手抚摸着脸庞。

鞭炮声宛似煮沸的粥锅，一阵紧接一阵必朴不停，构成气势恢宏的乐章。和乐中，不时传来一展歌喉的高音，高亢、雄浑、坚韧。她知道那是大炮仗发出的声音，如同那夜自己点燃的炮仗一样。她仿佛看到阿哥的手急切地摸索鹅卵石路面，寻找那根捻线。她点燃炮仗，祈祷辉煌，去除旧日的祸恙。心狂跳起来，血液沿着无数的血管涌入心房，启博微弱跳动的心。她步履坚定地朝漆成酱红色的房门走去……

红色跑车驶不进鹅卵石铺成的小巷。她熄灭车灯，摸索到车门扳扣，顺势下了车。路上铺了一层绝唱后炮仗的遗骸，她望着自己的脚尖觉得无从插足，每跨出一步都会践踏那些为唱歌而死去的生命，歌毕有谁会顾及它们？清晨那个衣衫龌龊的老妪拉着一架吱嘎作响的轴轮车，挥动扫帚，把它们送进垃圾筒，鹅卵石路上仿佛从未发生过辉煌的一幕。

一阵寒风从小巷的另端袭来，无数玫瑰色的纸屑在风的挟裹下翩翩起舞，轻盈的舞步透出喜悦，潇洒地旋转出春之将临的韵律。她紧裹白色的羊绒大衣，垂首凝睇面前催人泪下的一幕，耳畔隐约响起节奏明快的乐章。突然，它们颤抖起来，簌簌发抖地蜷缩身子，盘蛇般集聚在路中央。于是，她看到一条玫瑰色的长蛇，蜿蜒游荡在冰冷的巷子里，猛然窜起，吐出血色的信子。她双手抱在胸前，向后退缩，心里难以猜破瞬变的景象寓于的凶吉。她怀疑子夜赶到故地的动机，面对这一切便会退却。长蛇在一阵凛冽的寒风吹过后，失去了先前的疯狂，横在路面上分散开去，躲进屋檐下发出悲鸣。顷刻，小巷中央出现光滑的鹅卵石路面。

极细的鞋跟踩在坚硬的鹅卵石上，脚趾生疼。孩提时光脚奔跑没有任何的疼痛感觉，即使太阳把能量储存在石块里也无所忌惮，欢笑声中的跌倒背后有阿哥的双手。她有时会佯躺在地上，说崴了脚，阿哥背起她，轻轻放到竹椅上，耐心地给那脏脚按摩。阿哥知道她装假，即使她说十遍狼来了，他还会信的。阿哥常嘀咕：三遍之后就发生悲剧，那只能说明人的自私和无情。脚踩进了两石间的缝隙，皮鞋脱落在那里，她没有顾及，向小巷深处跑去，在那扇熟悉的竖写着年轮的松木门前站住。门旁惨不忍睹地堆满废弃的泥俑，或四肢断裂，或首身相离，或脸破头碎。她看到它们的眉骨下都有了一双眼睛。

阿哥似乎意识到塑造的失败，是最后的点睛。他明白这一点，正如自己一样耗去了许多……

（作于 1986 年 1 月沪上）

我就是我

1. 被踹了一脚，跌进了一道深堑。黑漆伸手不见五指，堑壁如刀劈斧砍找不到任何支撑。我向上爬，这样的努力过于残酷，又摔了下去，脚着底时，拼命蹬了一记。于是，我醒了，倚在床上，回味乱梦。隐约记得，踹我下深堑的是一双血肉模糊的腿，胫腓断裂，骨碴嵌入殷红的血肉之间，难以清除。值班医生眯缝起眼睛，冷漠地说，必须……他呈握手术刀状利索地在空中划了一下，做出一个截肢的手势。此后，腿不再是身体的组成部分，残存的生命失去支点，倾斜在广袤的地平线上。他不能直立，再也不能奔向阳光明媚的地方。

丈夫总在我之后醒来，与往常一样双臂紧箍住我，暖暖的身子贴住我的背脊，似乎要融化我，轻声问："送你一束玫瑰花。"

他知道我酷爱这种红得沉醉的花儿，望着他的眼睛，笑着回答："蛋糕吧，实惠点。"儿子小奕想了长远。丈夫伸手捏了捏我的鼻子，"心里只有儿子"。大概被捏了鼻子的缘故，酸楚袭上心头。我没回答。真是这样？我心里还藏着别的东西，比如那凝血般的红玫瑰，不能重新站立起来迈步的生命。

"好吧，就是蛋糕。"丈夫爽快地答应，撩起被子，两条毛绒绒的腿探进裤管，束着皮带下了厨房，那块传来电子点火器发出的啪啪声。

初冬，小奕过完生日，一直期待着我的生日和巧克力蛋糕。我对他说，等到脱去羽绒衫换上春装时，妈妈的生日就到了。他换上单衣，怜爱地站在我跟前，小声嘟囔着什么，随即喷嚏四迭，我笑了……

临出家门，给丈夫留下便条，告诉他去上班了，蛋糕你和儿子先吃。不能一道过生日，他们肯定有些失望，儿子有蛋糕会变得满足，发奋去征服它，丈夫就不同了。说不定买蛋糕时还去了花店捎上一束玫瑰。然而，梦中的那双腿，一直牵挂着我，无心换班过生日。昨天傍晚，送来的那个装卸工躺在担架上进入急诊室，血顺着担架滴到地上。他站在车旁，圆形水泥柱滚下，惨祸由此发生。生命倒在无情的圆柱旁，麻木、呻吟、昏厥。从他的病历卡上，知道他与我是同龄人，护送来的人说他没成家，因为是装卸工。也许此后，他再也不会有自己的家，没有妻子和孩子。昏迷中他失血的双唇嗫嚅反复述说一个含糊的腿字，似乎他清楚自己的命运，未来的日子里，伴随的将是拐杖和轮椅。

2. 下了公交车到医院尚需步行，路程不长，几乎闭上眼睛都能走到，已走了十个年头。十年前，从卫校分配到这家医院做护士，同时来的还有好几个，没出半年，纷纷消失不见踪影。偶尔相遇，她们流露出诧异，启唇第一句便是你还在做护士？仿佛干这行大逆不道，我含笑不语，目送她们消失在我瞳仁里。总觉得她们步履过于彷徨，脑际会出现昔日插队的山村，那群背负青天脸朝黄土的乡亲踩着泥巴的腿，落下一串串脚印，消失在农田的尽头，那里落日西坠。

这时，隐约听到有人在喊我，抬头望去，医院的门柱前，停着一辆轿车，一旁站着一个小伙子，微呈八字的罗圈腿有力地支撑着他敦实的身体。我暗笑自己为什么变得爱注意别人家的腿，一定与那装卸工有关，他给人印象过于强烈。

他冲我不住挥动攥着的白色遮阳帽。这季节，还不至于需要戴这种帽子遮蔽阳光。他连奔带跑地站到我面前。我不认识他。

“王敏芳，不会错吧？”他有一张圆圆的脸，说话时两侧的鼻翼一动一动，很质朴的样子。

“我不认识你。”

“这不重要。重要的是你是王敏芳。”

我点了一下头，警惕地注视他。

“找你找得好辛苦。跟我走吧。”他拉开车门，洒脱地做了一个请的姿式。

我抓住车门，没有上车。凭直觉，他不是一个图谋不轨的歹人，但我不可能被这种突如其来的邀请所迷惑，“为什么”。

“我是电视台的小崔，请你参加‘你就是我’的节目直播。”他脸上写着认真。

邀约过于唐突。我知道自己不具备表演才能，那时学校文艺小分队指导老师一针见血地告诉我，肢体语言缺乏表现力，笨重的腿难以蕴含美妙的语言传递飘逸或挺拔。那夜，我伤心极了，伤心之余细细念来，老师说的也许没错。现在，如果哪个发现我身上具有表演才能，我想他一定缺少艺术细胞。

“那么说，我要上电视了？”我不无嘲讽地说。

“你不信？”小崔摸出一张附有彩照的工作证，伸到我面前。我没接，眼睛迅速瞄了一眼证件。

小崔说：“因为你叫王敏芳，今天是你的生日。”

我不明白，自己的姓名和生日，平凡的恰如我的职业，没什么特别，怎么会同电视有瓜葛？

“等一下，我总得打声招呼再跟你走。”我想到了那个血肉模糊的同龄人，他的腿是否已被截除。值班医生说，为了他能活下去，必须这样做。医生的愿望就是让病人活下去，很少考虑失去下肢的生命怎么生存？这似乎不是医生的职业范畴。

“已经给你们院办说了，他们打电话到你家没人接，猜你已出门了。本来，他们要等你到岗后告诉你。我说，来不及了。”

坐进后座，我双手紧抱玫瑰色的提包，里面有一份自备的晚餐，昨日的剩余物资。上午做的菜肴，留给了他们父子。

车窗外街树、行人一掠而过，没有车轮，就像人没有腿，一切都将变成静止。做了十年的护士，每当遇到截除下肢，心里有种难以描述的复杂滋味。

“身份证带了？”

“带着，要它做什么？”

“到时候就知道了。”

紧急刹车。一个步履蹒跚的老人脸色苍白，站在车辆如梭的马路中间，进退两难，老腿不住颤动。毕竟他还有双腿，那个同龄人不消老人这般年纪，只能坐轮椅拄拐杖，流连于繁华的大街。那会儿，他一定比眼前的老者哆嗦得厉害。

小崔吐吐舌头，“好险”。

3. 轿车像阵一风，驶到演播厅前。演播厅如同一座提空货物的巨大仓库，空旷且略带几分荒凉，大概是没到演播时间，钢梁上悬挂的众多的灯具没有打开，像是一只只栖息的不祥之鸟，整个大厅黑漆一片。黑暗中出现一道幽蓝的光柱，投射在临时搭成的舞台上，四五个穿着脏兮兮劳动服的工人，在光柱里搬动一截意义不明的石柱。

一个尖细的声音骂骂咧咧，似乎指谪那些工人把柱子放错了位置。他骂一句吹一记克罗米哨子，大厅里充满刺耳的哨叫。工人无意挪动柱子，干脆懒散地坐在石柱上，小憩起来，有人开始点火吸烟。

小崔高声说：“李导，王敏芳来了。”

那个被称为李导的精瘦男人，穿着一条紧身牛仔裤，窄裤管勾勒出两条细腿，大概是站久了，不时跺一下脚松弛肌肉。再瘦的腿也是生命的一部分，失去它难于站立，我的思绪又一次飞回医院。

李导没有转过脸，眼睛望着那些工人，仿佛根本没有听到小崔的招呼。良久，忿忿地说：“她早在化妆间了。”

“是医院的王敏芳。”小崔补充。

“见鬼，晚上就要直播，还不给她说戏，过一遍。”

小崔朝我挤挤眼，“简直吃炸药了”。

“还有人叫王敏芳？”

“那当然。好戏在后面呢。”

“什么好戏？”

“等一会你就知道了。”

“吊人胃口。”

小崔引路。我的手停落在刷着白漆的玻璃门上，推开迎来的将是怎样的世界？一切都陌生，我会无所适从。而我工作的那个白色世界，印着红色的十字，充满病残的生命。在那里，我知道自己需要做什么……

一张陈旧的黑皮沙发，表层的皮质没经受住岁月的磨砺已经脆化，剥落得异常难看。一个女演员斜倚在沙发里，极短的皮裙遮住大腿的二分之一，丰腴的腿翘起，时不时抖动一下。她微蹙眉，专心拨弄腿上红色尼绒弹力袜。她的神情，让我联想到山区的乡亲们，聚集在冬日阳光下的晒谷场上，捕捉虱子的情形。干茁没能喂饱他们，他们却养肥了虱子。仅是他们？那些日子，我也学着他们的样子，做这桩趣味无穷的事情。眼前的女演员不至于重复我的过去，这种薄袜不可能长虱子。如果不是这样，她将捉不完虱子，虱子一定喜欢她丰腴的腿。

“服装，这破袜子怎么穿？”

管服装的老阿姨闻声赶来，看了看袜子上的小洞，低声下气地说：“真抱歉，这种袜子只有一双。”

女演员拿起搁在烟缸上的纸烟，优雅的吸起来，仰脸朝天花板吐出一串淡蓝的烟圈。“李导是崇拜大腿的人，他要来个特写，不是坍台吗？”说罢，咯咯地笑了起来，两条大腿不住抖动。

“算了，看在李导的面子上，不换了。你处理一下。”

老阿姨脸上堆起笑容：“到底是大明星不计较。”她颤颤地跑去拎来小塑料箱子，里面全是针头线脑。

“就这样缝？”

“不行吗？”

老阿姨戴上粗宽边的老花镜，单腿跪在地上小心翼翼地缝了起来。才缝了几针，女演员尖叫起来，一副痛苦的样子。当我给那个装卸工，清洗压断的腿时，他没有发出这般可怕的叫喊，整个身体随着我手里镊子钳的起落，而不住颤动，额头渗出汗珠，上齿咬住下唇。我看到那白生生的骨头，流泪了，泪水沿着口罩流到我的耳根。我仿佛看见顽强的生命拖着血肉模糊的残肢朝原野的尽头爬去，留下片片玫瑰花瓣。

女演员抓住老阿姨的衣领，一直拖到前面，狠命的摇晃，叫嚷：“你是故意的。”

老阿姨畏葸，“不是，不是这样。”

“都快出血了。”

“对不起。”

小崔看不下去，说：“算了。不要太过分。”他让老阿姨冲杯咖啡，小心地放到女演员面前，算是赔礼道歉。

“整天和这些人打交道，不学会忍，早自杀了。”老阿姨拎着气压式保温瓶走向墙角的一张小桌。望着她的背影，酸楚油然袭上心头。她勾着头，小心慎微，像是害怕踩死脚下的蚂蚁。

门外，李导吹响口哨，“王敏芳，准备”。

我赶紧准备。

小崔说，“不是叫你”。

女演员放下咖啡走去。

4.“她也叫王敏芳？”

“一模一样，都是今天生日，我们在户籍处找到的。有没有惊喜？”

“她跟我不一样。”

“综艺节目，玩的就是好玩。”小崔说。但我不觉得怎么好玩。

小崔说戏，“你的戏并不复杂。主持人报大变活人后，费大师和那个王敏芳表演魔术，费大师要求有一个观众协助，你就举手，费大师请你上台，你在台上配合费大师表演，要你做啥就做啥。细节到排练现场他们告诉你。等到那个王敏芳变出来后，她问你姓名、生日、职业等，你如实回答便是，戏剧效果就有了”。

“是不是，还要给他们亮身份证？”

“聪明。你随身带着。”

白色玻璃门砰地推开，一群身着短裙的伴舞裸露白色的腿，踩着商业化的步点走来。她们散开，整个室内热闹许多，剃着朋克头的伴舞，冷漠走到我面前说：“李导让你去排练，就剩下你这一段了。”

小崔叮嘱，“别紧张，放松些，平常怎样就怎样”。

通往演播厅的通道长且窄，酷似手术室外那条通往病区的通道，中间岔开通往太平间，折断腿的装卸工将被推往何方？他不会屈服命运的安排，一定会重新站立起来，无需借助机械或搀扶。从某种意义上来说，这种站立比肢体健全的人立的挺拔、走的稳健。生命意义上的直立，岂止单纯的生理性站立？

通道尽头我推开笨重的门，面前一片通明。演播厅顶端一层层的钢梁上栖息的“黑鸟”放射出强烈的光芒，聚焦在舞台上。李导吹哨，“王敏芳给王敏芳说戏”。

演员王敏芳在前排迎着我。

“你就是我，也叫王敏芳？”

我无意搭理。

“生日相同？你是哪一年的。”

我没有回答。脑袋几乎一片空白，大概是灯光刺眼的缘故。王敏芳告诉我如何上场，如何配合。她说些什么，我几乎都没有记住。

李导吹响哨子，“费大师准备上场，王敏芳去后台，主持人报幕”。导演说到王敏芳时，我知道不是我，但心里还是怪怪的不自在。

主持人没出现，喇叭里播报节目名称。干瘪的费大师身穿礼服，手杖冲那截不明意义的石柱，古怪地指指点点，随后故作神秘地朝石柱吐了一口气。顿时，舞台四周升起一股幽蓝的气雾，乐曲嘎然停止，一声霹雷回旋耳际。定神一看，石柱裂开，蹦出一群伴舞女孩，费大师在女孩簇拥下，迈着轻盈的步伐亮相在舞台上。

“有气场。真是大师，表演炉火纯青。”李导吹响哨子，“为大师鼓掌”。

掌声稀稀拉拉。

我下意识地朝前走了几步。李导怒视着我：“你坐到观众席上，叫你上，你再上。”

舞台上，伴舞分立两侧。费大师摘下礼帽，吹口气，飞出白鸽和气球。

紧接着全场暗灯，礼花缤纷璀璨。继而，他说着什么，令观摩者大笑。有人推出一个高脚玻璃箱子，费大师比划着说了一些闲话。

“请哪位观众上台协助表演，当好监督员。看看我这个老头儿是不是弄虚作假。”

李导吹响哨子，朝着沉思中的我吼叫起来：“木头，该你了。”

我记得小崔嘱咐过，平常怎样做的就怎么做。我站起身，把手提包放在座位上，走下观众席。

“瞿——”金属哨子响起，李导走近我，“不能快些？姿势要优美。重来。摄像，镜头对准；灯光跟踪。好，开始”。

我重做了一遍。

“不行，你的腿要绷紧，身体要直。气质，气质顶重要。”他夸张地示范，腿直撅臀仰脸。

我学着他的样子，重新走了一遍，心里别扭。

“停。你不会笑吗？笑懂吗？这是舞台。”李导又响哨子。他呲牙咧嘴露出一口蜡黄的牙齿，比哭还难看的笑。我不善于笑，更不善于李导这种笑。生活中我的笑容并不多，这跟职业有关，在手术间里整天接触到的是病残的生命，不可能有太多的笑容，那样太残酷。

我挤出微笑，有点僵硬。

在费大师引导下，我伸手检查玻璃箱，真的空无一物。透过箱底的玻璃，分明可以看到舞台的地板上有机关，坐在观众席一定看不出破绽。我无语地站在一旁看着费大师表演。只见他挥动精致的手杖，朝玻璃箱比划着，又让人盖上一条黑丝绒布，他又是吹气又是比划，继而身子前倾，腿绷得笔直，满舞台潇洒地转圈，有点卓别林的味道。伴舞的女孩蜂拥而上，围着费大师一阵热舞。女孩们洋溢青春气息的身姿，让我想到装卸工，他也有过青春，一双健全的腿。那时，兴许他还在农村，脚踩泥土播种、施肥、除草、收割……

这时，费大师舞到我面前，问箱子里面会变出什么来。我说不上来，一个劲地摇头。他让我使劲猜，我说猜不出。最后，他用手杖挑开一角，一步步上前，用力掀掉黑丝绒布，全场灯光聚焦，玻璃箱里蜷缩的是王敏芳。她直起身子，笑盈盈送出许多飞吻，从袖口抽出一长条白纸，撕成碎片，攥在手心里，吹一口气。顷刻，一片片玫瑰花瓢扬起，飞向观众席……

“谢谢，谢谢。”王敏芳神采飞扬，仿佛耳畔响起阵阵热烈的掌声，朝观众席深情地鞠了一躬。此时的观众席上只有几个观摩者，掌声稀拉。

费大师问我，神奇不神奇？我没有觉得神奇，黑丝绒布严严实实盖住玻璃箱子，高脚自动缩起来，箱底打开，同时对准地板上的暗门，她钻进玻璃箱仅需十秒。十秒，对于一个人来说，一眨眼的功夫，对于生命而言，可以是长远，或存活或死亡或残缺……

“停。”又是李导的哨子声。“你回答，木头，一点表演的细胞都没有。说神奇。迎上去与她握手，祝贺她演出成功。”

我不会演戏，没有表演细胞，自己早已知晓。我不知道向她祝贺什么，舞台上的自我陶醉，虚情假意地喝彩？我不会这样做。

“喂，你听见没有，懂我意思吗？”

我懂，但我不会。

“你迎上去。”李导迈开两条瘦腿，哨子声声不断走到我跟前。“迎上去，祝贺她精彩的表演。她问你欢喜玫瑰花，你回答喜欢。紧接着问职业、姓名、出生年月，你实说。”

我机械地按照吩咐做了，中途李导不断地吹哨叫停。直到最后，他问小崔，还能找一个有点表演才能的王敏芳吗？小崔回复，没有后备。李导嘟哝了一句，好像说真笨。他只能跑来演示。我不过心地照做。终于，李导喊罢了，我下了场。

王敏芳捧着玫瑰花，“你真是我的另一面。一个陌生的我”。她夸张地模仿我走路的样子，笑出了声。

我习惯于自己的步伐，那是职业的需要，这可笑吗？“我不是你。”

李导躬着身子同一个坐在前排的观摩人说着什么，神情谦恭。看见女演员王敏芳，便结束了谈话，朝她走来。

“李导，你看你的破栏目组。”王敏芳娇滴滴地说，抬起一条红色扎眼的腿。

“怎么啦。”

“破的，你看看。”

“算了，大明星。”

“那你可不能给特写。”

“不会。这是大众化的综艺节目，你放心。”李导亲热地拍了一下她屁股。“真的播出去了，也让人开了眼界。”

王敏芳咯咯直笑。

她是我吗？只是同名同姓，生日相同的巧合。我们相差太多。我脑海里闪过回医院的念头，想知道医生到底如何决定装卸工的命运。如果，不做截肢，做完中班便可回家，丈夫、孩子睡了，一定会有一块样子好看的蛋糕放在桌子上等着我。

我就是我。

（作于 1985 年 12 月沪上）

琴声已在：一九七八年深冬的故事

1. 达旻醒来时，琴声已在，是小提琴发出的悠扬且流畅的声音，挟杂着稍许凄凉，到了动情之处催人泪下。达旻对于琴声一向麻木，无心弄明白乐曲来自何方，出自谁的演奏。他惺忪朦胧，目光散漫地在小屋里搜寻，仿佛刚从一个白茫缥缈的世界里回转，脑浆被抽尽空白一片，忆想不起事情，激发不出兴趣，就说天花板上那些黑褐色绒状的东西，一小条一小条垂挂在那儿，躺下时还想到它由灰尘和残存蛛网杂交而成，现在怎么也想不起这碴，即使比喻为可爱的钟乳石，竟忘得一干二净。

就这样直挺挺躺着，直到琴声消失，他感觉膀胱鼓涨难受，懒得爬起来撒尿。此刻，一阵阵沉重的喘息声清晰地传入他的耳际，仿佛一个垂死的老者在病榻上发出的声息。突然，一声呼啸，像似一双膂力过人的手撕开老人的胸腔，老人挣扎、嘶嚎。达旻在声浪的刺激下，渐渐恢复了记忆，比如，这声音来自虬江和那些在黑色江水上行驶的拖船。

他居住在虬江边一幢陈旧的房子里，淞沪战争中方圆十余里唯一没毁于战火的建筑，隔江眺望如同一座坟茔，高大敦实厚重。原先它是一家仓库，建于20世纪初，战时屯过兵，战后成了无家可归的难民庇护所。显然，它的容量有限，在结实的墙体四周，出现了许多棚户简屋，形成一大片棚户，在破烂的建筑中间有些突兀。

达旻的小屋由一堵结实的厚墙与别家隔开，占着西北角的一小块，面积狭小。大概原先是仓库的缘故，墙上没窗户，贴近天花板的地方有出气孔，朝着虬江开着，铁栅栏已锈烂，很少能采到阳光，即使明媚的春天。屋里弥漫着浑浊霉湿的气味，与虬江散发的味道相像，只有很少的早晨虬江变得气息清爽时，屋里才有几分清新。住在这样的屋子里，达旻感觉有人捂住了自己的心窝，呼吸变得沉重，心想有一天，那黑色的江水冲破堤岸，把囚笼般的房子冲垮。所以，从他搬进这间小屋起，便喜欢虬江，并不像邻居一样咒骂它。他们憎恶这条江，除去那味道外，更仇恨涛声和来往的船只发出的笛鸣。每次汽笛散尽，便传来邻居犀利、高分贝的叫骂，他们一有机会便聚集在一起发泄。

“开船的吃饱老酒，发疯了。”

“住在这该死的地方，简直是活受罪。嗅着空气，听着声音，至少折寿五年。我做航运局长，非下令不让轮船通过。”

“还是找门路搬场。船不走了，臭气有办法吗？”阿兰婶用一种权威的口气，断然反驳白小芬。话虽这么说，她找不到门路搬场，只不过发发牢骚而已。阿兰婶是一个身材高大丰满的女人，年近五十，会打扮自己。相比之下，她的丈夫福根显得老而丑，干瘪、伛偻还秃着脑袋。他特别害怕汽笛，一从厂里回家便用药水棉花塞住耳朵。阿兰婶取笑他，让他连同鼻孔也一道塞住。福根在一家电筒厂当车间副主任，整幢房子里唯一的官儿，他很少在邻里间露面，达旻居住至今，仅同他打过一次照面。那是在走廊上，他戴着一副藏青的袖套，反背着手，攥着一只老式的手提包。当他经过达旻面前时，一双浑浊的小眼睛瞪了瞪，匆匆擦肩而过，留下一种神秘且不祥的感觉。据说，他一回家便躲在屋里摆弄古董。其实，那些赝品多半分文不值。阿兰婶不以为然，挂在嘴边称价值连城。可以说，除了白小芬，没有人对这些感兴趣，她崇拜阿兰婶和她的丈夫。当然，也有不买阿兰婶账的人，那就是住在厨房旁边的诸时茂，他敢当面挖苦阿兰婶，经常让她碰一鼻子灰。这个阴郁的男人，原先在一所中学担任语文教员，多少有些历史知识，后来不知为什么，一直同棚户里的几个拾荒者合伙在虬江边的工厂区拾荒，以此谋生。他虐待妻子——瘦小的纱厂女工银妹，被他折磨得奄奄一息。这不是什么秘密，人所皆知，住在同一幢房子里的人已经失去耐心劝说，连一向好事的阿兰婶也袖手旁观，有时还幸灾乐祸地去凑热闹。诸时茂把这种虐待当作生活的乐趣和生活下去的支柱。了解他家的白小芬说，他的血液中浸透着施虐的成分，是一种遗传，他的亲生母亲就死在他父亲的拳脚下，不过那是老底子的事情。居住在这里的人们私底下猜测诸时茂虐妻的另一个原因，好像与碧慧有关。

碧慧约摸二十五六岁的光景，丰腴得与年纪不相称，浑身棉絮般的肥膘几乎要绷破身上浓艳的衣裳，正是这一身的胖肉，总使人联想到滋生在泥土里的大号土豆，即使切成一小块一小块，都燃着欲火。她十年前，被阿兰婶赶到滇西南的一个小寨子里，几年后跟一个脸色苍白、头发蓬乱的插队知青好上。那个知青离开农村，转到县属的黑冲滩煤窑当矿工，碧慧也跟去了。一个清晨，她走到窗前，冲着一束柔和的阳光梳理零乱蓬松的头发，小煤窑陈旧的设施尽收眼底，她看着自己男人瘦弱的身影，在一群粗犷的帆布工装里隐没，直到消失，心里荡漾起一股淡淡的愁绪。伫立良久，警报响了，一群妇女哭嚎着涌向窑场……

男人死了，矿上认为因工致亡的男人生前没有同碧慧登记结婚，不符合抚恤条件，她只能返回 S 城。在 S 城，她除了投靠阿兰婶一家外，并没有其他什么亲戚，生活拮据。她忍受不了阿兰婶的言行作派，不得不再一次返回黑冲滩讨要抚恤金，自然无济于事。矿上有一群从贫困农村流落来的女人，暗底里以肉体和温柔满足那些饥渴的矿工，矿上睁一眼闭一眼，默认她们的存在，否则，矿区周边的村寨强奸凶杀案频发。这群女人同碧慧一样年轻、贫穷，挣扎着活在世间。她同她们混熟了，一步步加入她们的行列。那些矿工有许多铜钿，在闭塞的窑场又没处花销。所以，在她返城时，携带不少钞票和细软，抖了起来。阿兰婶无可奈何地腾出她居住过的小屋安顿她，报进户口。

其实，碧慧能住进阿兰婶隔壁的小屋，完全是因为风流鬼公公的临终一道遗嘱。如果，追根溯源他们的关系，还要从她公公的身世中寻找。提起这些，阿兰婶愤然，同时，更加严厉地管束福根，“有种像种”是阿兰婶的一句口头禅，训斥丈夫时使用频率极高，她害怕福根与公公一样成为风流鬼，不容自己的男人重蹈覆辙。当然，她也常用这四个字来影射碧慧，她的母亲是旧时低级舞场上的舞女，与阿兰婶的公公有染，后来舞场没有了，生活没有着落，便投奔阿兰婶的公公，安顿下来，有了碧慧。这时，阿兰婶的公公年纪已经蛮大，死脱后，碧慧的母亲去了一家铜棒厂拉劳动塔车，三年下来也就跟着阿兰婶的公公走了，她只能依靠阿兰婶家施舍过日子。的确，碧慧的气质酷似她的母亲，也同母亲一样名声败坏。没有人对她有好感，厌恶她粗鄙、愚钝。没有什么文化的碧慧，初中没毕业就去了滇西南，读过的一些书大都忘记脱，算术运算能力更差劲。这幢房子居住十来户人家，人头不算多，每次轮到她收水费，总是麻烦，非要重复三四遍才能弄清爽，上一趟又做了无用功算错了。除了笨拙之外，还有嘴里哼不完的小曲，听了令人恼火，听得出歌声中的肉麻。

达旻百般聊赖地躺在床上，胃里一阵阵灼热绞痛，是时候去厨房做吃食了。至于，现在是什么时候，他觉得没有必要弄清楚。钟表他有，没能养成看它的习惯，脑海里始终盘旋着它是否准确的疑问，若疑问成真，岂不是被愚弄？一个人居然情愿被器物愚弄，可谓是悲剧。愚弄是一种欺骗，令人作呕，他不愿被人玩弄，或者自欺欺人。至少他的胃是这样的，准确度不亚于精密计时器，且具有一种特殊的功能，驱赶他的懒惰，催促他离开眠床。达旻拉过盖在薄被上的草绿色军大衣，披在身上，掀开被子，探进老棉鞋，跑到旮旯里，在痰盂罐里撒一泡尿，推开房门，一阵挟带雪粒的西北风，刀子般扑面而来，身子颤抖了一下，两手紧拉住棉大衣襟，急急地穿过走廊，吃力地推开厨房门。

2. 厨房原先是仓库存放贵重物品的地方，战时成为弹药库，所以门笨重，门里面积有限，承担着全部住家的烧煮，它常使达旻联想到曾经在化学教课书上看到过的插图——在狭小的黑方块里，圆圈密集地挤在一起，闲时用钢笔给它点上类似眼睛和嘴一般的器官，赋予生命。确实，邻居挤在里面烧煮生命所依赖的动力却始终活络不开胳膊腿，成了那些圆圈。厨房充满结积已久的油腻气味。

碧慧在达旻进入厨房的一瞬间，躲避瘟疫般一闪过。每天，她第一个进入厨房烧煮，又是第一个离去的人。

“小心——”也许是达旻走得太急，军棉大衣的袖子扇到碧慧，她惊呼一声，握着一柄白色小刀的手敏捷地扶住搪瓷烧锅，小刀跌落在地上，锅里咖喱色的汤汁溅到她的绒线衫上，荡漾出沁人心脾的牛肉汤香。达旻迟疑一下，脱口说了一句：“好在不多。”他希望这锅牛肉汤全部打翻在她身上，让她无法再穿窄小勾勒出臃肿曲线的毛衣，这件织有奇异图案的毛衣，领袖之间荡溢出一股令人窒息的气息。

她俯下身，捡起小刀，亲昵地吻了吻。听说，她吃饭用它叉小菜，烧煮用它搅拌，她喜欢这把小刀，一直带在身边。“咯咯”的笑声，猩红的嘴唇露出尖细的牙齿，像是吃过人，而且一定是男人。这间隙，达旻打量她——一双几乎看不到眼白的黑眼睛，乌黑明亮，深嵌在她白了了的大脸盘上，深不可测，无意间的一瞥令人不寒而栗。达旻端着锅子发出轻微的磕碰声，脸上飞起一片红晕。他极少与同年龄相仿的异性接触，没有任何的经验，与碧慧这样野性女人接触更少。她刺激他隐蔽在心灵深处，克制已久的骚动。“不，我不会爱这样的女人。”达旻心里这样想。

她的嘴唇神经质地收缩了几下，迷一般笑了起来，娇滴的声音挑逗般说：“你喝了高粱酒？看我干什么，脸都红到了脖颈。”

母猪。他暗自骂了一句，只想着一头扎进昏暗的厨房，不让人瞧见自己的窘态。

她见达旻被激怒了，幸灾乐祸地笑着继续说：“白痴，你一个人在屋里不寂寞？真是一个怪物。你很晚才从外面回家，玩的一定很嗨……”

“阿慧，你在干什么？管不住你的嘴，别挡道。”阿兰婶的呵斥，打断了碧慧的话茬，似乎救了达旻。她目不斜视，忿忿然从他俩中间穿过，碧慧瞪大眼站在那儿纹丝不动，没有一丝相让的意思。

“走了，恶婆娘。白痴，再会，有时间到我屋里来玩。”

她走了。

达旻来到灶台前，划了几根火柴仍然没有点燃煤气，弄得厨房尽是难闻的瓦斯味。火终于点燃了，气眼里闪动一股股靛蓝色的火苗，很像碧慧眼睛里闪动的光亮。

“你天天下面条，吃不厌吗？”白小芬操持着手中的活计，头也不抬地问。达旻没有回应。白小芬在达旻刚搬来时，急切地试图探明他的往事，比如，为何去那家特殊的医院治疗诸如精神方面的疾病。终于，发现他的过去远比不上现在怪戾，当下更容易成为她和阿兰婶共同的话题。于是，便一古脑把兴趣转向他的现在，一举一动都会引起她们的注意。这不仅是兴趣和好奇，他分明觉得背后有一双眼睛时刻警惕地在窥视，小屋里的默默踱步，会被一阵阵的喘息声惊扰。他始终猜不出是谁的喘息，怎么能透过厚实的墙体听个真切，喘息声中分明有一双眼睛注视自己。

大概是逼闷得太久的缘故，达旻想与人闲聊几句，便搭讪起来，心里怨恨自己耐不住寂寞，非要跟人说说话。看来，人要养成不说话的习惯太难，虽然血的教训常提醒人们祸从口出，可还是那样不以为然。于是，达旻与白小芬说些无关紧要的闲话；与阿兰婶不痛不痒地应酬几句。

阿兰婶照例用陈年的动物脂肪煎炸食物，喜欢油腻的菜蔬。厨房浓重的油齁气，呛得他剧烈地咳嗽起来。

白小芬小心翼翼，试探地问："炸什么，好香啊。"

阿兰婶嘻嘻笑着，没有回答。白小芬巴结地凑过去，欠着身，显得谦卑。

"你这馋猫，口水嗒嗒滴。来一块。"

白小芬举起一块滴油的食物，吹着气往嘴里塞，烫得她"嘶嘶"发响。她爱占小便宜，不管谁家做什么菜蔬都要尝尝。吃完了，鸡啄米般点头，连连称有味道。

"好个屁，戒你的馋虫。心里到底怎么想，我还不知道？说不定在骂我山门。"

"没，没呀。"白小芬嘻笑。她就是这种人，嘴上说的花好稻好，心里骂得越凶。她喜欢探听别人的隐私，即使别人家有信，她都要看看是什么地方寄来的。所以，邮递员一在门口出现，她便第一个奔去。至于，房子里经常缺少邮件是不是她干的，只有她自己心知肚明。

"听说，你老家来信了，还是挂号的，啥急事？"

"唉，我老阿姐生癌，长在肺里，怕不行了。我抽时间去一趟乡下。如果，她真横下来了，要把老娘带过来一起过日子。"

"住哪儿？"

"赶走碧慧。"

"你恐怕没这本事，赶不走。她还有诸时茂撑腰。"

"哼，我不怕嘞，房子租赁权是我男人的。"

"你公公活着的时候，是承租人。你男人是租赁权继承人。他活着的时候有遗嘱，关照碧慧可以住一辈子。”

“我不管这些讲法。不达目的不罢休。来十个碧慧，我应付得来。”

“可是诸时茂不好弄，他读过书。”

“哎，你说银妹会不会也是肺癌？这几天她逢人便说毛病好了。”

“回光返照吧，”阿兰婶捂住白小芬的嘴。“听，诸时茂又在打银妹了。”

“银妹要少挨打，病也许会好点，其实诸时茂也苦着，满肚学问落得捡破烂的下场。他讲给我听过是什么师范大学毕业的，工作没几年就被开除了。”

“都是自己作的孽。银妹太没用了，要是我早把自己的男人打跪下，还容他猖狂。”

“嘻——福根哥可就是你的舔狗。”

“小芬，说实在的咱不骑在男人头上，男人就爬到头上。尤其是福根，别瞧他乖巧听话，骨子里不是什么好东西。你注意他瞅碧慧的眼神吗？贼溜溜、色迷迷，要不是我管着，他恐怕早同她嬲上了。他老子是风流鬼，有种像种。”阿兰婶低声对白小芬说。

“乱话三千，他们是同父异母的兄妹，哪能瞎搞八搞？”

“碧慧的老娘是什么货色，你又不是不知道。碧慧是谁的种，没有人知道，她老娘怀上她时，福根的爷已经七十多岁，男人到了这把年纪哪能生小人？”

“这难讲，有的男人八十多岁还行呢。”

“连福根自己都讲，碧慧一点不像他家里人。”

打骂声传到厨房，却听不到银妹的哭泣声。对于丈夫的折磨她早已不再哭泣，有的只是声声撕心裂肺的咳嗽。最近她终止治疗，不信医生能治好毛病。不知为什么停止一切用药，她倒异样地精神起来，原先失神的瞳仁里还闪出一星半点的火花。这样离奇的恢复，似乎隐伏着某种危机或是可怕的预兆。

不大一会儿，银妹出现在厨房，一声不吭，低头在炉灶上操作，不时弄得金属器皿发出轻微的磕碰声。她做活时专注，以致阿兰婶不时投来好奇的目光也没理会。阿兰婶一声叹息。

“银妹，你为什么不反抗？同他对打。”

银妹凄婉地笑了。“已经习惯了。他也苦啊。要不，他会憋死脱。”

“吓——你这女人。”阿兰婶忍不住大笑。“少你的一窍，神经病。”

“你不懂，不理解。”银妹的眼睛没离开手里的锅子。

“前世作孽，一辈子受苦。”

银妹沉默不语。

3. 午后的阳光下，一群孩子正在房前狭长的空地上玩耍，领头的大声嚷嚷着分编人员，似乎是要列队打雪仗。他们的喧闹，扰得达旻走出小屋，制止喧哗，似乎没有什么效果。

诸时茂的儿子孤零零地斜倚在墙边，手里捧着一团雪，眼睛直视玩闹的孩子生出羡慕。达旻走到他面前，“为什么不跟他们一道玩？”

男孩没看他，低头望着手里捏成小人头似的雪团，“不愿意同他们玩，他们欺负我”。

领头的小孩站在远处歪着脑袋说：“不带他玩。他爸爸拾垃圾，还打他妈。”

“不许说我的爸爸。”男孩挥动瘦嶙嶙的拳头。

碧慧手抓一把玻璃纸奶糖，站在空地中间，给了诸家小孩一颗。随后，许多孩子围拢过来，巴望她能给他们。碧慧分发，每个小孩一粒，发尽拍手耸肩，告诉没有拿到的孩子下一趟。随即，她拉起诸时茂的孩子说：“走吧，到我屋里玩好东西，一个电子控制的小娃娃，外国货。”

其他孩子既羡慕又失望地看着他俩走进门洞，消失在漆黑的走廊上。

达旻目睹了这一切，觉得冬日阳光里此景画面感十足，饱含着一种温情，心里泛起别样的滋味。他没有多想，徒步朝不远处的一片废墟走去。在他看来，人们喜欢如诗胜画的景致，喋喋不休地絮叨苏杭，抒发心中的美好，绝不会留恋残垣断壁，满地瓦砾、败草和残雪的废墟，欣赏破烂不堪的场景。他恰相反，厌恶游人如织的胜地，好像自己会被纷至沓来的脚步吞噬。只有在空旷无人的废墟里，才意识到自己的存在——面对这片荒废的土地，任思绪自由飞翔，作出种种的设想和想象。废墟既不封闭又无喧嚣，唤起他的亲切感。据说，这一片废墟原先是一座供着妈祖塑像的寺庙，淞沪战争中毁于炮火，大练钢铁时置过小高炉炼铁渣，备战备荒时盖过大窑烧砖修建防空洞，地处偏僻，撩荒长久，被诸时茂一帮拾荒者用来堆放、晾晒捡来的破烂。

雪化了，阳光无情地践踏晶莹的积雪，成了一具具支离破碎的尸首不可拾掇，地上越发湿漉泥泞。达旻漫无目地缓步行走，整个身心获得了一种静谧笃实的憩息。唯有这样，时间才走得快，不知不觉滑溜过去许多。

诸时茂驮着他的男孩，深一脚浅一脚地从废墟的另端走来，男孩两只冻得通红的小手松弛地垂在父亲的面前不时晃荡。父子俩一定玩过了雪仗，诸时茂脸上神情慈祥，嘴里不知哼唱什么，那不成调的歌声低沉却压抑不住内心的喜悦。

“朱朱，你有没掷到我。”他们余兴正浓地谈论先前的玩耍。

“爸爸耍赖，躲到人家背后去了，我看不见。”孩子红扑扑的脸蛋贴在父亲满是皱纹的脸上。

“朱朱笨哩。”

“不，爸爸不笨，朱朱也不笨。”

诸时茂学着阿兰婶的腔调说“有种像种”，孩子天真地笑了起来，嚷着："真像，学的真像。"诸时茂笑了，嘴里不知哼唱着什么，那不成调的歌声低沉，也透出一丝喜悦。瞧着这情景，无论是谁都不会想到这个俯首贴耳的父亲竟会虐妻。

诸时茂看到了达旻，以一种审视的目光打量他，走近后问，"你在小屋里看书吗？"达旻没做回答，讨厌每次邂逅他总以同样的口吻反复询问这个问题。达旻心里嘀咕，读不读书与你何干？不错，他的小屋里有许多书，散乱地堆放在角落里，任凭空气中的细菌侵蚀。自从那家特殊的病院出来，很少再读它们，许多人劝他说，他的病至少一半以上是因为读书过多而导致，包括那年春天的举动。所以，他给出的答复令诸时茂失望。诸时茂嘟哝着"可惜了，可惜了。读书人最怕的是不读书了，就像我"。达旻没有兴趣知道他为什么不读书了。不过，他隐约地在厨房间里听白小芬说过，他的问题出在很多年前，学校毕业刚刚担任教职不久。此后，由老师变成教工，教工变成劳教，劳教变成拾垃圾，吃足苦头，就是不改脾气。达旻出院后，街道通过房管所，让他搬过来居住，诸时茂就想与他交朋友，说他身上有一种特殊的气质吸引人。他几次三番靠近达旻，都被阿兰婶有意无意地搅黄了，其实，根本就是达旻不想跟任何人交朋友。

诸时茂放下孩子，孩子撒腿在废墟上奔跑。他深陷在眼窝里的那双忧郁的眼睛，闪动着喜悦的火苗，凑近达旻的耳朵，低声说："你晓得吗？上头马上要召开一个重要会议，关系到今后的发展，要对过去做出否定。我的问题会解决，我要平反改正了。"

达旻的身子颤抖，他希望有这么一天，也想到过会有这么一天。但是，特殊的治疗改变了他，开始怀疑一切。他冷漠地回答："不知道。"

"你变了，一点也不像那个身披军大衣激昂陈词的演讲者。"

"你怎么知道我的过去？"

"那年的清明节，我也在广场上，听过你的演说。您像我年轻时候啊。

那时，您留下了一个难以磨灭的印象。我钦佩您，您说出了我的心声。想不到您后来会搬到这里，成了邻居。”他一反平时嘶哑的声调，热情洋溢地把“你”改成了“您”。

“不，那个身披军大衣的演说者已经死了。”达旻莫名其妙地吼叫起来，朝着他挥动拳头，“他死了，不会活过来”。

诸时茂瞧着他的模样，笑了起来，“真是个精神病”。

“侮辱我。”达旻怒不可遏，冲上去揪住他的衣领。很快他松开了，恨自己依然暴躁。那个早春不正是因为自己的冲动，血气方刚，而酿成今天的下场？诸时茂一直没停止笑，在达旻手松后，急急忙忙去寻找自己的儿子。突然，孩子不知从哪个角落里窜出，一头撞向达旻。他跌倒在地上，屁股生疼。孩子迅速骑到他身上，一拳打飞了他鼻梁上的眼镜。他掀开孩子，坐起身子，寻找眼镜。孩子不肯罢休，继续扑过来。

远处传来诸时茂的唤声，孩子显得害怕。他没有逃跑，只是愣愣地站在达旻面前，似乎等待惩罚。有着硕大脑袋的孩子像一颗白色细嫩的蘑菇可爱，而倔犟的脑袋上扬蔑视达旻。他的神情举止，感染了达旻，伸出手抚摸孩子绸缎般乌黑的头发，起先孩子哆嗦了一下，之后像牛犊一样温顺地接受抚摸。

诸时茂来了，“你欺负孩子。你的眼镜呢？”

孩子狠狠地瞪了达旻一眼。

“噢，跌了一跤。落在地上。”

也许诸时茂猜到了什么，“揍他”。

“不，爸爸。他比邻居的小孩坏，看不起你，看不起我们家。爸爸，我们走吧，离开这里，到一个没人的地方去。”孩子噙满眼泪，忍着没让泪水淌出，双手使劲箍紧父亲的大腿。蓦然，孩子松开手，朝远处跑去，渐渐地凝成一个小点，诸时茂踉跄地追去。

达旻捡起眼镜，镜脚已折断一个，勉强戴上，朝住的地方走去。

他不知道自己做错了什么，无意间伤害一颗幼小的心，有一种负罪感。他觉得有什么人在自己的身上浇了一盆冰冷透心的水，血管里的血液像似冻住流不动了，呼吸变得缓慢微弱，大概又要犯毛病。这时，远处传来小提琴演奏的声音，像一股暖流经过耳朵流入他的体内，温暖他的躯体，血液开始缓慢流淌。

这时，他已回到小屋。窗外，“啪啦啦”的声响听得一清二楚。黑稠的江水拍打堤岸，撞击束缚。夜不寂静，江在呼吸。琴声又隐约响起，谁在拉琴？是谁——

4. 过道里垂挂下的白炽灯被一团水雾缠绕发出浑黄的光亮，水槽里正冒热气，阿兰婶绾起袖子搓洗什么，两条胳膊浸泡在热水中胀得通红。她追问达旻这几天的活动。他蹙紧两道淡黄色的眉毛，憋红脸竭力追忆过去的二十四小时，怎么也想不起来了。

阿兰婶瞪着一双多重眼皮的大眼睛，流露出怀疑，一刻不停地上下打量他。在达旻的记忆里，这样的眼睛应该是母牛具有的，充满哀怨和凄凉。

“你的眼镜怎么啦？”

“摔的。”

“好像打过架？”

“没有。”他否认。

渐渐地他记起了自己的活动。

“废墟——”

“什么废墟？”

“旁边的荒地。”

“在那空地上，能呆一天？”

“下午，一个下午。”

“什么时候回家的？”

“不记得了。”

“怎么回家的？”

“忘记了。那琴声没了，好像被什么人送回来了。”

“是谁？”

此时，在达旻眼中面前的阿兰婶简直没有了脑袋，只有那双硕大的牛眼，忽闪忽闪地放射出狐疑和敌意。他没有回答她的提问，一头钻进自己的小屋，直挺挺地躺在眠床上，觉得有人用棍子搅动自己的脑浆，他抓住头发，默默下定决心，决不能发病。这几天，他总提醒自己。

“达旻——”阿兰婶砰砰地敲打着他的房门，其实门是从来不上锁的。“你病了。”她径直走到他床前，一屁股坐在床边的椅子里，脱掉棉拖鞋，一双胖乎乎裹着黑丝袜的脚搁在床沿上，右脚袜子上有一只洞眼，窥探出肉粉的小趾头。她知道达旻注意到了，故意动了动小趾。阿兰婶笑着，“好白相吧”。

达旻没有反应。

“我真担心，你会出啥事体。”边说边用手指去抠弄小趾头。

达旻感到她带来的压迫，挣扎着坐起身。阿兰婶错误地判断了他的举动，以为会对她有什么反应，放下腿，俯下身子。

“不，不要起来。”她梳得高高的发髻上散落下无数的发丝，像无数的手骚动达旻的脸，他本能地撩开，手无意间碰到了她的胸脯，毛衣里的奶子晃动起来。阿兰婶拉过达旻的手，按在胸口。达旻迅速抽回。

“我头痛，想静静，请回吧。”达旻不想看见她，做派令人作呕。

她一点不生气，挨近达旻：“你近来怎么老喜欢同碧慧搅在一起？”

“没有的事。”

"赖是赖不掉的。在厨房间你和碧慧讲了不少闲话，面孔都红了；在门口偷看她发糖。巧的是，你去荒地，她也去了，还背了一只包袱。她每天早上和吃过夜饭后，都会背一只包袱出门，一去就是两三个钟头，不知去做啥。"

"我不知道她去过废墟。"

"她去过。我想告诉你的是，她是个不要脸的女人，勾引男人，不信你现在去她的房间，还有野男人在屋里。我已经向派出所报告了，他们不抓她，我去抓，赶走她，要不别人以为我放纵她。她来过你的小屋吗？可别上当，被她骗了。男人一沾上她的边，没得好下场。"

"你讲这些，什么意思？"

"嘻嘻，怕你犯毛病，神智无知。"

"神智无知又哪能呢？"

"我苦着哩，没生过小人，老头子又是个没用的东西。大概没小人的缘故，当你是自家小人爱护着。"阿兰婶的脸孔几乎贴到了他的脸，达旻感觉她的呼吸。

碧慧擂起房门，大嚷，"阿兰，阿兰。你老头子厥过去了，厥过去了"。

阿兰婶脸色骤变，急速直起身。她不爱自己干瘪的男人，但还是有几分敬重之意。再倔强，男人毕竟是挣钱养活家的靠山，每月乖乖地把百来十块钞票交给她当家，她不能没他。

碧慧冲进屋，"我正在屋里同朋友闲聊，就听你屋里什么东西倒地，吓我一大跳。你男人哼了几声，没声了。好像还打碎了瓷器"。

"一定是清朝乾隆年间的如意瓶，老头子就爱这玩意，死也要它陪葬。我回去，你一起走。"阿兰婶拉住碧慧的衣袖。

"不是我老公厥死过去了，阿兰。"

"你臭嘴巴。"阿兰婶跑到门口，拉开门的瞬间，回头冲碧慧说："你也回你的房间里，这里不是你待的地方。”

碧慧嬉笑着回答：“是你待的地方，就不准我待？我们还是亲戚，又不是仇人，势不两立，不共戴天。”

碧慧冲达旻挤眼扮鬼脸。

阿兰婶顾不上，匆匆走了。碧慧轻轻走到达旻面前，低垂脑袋站立着，像在瞻仰一个死去的人，一动不动。屋里静极了，达旻能听到她的心跳。他打破沉默，“谢谢，让我摆脱阿兰的纠缠”。

“嘘，静一点，听外面的声音。”虬江发出“蓬嚓蓬嚓”的声息，偶尔驶过的拖船喇叭响、灯光亮，一片热闹。

这时，阿兰婶像一头母狮凶恶地扑进屋子。

“好噢，你这坏种，破鞋。我男人好端端的坐在屋里研究古董，你为什么要造谣，你敢耍我来着？”

碧慧哈哈大笑，笑得舒畅。她在捉弄阿兰婶。阿兰婶脸变了形，“我非赶你出去，让你住在我家，你竟敢玩我？不要以为自己从滇西南回来，有几个臭钱就气壮声粗，不怕人啦，你去黑冲滩是怎么赚钱的？不要脸。我什么时候要你滚，你就要滚蛋”。

“阿兰，别激动，我不过跟你开个玩笑，融合融合关系。”

阿兰婶气不打一处来。碧慧搂住她的脖子，笑着：“别气坏了身子。阿兰，哪能和我一般见识？咱姐妹，可你毕竟长我二十好几。好阿兰，气坏了身子，大哥要找我算账了。”

阿兰婶浑身不自在，挣脱碧慧的胳膊，“留着骚劲给野男人吧，老阿姐不吃这一套，赶紧走，这回不变了，花言巧语没用”。

“阿兰，如果我想走，不用你赶，如果我不，谁赶都白费力气。”碧慧晃动手里的小刀。

屋里的两女人争闹了半天，平息不下来。这时，隔壁的银妹静悄然死去，传来诸时茂的叫唤和孩子的哭泣。阿兰婶说：“这会儿，你可以高兴了。”碧慧反呛一句：“放你的狗臭屁。”

……

火葬场蓝白相间的运尸车停在废墟上，附近的棚户居民和虬江里那些船工全围拢过来。他们不是为了致哀才围得水泄不通，为的是等待诸时茂的出现，看一眼他的表现。这个折磨老婆的男人。

诸时茂上演了惊人的一出，满足了围观者的愿望。他拒绝两个高大的运尸工用单架把银妹抬走，自己抱着她的尸首走向运尸车，僵硬的尸体躺在他的怀里，那头毫无生机的长发，搭拉到他的膝盖，随着脚步不时晃动。然后，让尸首轻轻地躺倒在运尸车旁的担架上，亲吻了一下额头，盖上白布，垂首站立一旁。俩运尸工把担架放入车内，车子开走了。孩子哭着去追。

阿兰婶说害怕死人，拒绝参加与死人相关的一切活动，包括在火葬场举行的大殓仪式。碧慧热心，担负起杂事。厨房里的人自然把话题转向她，这下诸时茂可以跟她公开关系了。人们咒骂碧慧这个放荡的女人，达旻倒希望她能与诸时茂结婚。

一夜过后，阿兰婶宣布去火葬场，准备了花圈，说夜里梦见到银妹。银妹瘦骨伶仃的手递给她一只红纸包，没说是什么，匆匆离去。阿兰婶难断祸福，决计去安慰亡灵。

5. 前往殡仪馆吊唁的人少，阿兰婶发牢骚，说葬礼弄得太冷清对不起死者，活着的时候没享受过，死后总要风风光光。诸时茂站在银妹的遗体前，没有哭泣，手拧着上装钮子，不住颤栗，那粒扣子被扽下，他把它放进口袋，下意识的按一下口袋，似乎想证实它是不是放进去了。阿兰婶一直朝他翻白眼，老婆死了都不哭一声，心狠得不得了。再看碧慧，正在默哀，鼻孔里插葱——装象。那孩子还怪亲昵地依偎在她的身旁。

白小芬若无其事边吃着云片糕，边对阿兰婶说什么闲话。阿兰婶面呈愠色地回答“像是一家子”。

哀乐响起，弥漫在整个殡仪厅，阿兰婶垂着头领着白小芬、碧慧一干人，绕着银妹的遗体走了一圈，鞠躬致哀，一本正经地与诸时茂以及那个小孩握手，叮嘱节哀。那个小孩问阿兰婶“妈妈还能回来吗？”阿兰婶鼻头一酸眼睛一红，眼泪水就出来了。排在队尾致哀的达旻，头一个逃出殡仪厅。他恐惧这里的一切。

达旻来到火葬场的广场上，这里聚有不少人，全是来送葬的，他们头顶上有一只烟囱，高耸着伸向冬日银灰的天空。此时，没有冒烟。

不知怎的他臆念中觉得它喷出褐黑色的烟雾，一定是火化尸体的炉子冒出的烟，许多黑色的精灵漫舞，飘坠的尘粒，充满着死亡的恐惧。“从哪来”，有人拦住达旻，达旻看了看他，他的肉全腐烂掉，只剩下根根白骨。达旻这时才弄明白，自己走到了一个陌生的地方，脚下踩的是一具具枯硬的骨架。

“你怎么缩回去了，想溜？”那具尸骨严厉地问。

达旻哆嗦，抽回手。

“达旻，你怎么了？”不知什么时候，碧慧悄然走来，搀扶住他。

“不，没什么。我要摔倒了。”他知道那将非常糟糕，浑身痉挛，不省人事，而且口吐白沫。琴声，现在需要琴声，只有它才能使自己镇定。没有，在这里永远不会有琴声，有的只是碧慧的手。“扶我去一个没人的地方。”他抓住她的手。

“需要医生？”

“不。不去医院。”

此后，达旻没了知觉……

在床上躺了很久，仿佛还是没有睡够，偶尔朦胧地醒转，试图挣扎着爬起来，一阵眩晕迫使他继续躺下。他在火葬场发病后，碧慧送他回了家。他醒后，她坐在床边与他聊天。但是从不提起他发病的情形，即使无意间说到了，迅速调转话题，小心翼翼地岔开。她看透了他的心思，怕刺痛他。要知道，她是很想知道达旻发病前的预兆和发病史，这强烈的欲望来自一颗怜悯的心。

“你坐起来喝点牛奶，这是纯正的荷兰货。”她放下手里冒着热气的搪瓷大口杯，扶达旻倚在床上。她有许多上乘的营养补品，不知道是从哪搞来的，常遭白小芬羡慕。

“哪搞来的？”达旻抿一口问。她轻松地侧过脸，“朋友送的，他是远洋轮上的水手”。随即，她便给他讲起那水手的故事。

“他有一点像你，白皙的肤色，如果不说他是海员，别人不会猜到他做的行当，与人们心目中的海员形象相差太大。我喜欢他的相貌，他反感，说没有一丝男子汉的味道。后来听说吃半生不熟的牛肉能长毛发，他告诉我真吃了，但是不灵验，全身照样同女人一样光滑。”

“你爱他？”

碧慧似点头非点头地动了一下脑袋，发出一声叹息，一双野性的眼睛放射出春天特有的沉醉，洋溢着追忆的缠绵。女人总像希腊神话中恶魔嘴里的谜语，令人费解。

“我是在街上认识他的。”那是一个仲夏之夜，屋里实在太闷热，碧慧过了虬江来到热闹的大自鸣钟，在街上溜达。不一会儿，她发现身后有一个男人紧随着，这倒不是她自己多心，她走得快，他也快，她慢他也慢。这样的事，她碰到过不少，验证男人盯上了她的梢。她停在一家点心店门口，男的突然追上她，红着脸憋足劲问她是否掉了东西。碧慧知道男人在关键时刻会急中生智地想出一些花头来搭讪，只是他搭讪技术不高明，有点落俗。直觉告诉碧慧他是一个初出茅庐的人。如果是老手，一定会用一句逗人的话挑开话题，女人爱听笑话。他邀碧慧进了点心店，告诉她是远洋轮上的水手，不日去悉尼。男人对碧慧来说已经没有什么吸引力，在矿上，她干过那样的事情，只是为了营生，攒些钞票。图得是回S城后过上像样的日子。碧慧拒绝水手，便分手了，彼此没交换地址。但是，在她刚躺上眠床，他竟奇迹般地出现在她的门洞里，眼睛充满欲求，像在燃烧。他猛然向碧慧扑来，把她压在身下，发出低沉的呻吟。碧慧抽出手，扇他耳光。她也说不清自己怎么会有这般气力。她憎恶这样的男人，如果小刀在手里，大概率会用它刺进他的胸膛。

他震住了，垂着双手。她瞧他脸上留下的手印，一股淡淡的怜悯袭上心头，她能原谅他，但是，已经不是以前的她，不愿再过那种牲口般的日子。突然，他跪倒在碧慧面前，请求原谅。

“我卑鄙。”他喃喃自责。

以后，他每次途经S城，总来探望碧慧。为了赎罪，他带来许多稀罕的洋玩意。碧慧知道他内疚，也就不拒绝他的馈赠。不这样，他会更难受。他走时，碧慧送给他礼物。他总是默默地盯视碧慧，一语不发。一天深夜，碧慧想留住他，“从那以后你再没想过？”碧慧搂住他，感到自己的身体属于他。他挣脱碧慧的怀抱，“不，我是卑鄙的，配不上您”。说罢便走了，以后再也没有出现过，只是隔三差五地收到邮包。

“你为什么告诉我这些？”达旻问。

碧慧嫣然一笑，自语般，“不知道。也许是让你能了解我这样的女人”。

“你是个谜。”

“是吗？”她凄楚地笑了笑。屋里的空气凝固。

门外，有人透过门缝在窥探。达旻捡起床下的棉鞋，使劲向门砸去，门是虚掩的，“呼”地向外开去。

“你看，一定有人的脸被碰破了。”

“会是谁呢？”

“你明天瞧好啦。”

“瞧好戏，一定有一场好戏，我还是主角呢，说不定你也是。”

“我也会卷入其中？”

“原因就在你这个局外者身上。阿兰阻扰我们的交往。”

我摇头。这夜里，静极了，仿佛虬江里黑色的液体也凝固了，不再呼吸，深度窒息。

“琴声怎么没了。”

“什么声？”

“那缠绵、悠扬的琴声。”

“现在，不会有。也许将来永远听不见了。”她推开房门，“如果琴声消失了，你还能想它吗？”

“它不会消失。”

“诸时茂昨天来了信，他要我去他的家乡住一段，说那里挺不错。”诸时茂在银妹火化后携着骨灰盒，去了自己的老家，儿子也去了那里。

“那为什么不去？”

“你希望我去？”她追问了一句。

达旻茫然，隐约地觉得她不该去。

“我也不知道该不去该啊，什么地方是我的归宿？”她眯缝起那双乌黑的眼睛，朝门外的虬江堤岸望去。早晨，一束阳光从门洞外射来，带着江水的清新。少顷，她恢复了快乐的语调，像什么事情都没发生过一样，“没什么，别管这些，老天会安排我”。

6. 碧慧的话果真得到应验，阿兰婶一大早就冲进碧慧的屋子，把她东西扔在走廊上。碧慧同她扭打起来。白小芬披着上衣假惺惺地过来劝架。

她额骨上，距右眼不远，有一块青紫色的瘀斑。恍然大悟，躲在门外偷看的竟然是她，这个“包打听”。

达旻起床走出房间。阿兰婶松开碧慧，拉住达旻，“昨晚是不是她勾引你，去你的房里，做了啥？”没容回答，碧慧嚷着：“是又怎么样？我喜欢他，愿意和他待在一块，你管得了？”

“你还说得出口，不要脸的东西。”阿兰婶气急败坏。

“我不要脸，我没脸。只要愿意。”

“愿意？躺在大街去卖吧。还愁没卖够？在黑冲滩你可扎劲呀。”阿兰婶揭着碧慧的伤疤。她眼睛流泪。

“我真想捅死你，我不就是你毁的吗？你视我眼中钉，肉中刺。就是你把我送到黑冲滩的。”

白小芬曾说起过碧慧的这段往事。那时，正是S城物质匮乏的日子，阿兰婶家的一块咸肉，挂在门口晾着，夜里不知被谁偷掉了。阿兰婶报了案。结果在碧慧的房间里找到了几块吃剩的咸肉。她被遣送出S城，只身去了滇西南。她还透露这一切是阿兰婶男人福根设下的圈套，诱使碧慧钻进去。这个反背着手，戴着袖套的老男人，阴郁的目光虚渺一切。碧慧自然也知道，自己的坎坷与这个同父异母的兄长有关，却摆不脱他的掌心。

这时，福根揉着惺忪的眼睛，走出屋子。畏畏葸葸劝说。阿兰婶发泄着把自己的男人一块骂了进去，骂得不堪入耳。伛偻身子的福根，显得害怕，哆嗦着退到一边。过了一会儿，他闪到阿兰婶的身后，低语几句，阿兰平息下来。“今天饶了你。我要回老家把我的老娘接来，就住你的小屋，限你三天滚蛋。”

“用不着，我就搬走。”

福根喃喃念道：“就搬，就搬。”目光乜斜着碧慧。疲惫的阿兰婶在她的男人搀扶下回到自己的屋里。

这一天，达旻一直昏沉，去了一趟废墟提不起兴致。晚上，屋里的电灯投下光柱，在屋子中央粗糙的水门汀上映成圆形光环。他呆呆地站在中间觉得那是一根柱子，缓慢地拱破水门汀持续升高。它质地细腻，好像用石膏浇注而成。他触摸不到四周的物体，哆嗦的身子不敢移动。黑漆的周围一定是虬江水，可惜听不到疯狂的呼啸，嗅不到咸涩恶臭的味道，只有一阵阵轻微的“吱吱吱”声萦绕耳畔，无数的尸骨艰难地沿着光滑的石膏柱往上爬，坚硬的指骨抓住了他的脚踝，然后爬到身上，撕啃他的身体，吮吸肌肤里隐伏的血色琼浆，仅剩的骨头扔下无底的深渊。一双挣扎的手在舞动，像深秋萧杀中的藁草一样绝望，渴望着石膏上再泛起斑驳的青色，让古老的石膏体上出现一线生机。两年多前的某天某刻，那青色的生命就出现过，重现一幅似曾相识的画面。预感迫使他做出结论，又要病倒了。

琴声从伸手不见五指的江面上升起，白色的石膏柱迅速下沉，大概基部被侵蚀了，水变成乳白色沸沸扬扬，酝酿出一股袅娜缥缈的雾气，弥漫整个屋子。那青色的生命已不见踪影，大概是消失在白雾间。白雾厚积，轻盈地托起达旻，他颤抖地抚摸着缕缕纤柔的生命，随即手变得有劲，青筋涨暴，死命地试图抓住，贴在自己的心窝上，融进胸膛。她属于我，不能消失。最终，那纯洁天使般的生命从他指缝间悄然溜走，飘向遥远无垠的域外。于是，他看到了绿色田埂上牧童坐在老牛上，抬头凝视，一片遐想；公园长椅上恋人翘首回忆起童年时祖母讲述的故事。突然，石膏柱崩溃，笨重地倒塌，袅娜的气雾消失，琴声终止。达旻坠落在坚硬的水门汀上。身子死了，密集的蛆在幽暗中闪光，蠕动着臃肿的身躯向死亡的躯体发起攻击……

房门重重地被撞开，瞳仁里出现无数重叠的身影，显得越来越臃肿，严实地堵住狭小的门洞。

“我捅了他。”她平静地说。

“谁？”

“福根——”

达旻没吃惊。

“这老鬼，色胆包天。我说，是兄妹。他居然不信。”

“现在啥办？”

“去自首。”

碧慧身后居然背着小提琴状的包袱，这令达旻惊讶。她竟然是拉琴人，琴声出自她的心田？他疑惑地打量她，轻声说要她拉首曲子，以排除心里的疑虑。她卸下包袱，去掉裹着的布头，打开盒，调试声音，拉起一曲，是他曾经听过的那首。

终于，她要走了，用布包裹起小提琴，背在身后，默默地走过废墟，走向虬江，汽笛四起……

（初稿于 1985 年 9 月，二稿于 1990 年 2 月）

绞圈残房

一切都是暂时的，转瞬即逝，而那逝去的将变为可爱

——普希金

1. 沉湎往事是衰老的象征吗？我不愿肯定也无法辩驳。因为我喜欢追忆过去，又害怕自己早衰，毕竟人生只走过三十几个春秋，时光蛮好之际，那些风烛残年的老人姑且在街心花园摇胳膊蹬腿地延宕生命，何况我呢？然而，我怀疑自己已经衰老，每当回忆往事时，总是疲惫不堪，即使忆及刚逝去的不久，也像是在古墓里挖掘什么似的累足。老房子的消失，至今只有短暂的两年，但是感觉已经遥远。它破败的景象，变得十分模糊，记牢的是歇山顶上小青瓦间长出的一丛丛无名草，由绿色变成枯黄在风中摇曳。祖母说，它原本为九开间绞圈大宅，由前埭和东西厢房组成，当间是庭心天井。这些，在她的心里有，在我的记忆里没有。

也许是忘其形而得其意吧，老房子留给我的记忆童年时就烙在了心坎上，那时汪洋似的大脑才浮起记忆的小岛，每年的清明，祖母强按下我，跪在南墙前磕头祭拜。后来，成了自觉行为。倒不是因为迷信什么，而是供奉在墙脚下的青团和糕点吸引了我。八岁那年，发生了一桩事体，使我没齿难忘。在跪拜时，我被轻微的蠕动声搅扰，屏息凝神，心里扑扑乱跳，

墙角落下一片石灰，一个灰黑的小脑袋露了出来，两只眼睛警惕地四处搜寻。好奇心驱使我试图捉住那小东西，可惜一眨眼它缩进了黑骨窿洞的洞穴。我找来煤铲火钳，开始了地道战。害怕见光的老鼠，蜷缩在死胡同里，束手待擒。

门“吱呀”推开了，祖母走进来。见此情景，大吃一惊，浑浊的眼睛瞪得铜铃般大小。

“千刀万剐的东西——快松手。”

那时，我不懂什么察言观色，拎着老鼠的尾巴兴高采烈地向祖母报告，希望获得她的褒奖。

“啪——”祖母皮包骨头的瘦手，重重地掴在我的腮帮子上。我手一松，老鼠一溜烟逃的无影无踪。

祖母扑向我……

我挣扎，嚎哭。

祖母是疼爱我的。那时，她在街道办的加工组拆回丝，生计艰难。她总是在饭锅里蒸上一小碗酱油肉让我下饭，而她自己从不伸筷子。过了一歇，祖母见我躲在门角里抽泣，忍不住把我搂入怀里，抚摸我的脸颊。我看见她被皱纹包围的眼睛里淌下泪水。

“官银。那是八太爷，是祖宗显灵。你不能动它，冒犯祖宗，五雷轰顶。”祖母的语气里充满爱怜和恳求。

那天深夜，我依偎着祖母睡去，一阵稀里哗啦的声响搅醒我，瞪着眼睛，望着黑夜，听着祖母微微的鼾声。第二天，才知道是南墙落下了一大片石灰，撒了一地。

不久，祖母的眼睛瞎掉。

说实话，我的内心隐藏着老房子的神秘，还有对祖母的愧疚。总以为她的失明与我有着某种关联。我养成顺从她的习惯，没能长成一个与自己体魄相吻合的性格，只是怯懦和忧伤。

2. 二十年过去了，有了一些涉世经验的我，依旧保持着对老房子的敬畏，好像它有许多神秘没被解开。然而，等到这一天真的要来了，我变得痛苦起来。

话还该从一个仲夏夜说起，那天我中班一放工，加紧往家赶。怎么说呢，妻子淑英一星期前从妇产科医院生完孩子回家，现在正在坐月子。

快到家了。突然，一条黑影在我眼前闪过。是贼？我脑海里蹦出这念头。蹑手蹑脚逼近他，这身影并不陌生。但是，我憎恶。也许他也发现了我，慌慌张张消失在黑夜里。先前如箭的归绪减了大半，发泄似地踹开家门。

屋里响起淑英的埋怨，“官银，毛手毛脚地做啥？吓着孩子了”。果然，床角落里发出女婴的啼哭声。妻子拉亮电灯，钨丝暗红，电力不足。我笨拙地抱起孩子。大概是天性，婴儿长有黑绸般头发的小脑袋，一靠上我的胳膊，马上止住了啼哭。

“干啥没睡？有人来过？他进屋了。”

“谁？”

“赤佬——白云东。”

淑英摇头。

“我看见他在家门口游荡，像只赤佬。”

“真可怜。”淑英同情地说。

“睡吧。”

她叹了一口气。“这老房子难让人入睡。搬就搬吧，破破烂烂的还值得留恋？为南墙？你别生气，出嫁前亲戚朋友说的一点不错，这绞圈房满有股陈腐的味道，根本无法住人。”

这话听来刺耳，有点控制不住自己，我脱口说：“你后悔？当初选择错啦。白云东还在等你，他有洋房存款。”

淑英捂住我的嘴，轻轻摇头。

我和淑英在同一张书桌上度过小学辰光，没想到日后会结成夫妻。婚后去看望班主任，说起我们同桌时常常打打闹闹，一副老死不相往来的样子，想不到会有夫妻缘分。那时，她总骂我是小眼睛，死脱没有人哭。有一次骂过后，我心里想着长大后一定找个大眼睛做老婆。到了初中，我俩还在一个学校，不在同一个班级，偶尔相遇，彼此都有些别扭。毕业后，她去江西插队，而父母早亡的我幸免，留下来与祖母相依为命。那天，我去送行，与她话别的时候，感到她已经出落成大姑娘，一双大眼睛忽闪忽闪地仿佛会说话。她的眼睛，居然在以后的十年间一直清晰地在我眼前。

我的同班同学白云东，正巧与淑英在同一个生产队插队落户。他是抱着改造自己的决心去的，深知血管里流淌的是罪恶的血液——资本家的狗崽子。早在念小学时，他的诗作发表在少年报上；语文课上他的作文当作范文朗读。但是，他性格孤僻，似乎有点不合群。那年月，在乡下看电影要赶到十几里外的大队部门前的晒谷场，放的片子又老是那么几样，别的知青蜂拥而去“享受”了，他总自动提出留下照看知青点。其实，醉翁之意不在此，而在穿过村子的那条黄花溪，面对清澈见底的溪水，朗诵普希金的诗，“再见吧，大海，你壮观的美色将永远不会被我遗忘；我将久久的，久久的听着，你在黄昏时分的轰响……”

淑英是知青点的保管员，总是最后一个离去，延着小溪而上，去大队部。她边走边哼唱着什么，比如被列为禁歌的《莫斯科郊外的晚上》。每次，她总能在溪边遇上白云东，他或抑扬顿挫朗诵，或捧着一本红封皮的书全神贯注地阅读。有一次，她悄悄地来到他身后，一把夺过他的书，红封皮里掉下的是一本普希金的诗集。他央求别告诉别人，普希金是封、资、修的东西。她说，她也爱普希金。从此，她不再去大队部看电影，说是要清点保管的物品，与白云东一起来到小溪边，聊但丁、歌德、莎士比亚、莱蒙托夫、徐志摩。

淑英佩服他的才学，但是拒绝了这个剥削阶级孝子贤孙的求爱。一九七九年知青大返城，淑英回到上海，顶替进厂，与我同车间，成了师兄妹。白云东在高考恢复后的第二年，考入师院，不久继承了父亲生前被抄家发还的金银珠宝和坐落在陕西路上的一幢小洋房。白云东再次向素英倾诉心中的爱慕，遭到拒绝。在她看来，此时答应白云东，一定会被人认为贪图他的钱财、房子和大学生的身份。何况，她觉得他们不是同一类人。这些是婚后淑英告诉我的。

包围在棚户里的绞圈房让人瞧不起。在淑英嫁入家门之前，苏家宅没有一家是外来媳妇，棚户的小伙只能找棚户的姑娘，就这样小伙子还常常打光棍，原因是许多姑娘不甘心在棚户里生活一辈子——远嫁高飞了。

淑英带着光环，嫁进了遭人鄙视的绞圈房，震动了苏家宅，成了瞩目的新媳妇。夏天，她穿着胸前排列着一串长脚扣的花裙，捧着诗集纳凉，总招来一群人的指点和窃语。小伙子出神地注视她，从心里嫉妒我；姑娘羡慕她含情脉脉的眼睛，修长的身材，漂亮的服饰。不久，政府开始改造苏家宅，棚户里的人欢腾一片，淑英为此高兴。没半年，苏家宅的烂屋差不多全被推倒了，而绞圈房里的我家，却成了废墟里唯一的存在，有点突兀和孤独，自然也带着神秘和沧桑。

3. 这时，妻子斜依床头，抱过孩子。我抚摸她披散在肩上的长发，心里涌上一股难言的酸涩。我为拆迁振奋过，但是想到祖母对绞圈房的眷恋，变得犹豫，猜想她一定没有把绞圈房的隐情告诉我。“唉，淑英，刚生完孩子还没满月，别多想了。奶奶八十多啦，惹急了她会要她的老命。她失明后，性情变得越发怪癖霸道。她发火，你就不能休息。我何尝不想搬走？迟一些日子再说吧。”

我走到窗前，默默地用胳膊肘去擦拭湿润的眼睛。自小老房子给我留下的神秘，和祖母对南墙的膜拜影响了我的成长，至今没有弄明白，她为什么要我冲它磕头。一旦南墙拆了，会不会影响什么？老祖母惧怕南墙倒塌。动迁组几次三番派人上门做工作，全被她搅了，坐地撒赖，打滚折腾。我从来没有见过如此执拗的她。

“官银，我知道你的苦恼。可是——”妻子把一张纸片递给我，是盖有官方大印的限搬令。几分钟前，我还在淑英和祖母之间犹豫，现在该是决断的时候了。

淑英紧攥住我的手，眼眶里是喜悦的泪花。“你决定了。”她追问了一句。

屋里一阵窸窸窣窣的声音，祖母蹒跚地走进来。她浑身的零部件大多不好使唤，一双耳朵特别灵敏，大概是上帝想弥补她失明的不足。一次，淑英绗被头，无意间针落在地上没察觉，在里间的祖母已经叫唤起来。刚才我和淑英的对话，她八九不离十听见了。

“官银，你老婆又在嘀咕什么对付我的法子？我早就说过，这老房子是我娘家祖上的产业。死鬼——你祖父是光屁股到我家的。你没权力做主，你媳妇更没。一切听我的，由我做主。让我搬出这老房子，要么我死了，要么你们从我身上踏过去。”

她固执得不近情理，动迁组几次上门，都被她又哭又闹地挡在门外。来人见她年逾古稀，又是个盲人，只能打道回府。我瞥一眼睡得美滋滋的女儿，又瞧一眼乏力欲眠的淑英，心里只想制止这场即将爆发的“大战”。搬迁成了定局，任怎撵也没用，争吵也白搭。我闷不吭声，拾掇床铺准备睡觉，这是对付祖母唯一的办法。

婴儿“哇——”地哭了，到了喂奶的时候。淑英哄着孩子，敞胸把奶头塞进孩子的唇间。

祖母找到发泄的口子，顿时起了精神：“咱们家的事全坏在你身上。你嫁到绞圈房，房子就要拆了；进了家门，一家变得鸡犬不宁。搬、拆，又是你一个劲嚷嚷，要搬要拆何必当初嫁过来呢？”

我盯视着祖母核桃般多皱的脸，这就是我曾相依为命、如胶似漆的祖母？淑英当初是顶着压力嫁到苏家宅，她母亲竭力反对，宣布与女儿脱离关系。她在产院住了一星期，娘家没一个人来探望。她呆愣愣地躺着，听着产房里的欢声笑话，默默地流泪。我欠她的太多，太多……然而，当我的目光触及到祖母那双没有光泽的眼睛时，充满的不是敌意而是怜悯和同情。

记得娶回淑英后，祖母喜欢过，曾不止一次地朝南墙磕头作揖，说祖宗有灵，招来了个好孙媳妇，逢人便絮叨自己的孙媳如何贤惠。半年后，她讨厌起淑英。淑英天性活泼，爱高声朗读，大声朗笑，轻柔歌唱，还有就是祖母无法看见只听别人描述的她的衣着打扮。“都是有男人的人啦，还打扮得妖里妖气，不学好。”说实在的，这些仅是表象，在祖母的内心，不可忍受的是孙媳妇夺了她的权，动摇她的家庭地位。祖母失明后，越发急躁，家务事全按照她的意思办，那时，家里就是我俩，自然一切听她的，每个月如期上缴工资，听凭她安排。淑英嫁过来后，劝她不要过问家务事，享享清福，祖母说淑英想夺权。淑英不吭声，不与她辩解。可是时间一长，她忍受不了。如果不是我在，她真会逃出绞圈房一去不复返。到了拆迁时，她俩矛盾积深，祖母凶狠地骂她是“白虎星”，之后朝南墙一跪，哭嚎一通，谁都劝不了。

淑英怀孕了，产院暗示是男孩，祖母对淑英的态度来了一个 180 度的大转弯，她一晚没睡，在南墙前嘀咕个没完。一大早又精神抖擞地去菜市场买海鱼海虾和血答滴滴的猪脑子，说是孕妇吃对胎儿发育有好处。没有想到素英生下的是个女儿，祖母的曾孙女。矛盾由此白热化。

祖母的性格中，有一种古怪的逆反心理，只要是淑英想做想吃想用的，她一概反对，更何况搬迁房子呢？

“奶奶，搬吧，政府的限搬令都传下来了。”

“啥令？”

我递上限搬令，“奶奶，你松这口，答应了吧，何况拆迁的条件还不错”。

祖母接过纸片，用手摸索，触觉告诉她，纸片与普通的一样，没有什么特别，“假的，拿来骗我”。此刻，她心里也许闪过一个念头肯定是淑英的鬼主意，弄张纸头吓唬她。

“孙子没这胆。”我叫喊着。

祖母抬手给我一个巴掌，骂骂咧咧，开始撕限搬令。

“这是犯法。”淑英撩开被子，夺过纸片。限搬令被扯成两半。这激怒了祖母，她掷下手里小半截限搬令，朝淑英扑去，抓住她的头发。

“奶奶——”我掰开祖母的手。

淑英听凭她拉扯，没有挣扎。

“你还护着你老婆。好端端的一个姑娘能嫁进绞圈房？她是一个破鞋。你问她，在家门口游荡的是谁？今晚还来过，不要脸的东西。”

我知道祖母说的是白云东。他从来没有进过我的家门，只在门外徘徊，就像先前见到时的一样。我终于把祖母拉开了，她又咬又踹。“没用的男人，留着这种老婆何用？做乌龟。滚吧，抱上你的女儿，滚出这家。”祖母吼着：“别回来，回来是狗日的。”

淑英默默地收拾着什么。我没能拦住她，她走了。

“官银，你要追她？”

我没有答理祖母，跑出屋子。屋里剩下祖母独个，跪在南墙前一个劲地磕头。

4. 不知什么时候下起了雨，闪电劈开黑色天幕，雷声滚滚不绝，几乎在我头顶上炸裂。我跑着、喊着……

在雨中，我没能找到淑英。她还是一个坐月子的产妇，这样大的雨会淋坏身子，何况还抱着还没满月的女儿。此刻，我谴责自己，娶淑英是多么自私的事情。如果真的爱上了她，倒不是结婚，而是想到婚姻能给她带来什么。婚后绞圈房里的生活，给她的是痛苦和折磨，我的懦怯，不能保护自己的妻女。不知为什么，我想到了回家时在门口遇上的白云东。如果，他与淑英结合了，她一定不会遭受今夜的罪。白云东恋着淑英，且至今单独孤身。他在等淑英，也等着我一旦保护不了她了娶她。假如，淑英跟上他了，我会感到慰藉。我恨自己。

失望地回到家，我失去理智，怒吼着抄起一把菜刀对着南墙胡乱劈砍，似乎在它上面多留一道刀痕，心里就会多一些舒坦。劈坍了，心里的神秘消除了。

“使不得——”祖母拼命抓住我的手，企图阻止我。她毕竟年事已高，而我已成了一头愤怒的狮子。

一双手死死抱住我的腿，我想踹。

“官银，墙没错……”

啊？是淑英。

菜刀“当啷”跌落在地。

“哇——哇——哇……”婴儿被尖利刺耳的声音吓到，哭了起来。

我惊呆了。淑英匍匐在门槛上，浑身是泥水，她已经没了力气，挪不动身体，发紫的双唇颤抖哆嗦。婴儿被搁在干燥的门角旁，小脸还是红彤彤的，像十月里的苹果。襁褓外裹着一件陌生的罩衫，沾着泥水，挡住风雨。我倚在门板上舒出了一口气，也生出诧异，淑英为何此时出现？

祖母歇斯底里地扑向淑英身，“我做了什么，什么呀，伤天害理——

淑英在月子里”。

她一下子跪在地上，鸡爪似的瘦手在空中乱抓，“祖宗啊，老爷啊，全为你呀”。

这时，南墙塌了。说不上是我先前的砍劈，还是雷电暴雨所致，南墙由底部破裂松垮，而引发顶端倾斜倒塌，声响很大，伴有粉尘腾起，很快在潮湿的空中消失。绞圈老房成了残房。婴儿感受到南墙倒塌的惊吓，大声啼哭。

清晨，我反剪着手，步履沉重，不得不止住脚步，痴痴地立在倒塌的南墙前。一夜的大雨，空气清新了许多，荡漾着一股雨后特有的气息。这一下，该搬离老房子了，祖母不会再有什么理由拒绝。我问自己，难道没有一点儿的留恋？它毕竟一去不复返了，这里有过童年的无瑕、少年的梦想。

倒塌的南墙下，祖母披散稀疏的白发，朝一块大青石磕头。淑英抱着孩子，呆愣看着她的背影。

“奶奶——”

“孩子，不是我死恋这地方。我知道这老房子比那些高楼大厦差了许多，可你们不理解呀。绞圈房的庭心地底埋着我的阿爷，墓碑就嵌在南墙里。动了它，我们会遭难的。”奶奶抱着青石碑，用嘴亲吻，她的眼窝里泌出一颗颗浑浊的泪珠，没有去擦，顺着脸上的皱纹缓缓淌下。

“东洋人的飞机在头顶上打转，扔下炸弹。”奶奶诉说。

遥远的过去，火海、硝烟。

绞圈房被炸弹炸塌东南角，祖母的阿爷被埋在瓦砾中，一根燃烧的圆柱压着他的身体。她阿爸冲过去施救。老阿爷已经奄奄一息，说没有用了，先救绞圈房，大火正在蔓延，“这房子是我们用血汗盖起来的，你们一定要修好它，把我埋在房子下。我死也要守护着，保佑你们”。

火是扑灭了，老阿爷也去了。祖母的阿爸按照父亲的遗嘱做。等到阿爸老去了，他交代后事时再三说，这个房子不能动，南墙不能塌。

祖母讲完了一切。这时，房子里来了一帮人，拿着测量工具和图纸什么的，对绞圈房做细仔的测量，也把奶奶找去谈话，谈的不是搬迁，而是关于房子。一位戴金丝边眼镜的老法师，问得极仔细，好像问了她是什么时候嫁进这房子的。祖母说，出生在这里，房子是她爷爷盖的，告诉她那时的模样如何。老法师说，当时的县志上有记载。他拿出一张泛黄的老照片，与祖母的回忆做对比，也让我辩认。我说应该是的吧，可是现实中的绞圈房没有这般敞亮宽大。一堵墙，把前后埭隔开，加上搭建，空间狭小。老法师讲，这个绞圈房保存蛮完整，只是东南角受了战火，当年也做了修复。

之后，听说这房子不拆了，要修建恢复原貌。

不久，我们搬进新居。那个晚上，淑英把日记给我看，记录南墙倒塌那天晚上发生的事情……

（作于 1985 年 2 月沪上）

那些年那些人那些事

1. 一切如同蒙上一层黑纱，有雨的时节，生出水墨画的味道。那时，我没觉得水朦朦的样子好看。听老人说，以前这里是殡仪馆，不知为什么成了翻砂厂。十八岁那年，稀里糊涂地进厂做工，目睹挖出的青色搪瓷灯罩上印着 ×× 殡仪馆的白字，于是不再怀疑曾经的听闻，还踢过土堆里的土灰色骷髅。搪瓷灯罩无疑是殡仪馆的遗物，骷髅与殡仪馆有什么关系，就不敢妄言了。据我所知，殡仪馆不埋死人。老人又说，殡仪馆边上就是化人滩。

起先，厂长派我到金加工车间开车床。大概是翻砂厂的缘故，开车床是数一数二的的活儿，翻砂顶蹩脚。师傅以为我有什么门路，一再追问，我回答不上来。他们七打听八打听弄明白，厂长误把我当成他朋友的儿子，关照人事组给了安置。因为我与那人姓名谐音。师傅说我是小老虫跌进米缸里。约摸过去了大半个月，下班前，翻砂车间的胖主任叼着烟卷乐呵呵地叫我去趟办公室，说我脑子灵，学东西快，到他的车间去做一桩要紧的生活。翻砂车间只有一个干瘪的小老头做运输，用老爷手推叉车搬运铸铁件，累得快散架了。厂里添置一辆电瓶叉车，没人会摆弄，“你去学两天，到我这里来上班”。

“金加工会放人吗？”我有些担心。

胖主任笑模悠悠地说，“笃定。厂长的意思。”

没几天，我开的车床前有了一个戴秀郎架眼睛的白面书生，大概就是厂长朋友的儿子。不久，他又调走了。再遇到时，已是一身干净，戴着一副深蓝色的袖套，手握灯塔牌蜡纸，略带几分自豪的样子迈着步子，说是蜡纸刻得蛮漂亮。

我驾驶着电瓶叉车去翻砂车间上任。车间当中两列一溜六根方形水泥柱子撑起穹顶，四周的窗棂一小格一小格的考究，原本装有五彩的玻璃，现在多半漏空着，即使有也分辨不清原色。当年这里是供丧家举办悼念仪式的大厅，高旷的大厅，方便魂灵头飞出去奔天堂。

想到停放过死人，心里有点发毛。也就是一刹那间的工夫。

小叉车开得风快，嘎然停在当间，几十来号墨擦乌黑的翻砂工一下子围拢过来，七嘴八舌地议论。我趁机表演车技，就地360度转圈，叉板上升前后倾斜，看得他们眼花缭乱，连声喝彩。我得意，脚踩离地一米的叉板，像似讲演的味道，说一通叉车的好处，惹得翻砂工直痒痒，都想摆弄一番。等我从食堂里吃过中饭回转，发现叉车被开到了几十米之外，叉板卡在铁筐的空隙里进退不得。鬼晓得这帮棺材用什么办法解锁开白相。果然，不出一个星期，就修了两趟，直到一个月后，玩腻了才没有再出毛病。

大概是翻砂车间在殡仪馆大厅里的缘故，大家管它叫殡仪馆车间，一切都是乌漆墨黑的样子。我的搭档就是胖主任说的那个干瘪的小老头，别人管他叫中尉。起先以为他的名字叫中伟什么的，辅助工郭兰凤悄悄告诉我，真是中尉。这让人哑然失笑。我读过不少关于中尉的小说，心里的形象高大魁梧、英俊潇洒，眼前的中尉瘦小背驼，眼睛近视得够呛，总眯缝着眼，注视不远的地方，神情畏葸，害怕天会塌下来一样。后来，混熟了，他告诉我，“花钱买来的”。我以为是玩笑，细辨又不像。“哦，花了一笔冤枉钱。那会儿，我爷老头子在老勃生路上开了一家三开间的绸布店，外带一家油坊，花了不少钞票供我读书，盼我光宗耀祖。可我没有心向，舞刀弄枪的想去充军做将军，几次想上前线都被爷老头子楸牢，害怕吃花生米死脱连尸骨也难找回。爷老头子一心想打消我的念头，便向同乡师长买了张中尉委任状给我白相。那时年轻什么也不懂，觉得穿一身黄皮子，神气。”

原来是这档子的中尉，我捧腹大笑，“那是哪一年的事情？”

中尉呵呵干笑了两声，“1948 年底，快解放了”。

“这是寻棺材睏。”

“人是不晓得明天的。可惜了十二根金条，还搭进去一辈子。”

中尉干活有一把子蛮力，一筐铁家伙一叉便拉走，手推叉车在铺着铁板的路面上，咕咕哝哝直响。每次看到这副样子，总联想起杂耍里推车的活猕，神情架势活脱似像。我几次对他讲，别再推叉车，电瓶的省力气。他鸡啄米似地点头，连说几声好。可是到了干活时，照旧推着小叉车来回不停，越干越起劲。我气恼，一片好心尽当驴肝肺，便找茬责问他。他低三下四地陪着笑，哼哼着给自己辩解，“那电玩意，白相不来，还是手推方便顺手”。

车间里不少师傅劝我，犯不着替中尉着想，他筋骨极好，年轻时什么山珍海味没吃过？小开出身。翻砂工的帽沿上垂着一道纱幔，防止砂粒溅到面孔上眼睛里，隔着纱幔瞅着中尉的眼睛多少有一些冷漠。而同样隔着纱幔的郭兰凤，眸子里流露出对中尉的同情。她眉清目秀，文气得很，有点像我小学里的班主任。一天，她对我说，“你教教他开叉车。这样下去，老命一定丢在殡仪馆车间里”。

我讲了自己的气恼，“他就是劳碌命”。

“唉，命苦哩。”

“快解放了，买一个中尉的委任状。”

“人呀，认命。”

其实，她也命苦。听说五大三粗的丈夫，前些年领着一帮造反派打死了厂里的头头，风光了一阵子。一年前，被判了二十年的徒刑。她离了婚，带着两个半大不小的孩子过日子。难怪她的神情中含着凄苦和哀怨。

2. 我喜欢这活儿，自由自在，且两人干一人的活，再添上一辆电瓶叉车做帮手空闲了许多，高呼胖主任万岁。买了一盒带过滤嘴的大前门，揣在口袋里，待有机会孝敬主任。中尉说没人愿意到殡仪馆车间做生活，也不必多此一举。

人闲会生出无聊，找些玩意打发时间，从家里的一堆旧书里找来几本小说，带到车间里解闷。读上了瘾，也就忘干活，中尉不与我计较，该干的他独揽。有几次，我实在坐不住了，驾着小叉车去帮忙，他拦住我，“去吧，趁年轻多读些，不能做一辈子的搬运工”。

我读得津津有味，他会伸过脑袋来，干脆把书凑到他鼻子底下。他一点不知趣，索性挨着坐下，伸手在怀里掏出铁皮眼镜盒。锈迹斑斑的眼镜盒隐约可见洋文字母，趁他不备夺来细瞅，中尉抓住我手腕，使劲抢了回去，攥在手里。“这是，爷老头子留下来的。”

中尉取出发亮的金丝边眼镜，迅速合上盒盖，揣进了怀里，小心翼翼地把眼镜架上鼻梁。从他的表情猜测，镜盒里不单是一副眼镜，一定还藏着其他物什。

“我瞧瞧。”

他老大不情愿地递给我：“小心，别摔了。”

我做出笨手笨脚的样子，架上眼镜，“真金的？”

“14K，地道的美国货。”果然，眼镜脚上刻一串洋字码。瞧他一副不情愿的样子，觉得挺可笑，递还给他。他小心地接过，仔细地放回，边走边咕哝："要不是当初走错一步……哎——还是读书有出息。"

趁他不备，我一把夺过镜盒，中尉死活不松手。直到翘皮的镜盒拉破手，我才松开，带他去医务室包扎。有点乐极生悲的失落。

日子久了，车间里许多人叫我"书呆子"，唯独中尉不。一天吃完饭，嘴里哼着曲子，敲着搪瓷饭碗回殡仪馆车间，中尉三步并着两步追我，"你高兴？"看完一本好书，心里自然快活，便告诉中尉，他有些伤感："要是减我二十岁，我也读书。人关键的就是那么几步，走错了，什么都完蛋。"

解放后的头几年，他仍然过着小开的日子，没有想到家里的女佣头脑发热跑到居委会检举揭发，说看到过藏在墙壁暗隔间的中尉委任状、军服、佩刀。果然，来一大拨人搜出这些物什，中尉被逮去了。一家人风风火火跟着跑去说明真相，称小孩子闹着玩的。对方反问，为什么不主动报告登记。一家人吃瘪，中尉被拉去苏北劳动改造。三年后回上海，自家的绸布店油坊已公私合营，做不成小开，又不能在街面上游手闲荡，被居委会安排进翻砂厂拉劳动塔车。他感慨地说："要是年轻时，不想着当什么将军，多读书，学手艺，也不至于这副腔调。不过，我回城了，谢天谢地。与我一道去苏北的大多数没回城，有的死在了那里。"

"怎么的？"

"冬天，围海修堤，体力活儿。吃不饱穿不暖，上年纪的人扛不住。"

"你怎么回来呢？"

"我爷老头子，最早响应号召公私合营的那一批，吃定息。区里给了他工商联委员的名头，他拉下老脸方方面面去反映情况，又疏通关系，才回转。我一辈子成在爷老头子身上，也败在他身上，太溺爱了。"

"屋里独个男孩？"

"三房隔一子。"他抖了抖身上黑乎乎的工装苦笑，脸上皮肉抽搐。我似乎悟出什么。自然，不能光顾着看闲书，找来过去学过的数理化课本琢磨起来。

白天格外的短促，没到下班的辰光夕阳便没了影踪。几个神气活显的木工举着榔头，叮叮当当地给车间大门装大棉帘，挡住往里钻的西北风。一连几天，吃过晚饭车间里空荡荡没了人，就连中尉的影子也找不到。我躲在旮旯里看书，手脚冰凉，不免想起殡仪馆的旧事，心里有些寒刺骨。不知什么时候，胖主任反剪着手，神不知鬼不觉的站在我面前。起先一惊，慌忙把书塞到屁股下面傻笑。胖主任脸上像刷了一层浆糊刷刷板。我赶紧掏出香烟，恭恭敬敬地递上。胖主任接过去，瞥了一眼烟卷上的牌子，没有抽，挟在耳朵上。

“人呢，只剩你一个？”

我耸一下肩胛，摊摊手，“全进防空洞里的更衣室，胡调去了”。原先殡仪馆下面是没防空洞的，七八年前，备战备荒，鼓动工人空余时间开挖，中尉成了技术骨干，因为他曾在苏北垒过海堤。后来防空洞成了翻砂车间的更衣室、汏浴间，冬暖夏凉自然成了休息处。

不一会，胖主任驱赶一大帮子人走来，大伙若无其事地嘻嘻哈哈，听胖主任训话。胖主任窝囊地要大家帮忙，这星期是他值班给点面子，别太野豁豁。我讨厌胖主任的这副腔调，后悔先前慌张地把书塞到屁股下，有失风度。

中尉站在人群的前面，垂着手，背弯成一只刚煮过的大虾米，谦恭地听完胖主任的讲话，可怜巴巴地认错：“作为一个老工人带头下防空洞，影响太坏，主动扣罚一个月奖金。”他声音很轻，几乎在呢喃。这无疑在人群中放了一颗炸弹，惹怒了大伙，纷纷骂中尉山门。郭兰凤说了一句：“他愿罚，是他的事，与我们无关。我们是自己下防空洞的。罚不罚，主任摆个话。”

胖主任说：“法不执众，下不为例。”

中尉没吭声。

这星期，大伙不再去防空洞，聚在车间里聊天嬉闹。几个半老女工专找平时亲近的男工玩耍，绕着模具你追我赶。逮住一个，你抱头，他扼腕，按腰拉腿的全有。男的不免姑奶奶亲姆妈乱叫一通，偷着空档在女工身上乱摸。

中尉瞌下眼睑，屏息静听喧嚣，身子像有虫子爬过似的痒痒地扭动，香烟烧到手指也没察觉。他一直独身，没娶老婆。我问他为啥，他叹息，“年轻时漂亮女人遇多了，想和谁吊膀子，人家还怕巴结不上呢”。

我信他的话，“那时，你是小开”。

他讪笑着：“没的说。胡蝶，大明星，噢，名气大伐？还邀我跳过舞。搂着她的细腰，握住那小手，终身难忘。”他眼睛里闪烁火花，从怀里掏出眼镜盒，打开指着盒盖，“看看，这就是胡蝶”。盒盖里糊着大美人的头像，已经褪了色，大概是从什么画报上剪下来的。难怪他不愿意给我看眼镜盒，原来里面藏着秘密，怕戳穿他的心相。

胡蝶和他跳过舞，显然是中尉的虚幻，掰掰手指头算一算好像年纪对不上，胡蝶大红大紫时，他还是个小屁孩子，大概是心里暗恋这美人。中尉眉飞色舞，什么司康舞厅、百乐门、四马路，小来春。说着说着，竟然舞了起来，嘴里发出蓬嚓嚓的节奏声。

“打小练下的功夫。你会？”

“不会。从小没学过。”

“等你读书读出头了，教你几招……”他好像想起什么，停止言语，呆呆地站着。良久，连拍脑袋，“吹豁边了。后来主要是没碰上好的”。

“郭兰凤不是对你有意思？”

“小年轻不要乱讲一气。我都是半截入土的了，怎能和她瞎搭百搭。”中尉矢口否认。我记得，他给郭兰凤运送工件时周到，一只只堆放到她顺手拿得到的工作台上，脸靠得寸把近，那双浑浊的眯细眼，居然放电，频频传递着什么。

我用肘子捅中尉，他吃惊地掉转过脸，瞪着发红的眼睛。我努努嘴，示意他扔掉烟头。

“迷了？”

“说什么呢。这儿太粗野。”

“噢，偷听郭兰凤是不是在跟人打情骂俏。”我故意逗他。

他紧张地四面张望，“不在了，去哪儿？”

“躲进防空洞结绒线衫。你还是喜欢她呦。”

“要像以前有钞票，我会……唉。她两个半大的孩子。”

“你对她表示过没有？”

“讲过些，没挑明。都不年轻了，还谈情说爱？等吧，等我有钞票了。会有的。”说罢，中尉蹭地站起身，一摇一晃地走了，大概去找郭兰凤。我好生纳闷，他怎么变了一副腔调，有点让人看不懂，说什么“等我有钞票了”的大话，凭你一个人挣一个人花的脱底棺材，能有多少铜钿。而爷老头子留下来的家产，早已七弄八弄剩不了多少。惟一显示曾经阔过的，便是他独个居住的石库门客堂间，意大利进口的地砖、水晶吊灯，不过吊灯早已不用了，旁边垂下一只白炽灯泡，发出不亮的光亮。以前这个门洞里的房间全是他家的，大大小小七八间。

一晃眼，不见了中尉。我装模作样捧着书，眼角不时瞟向嬉闹的那边。一群黑乎乎的人尽情追逐、扭作一团，笑骂声充彻殡仪馆车间。

临下班了，中尉丧魂落魄地钻了出来，背弯得厉害，走起来一颠颠，来阵风像似可吹倒。他有一些古怪，见谁躲谁，连我也不例外。

3. 翌日，中尉一上班就被胖主任叫走。车间里传开他和郭兰凤出事的消息，有人撞见他俩在防空洞更衣室的长凳条上嬲了起来，女的脱得一丝不挂，中尉棉裤退到踝骨处。

几个半老女工平常说荤话一只鼎，连男人都甘拜下风。可真格的来了变得一本正经，骂这个不要脸，那个不是东西。更多的是渲染，赤裸裸不堪入耳，像是他们在场目睹了。郭兰凤抬不起头，脏水都朝她泼，尤其是平时想吃她豆腐没有吃到的人，更是肆无忌惮。有人曝料说，闷骚婆娘郭兰凤勾引了中尉。据说她看上中尉的钱。我纳闷，这话怎么讲？有人悄悄告诉我，中尉他爷老头子的几爿店，公私合营后吃定息。后来，定息停了。现在听说要补发，是一大笔钞票。

从没听中尉说过档事。即使有，我想郭兰凤也不是那种钻钱眼的人，看得出她怜爱中尉，应该两颗孤寂的心撞出火花。我倒希望他俩结婚成家，白发到老。

一连几天，中尉像泄了气的皮球，一支接一支抽闷烟，害怕厂纪处分。活儿由我一个人顶着，驾着叉车满车间"嘟嘟"，累得腰酸背痛。书自然看不成了，不免叹惜起来。真想再听中尉对我说，去吧，趁年轻多读些……

风波没平息，车间总有人有事没事地当着郭兰凤的面指桑骂槐。她受不住了，瘦脱了一圈，眼睛深抠，坐在工作桌前发呆，有时活干得好好的，边流泪边往外跑。

中尉坐在那儿，睁着眼睛望殡仪馆高旷的屋顶出神。我恼了，上去踢他一脚，压低嗓门说，"喂，还算男人？你该公开声明跟她结婚"。

"小阿弟，别强迫我。到时候，我娶她。我真糊涂。"

说罢，双手抱着脑袋，一副伤心的模样。

我撂下他干的那份活儿，不理睬他。他没精打采地推起叉车，吱吱嘎嘎地劳作。沉重的铁筐几乎折断他的腰……

中尉的糗事，让胖主任棘手。不处理平息不了，处理又不知道按照哪条厂纪厂规。有人说，报派出所，给定个流氓罪。胖主任摇头，“一个老光棍，一个离婚的女人，孤男寡女，还都是老职工，犯不着把事体做绝了”。

胖主任挖空心思，想出处罚办法，调郭兰凤去金加工车间做铁屑清运工，扣中尉一年的劳动纪律奖。这对郭兰凤处罚的力度大了，要连续不断清理车工车下的铁屑，运到废料堆。那一车一车的铁屑，比运送翻砂件还要重，且没有电瓶叉车。胖主任受到工友指谪，他笑呵呵地说，既然她没告中尉强奸，那一定是她主动的，惩罚的就是主犯。后来，我见到郭兰凤时，她眼圈发黑，眼睛黯淡无光，眼角处添了不少鱼尾纹。车间里几个半老女工说，“这女人太傻，被白嫐了。中尉这只瘪三，有了钞票不会娶她的。他是小开，钞票多了，心向就不一样了”。

一切恢复了平静，大家熬不住，又跑去防空洞。中尉没去，和我在一起，他想对我说些什么，话到嘴边又不说出来。他见我爱理不理的样子，一个人躲在一堆木模后，不知在干什么。我去窥探，他架起眼镜埋头看一本薄薄的小册子。我有些好奇。大声说，“金加工要电机盖头，你去送”。中尉放下手里的小册子，手推叉车去送盖头。他前脚走，我后脚去看小册子，是一本半年前的《宣传通讯》，干部看的内部阅物，也不知他从哪儿弄来的。我翻着，发现一篇发还资本家定息的规定，仔细地用红笔划过。心想这家伙，真的会有钞票了。

有一天，中尉激动地抓住我的手，结结巴巴说：“小阿弟，晚上请你吃三黄鸡。”我挣脱他的手，迷惑不解地望着他。

“嘿嘿，”他干笑了几声，俯下身贴近我的耳朵，神秘地说：“十万，补了。”我惊讶地瞧着他，几乎不相信自己的耳朵。

消息不胫而走，那几个半老女工扭动肥臀朝中尉身边靠，有说有笑挺热闹，外车间的陌生人指指点点要认识中尉，他成了翻砂厂的财神爷。惟独不见他与郭兰凤在一起，反而看见她绕着中尉走，样子有点古怪。

中尉神气了，脸红红的多了几分血色，精神抖擞起来，那只保温杯里泡着野山参。他变得娇贵起来，动不动上医务室，不是腰酸就是腿疼，摆弄几下手推叉车就歇息，时不时请病假。病假的时候，他头上的几根头发梳得油滑锃亮，一身烟灰色中山装，披件黑大衣，鼻梁上架着那副金丝边眼镜，教授的派头。据说还要印名片，市面上流行。印什么头衔拿捏不准。

“共和国公民。”我笑着说。

“牌子太大，国家级的了。”中尉摆摆手。后来，他气派地递给我一张印有定息继承人的名片，说这样妥帖。

他三日两头请病假，两个人的生活由我一个做。我意见蛮大，报告胖主任。他吸着我给他敬上的香烟，沉思片刻，表示他想办法解决。

中尉不以为然，厚着脸皮说：“过去，我总是多做的。出来做事，总归要还的。”

“这也不是长久之计。”

“反正我也不在乎这个生活，活命要紧。”

“有钱了，怕死。”

“调养着点，多活个十年八年，有滋味。”中尉笑了。

“派头大了。这一身比得上当年的黄皮子。”

“这算什么，当初我要去了台湾现在回大陆，政府非欢迎不可，那才叫神气。”他洋洋得意地吹上了。

中尉告诉我，“四九的早春，部队南撤，说是去台湾。同乡师长派副官找到我爷老头子，说上峰要查撤离人数，凡是在花名册上登记过的一个不能落漏，让我归队。家里人死活不愿，说：弄白相的，千万别当真。副官拔出枪，对着我爷讲，不去，会害了师长。买官吃空饷，军法从事，要坐牢。爷老头子怕了。把我拉到一边耳语。转身对副官说，那只能去了。坐上闷罐子车，心里发毛，害怕得直哆嗦。火车到嘉兴靠站，假装下车撤尿，爬过车底，扒上一列北归的车子。折腾了一天，回到了家。你说，当初去了台湾，现在回来岂不更神气？”

“是呀，恐怕早成了中将。”

他听出话中带刺，狠狠瞪我一眼。我冲他挤挤眼。以前他绝不会瞪眼睛，财大气粗，钞票壮胆。他垂下脑袋，拧紧眉结，不得不叹息一声，可怜兮兮地说：“像我这号人，到哪儿都一样，不会有出息。”

不知为啥，中尉开不出病假了。他恼火医务室的人不肯帮忙，有点油盐不进的味道。我想到一定是胖主任，跟医务室关照过，断了他的路。他老大不情愿换上工装拉货送货，便生出提前退休的想法。“上啥班？做一个月的工钿还不如银行给我的利息零头，还是回去自由自在。”

我巴望他早点退休，胖主任就可派人过来做他的那份生活。终于，中尉提出申请，胖主任批准了。他找到我，让我写一张光荣退休的大红喜报。胖主任知道我写着一手柳体。

跑进办公室，满屋子的人不约而同地全朝我望来，有几个嘀嘀咕咕在议论，分明说着书呆子的字眼。我脸红了。

胖主任腾出一张办公室桌，给我铺开大红纸。

我矜持了一下，小心翼翼地写开。名字写好后，如何写称谓犯了难。

“主任，名字后写师傅还是同志？”

胖主任捧着双龙戏珠的茶杯，出神地望着我。

“市面上时兴什么就写什么。”他含糊地说。我写了同志两字，写得挺慢，总觉得不怎么漂亮，描了几下反而别扭。

回到车间，中尉哼哧呵哧抱着纸板箱从更衣室出来，“快来帮忙”。

“托住箱底。”中尉提醒我。可是，话音刚落，纸箱底“哗啦”一声脱了底，里面物什撒了一地。中尉拍手打巴掌，直呼坏事，蹲下身，赶紧拾掇。

“你真写的是同志？”他喃喃地问。

“主任说的。”我撒了个谎。

“主任说的？”中尉惊喜地望着我，眼泪无声地顺着脸上的皱纹淌下。他沉默了好一会，过后孩子一般笑着嚷着，手舞足蹈起来，看上去有点神经兮兮。

他把脏工装、烂鞋子、破袜子拾进纸板箱。

“扔了。”

“是的，是的。留着没有用。”

“退休就结婚，结束光棍生活，双喜临门。”

纸板箱放到电瓶叉车上，径直送到垃圾堆，全倒在垃圾里。我一溜烟开回车间。

不几天，厂门口的告示栏里贴出光荣退休的大红喜报，他火急火燎地跑去看，我猜想大概他想看到姓名后的同志两字。

中尉退休，厂部派了一辆面包车，车头车尾窗玻璃上不知谁贴上了红纸头剪的双喜，搞得像结婚一样。我自然送中尉到家。客堂间一片通明，水晶吊灯开亮了，照得红木家具通红，中尉备了糕点、糖果和雨前碧螺春，还撒了一圈好香烟。

胖主任津津有味地吸着，“中尉，什么时候才能吃到结婚喜糖？”

“独缺郭兰凤。”我插了一句。

中尉吐着烟圈，眯缝眼睛看它悠悠地升起……

（于1984年12月沪上曹村）

车技

初夏，夕阳迷人。

他青筋隆结的手扶着漆水斑驳的自行车，站在一号赛道上，脸上粗犷的皱纹透悉出平静。他在等待裁判员的哨声，前几项比赛，他输了，毕竟老啦。但一个坚强的人，善于把无数次的失败化作一团火，为最后的胜利燃烧。他报名参加了在百米赛道上比赛车技——赛慢，他明白自己的优势，自信会成功。

“三号位！三号位的骑手呢？”

一个小伙子推车而来：“刚打气去啦。”

哨声响起。

观众习惯运动场上的那套，一个劲儿嚷“加油”。小伙子挥挥手大喊：“错了——减油——减油！这可是赛慢。”

反应好快的小伙子，他颔首。在以前的比赛中，小伙子是老人强劲的对手，老人几次败在他手下。他没有怨恨，反而羡慕年轻人的英姿勃发，在他身上看到了自己年轻时的影子。

小伙子看到老人神情黯然，心里不是滋味。他敬佩老人的毅力，想看到老人脸上露出笑容。

小伙子的自行车“吱溜”窜出一米多。老人心里恼火，这是赛慢，想饶我？他反感别人的恩赐。

小伙子急中生智，利用惯性溜车。老人松了口气，心想自己的桂冠应该纯粹。他蹬半圈链条，溜车，刹住；蹬半圈，溜车……

“哗——”为什么观众喝起彩？原来，小伙子使出了绝技，自行车四平八稳停在赛道上。老人望着他拱起的背，在赤色背心里颤抖，运出的力道均衡地扩散到四肢，迫使自行车像冻住似的纹丝不动，背心被汗水浸湿缠在身上。

小伙子靠的是过人的力气，而老人更多的是凭借经验。赛前，他放掉车胎里的一些气。这样，车轮与赛道接触面大，摩擦力增加，他的绝招只有在轮胎气少的情况下才能取得效果。而高中生的小伙子似乎不懂这浅显的道理？可笑的在赛前打足气。老人的车子呈 S 形迂回前进，他的手轻松地带着车把，车子自如地在地面上打 S，缓慢前行。

小伙子的车又跑到他前面去了，老人嘴角抿出一丝不易被人察觉的笑意。

小伙子好像还不服气，又耍了几下绝活，车距终点一米，老人的车距零点五米。老人失望了，连赛慢也输！从今以后还能参加什么比赛？赛慢是老人的事，输了……

“哐当——”

是我摔倒，败了？观众哄笑我？不——老人否定了。小伙子的车剧烈跳弹后，身体被重重摔到地上。

他胜利了！

小伙子带着几分尴尬朝他走来，伸出手跟他握了一下。

“为你高兴。”

老人递上刚领到的奖品一条雪白的毛巾，“为什么临赛前打足气，就不晓得会输？”

小伙子没回答，狡黠地挤眼。

黛色的云层里，透射出艳丽夺目的夕阳，把一老一少的脸映得金黄，仿佛用金子铸成。

（作于 1984 年 7 月曹村观旭楼，原载《解放日报》1984 年 9 月 18 日）

献血记

1. 会开得沉闷，马主席拖沓着脏兮兮的布底松紧鞋，满脸堆笑地作揖，口称拜托。与会的人心里明白，这年头办这事难。刘查踌躇地回车间，一踏进门，心里不爽，没人围拢过来。平日里，全组十来号人一见他回来，便一窝蜂围来，他们心里明白，组长开会不是领补贴，就是拿福利，发些肥皂草纸什么的。今天不一样，开的是动员献血的会。此前，厂办来通知要他去参加，接电话的是“四喇叭”汪师傅，经她一喊，谁都晓得这档子事体。

刘查见大伙儿装聋作哑，抄起两片大铁皮，“铛铛”敲起来，震得虎口发麻，“开会喽——”

大伙儿稀稀拉拉凑到一块，个个脸上像刷了层浆糊。刘查心里清楚，讲大道理白搭，张嘴就来实惠的，“今年的待遇比往年高，营养补贴一百五十块，放一个礼拜的假。如果不想要补贴，可以再续一个礼拜，休息两个礼拜，半个月”。

果然，有了反响。“四喇叭”汪师傅匝嘴，“乖乖，按照计时加班费来算，一小时一毛，该加多少班？”她一五一十地掐指头。

有人打趣，“‘四喇叭’，你血再多往外流都没人要，过期了”。

汪师傅见说话的是余大甩子，抢白了一句，“你是时鲜货？一根蔫黄瓜”。

“蔫不蔫，侬试过？”

“一看就硬不起来。”众人哄笑。

周喜下里下作地说现开销。

“四喇叭”汪师傅：“要不找你老婆来。”

不够格的全被动员工起来，嚷着签字报名，不知是故意凑热闹，还是红眼那些补贴。够格的反而一声不响，刘查这组人马，五十岁以上的居多，加上几个慢性病、刚生过孩子的，剩下够格的就是他、杨小航和周喜几个。刘查去年献过一回，连假都没捞到休就来上班了，今年自然免除。他不是虚头八脑的人，既然不提倡连续，够格的轮着来，自己无需装腔作势。剩下的就是杨小航和周喜两人。周喜这会儿哑巴了，在一旁轧苗头，而在远处埋头干活的杨小航似乎没有听见。刘查心里想着周喜去，至于杨远航，他有些不忍，也就没硬要他过来开会。

不吱声的周喜，这时哼起小曲，拍拍刘查的肩膀说，“这事，别指望我。我可不去”。

“为啥？”

“三个字——不愿意。”

2. 刘查与周喜是生死之交，1974 年的冬天“知青户”揭不开锅，支书摘掉大皮帽露出寸头，不停地挠头皮。夏天庄稼遭遇蝗虫，秋天自然歉收，屯里余粮不多，匀些给“知青户”不成问题，可是二十几个生龙活虎的大小伙子，应付不了多少日子，难保不断顿。外调粮食，冰雪已封路。屯里的会计一拍大腿，“靠山吃山，靠水吃水，上岭子”。

“知青户”挑出五六个彪悍的小伙子，在狩猎队长带领下向大黑岭进发，里面就有刘查和周喜。这年，风雪特大，活了大半辈子的狩猎队长摇头说不曾见过。进入岭子不久，一阵大风夹着鹅毛大雪，人便晕头转向，小伙子们与狩猎队长失去联系，迷路了。

呼喊、挣扎……渐渐的他们连跺脚的气力都没了。刘查想了一个办法，“抱在一起，相互取暖”。

“能行吗？”周喜反问。身体裹在老羊皮统子里，能给对方多少热气？

“比独个缩着好。抱在一块不会觉得孤独，想到大家在一块。”

他拉过周喜，紧紧抱住，彼此呼出的热气，暖着各自的脸。到了大黑岭抹上一层红彩时，大伙儿连一丝热乎气都觉不出来。

醒后，从医护理人员嘴里知道，他俩抱得最紧。俩对视而笑。

回城后，各自顶替自家的母亲进了厂子，又分配在同个班组。周喜身体棒是出了名的，“知青户”门前有只石碾子，唯独他能搬起。进厂的头一年，他干活卖力气，生怕别人讲谁家的儿子顶替进厂做生活不卖力，坏了老妈的名声。后来，渐渐地玩起猫腻，出工不出活，还病假事假地混。说是当年搬石碾子烙下病根，一干重活就犯病。起先，刘查不晓得他葫芦里卖的是什么药，觉得他像变了一个人，经常挂嘴边的是过去看的电影里，那个反派角色鸠山讲的一句闲话。后来，听说他在刚开张的自由市场里与几个小兄弟合伙摆摊贩水产。刘查将信将疑。那天，怀着孕的老婆，馋猫似的念叨河鲫鱼塞肉，让他陪去买活鱼，来到一家摆有十几只大脚盆的摊位前，正巧撞见周喜，手里摆弄着时髦货电子计算器。见躲避不了，他便迎了上去。

“嗨，什么风把你吹到这里来了。”

“周喜，你摆鱼摊贩鱼？”

“帮朋友的忙。”周喜一笑，赶忙把计算器藏到身后，另一只手指指蹲在一旁留小胡子的青年，“帮忙的”。

小胡子抬头，用宁波口音说：“他是老板，我们几个是伙计。进货定价归他管，早上二三点钟就来了，都是好货。来晚了，抢不到。”

“不要听他乱话三千，我是来白相的。”

“不老实。脚踏两条船。”

“嘿嘿，穿帮了。兄弟，不要对厂里讲。厂里晓得要处分、开除。我也没办法，家里爷娘年纪大了，爷又没有老保，老婆没有工作，小人小，厂里发的钞票不够用呀。你一清二楚。”

“这个，我清爽。”

“不讲了。反正，我们兄弟心照不宣。你是来买鱼的？这几条不错，带回去烧汤，顶脱了。”他吩咐小胡子捞鱼。

“赚点外快，不能影响厂里的生活。我不讲，别人看到了也会讲，倒霉的还是你。”

“谢谢，兄弟。领情了。鱼，带回去弄给阿嫂吃。”周喜见小胡子在过秤，呵责，“不看山水，这是阿哥阿嫂，秤它做啥，收钞票？昏头了”。

刘查摆手：“不了。”

老婆瞪了他一眼。

“走，到别的摊头去转转。”刘查挽起妻子的胳膊走了。路上还听到周喜在骂小胡子是憨卵，不识人头，做不好生意。

老婆埋怨刘查，“做什么不收？”

“是付铜钿，还是白拿？”

晚上，周喜嘻皮笑脸地拎着两条鱼来到刘查的家里，叮嘱几句，放下鱼便跑。刘查追上他，把鱼掼在他面前，返身关上门。周喜在门外嚷嚷“不要讲给厂里听”。

刘查没有讲。但是，越看周喜这个患难兄弟越不顺眼，俩之间像隔一道布帘子……

3. 周喜抚摸胳膊上隆起的血管，畏葸地说：“这事体说是义务，其实有补贴。对困难的人来说，不算个小数目。你说呢？所以，找生活困难的，倒是两厢情愿。”

刘查没有搭理他。这话明摆着冲杨小航来的，他做的是杨小航的上道工序，经常拆烂污，激怒了杨小航，几次三番大打出手。杨小航不是他的对手，吃过些亏，还是不败不休，都由刘查拉开。车间工友帮着杨小航说话，说周喜不是东西，人品勿灵光。工友看见他不理不睬，落得孤家寡人一个。周喜脑子里转悠的念头寻找机会报复杨小航，他是记仇的人。刘查对他肚皮里几根肚肠清清爽爽。这时，他恼怒，“周喜，别仗着有几个铜钿看不起人。这次就你，甭想溜了”。

“组长，”周喜头一次这样称呼刘查，口气揶揄。“要我去？一不图钱，二不要名，什么也不图，总不能押我去吧？”

“四喇叭”汪师傅拉扯刘查的袖子，“放他一马，死缠烂打让他下不来台，以后麻烦事多了”。她劝说，反而让刘查生出逆反，眼睛瞪得老大有点凶。

“就是他去，我这个组长也不是吃素的。”刘查明白，周喜在外面摆鱼摊赚钞票的把柄还攥在自己手里。

“组长算什么东西，芝麻绿豆都不算，架势介大？”

余大甩子打圆场，“周喜，你想想看，人家杨小航拖着孩子，身体又不灵光。他要是倒下来，孩子怎办？”

“是啊，怪可怜的。”

“这是他的事体，与我不搭界。”

“一点同情心也没有，算人？”“四喇叭”汪师傅说。

“我不算人，你算？你这个老菜皮，睏在马路上没有人碰。”

“流氓。”

刘查站到周喜面前，小声说：“识相点，你的事体厂里晓得了要有麻烦的”。

周喜蔫了，不再吱声。

4. 一直埋头做生活的杨小航，抬头看了一眼刘查，又低头自顾自，好像他们讲的事体，与自己不搭界。他是一个身材矮小的人，脸上长着厚实的嘴唇皮，有点往外翻，圆脸配这张嘴，给人敦厚寡言的印象。他和刘查不一样，没有插队落户过，学校直接分配进工矿。大概是工作比较好，上门说亲的多，结婚就早，老婆是个小学老师。前些年，办好出国护照，飞赴大阪。离别时，对他说：等我在那里立稳脚跟，接你跟孩子一起过来。杨小航记牢老婆的闲话。起头的大半年，还有书信来往，后来杳无音讯，听说同一个日本老头子同居了。

他带着儿子旗旗过日脚。厂里实行超产奖励，他一进车间便开工做生活，八小时像机器似的不停，上厕所什么的也撒腿跑去。不少时候，周喜混病假事假，生活没人做，他便早班连着中班。连轴转损害了他的身体，几次晕厥在车间里。工友扶起他，他笑笑，接过递过来的白开水喝几口继续。去医务室检查，厂医老彭说低血糖无大碍，吃点糖就好了。谁都知道他要挣钱养孩子。周喜骂他戆大不开窍，只会挣死钞票，赚铜钿要去社会上，现在不同过去，条条大道通罗马，非在一条死弄堂里走到黑？更让周喜想不通的是，他不接受厂里发的补助。逢年过节，工会向困难职工发放补助，他一概拒绝。有一次，马主席亲自把铜钿送到他手里，他没好气地抢白，“我是来上班的，不是讨饭”。弄得马主席下不来台。

他相信自己有能力养活小人，等他长大成人了，不会有愧疚，可以骄傲地说，你是我养大的。他不想让背叛自己的女人，远在异国他乡嘲笑他无能。他想证明离开她，日子能过好，地球照样转。对于拒绝补助，任周喜怎么骂，众人如何劝说，他充耳不闻。

杨小航听到刘查的讲话，原本想着站出来报名。不为那补贴和休假。然而，谁会信他呢？他报名，厂子里的人会说他拿血换钱，说他的流言蜚语。自己的心意被曲解。不过，想起儿子的那次车祸，他还是忍不住说：“刘查，写我的名字吧。”

话一出口，果真如意料的一样。周喜神气活现，“结婚都讲个你情我愿，何况献血呢？他有血，你有钱；你想血，他想钱，周瑜打黄盖两厢情愿。看看，这事体不是成了”。

“四喇叭”汪师傅一巴掌拍在大腿上，“你这小子真不是东西。刘组长照顾你，同别人吵得面红耳赤，你当面拆刘组长的台。我看你是让钞票弄昏了头”。

余大甩子站了起来，“是啊，不为自己想，也该替孩子想想。你一个一碰就厥过去的病秧子，辜负刘组长一片好心。平时人家刘组长对你多好，你家里没人带孩，不是他七十多岁的老娘替你照应的？忘恩负义”。

“不识抬举。”

刘查对他好，杨小航心里明白，自己报名也是帮他解套。他想给工友解释，说说抢救儿子的事体，工友的吵嚷盖过了他。

“戆逼样子，开了窍。”

“小航，为钞票？”刘查铁青着脸问。

杨小航面露苦涩，“你怎么这样想呢？”

“我是还债啊！”

周喜得意地哼起流行歌曲，歌词被他全改了，“我心是颗铜钿心，我在娘胎里就打下了它的烙印……”他一甩手走了。

“快写吧。”杨小航催促。“说我为铜钿。就算这样，又哪能呢？私欲熏心？我有小人要养。”

周喜冲了回来，冒了一句，“哈哈，得了铜钿，又有了休假。两全其美”。

大伙儿叫他滚蛋。

周喜挥挥手里的病假单，厚着脸皮说：“不叫我滚，自己也要滚蛋。病假。彭医生，够朋友。”此前，他去医务室，厂医老彭又给他开了病假。

5. 周喜的活儿，自然由杨小航顶。干了不多会，脸色煞白，一阵小晕，靠在椅子里喘大气。他赶紧掏出一小包白砂糖倒进嘴巴，喝口水，过后用冷水搓脸孔，这一切刘查全都看在眼里。

名单上报上去时，刘查把杨小航的名字抹了，写上周喜。没几天，体检通知转到刘查手里，瞅一眼单子，便骂娘了。上面还是杨小航。

刘查气冲冲地跑到厂工会，找马主席。

“杨小航加班犯病了，你知道吗？”

“我哪里能知道？”

“他的情况，我报告过。”

马主席摊摊手，“你们小组就你们仨够格，你不考虑了，实际就是杨小航和周喜俩”。

“应该是周喜，平时吊儿郎当。”

“这不带惩罚性。自愿。周喜来了两三趟，说身体这不行那不行，拿出一大叠病假单，也不是什么大病，一句话就是不想，我们不能强迫。”

“我知道他没有病，装的。”刘查想说，他在外面贩鱼的事，话到嘴边，成了“你们派人去调查，是真病还是有其他的猫腻”。

“也不能说一点病没有，小毛小病总归有吧。否则，彭医生能开病假单？”

“他的病假，都是彭医生开的，值得怀疑。”

“怀疑什么呢，给彭医生送过鱼？”显然，马主席晓得周喜开鱼摊做买卖。“周喜不愿意，杨小航愿意，何乐不为？何况，杨小航需要钞票，也要休息。”

马主席摊了牌，还能说什么呢？刘查隐隐约约觉得周喜给马主席送过活鱼。否则，不会如此袒护。唉，回城后他判若两人，变得越发不好认了，他心里不是滋味。

6. 刘查出了厂门，看见杨小航蹲着身子，同一个板刷头的小男孩说话。刘查认得是旗旗。他手里的棒冰融化，粘汁顺着胳膊往下滴。

“爸爸，您吃。”

“给你吃早饭的钱，你买棒冰？”

“不是的。吃过早饭，没喝豆浆。省下三分钱。刚才有卖棒冰，买了根断棒冰。留给你吃。”孩子把棒冰送到杨小航嘴边。他抱住孩子，轻轻咬下一小口，他眼前一片漆黑，紧接着闪烁着电焊一般溅出的火花，意识到自己要晕倒。

“爸爸——”孩子惊叫起来。“爸爸，我以后再不买棒冰了。”好像这一切是他的错。

刘查把自行车倚靠在墙边，扶住杨小航。

一大帮子下班经过的工友围上了来，嚷着喊着送医务室。周喜夹在人群里看热闹，踮起脚，伸长脖往里瞅。

“喂，周喜，帮个忙，抬他去医务所。”周喜一缩脖不见了。他不愿花这个力气。

“我来。”人群中发出声音。

杨小航苍白无血色的嘴唇微微启动：“没事，过一会儿会好。”他阻止人们。门房的驼背老头拖来一把椅子，倒来一杯水。刘查把棒冰泡在水杯里，让杨小航喝下。

工友渐渐散了。

“爸爸，好了？”小男孩搂着父亲的脖子惊喜地问。杨小航凄惨一笑，

“好了。旗旗，如果爸爸躺倒不起来了，你会照顾好自己？”

“爸爸，我就躺在你身边，也不起来。永远不起来。”

刘查情不自禁伸手去摩挲孩子的头顶心，“不会那么惨”。

“我想也不会。”

“小航，别去献血了。你真希望悲剧发生在孩子身上？我怀疑你的动机。为钱，不是你的性格。”

“我说不为钱，谁会信？”

“真的不为钱？”

“我欠的，要还啊！”

旗旗依在父亲的怀里，“爸爸的心思我晓得”。他张嘴说话，露出几枚细牙，孩子在换牙。

“刘查，你晓得旗旗车祸的事。那些抢着输血的人连姓名都没有留啊。”杨小航哽咽。

那是他老婆赴东洋半年后的事体，旗旗在弄堂里玩皮球，正在兴头上。一群放学回来的大孩子，抢过皮球耍了起来。旗旗站在一边呆愣地看着他们兴高采烈，没有哭嚎，他知道哭喊帮不了他。妈妈走了，爸爸去厂子上班，自己争抢不回来。人小体弱，无济于事。等他们玩腻了，会还回来。到了傍晚，大孩子还了球。不过，那个虎头虎脑的大孩子飞起一脚把球踢出弄堂，“还给你，滚吧”。旗旗撒腿去追皮球，这是妈妈不久前寄给他的礼物。球飞出弄堂，滚向马路，一辆面包车疾驰而来，柏油路上留下两道深深的印子。孩子被送进临近的纱厂医院。医生从急救室出来，对围观的人群说：“孩子失血过多，急需输血。是A型。”

没等医生说完，人群里有的撸起袖子，有的自报血型。等杨小航从厂里赶来，孩子已经躺在了特护病床上。护士告诉他：“小人大腿骨折，肝脏表浅性损伤有裂口。医院血库A型不够，就地动员群众，有的医生都献了。”

他看着依旧昏迷的孩子，眼眶湿润，落下眼泪。

“孩子的腿接上了，伤口缝合，输血可以帮助他恢复。”

“那些献血的人，留名字了吗？”

“他们不肯。”

“医生呢？”

“要求保密。”

他鼻子一酸，哭了起来。“我欠的太多，怎么还？”

刘查听他说过车祸的事情，至于如何抢救，输血的情况，听过也就忘记了。现在他这么一说，明白了。他老虎钳般的手，死死抓住杨小航的双肩。“小航，我懂了。”

“不懂。还以为我为了钱。”

“可是，要爱惜自己，不能蛮干。”他转向孩子，“旗旗，你不愿意爸爸躺倒起不来吧？”

“爸爸，旗旗不能没有你。”他哭了，哭声揪心。蓦然，刘查脑海冒出一个念头，莫非……是啊，这不是迎刃而解了吗？

“旗旗，别听他的。爸爸挺好的。”

“刚才还不好来着。”

“旗旗，我们回家吧！”

孩子像大人一样握了一下刘查的手。他目送父子俩远去。

7. 日班一上班，是厂医务室繁忙的辰光，加上献血的人体检，医务室拥挤。透过密集的人头，刘查无意瞥见了周喜。他没换工作服，碎花浅色的衬衣，米色笔挺的西裤，一双白皮鞋，有点小开的味道。他找到门诊卡，挤过人群，等彭医生忙好手里的活。他看到刘查，有些诧异：“你病了，开病假？”

刘查没有搭理。

“听说你老婆快要生小人了，开点病假回家陪她。”

“看来又病了，非病假不可。你是来混病假的吧。”

“不假。晌午去码头接货，搭档小胡子从舟山发来一批大黄鱼。真是好赚头，国营菜场脱销好多日脚。所以，来找彭医生。”

“发大财，还白相小儿科。”

“混着再讲。”

“弄到后来，不要两头不实杠。”

“我心里有数。告诉你，混病假的秘诀。”

“去去去。”刘查讨厌。

这时，轮到刘查。他撸起袖子，露出肌肉鼓鼓的臂膀。女医生把绿色的布头缠在他胳膊上，开始量血压。周喜冷眼旁观，心想他一路蹬脚踏车上班血压能不高？何况他一进车间就咕咴喝一大搪瓷缸的冷开水。过去，他也用这样的方法来蒙骗病假，后来与彭医生混熟了，也就不需要这般做了。好啊。只要刘查病假一到手，就当着医生的面，不——当着医务所所有人的面，揭开他的真面目，搞得他里外不是人。医务室是什么地方，它是全厂小道消息传播的中枢。这一揭，刘查丑名远扬。为献血的事，周喜心里窝着的气正好出尽。他眼珠一动不动直盯着刘查。

奇怪，混病假怎么还要称体重？刘查跨上磅秤。指针乱跳了一会儿，才稳定下来。手持记录卡的女医生，想仔细看指针显示出的体重。但是她没能如愿。

杨小航气喘吁吁地冲过来，“刘查，你不能……”

女医生抬起头，不满地问：“出事吗？”

“医生——”杨航远结巴。

刘查拦住他，“医生继续吧”。

杨航远脚踩秤台，指针乱跳。

医生恼了。

“你再捣乱，哄你出去。”

“医生，他不能献了。这名额是我的，他为了照顾我，替了我。”杨小航喉结上下滚动，竟没能再说下去。女医生下意识地捋头发，其实，她的头发全塞进了白帽子，一丝也没露在外面。

“这，怎么办？”

彭医生埋头写着病历卡，嗡声嗡气地说打电话给马主席，让他过来解决问题。

女医生说：“只能这么招。”

“他来也没招。就这么了。”

彭医生说：“领导有高招。”

人们的注意力集中在杨小航身上，没有谁在意周喜。他反剪着双手，腿上像绑着石膏，迈着沉重的步伐走出人群。自从顶替进厂做工，他心里还是破天荒头一趟掀起波澜，交织着惊异、愧疚和自责……

曾经一起患难的哥儿们，回城后生出许多猜疑和不信任，是自己变了？周喜回城后，看到当年假装毛病没去插队落户的人，活得蛮潇洒，心里不免有些失落。他常常把电影里看到的“人不为己，天诛地灭”挂在嘴边。这话大家批判，可又有多少人不效法呢？论别人头头是道，自己骨子里又是啥玩意？他怀疑刘查也信这句话，可又没有看出他与自己一样。他猜不透刘查，也不愿意往深里想。在厂里赚不来多少钱，就动脑筋向外寻赚钱。有钱能过好日子，他信这一点。以自己为中心，画一个圆圈，那半径就是己得利益。可怜啊，心中只有自我的人，天地真渺小。

马主席来时，还是拖着布底鞋，笑模悠悠一手搭在杨小航肩头，一手握着刘查，左右看看，“这事难办”。

“不难呀，就是我。”

“刘查，别犟了。”

“你也别争。”

马主席摸着脑袋，“我看你们抓阄吧，抓到谁就是谁”。

在一旁，目睹了这一切的周喜似乎被刘查的举动唤起了心中泯灭的东西，轻声说，“算上我一个”。

时隔不久，周喜向厂里打了辞职报告。他老妈来厂里闹腾，说不能辞，被周喜的爹拉了回去。这时，他一个月就能赚万把块，家里的吃喝全靠着他，厂里给的抵不住花销。周喜想，脚踏两只船不行，对刘查、杨小航和工友们都不公平。

去献血的刘查，得了一百五十块悉数给了杨小航。居然，他一声不吭地收下了。这下激起了工支的愤慨，“四喇叭”汪师傅干脆骂他是贪财乌龟。不过，没几天又有人在传，杨小航把一枚祖传的金锁片送给了刘查刚满月的女儿，锁片上铸有四个篆体的字：情同手足。

吃满月酒时，周喜也邀去了，说准备在乍浦路上开爿大饭店。不久，刘查上调到厂工会，要接马主席的班，先锻练起来。杨小航还在车间里，听说他老婆，带着一大笔钞票回来了，说要与他离婚。

（作于 1984 年 8 月曹村观旭楼）

老默

1. 没有一台车床发出刺耳挠心的声响，车间停了工。工友全聚到中央大道上，有的站着，有的蹲着，有的坐在工件上。他们裹着油渍麻花的工装，激昂议论着什么。那个有着一张干枣脸的老于头，佝偻着身子，冲着脑袋，手里攥着纸片，胳膊乱舞地嚷嚷：“我不买，一个子儿也不买。五几年那阵子我买过，日子不宽裕，可没要人费嘴皮，心甘情愿地买了。今天呢？呵，我一个子儿也不买。”

“我也不买。”邱大肚慢声慢气地说：“叫他资本家买好啦，让万振隆买，何必摊上咱们？”

“对，不买。”

“我们没政策落实——补发定息。”

“找资本家吧。慷慨哟，一补发几万，几十万。”

人群中，一个五十五六岁的男人，臂膀撑在小平车高高的车把上，手托着下巴壳，两眼勾直地望着前面。他的姿式以及被皱纹包围的眼睛，告诉人们他在沉思。

他是这个车间的保全工秦启运。不过，知道他真姓实名的人并不多，如果你来找他，向门房间通报秦启运三个字，门房一定会抓耳挠腮，没这人呀。如果你说找老默，门房一定拍大腿：噢，老默嘛。老默，也有喊成

“老莫”的，不管是“老默”，还是“老莫”。反正，是不好言语的意思。

“啊，我怎么不知道开会呢？”顺着话语声寻去，一个精瘦的男人从外面走来。乍一看，估摸不出他的年纪。如果实说他五十八岁，一定让人惊讶，看上去顶多四十大几。他一身着装显得格外刺眼，根本不像干活的人，加上油亮的分头，苍蝇停上去都会滑落。他眼角下弯，脸上始终挂着煞是好看的笑容。细品这笑，掺杂着不易让人察觉的媚意。

他就是一下子补进六万的万振隆。六万，这群人中有谁瞄过一眼？他可是一古脑揽进了腰包。

瞬间，爆豆似的人群哑巴了，就像有人把火膛里的干柴撤了，火头熄脱。

万振隆家私六万，理当财大气粗，可脸上抹不掉低三下四的媚气。这是浩劫的年份里留下的后遗症，一朝被蛇咬十年怕井绳。那时，万振隆吃尽苦头，差一点去舔造反派吐在地上的浓痰。他没有那种宁为玉碎不为瓦全的气节，唯一的希望就是活下去。

“哪儿开什么会哟，只是随便聊聊。”邱大肚拉开厚嘴唇，巴结地回答万振隆的问话。邱大肚这号人，人前恭维奉承，捧着你赞着你；背底里能指名道姓地把你骂得一文不值。打从万振隆补进六万后，在他的小细眯眼里，万振隆不是人，而是钞票的化身。

有人插了一句：“你补进六万，我们可要买国债了。”

老默唬着脸，胳膊在空中一挥，鼻音很重地喊：“哪儿与哪儿的事，胡咧咧。都散了吧！”他不愿大家伙当着万振隆的面发牢骚，说怪里怪气的话。

人们三三两两散去。

“我找你半天了。”万振隆笑着跑到老默跟前。

“啥啦？”老默冷冰冰地问。

“你帮我去查查，空压机不知怎的不出气。”

“八成是管子堵了。”老默凭经验说。

两人一前一后向空压机房走去。万振隆边走边喋喋不休，“这老爷货，还是公私合营时的，跟我四小子的年龄一般大”。

可以说，老默与万振隆打了半辈子的交道。他进万振隆老子开的卷烟厂做工还是在年轻的时候，那年月，工人一天干十二小时的活，钉在机器旁忙得连放屁的工夫都没有。一天，老默肚子饿得前胸贴后背，没敢停车熄火吃饭，赶紧从机器后面抽出饭盒，扒拉几口填肚皮。

偏巧被巡视的万振隆撞见，他一不说二不骂，从机槽里抓起一把烟丝扔在老默的饭盒里，“给我吃了。”老默怒不可遏，提拳朝万振隆逼去。万振隆心里发毛，声音提高八度叱喝：“你要逞强打人，你敢！”

万振隆这一嚷，招来了凶神恶煞的保镖，一拥而上，反掷住老默的胳膊。

“少爷，用鞭子吗？”

“不，只要他把这吃了，就饶了他。”万振隆转过脸，冲老默“丝丝”地奸笑，“砸了饭碗，看你拿啥来养你瘫在床上的老娘？”

老默扬头，不假思索地把混杂着大把烟丝的米饭咽下肚。

这什么滋味？

……

疾风骤雨似的浩劫，让万振隆吃足苦头，抄家、游街、戴高帽、坐喷气式，诸如此类的滋味全尝遍了。

这天，大会场里黑压压挤满了手持“红宝书”的工友。主席台上，工友轮个控诉资本家的孝子贤孙万振隆。他由两个臂缠红袖章的造反队员押着，簌簌发抖地站在台上接受批判。

轮到老默时，他讲的正是那段吞烟丝的往事。台下一片唏嘘声，不知是谁带头举起“红宝书”高呼：“千万不要忘记阶级斗争！”“打倒反动资本家万振隆！”

忽然有人利索地窜到主席台上,“噗”地在万振隆的前面吐了一口老痰。

“万振隆舔掉！”

“对，要他吃了！”

“吃了。”

全场骚动，人们义愤填膺，纷纷赞成。

造反队员绞着万振隆的双臂。

“趴下，舔！”

“敌人不投降就叫他灭亡！”

两个造反队员同时用膝盖顶撞万振隆的大腿和臀部，嘴里嚷着：“趴下，舔不舔？”

万振隆身子往下沉，匍匐在地板上，伸长脖子，汗珠密集地从他那痛苦、哀怜、无奈的脸上沁出……

老默脑袋“轰”地一下炸开了。他是被造反派动员上台的，根本没想到会出现这样的场面。他想：今天讲这事，只是为了不忘过去的苦，不是为了报复，冤冤相报何是头？假使万振隆吃了，他会比万振隆更恶心。何况，事情已过去许多年，万振隆早已不再是资本家，也就是厂里一个看空压机房的工友，何必相逼呢？此刻，他不能缄言静观。

“不——”老默从讲台后直奔到万振隆的跟前。“不要吃，谁要你吃的，还是人吗？”老秦说着用鞋底擦去地板上的浓痰。

会场上炸了锅。

有人爬上椅子,冲站在主席台上的老默叫嚷,“你忘了阶级本,是个叛徒。死有余辜”。

“打倒叛徒！”

“老默罪该万死！”

口号喊得震天响，门窗直嗡嗡。众目睽睽之下，老默站着犯傻。

从这以后，老默就跟“牛鬼蛇神”为伍，被关进了牛棚，成了专政对象。为这事，万振隆大为感激，“老默敢冒天下之大韪，使我摆脱了被侮辱的境地，自己却受苦，一个好人啊。”万振隆想到这里就悔恨，当初不该逼迫他吃烟丝。

老默对万振隆的感情一向复杂，仿佛隔着窗户纸的两个人，朦朦胧胧。

这时，老默从空压机后面抬起身子，脸上手上尽是乌黑的油迹。他从万振隆手里接过一团回丝，擦着扳手。

“可以使了吧？”万振隆急不可耐地问。老默稍稍点头，“嗯，混过了今天，熬不过去明天，还得拾掇”。

2. 初夏的傍晚，轻风柔软地摇曳着宽大的梧桐树叶，大概是背着晚霞，本是嫩绿的树叶成了深褐色的剪影。老默无暇顾及这景致，甚至有些厌恶那妖艳的金辉，刺激他的眼睛出了泪。他反剪着手，低垂脑袋，迈着沉重的步子往家走。

从厂子到家，他向来徒步，距离不算远，靠“十一路”走回去要花三十多分钟。万振隆曾几次对他说，买一辆旧脚踏车，六七十块够了。老默动心。他觉得自己老了，八小时上班后疲劳得要命，即使溷把浴也解不了乏。如果骑脚踏车，仅花八九分钟到家，在板凳上稍作休息，人适意许多。钱，钱呢？老伴久病，前些年过世，折腾完家底又拉下一屁股债。之后，大儿子结婚，缠着老默拿出五百块。他身边还有读中学的小儿子和马上要高考的二儿子。在铜钿上，他真有点喘不过气来。他从去年起就死扣自己七元钱的伙食费，食堂里几个服务员摸透他的心思，只是拣便宜的蔬菜给他就是，一角钱一份红烧肉皮，四分钱四两光面，他三口两口就吃光。无怪乎邱大肚遇上他吃面总取笑他说：老哥，你真行，有摧枯拉朽之势。

老默吃饭时总是独个躲着坐，不与车间的工友在一张饭桌上。他怕人问：老默吃啥？他是这群人中的高薪者，七级保全工。

为了买车，老默死扣自己的伙食费。现在，他的存折上已有五十三元五角三分。这是银行的一张活期存折，利息少得可怜，但灵活，什么时候有钱什么时候存，多多少少无妨，一元也可。

五十三元，对老默来说已经是一笔不小的款子。前天邱大肚对他热心地说："邻居家有一辆八成新的'永久'车，愿以七十元脱手，你想去看看货吗？"

老默沉吟了半晌，"等钱凑齐了再说"。

"人家急于脱手，我看十六号发工钱，你抽空去看一下。过了这店没那站，算便宜的。"

"嗯。"老默当时答应下来了。而现在，要买国库券，虽然强调量力而行，实事求是。但他情况特殊，一举一动关系到整个车间，入党二十五年，这样的事哪一趟不是走在头里？这一次能犹豫？

走出厂门，他经过一段热闹的商业区。琳琅满目的橱窗，接踵摩肩的人流。老默感到头痛，橱窗太富于魅力，人群碍他走道。

"嘀铃铃——"一阵清脆急促的自行车铃声，在老默身后响起。

"哟嗨，老默。"

万振隆推着一辆崭新的凤凰牌车，车把上挂着网兜，兜里满是麦乳精和杂七杂八的罐头。车后架上，坐着一小男孩，估摸五六岁的样子，养得白白胖胖。小孩手里拿着桃酥饼，吃法儿也独特，先咬四周，中间有粒大瓜子仁，留着最后享用。

万振隆一手扶车把，一手拍拍小孩的脑袋。"星星，快叫爷爷。"

小孩眨着大眼睛，奶声奶气地唤了一声，万振隆爱昵地摸着小孩迅速低下的头。

"这孩子，害羞。回家吗？"

“是啦。你孙子蛮漂亮么。这是老几的小孩？”老默问。

“老二，老二家的儿子。”万振隆眯起眼回答。

万振隆有五个孩子，头里俩已成了家，最小的一个同老默的二儿子在一个班上上学。他补发六万后，分别给每个孩子在银行里开户头，存入五千元。家里添了空调机在内的全套电器，似乎尽量拿这笔钱早点用脱。

对于智力投资，万振隆简直不顾血本。不说别的，单为小儿子聘请家庭教师，五块钱两个钟头，还要搭上好烟、高级茶点。

“你那孩子复习得怎样？听我小儿子说，上次区里模拟考，物理考得不怎么样。”

“噢，只有六十来分。”

“我那儿子也不怎的。我给他请了个物理老师。经他手教的，高考全在八十分以上。你叫你儿子来听听嘛，这有什么？我同我儿子说了，要他邀你儿子一起来。可你儿子不知啥不肯来，你叮嘱他。”

老默不作声，是他要儿子甭同万振隆的儿子多掺合。穷也要讲个骨气，别让人觉得在巴结谁。儿子挺懂事，理解父亲，与万振隆小儿子交往，不卑不亢，自己默默发奋。

老默打着哈哈，答非所问地搪塞。其实，此时此刻他真想让儿子去万振隆家补课。为着儿子的前程，也为着万振隆真诚的邀请。“不——”老默否定了心里这一想法，“你呀，也认怂了？”

万振隆见老默敷衍着他，有点扫兴，打招呼说我先走一步。跨上自行车，他消失在人流里。

老默眼前又晃荡着自己那张存有五十三元五角三分的存折，它像自行车的轮盘，也像电扇的风叶，在眼前旋转。

人流挟带他来到储蓄所门口，恍恍惚惚地走了进去。强烈的灯光，与高悬的金字互相反射，刺得他睁不开眼睛。这是哪儿？高高的柜台，小方桌，长条椅。啊？取吧，全取出来。

他痴痴呆呆地在柜台前徘徊，惹起坐在柜台里的营业员起疑心。那姑娘用一双凤眼警惕地盯着老默：瞧，这老头是干啥的？

老默的嘴角里渗出一丝少有的笑意。他计划着，把钱统统取出，上食品店买一听麦乳精。要大罐的，大罐实惠。对，就买七块一听的上海麦乳精吧。儿子马上要高考，每天复习到深更半夜，给儿子营养营养，别累垮了身子。余下的全买国库券。只有这样啦，为着国家，也为子孙后代！想到这里，老默心里得到了慰藉。

那双警惕的凤眼问他："同志，你是来……"

"嗯。"老默自己也觉得好笑，怎么呆愣在这里？"取钱。"

"填了取款单吗？"

"没。"

"那儿，抽张红的取款单，填好了，再给我。"解除疑虑的女营业员仔细地向他说明。

"噢——"

老默不熟练地在取款栏里，填上了大写的伍拾叁元，又填好了姓名，填写帐号时，他翻了白眼。这才想到取款还要有存折。他翻遍口袋，白费劲。呀，那存折还在五斗橱里锁着。

"我说，同志。"他不好意思地回到柜台前，抱歉地苦笑着。"存折没带在身上。老了，犯糊涂。明天带上，下了班来取。"

"没关系。明天再来吧。" 姑娘通情达理地回答。

"是的，是的。"

姑娘冲着老默的背影，莞尔一笑。 这老头真有趣，居然把存折放在家里跑来取钱。

……

3. 空压机像发了疯的怪兽，浑身筛糠似地发抖，发出怪叫，烫得让人不能近身。

“不好，要炸！”万振隆觉察到，整个神经比空压机还要失常，跳出机房，一边发疯地呼嚎：“不得了啦！空压机要炸了，快跑呀——”

老默不慌不忙地抬起埋在机器里的脑袋，心里狠狠地骂了一句：“混账。”紧接着，只听见他大喝一声：“切断电源！”这声音像在命令别人，更像是在命令自己，没等“源”字的音发完，身子“嗖”地朝机房门口的电闸奔去。

丧魂落魄的万振隆被他的吼叫惊醒，回转身子跑向电匣。难以想象，就在这千钧一发的当口，他俩竟撞在了一起。万振隆一个大马趴摔在地上，老默踉跄着……

“轰，轰——”连续的爆炸声中，黑烟翻滚，火苗直蹿。人们从四面八方，扛着梯子，抱着灭火机，呼喊叫嚷，奔向出事地点。

干瘪的老于头拉着瘦腿跑在人群的前头，他掐指一算，老默一定在空压机房里。

邱大肚正在旁边的厕所里，听到爆炸声，提着裤子没命地朝出事地点跑，大喊问：“老默在哪块？”

整个厂子的电门被拉掉，黑烟渐渐地消尽，未烬的星火忽明忽灭。

支记满脸汗灰油泥，裤腿不知啥时被撕烂。起先是指挥救火，后又带头挖埋在瓦砾堆里的人，身上有一股不顾一切的味道。

这会儿，他深一脚浅一脚地朝外走来，身后跟着一副担架，上面躺着血肉模糊的老默，他关照抬担架的人，“当心抬，轻点，别碰到”。医务室的厂医已守在一旁，伤口很快被白纱布缠上。额头上的纱布遮去了老默大半张脸，血还丝丝地往外渗。

支书轻声问厂医，“叫了救命车伐？”厂医讲打过电话了。

老于头冲上前来，一把抱住老默的腿，呜咽起来。

“老哥——”邱大肚蹲在老默身旁，一改平日玩世不恭的腔调，异常激动，“你可不能撒手走了呀！”

这可把万振隆急煞了，他“咕咚”朝老默跪下，像小孩一样捂脸抽泣。“我的兄弟呀，你这可全为了我呀。我对不住你。”

爆炸的瞬间，老默整个身子压在万振隆的身上，万振隆像罩上防护罩一样，被挖出后，只是擦破点皮。

“老默呀——”

“兄弟呀——”

人们把医务室围得水泄不通，目光通过门窗落在老默那枯树皮似的嘴唇上，注视着它的抽动。

“你醒了？”啊——是谁在叫唤？别这样性急，让我喘过一口气，我会醒来。是的，他会醒来。在他贴胸的口袋里揣着一张存折，他还有一桩要紧的事没做，他要去做。焦裂的嘴唇在抽搐。

支书伏在老默的耳边，“你想说什么，说吧”。

他使出气力，断断续续地说：“口袋……国库券……券……”

支书解开他口袋上的钮扣，掏出的是一张粉红色的活期存折，存栏里有三元、二元、一元的。支书的手发抖，抓不住仅几页纸片的存折，眼眶发酸，噙满泪花。存折很快在人群中传阅。

老于头大喊：“我买，老默！你放心，国库券，我买的，同五几年那阵儿一样，我买！”他竭力不让自己的泪水掉出眼眶。

万振隆猛地抓住支书的臂肘，话到嘴边不知啥又咽了回去。他有点鄙视自己。唉！他咬咬牙，狠下心。“我买，我买一万。”这当儿，他感到自己有了底气，不再低声下气。他抬起头，提高嗓门：“大家伙免了罢，我包了。”

“老万，你也作贡献了。”支书摇晃万振隆的膀子，趁人不注意，又低声对万振隆说：“买多少，你再考虑考虑，不要太冲动。”

“我买一万，我替大家伙包了。”万振隆重复一遍。

“老万，你包不了。路归路、桥归桥。”老于头嚷了起来。

邱大肚插了一句：“你替得了我们的钞票，替得了心吗？”

“对，对，替不了。告诉老默，我们大家都买！”

这时，救命车响着人们熟悉的声音，开来了……

（作于1983年5月沪上大自鸣钟，原载《小说界》1984年1月刊）

瑞根的儿子是志远

1. 瑞根佝偻背，掮着麻袋，直奔小商品市场。麻袋里全是他走大街穿小巷吆喝来的旧货，皮鞋、胶鞋之类，经一番整修翻新，加一点铜钿买脱。

从英华里到陕西北路，路程不长，跑起来刻把钟，轧电车不便当。“十一路”来回，还省铜钿，赛过上公园锻炼。

瑞根醒得早，五点钟不到起床，六点过后出门，到市场占一个好档口。他自觉福气不好，只能靠勤劳。如果，当初不是主动辞职，现在可以拿老保了。闲在家里，跟老太婆弄点吃吃，打打拳，白相相，夜到趁风凉嘎讪胡。他没有这福份，怨谁呢？

瑞根年轻的辰光在大自鸣钟一带收旧货，贩卖到浜北的潭子湾，饱不煞饿不煞，日子自由，铜钿活络。后来，他被收编进了纺机厂做门卫，上班不像收旧货，八小时钉杀脱，一个月下来二十几只老洋。过了没有几年，厂里发不出薪水，要减员裁人。他向厂里辞职重操旧业。于是，又收起了旧货，一做二十年。到了六十岁没地方办退休，只能穿街走弄地收旧货，在闹猛的地方摆摊头。一个半月前，市场开业，动员待业青年、小商小贩到市场里设摊做生意，他就去了。想想当年的辞职，没有后悔药。别人享福，他不眼红是假的，想到各人头上一爿天，各人自有各人福的老话，心里也就平衡了。

其实，瑞根福气蛮可以，笃定回家坐吃。三拳打不出个闷屁的儿子志远，赶上插队落户，一去十年，没少向家里要钱，隔三差五回一趟，说是探亲，实质“扫荡”，揩台布一样把他攒的“跑腿钱”拿去了。那会儿口袋空空，有点小铜钿被老太婆搜得刷勒水清。返城后，儿子顶替老太婆到国棉六厂做保全工，屋里头宽裕了不少。儿子要他回家“吃儿子的”。瑞根不这么想，指着他的脑瓜说：你有几个铜钿，让我享福？志远回答，看你一天一天背着麻袋出门心痛。他说：惯了，不碍。还可以摸两钿。志远说：毕竟六十出头。他说：你不能陪老子过一辈子。你不想抱儿子，我就不想领孙子啦？瑞根不眼红别人享清福，可是看见别人抱孙子眼热，要帮儿子成家立业。结婚谈何容易，大小伙子没钱甭想抱媳妇。何况，他想得更深一筹，儿子对自己好，将来儿媳妇就不一定了，现在哪个儿子不听媳妇的？自己没老保，儿媳妇肯定嫌弃是累赘。说到底趁自己手脚活络，多攒一些铜钿，手里有米心里不慌。

2. 这辰光市场没啥人，偶尔有人路过，无心买物什。瑞根挑了一个摊位，卸下肩上的麻袋，不时轻轻捶腰眼。扫拢起地上的瓜皮果削，铺开一张大油布，放上一双双锃亮的皮鞋，嘴里不住数叨，时不时用手抹去鞋面上的尘垢。随后摆的是胶鞋、布鞋和劳防鞋。临了，他从麻袋底下抽出一张小折凳，安稳地坐下，两手抱住膝盖头。

听儿子说有了女朋友，叫他带回家看看，说辰光没到。怎么样的姑娘？兴许善良贤惠，兴许刁钻泼辣。管不了，好也好坏也好，只要儿子欢喜便好。自己袋袋有点铜钿，心里笃定。瑞根脑海里想出个大胖孙子，藕段般肥嫩的手不住扯他的胡子，他欢喜。

一只手抓住他的肩胛。

“瑞根——早呀，就数你顶卖力。”鸭舌帽竖起大拇指，在他面前晃一晃。

“昨天你末脚一个收摊，赚了不少？”

鸭舌帽闪着小眯缝眼，乐呵呵地说：“不多，弄点小钞票痒痒手。”

“近来，你生意邪气好。”

“货色好，生意多。都是小铜钿。”

“客气了。啥人不晓得你是市场里的大户，要么不开张，开张吃三年。何况你是一天开几张。”

鸭舌帽做古董杂件生意，带进带出的物什不多，铺铺一大片，价值要翻瑞根的好几个跟头，一件玉玦就上百块，说是古遗址出土的，啥人也不晓得真假。倒是晚清民国的骨扇、烟壶、首饰、银洋钿、大头、邮票，转手率蛮高，流水多。鸭舌帽老早就跟瑞根讲，改行做古董。瑞根没有响应。鸭舌帽讲，你的生意做不长，利也小。瑞根不这样想，做老本行踏实，能做几年算几年，等志远成家，手里有些节蓄，也就收手了。

“个体户，吃了今天不知明天，还得防老。”鸭舌帽捅捅帽檐，屁股一扭一使劲，把物什卸下脚踏车。“你弄了几钿？”

“香烟钿。”

“白相我。你不露山水，本小利厚。”鸭舌帽没有开箱摆摊，对瑞根讲：“阿哥，物什你照看一下，我到对过饮食店买早饭。”

说到早饭，瑞根肚皮咕咕响有点饿。今朝老太婆睏煞觉，没有像平常一样弄早饭，让他吃好上路。看看老太婆睏熟，没忍心叫醒她，心想路过四如春，吃碗排骨面。经过时，他有点不舍得，又怕去市场晚了，占不到好位置。

“给我带一副大饼油条。”他拉开皮已磨损的腰包，摸出一只五分一只二分的硬角子递给鸭舌帽。

“算啦，我请。”

瑞根谢绝。市场里人人在钱上算得一清二楚。

3. 市场热闹起来，大红大绿的布幌吊得老高，风中晃荡，闹哄哄的人流似池子里的窜条鱼一会儿朝这里一会儿往那里不停息；小贩扯着嗓子吆喝高一声低一句，喊得让人心惊肉跳，倒是电喇叭放出的大降价，絮絮叨叨，有气无力，好像是生了毛病。

见人经过，瑞根笑容可掬，逗留的没几个。鸭舌帽不一样，一不堆笑二不招揽，你走你的，我卖我的。翘着二郎腿晃荡，活脱是姜太公。就这般，他的摊头还是被人围得水泄不通。自然，看西洋镜的人多，摸袋袋的人少。这时，有人蹲下讲，这只翡翠手镯跟老早被抄家抄去的一模一样，问鸭舌帽几钿。鸭舌帽报了价，问的人吐了吐舌头。

“你想几钿。”

“讲不出。”

“讲。心理价位，说个数。”

那人讲了。鸭舌帽说，“少了。这是你家里的老物什，看见不买，等一歇让别人买去了，后悔来不及”。

“道理是对的。”

“拨你一个塞根价，要就拿回去。”

瑞根没有开张。不远处走来了几个戴红袖箍的人，没等走近，他从腰包里拿出钞票，攥在手心里。

“老板，管理费。”

“嘿，嘿——货不多。”瑞根陪着笑凑上去，红袖箍撕给他凭证。他生怕落脱，小心地放进腰包。记得有一天傍晚，红袖箍查交费凭证，翻包倒兜寻了个遍就是拿不出来。没法，只得再交。他心痛，可是落脱了，有口难辩。他也不想辩。

一旁的鸭舌帽不买账，红袖箍到了他跟前，故意别过脸孔，冲着瑞根嚷道：“阿哥，没开张就交管理费，是捞了外快，还是赚了大钞票？”

“喂，数你占的地方大，多加。”

鸭舌帽拉开嘴笑，“还没有开张哪有钞票？我可不是那种打肿脸充胖的人，兜里瘪瘪，门面装得好，摸铜钿快来兮”。

“你开张了，还不交？”

“我说不交了啦？”

“那别噜苏。”

“我的习惯收摊交管理费。”

“趟趟这样说，趟趟混腔势逃脱。”

“这趟再逃，不是人。”

瑞根听得真切，鸭舌帽刮三刮四讲他，心里有点恼火。合规做生意碍的你屁事？你这个赤佬，勿要得意太早，货色来路不正，终归有一天要出毛病，吃不了兜着走。正气不打一处来时，老远走来了一个脚踩高跟鞋的姑娘，奶黄色的尼龙衫绷得胸脯圆鼓鼓，牛仔裤紧勒大腿，两个倒挂的“喇叭”扫地。瑞根嘴巴里嘟哝着什么，脸上堆笑。

姑娘蹲在摊头前，盯牢一双茶绿色麂皮高跟短靴，“喂，这双蛮嗲的，几钿？”

瑞根赶忙递给她。

短靴从裕庆里一户人家收来。据说，当年先施公司问法国进口了没有几双，男主人买下来送给太太过生日，太太一直不舍得穿，后来就没机会穿了。再后来男主人死脱，过几年太太也走了。后辈清理屋里旧物，在楼梯间里看到，狠狠心三钿不值两钿卖脱。瑞根收进时，连包装盒都在，盒子脆化掼脱，短靴有点脱胶，他花了点心思补了胶，用揩翻毛皮的粉剂揩清爽，样子像新的一样。

“识货的。法国货，麂皮。款式独一无二，小巧玲珑，穿了脚上生辉，别致。”瑞根是做买卖的行家，对方心想一看就准，闲话讲到她心坎上。

“哆是蛮哆的，就是贵了。”姑娘爱不释手，哆声哆气地说。

“不贵啥。姑娘，你试试。一级了。”

“漂不漂亮，阿拉心里有数。”

“跌几钿，买。”姑娘头不抬，盯住自己的脚。

“要就要，不讲价。”瑞根看穿了她，狠心一分不跌。

姑娘发了格，“不跌，拉倒。一双旧鞋子值几个铜钿？”她扔下短靴。瑞根心痛，把它捡回跟前，看了又擦，擦了又看。

“你买不起就不要看，掼坏脱要赔。”

“我买不起？我告诉你，我阿爸一天赚的铜钿麦克麦克。掼坏了，赔你。”姑娘的眼乌珠快要夺出眼眶了。

“便宜五角，要不？”瑞根想早点脱手算了，落在自己手里生不出钱，少赚一点便是。

姑娘双臂抱在胸前，抖着一条腿，“不要了——”拔腿向鸭舌帽的摊子走去，口喊“阿爸——”

有其父必有其女，瑞根暗自嘀咕。现在这号女的不少——样子弄得妖形怪状，脾气大透大透，一不顺心就暴，做人恶劣来兮，像鸭舌帽。他想到儿子志远轧的女朋友，千万不要弄成这样的，碰到这号货色倒十八辈子的霉，不光节蓄全部弄得精光，人也会被带坏脱。他自己讨老婆，不要漂亮，也不爱打扮，图的是会过日脚。果然，老太婆撑起一个不宽余的家，小日子过得比上不足比下有余。小家小户，实惠第一。瑞根想到此，眉头紧锁。

鸭舌帽摊头上人不少。他站在椅上，冲瑞根喊：“小姑娘喜欢这双靴子，便宜点给她算了。”

“就是呀，冲阿拉爸的面子，便宜点。”

瑞根看不到鸭舌帽女儿，只是听出她声音带些哭腔。

“拿去吧。另头不要了。碰到点啥了，亏本了。”

4. 驳……驳……一辆三轮摩托径直开到鸭舌帽的摊头前，车上跳下穿制服的公安。瑞根坐不住，耳朵竖起听。

人聚得拢越来越多，瑞根听到公安的询问。原来，近期发生了好几起入室盗窃，公安捉到三个惯犯，他们经常在静安、虹口、大自鸣钟一带作案，前两天捉牢了，交代一些金银珠宝首饰买给了鸭舌帽，收售赃物。

公安的声音，“物什收起来，去趟局里”。

“我又不晓得他们是偷来的。”

“这个，你讲得不算。”

“进去了，能放出吗？”

“看你自己了。”

“我可是上有老下有小的呀。”鸭舌帽哭天抢地，不愿跟着走。

“不老实，拷起来。”

鸭舌帽浑身筛糠似地发抖，一五一十地收拾起摊头里的物什，挷到脚踏车上。公安没有让他推车子，要他坐进车斗里，手铐一头拷牢他的手，一头拷在扶手上。脚踏车由公安骑着，跟在摩托后头。

众人散去，瑞根看到鸭舌帽女儿瘫坐在地上，哭得像泪人，蛮是惨过相。他暗自庆幸，当初没有答应鸭舌帽搭档做古董生意，如果贪图铜钿错走一步，现在连底裤也要赔上。发财人人想，坐牢犯不着。小本生意做做，饿不煞撑不死，日子过得心安理得。

鸭舌帽女儿仍旧在地上捂脸大哭。瑞根拎着麂皮短靴过去，“还要吗？”

“要。”

“铜钿呢？”

“等阿爸回来。”

鸭舌帽啥辰光回来是个未知数，瑞根拎着短靴回到自己的摊头前。这时，一个楞头楞脑的年轻人冲到鸭舌帽女儿面前，搀扶起她，帮她揩眼泪。

瑞根眼前发黑，一阵眩晕，人要掼倒，手里短靴相继落到地上发出声音，认出是儿子志远。瑞根瘫倒在地，担心的事体终于发生了。不要这号儿媳，不要这样子的亲家，家风不灵。

志远叫阿爸，鸭舌帽女儿喊爷叔醒醒。瑞根听不见。志远弄来一盆冷水，泼在他脸孔上，身上一片湿漉。他能听到叫喊了，缓过气来，捶打脑袋，怪自己糊涂，为啥勿帮儿子寻对象，随便他自己胡来。天下姑娘多得是，又不是鸭舌帽女儿独个，让儿子断掉脱另找，即使缺胳膊拐腿的也行。他认定要会过日子的，“她不是过日脚的人”。志远反问你哪能晓得？瑞根无言以对。

他拾掇起摊头上的鞋子，收起小凳。志远问去哪里。

“回去。跟我死回去。”

“不去。去看她阿爸。”

“死回去。快点拗断。不配的。”他把一麻袋旧鞋子撂到肩胛上，拉拉稀湿的衣襟。

“人不可貌相，穿啥的你看不惯，总归不能叫她穿军便服大裤管。回到过去。”

“她是坏人家。”

“她爸是她爸，又不一道过日脚。”

鸭舌帽女儿在哭……

（作于1981年2月沪上大自鸣钟）

后记

这四卷本的文集经过一年多的收集、整理、编辑，终于得以出版，是一桩令人高兴的事情。

作者潘大明老师长期工作在文化、新闻、出版、传媒行业，经历不同寻常。壮年时，离开体制，成了体制外的人，不从属于任何公营机构，比如高校、研究机构、媒体出版单位，相继创办了文化传播教育类的企业，举办各类大型文化活动，推出上百余项文化艺术展览，出版书籍，向社会提供文化教育产品，成了养活自己的“社会人”。他说，自己是一个胆怯的人，中年时下海，得益于文化的力量——历史人物的启示，以及时代的要求、个人的判断和图强。那会儿，他常会想到邹韬奋在过街楼里，以两个半的人力，办《生活周刊》，后来成就了著名的周刊和同名的书店。当然，时代不同了，邹韬奋的当年，一定不是今天的模样。

“时代激发每个人的创造力，文化学者只能且做且学，让书本上或经历中获取的知识经验融入时代”，这是潘大明老师在五十岁时对一家杂刊记者采访时说的话。他的思想是自由的，这正是他的需要。在他看来，没有思想的自由，难有一定程度的财务自由，没有财务的自由，很难实现思想的持续自由。他是一个善于思考，勤于践行的人。在践行前，他往往花费许多时间进行思考，使得践行时意志坚强，行动大胆，步伐坚定，表现出低调、耐久、务实、创新的作风和特立独行的风格。

下海后，他没有沉缅于经营活动，而是热忱地投身公益性的文化事业。2008年，他与朋友们一道发起成立了国内唯一的“民间资金、媒体主办、专业评审”的文汇·彭心潮优秀图书出版基金，十年间资助出版的图书大部分获得国家、省市级奖项和相关基金的资助，令人欣慰。他先后向贵州贫困地区小学，上海徐汇区、浙江青田、安徽天长图书馆捐赠大批图书。同时，在市民中发起组织“寻访上海城市发展轨迹之旅”“发现您身边的美丽系列寻访动”“淮河流域系列寻访活动”等体验式文化活动，受到市民的青睐和好评。

他始终保持学者的底色，笔耕不辍，从第一篇小说发表，已有四十个年头，积累的作品和文章丰富，部分出版发表过，尚有许多处于手稿状态。当初，编者只是想把他所写的作品与文章汇编成集子，以庆贺他从事文化工作四十载。

这看似容易的事情，做起来有诸多困难。由于时隔比较长，发表的文章，到底在哪一期、哪一时间已经模糊，散文随笔特写发表的报刊更为分散，这样就为收集带来了困难；大量的手稿则呈现于文行半途，或者为片断，甚至是素材，需要完善，补充成篇；一些已付梓的文章发表时间过早，出版时间较久，某些观点比较含糊，需要重新确定边界，进行梳理和系统阐述。还有，要删去一些不能收录文集的文稿，包括两个部分，一是作者工作中形成的简报、讲话稿、总结、调查报告、新闻稿，即使文化艺术性强的电影剧本、电视专题片脚本，也没有录入；另一种就是不合时宜发表的文字。作者的敝帚自珍，往往与编者发生争执，最后相互妥协，形成了这套一百余万字的文集。同时，在征求业内人士的意见后，选择了部分相关报道、评论，作为附录放在书中，以方便读者了解他和他的作品、文章。

文集以文体分类，分为小说、纪实文学、文论、散文随笔特写四卷，这四种文体差别化的显现，综合起来可以完整地反映作者的思想感情，对人与事的认知、理解和看法，以及创作写作过程。说实在的，这样的归类有些牵强，某些文章难以用文体归纳，原因是作者笔下的文章有一些文体难辨，无非是编辑所需不得而为之。

在编排上采取创作写作和发表时间，由近及远的排列方法，这与其他的文集编排不同，大多采用的是由远及近。由当下到过去的编排，可以使读者能够更好地了解作者最新的创作和研究成果。在编辑过程当中，小说、纪实文学、文论卷收录的作品和文章，不做同一类题材或者同一人物、事件的归类性分编，比如写石库门的、写工厂的、写机关的；研究某一历史人物的评传与轶事没设置专编。散文随笔特写卷分散文随笔编、特写编和附录（部分评论与报道）三个部分来编。此外，没有再做更仔细的分类，例如散文随笔编继续细分为生活感悟、文史思考、书评等，可能会给阅读带来不便。不过，编者以为还是粗线条些为好。否则，作茧自缚。

在编辑的过程，潘大明老师花了许多心血进行文稿修订、完善、重写，这个工作量巨大。据编者统计小说卷，仅五六篇在报刊上发表，大部分为首度公开出版；纪实文学卷，半数在报刊上发表过；文论卷，绝大部分仅在会议内部论文集中刊出，可以视为首次公开出版；散文随笔特写卷，相当部分未发表过，一部分见于报刊。这就需要他动笔进行处理，下一番功夫，非一般可为。同时，他还要为编辑工作，付出劳动，整体的策划和编排；提供写作发表的时间线索，具体的文章归类等。

文集做成后，每卷约二十六万字，一百四十余篇，长则数万字短则百余字。这些作品与文章，反映、研究发生在上海的重大历史事件、产生的人物以及普通市民的生活情状、心态变化，尤其是在不同历史转折期，出现的思潮和他们的心路历程，散发出浓郁的地域文化气息，是深度认识、研究上海的一种补充，也是对那些渐行渐远的大历史的细节诠释。同时，反映出作者观察细致，体悟敏灵，形象塑造生动；思想深刻，多维思考严密；擅长使用多种写作方法表达。而他笔端流露出的对上海的挚爱，正是他完成这一系列作品与文章的动力所在。

该书从策划编辑，到排版设计，得到文化教育、新闻出版界人士的关心和支持，他们提出了许多很好的意见和建议，使编者汲取到一种力量，能够继续编完。中共上海市委宣传部、世纪出版集团、上海市出版协会相关领导，中华全国新闻工作者协会原副主席贾树枚，著名出版人、同济大学教授王国伟等先生，对文集的编辑给予热情鼓励，提出了意见和建议。中新网以《百万字〈海上四书〉编辑成功》为题目，报道了编辑过程。

在本书文稿的收集、出版过程中，《解放日报》总编辑陈颂清先生给予了热心帮助；书籍装帧艺术家张天志先生亲自参与了设计。同时，这套书的出版得到上海三联书店的总编辑黄韬先生与他的编辑团队的大力支持，在此一并表示感谢。

编者识

2025 年 7 月 18 日